禿子小貳————著
透明（Tomei）、60————繪

人類幼崽

Children survive

the end of the world

廢土苟活攻略

1

用盡全力朝目標邁進，終能看見曙光

——讀者　夏日賞雪

　　如果要我推薦一本今年看過最吸引人的小說，《人類幼崽廢土苟活攻略》絕對是我心目中當之無愧的第一名！劇情線充實飽滿、精采絕倫，畫面感十足，像是在看電影！配角刻劃豐滿立體，把群像寫得活潑生動。感情線更是不用說，好幾次被兩人的愛感動到熱淚盈眶！我在看長篇小說時，常常會擔心劇情架構沒有處理好，容易後繼無力，或是莫名其妙神展開，一堆伏筆沒收齊……但是，本書卻帶來極大的驚喜！不僅完全沒有上述問題，甚至精采程度遠遠超出預期！才讀完前幾章我就深陷其中、難以自拔，忍不出讚嘆：「作者好會寫！」

　　故事開篇直接進入正題，末世猝不及防地來臨，平凡日常瞬間破碎，主角兩人成了無家可歸的孤兒，還沒來的及適應環境的巨變，就必須絞盡腦汁、跌跌撞撞摸索如何活下去。最初少爺封琛對於傭人家的孩子顏布布的態度不冷不熱，僅僅是基於主人家的良心，想著暫時先帶著他，之後找機會將他託付給福利機構照顧，也算是仁至義盡。

　　但是，年紀輕輕的封琛沒料到末世是何等艱苦，沒料到一個心靈寄託、一個溫暖陪伴，才是在殘酷末世中存活下去的必需品。

　　封琛與顏布布一起生活的過程中，漸漸意識到彼此已然成為自己唯一的家人，是支撐自己活下去的唯一倚仗。看著兩個還沒長大的小小孩牽著手費力地跨越困難，在難過時緊緊擁抱著撫慰彼此

的傷口，我心中總是一陣酸軟。那景象美好溫暖，卻又讓人心疼地不禁流淚。一個又一個大事件接踵而來，兩個小孩沒有金手指，遭遇數次驚險的危機，緊張刺激的情節讓人心臟跟著撲通狂跳，祈求能化險為夷。在生存途中，封琛與顏布布窺見許多人性的黑暗與自私，同時卻也遇見了很多人們仍舊緊握手心的善良與樂觀。這些在末世裡格外珍貴的特質，就像是黑夜之中的點點星光，點亮心裡忽明忽滅的苗小希望，給予主角們，以及看著他們的我，一份繼續向前邁進的勇氣。

作者烘托的情緒和氣氛飽滿充沛，即使塵埃落定後仍是餘韻長存，每次都讓我哭得停不下來。雖說劇情緊湊刺激，但故事中每一個場景作者都描繪得用心又完整，讓讀者身歷其境！倖存者們認真地過日子、種菜蓋房、保衛基地，個性迥異的人與人相遇，迸發出意想不到的化學效應……這些逗趣小日常，都適時沖淡了整篇故事的緊張氛圍，讓人會心一笑。

故事中的感情線也描繪得很棒，封琛與顏布布之間從親情到愛情，緩慢堆疊、水到渠成，溫情與激情相融，甜而不膩。除此之外，在冒險的過程中，因種種緣分牽起的羈絆也深刻感人，日常裡陪伴打鬧，危機時拉住對方一把，這些溫柔的牽掛是面對一場又一場生離死別時，最柔軟卻最堅韌的外殼，抵禦外在的冰冷侵蝕內心的灼熱光芒。

人類雖然渺小，卻又蘊藏無限力量，用盡全力朝目標邁進，終能看見曙光。跟著主角們歷經萬千苦難，一路走到了故事末端，心中既感動又感慨，捨不得闔上書本。謝謝作者創作出這麼棒的故事，讓我能與封琛、布布一同走過這段令人回味無窮的冒險旅程！

少年與男童在末世艱難求生的一段旅程

——讀者　藍鯨

　　這是一篇內容非常新穎、豐富的末世文，主角是很少見的「小少年加拖油瓶」組合，時間軸涵蓋他們的兒時到長大，兩人在末世廢土艱難求生，一路上跌跌撞撞、患難與共，讓他們的兄弟情逐漸轉變為愛情，雖然題材融合了廢土、喪屍、哨嚮等，但安排得非常有條理，不會有大亂燉的感覺，讀起來非常流暢。

　　我能肯定的是作者一定有列大綱，從第一章就在埋伏筆，後面真相大白時，會有種恍然大悟的爽感，細節更是滿滿當當，才剛看完就會有種想重刷的衝動！劇情真的是環環相扣啊！

　　雖然我知道，有些人討厭小孩子、不喜歡幼年期主角，但我覺得這本完全不會令人厭煩，顏布布是最真實的那種 6 歲孩子，不是什麼天才寶寶，話很多、很執拗，會哭會鬧，但也會因為一點小事輕易快樂起來，單純、熱情、充滿活力，在很多時候乖到令人心疼，雖然真實卻不討厭，在作者的塑造下非常討喜。

　　顏布布還有一個優點，就是在該聽話時並不會胡攪蠻纏，就跟一隻擅長讀空氣的小動物似的，比例上應該是 10% 欠揍、20% 你好煩啊、70% 算了算了還是很可愛的——大概這種感覺，不僅很難對他生氣，還會覺得在這個末世中，有他真好。

　　閱讀過程中還有個很強烈的感受是，布布才6歲耶！不該對他有很多要求吧，他在末世那種環境裡已經表現很好了！更不用說，因為布布那一股小孩子特有的固執和信任，還真陰錯陽差救了攻好幾次。攻也知道這點，所以對布布越來越包容。

　　這部作品的前半本是描述攻受兩人的小時候，他們在艱難的末世求生相依為命、在敵營中步步為營，中期覺醒成哨嚮的危機重重與迷茫，再到後期成長、解決陰謀，迎來重建後的新世界。

　　我覺得比例拿捏得很剛好，前期看似是攻一個小少年帶著更小的拖油瓶，但也是布布給了他力量，給他支撐下去的動力，讓他即使痛苦萬分，也能咬著牙再次爬起來，畢竟末世真的好苦啊……「有人在等你」應該是最強大的動力之一了，布布就是這種存在，煩人吵鬧，卻也溫暖單純又柔軟，令人心懷希望。

　　副CP則是大人們的愛情故事，我也很喜歡，真的很吃這種相濡以沫的感情，他們是彼此的劍與盔甲，互為對方的軟肋，又為了對方而強大。在劇情中的塑造並不會喧賓奪主，反而是和主CP相輔相成，同時也是他們渴望成為的「大人的模樣」。這部作品囊括許多稀有的末日TAG，廢土癮能夠被一次滿足，真心推薦！

目　錄
CONTENT

【第一章】

短短幾個小時，
他的整個世界已經天翻地覆

◆━━━━━◆

封琛每次回憶多年前的那場災難，都想不出事先有絲毫預兆。
如果硬要找出一點苗頭，不知那天弄丟了顏布布送給他的背包吊飾算不算。

封琛每次回憶多年前的那場災難，都想不出事先有絲毫預兆。

如果硬要找出一點苗頭，不知那天弄丟了顏布布送給他的背包吊飾算不算。

2105 年 4 月 7 日。

「封少爺，飛機半個小時後起飛回國，我們現在就要離開集訓地，您還有什麼行李要收拾嗎？」

一名軍官站在陳設簡單的單人宿舍內，微微低頭，聲音恭敬。

他對面是一名身形勻稱的少年，正對著鏡子整理西裝領結。鏡子裡的那張臉非常俊美，雖然看上去年紀不大，稚氣輪廓裡卻透出幾分和年齡不相符的沉穩。

封琛沒回話，轉頭往屋外走，軍官拎起皮箱和背包跟了上去。

宿舍樓外的草坪上站著幾名少年，正在互相握手告別，在看見封琛後，都不覺停下了交談，臉上的笑容也凝滯住。

封琛目不旁視地走向大門，陽光從側面灑落，讓他有些蒼白的皮膚，顯出類似玉器的冰涼質地。

一名少年看著他背影不甘地低聲道：「這次雛鷹特戰集訓，又讓這傢伙拿了第一名。」

「主要是你這段時間一直在發燒，狀態不好，明年再把他比下去。」另一名少年安慰道。

「可是明年我就 15 歲了，超過了雛鷹特戰的年齡上限。」

「啊，那怎麼辦？封琛今年好像才 12 歲，我們豈不是還要被他打敗三年？」

「不用和他比，他就是個怪胎。」

他們的聲音並不小，封琛卻依舊面無表情，上了大門口候著的吉普

車，風馳電掣地離開了集訓地。

半個小時後，附近的軍用機場，一架小型私人客機衝上天空，向著遙遠的合眾國飛去。

機艙裡，軍官在電視新聞背景音中，整理那些未放好的行李。

封琛靠坐在座位上，將集訓期間一直關閉的手機打開。

螢幕亮起的瞬間，幾條訊息跳了出來。

母親：封琛，等你集訓結束，我們全家人就去島上度假。

母親：封琛，你陳叔叔要在宏城進行競選總統的演講，你爸爸是他多年的朋友，我們得去一次，所以只能讓王副官來接你了。

封琛垂眸看著後面那條訊息的日期，顯示就是昨天，他放下手機，耳邊傳來新聞女主播的聲音。

「……不知道封在平將軍會不會出現在陳思澤執政官的演講現場……」女主播的聲音戛然而止，電視被關閉，封琛將遙控器扔到面前的小桌上，眉宇間隱隱透出幾分不耐煩。

軍官回頭，試探地問：「封少爺，是不是身體不舒服？」

封琛搖搖頭。他其實的確有些不舒服，這幾天總會不明原因地低燒，持續時間不長，很快就恢復正常，所以他也沒有當回事。

現在他又有了低燒的感覺，忍不住抬手探了下額頭。

極會察言觀色的軍官低低詢問幾句後，便將行軍背包放下，去找空服員拿藥。

客艙內只剩下封琛一人，他看向那個黑色的行軍背包，突然發現上面的一個吊飾不見了。

那是個棕色的絨毛吊飾，也許是隻熊，或者是隻兔，他並沒有仔細看過。只是偶爾感覺到有什麼在和背包輕微地相撞，才會突然想起。

當然，也會捎帶著想起顏布布。

顏布布經常會在他出門前，將一些奇奇怪怪的東西塞進他背包裡，所以他曾在筆試時，拿著和橡皮擦相似的巧克力擦考卷，也曾在械鬥教

官的注視下，掏出一把花花綠綠的塑膠小劍。

他很生氣，但顏布布只有 6 歲，所以他只能呵斥，用凌厲的語氣和目光進行威懾。

他這套對別人很有效，不管是誰都對他敬而遠之，但這些人裡，並不包括顏布布。

顏布布臉皮奇厚，剛被他訓一頓，又會頂著那頭小捲毛往他面前湊。封琛只能忍，選擇漠視顏布布的存在。反正再過上幾年，他就要進入軍校，而顏布布便會徹底離開他的世界。

這次他沒有將吊飾扔了，並不是他喜歡這個玩意兒，而是他已經習慣漠視，習慣將屬於顏布布的一切痕跡都漠視掉。

「少爺，要不要休息一會兒？飛機還要好幾個小時才會降落。」待封琛服下藥後，軍官接過水杯詢問。

封琛點了下頭，靠著椅背閉上了眼睛。

他感覺到遮光板被放下，椅背調低，身上搭上了一條毛毯，很快地便在單調的飛機嗡鳴聲中沉沉睡去。

陽光很好，女傭阿梅做完事後，匆匆回到傭人房，抱出被子晾曬在小院的繩上。

看著被子中間那團深色的濡濕，阿梅沉著臉問道：「顏布布，你昨晚睡前是不是又喝水了？」

房檐下站著名 5、6 歲的小男孩，兩手插在深藍色背帶褲的胸兜裡，頂著一頭亂七八糟的捲髮，垂頭喪氣地道：「是的。」

「不是給你說過睡前別喝水嗎？」

顏布布用穿著運動鞋的腳，輕輕踢著面前的桌腿，聲音很小地回道：「因為有些渴，睡不著，就喝了一點點。」

「一點點是多少？」

「就是水杯那麼多的一點點。」

「滿杯？」

「……嗯。」

阿梅將被子展開，覺得有些頭暈，伸手摸了下額頭，估計著又在低燒，便略有些煩躁地道：「哪個 6 歲的小孩還尿床？說出去都會被人笑話。以後就算口渴，睡前也別喝太多。」

「知道了。」

顏布布見阿梅不再說他，提起膽子又問道：「媽媽，少爺是不是今天回來呀？」

「是吧，昨天王副官就去接他了。」

顏布布的大眼睛裡迸出欣喜，在原地蹦了兩下，頭頂柔軟的捲毛也東倒西歪，滑了兩絡搭在耳朵上。

阿梅轉頭看了他一眼，沉著臉叮囑：「布布，少爺回來後，你也別老是往他面前竄，不受人待見，知道嗎？」

「知道了。」顏布布嘻嘻笑，被太陽照得微微瞇起眼，他張開手臂，開始快樂地轉圈。

阿梅知道他只是嘴上答應得好，卻也無可奈何，嘆了口氣往主樓走，嘴裡叮囑：「桌上盤子裡有塊蛋糕，洗了手再吃。」

顏布布一邊應聲一邊轉圈，視野裡是不停旋轉的藍天、傭人房，還有媽媽走進主樓的背影。

他平常可以這樣轉上好久，但現在才轉了幾圈，便感到頭暈目眩，踉蹌著站不穩。

他想去扶旁邊的小桌，腳下卻像是踩著棉花，醉酒般搖晃了幾步後，跌坐在地上。

顏布布有些愣怔地看著前方，看院子裡的草坪如同海水般起伏，看遠處的筆直樓房像是被風吹過的麥田，一茬茬彎下了腰。

地底深處傳來隆隆巨響，如同掩埋著一頭不知名的猛獸，在發出沉悶的吼叫。

大地劇烈震動，頭頂的水泥板發出喀嚓斷裂聲，摔落一截砸在顏布布身旁。在四處瀰漫的粉塵和房屋倒塌的巨大聲響中，他無法站起身，只能本能地往前方爬。

「布布——」

他隱約聽到主樓方向傳來媽媽的嘶聲大喊，剛想開口回應，眼前便是一片黑暗。

飛機正在下降，封琛透過舷窗，看著下方熟悉的城市。

海雲城三面環海，當中一座建築格外醒目，高達千米，直插雲霄，那是海雲市的地標建築——海雲塔。

陽光從舷窗外透進來，給少年白皙的肌膚鍍上一層淡金，眉眼間的冷漠也沖淡了幾分，五官更顯俊美。

「少爺，等會兒直接回家嗎？」軍官問。

封琛剛睡過一覺，低燒退去，精神好了許多，道：「直接回家。」

飛機加快了下降速度，起落架接觸地面，穩穩地在跑道上滑行。

軍官站起身，要去打開行李架蓋，封琛也去解腰上的安全帶。

砰！

艙內某處突然發出聲異響，機身猛烈地顛簸了一下。

軍官嘴裡嘟囔著：「怎麼回事？跑道上沒有清障嗎？」

封琛下意識地看向窗外，眼前發生的一幕卻讓他瞳孔驟縮，整個人凝成了一尊雕塑。

遠處的航站樓已傾斜成一個不可思議的角度，接著不勝負荷地轟然倒塌，激起漫天粉塵。

　　白色煙霧中，有人正向著停機坪奔跑，平坦的路面卻突然裂開寬縫，像玻璃的裂痕般迅速蔓延，瞬間便將那些奔跑的人吞噬。

　　隔著密閉的機艙，封琛聽不到外面的聲音，只能聽到自己急促的呼吸。他還來不及去想究竟發生了什麼，飛機便又是一陣劇烈的顛簸。

　　座位上方彈出了氧氣罩，軍官立即大喊道：「大家別慌，是暴襲，都坐好。」

　　後面兩名空服員也趕緊坐下，拿對講機向機長詢問情況。

　　飛機搖晃著衝向前方，封琛看見機側的跑道和草坪，如同被一雙巨手揉捏拉扯，有些被擠壓隆成小山包，有些則斷裂塌陷，墜向新生的裂縫深處。

　　砰！又是一聲巨響，飛機向著左方傾斜，皮箱從行李架上掉落下來，翻滾著砸到了機艙左壁。

　　在兩名空服員的尖叫聲裡，封琛用手緊緊摳住座椅板，眼睜睜地看著兩架停在停機坪上的飛機，滑入一道深不見底的寬縫裡。

　　「快戴上氧氣罩。」軍官對著他大喊。

　　封琛回過神，迅速扯過面前搖晃的氧氣罩扣上，再遵循集訓時學過的救生知識，俯下身，頭部埋向膝蓋，小腿向後收緊。

　　飛機後方的跑道在成片地垮塌，前方跑道則扭曲成蚯蚓狀，顛簸不平。機師應該是想重新升空，但已經提不起速，只能跌跌撞撞地往前。

　　機艙內冒出白煙，警報器尖聲鳴叫，飛機搖晃得幾次像要傾翻，最終突然急拐向右，衝向了右邊草坪。

　　一股撞擊的大力突然襲來，封琛整個人向前飛出，又被安全帶死死扣回座椅。在空服員驚恐的尖叫聲中，他只覺得腦袋嗡一聲，便失去了知覺。

顏布布蹲在桌子下方，周圍一片黑暗。

他最初還呼救哭喊，時間長了，也就沒有那麼害怕了，甚至開始覺得無聊，一下下摳著腳邊的桌腿。

當外面突然有了動靜，光亮照射進這塊逼仄空間時，他不適應地瞇起眼，看見一道逆光的瘦削身影。

「顏布布，出來。」清亮中帶著疲憊嘶啞的聲音響起，那身影對他伸出了手。

兩人對視幾秒後，顏布布認出來人，眼睛放出光彩，小聲喊了句：「少爺。」

他被抱了出去，緊摟著封琛脖子，將臉埋在他肩頭上。

封琛剛抱著人退後，便又是一陣餘震，顏布布方才藏身的木桌被石塊壓了個粉碎。

封琛騰出手去捏顏布布的肩背，「痛不痛？」

顏布布吸著鼻子搖頭，「不痛。」

他頭上的捲毛隨著這個動作搖晃，柔軟地拂過封琛脖子。

封琛分別捏他手臂、大腿，還壓了幾下小腹和胸膛。

「這裡痛嗎？」

「不痛。」

封琛將人放下，顏布布就牽著他衣角，茫然地環視周圍。

別墅成了廢墟，一切都面目全非，顏布布惶惶然地問：「少爺，我們這是到哪兒來了？」

封琛啞聲解釋道：「我們還在家裡，只是剛剛發生了一場地震，家已經塌了。」

顏布布先是一怔，接著變得緊張，「那我媽媽呢？」

封琛抿著唇一聲不吭，只抬起手背擦拭額角的汗水。

顏布布扯了扯他衣角，央求道：「少爺，我要媽媽。」

一直沒有得到回應，顏布布音量逐漸提高，拽著封琛衣角，將他扯

得左右搖晃。

「我要媽媽，少爺，我要媽媽，我媽媽呢？」

封琛終於開口道：「我沒看到你媽媽，她可能去了其他地方。」

顏布布執拗地追問：「媽媽在地震開始時去了主樓，怎麼會去其他地方呢？」

封琛臉色有些不好。

他是從機場走回來的，走了好幾個小時，都顧不上喝一口水，喉嚨乾得上下壁都黏在一起。頭也陣陣暈眩，手腳發軟，想來又開始低燒。

他剛才先去了主樓廢墟，看見了阿梅幾人的屍體，也在倒塌的密室裡，找到了父親藏著的密碼盒。

然後才在傭人房發現了顏布布。

短短幾個小時，他的整個世界已經天翻地覆，此刻內心的害怕並不比顏布布少。只是他生性克制，所以將那些情緒強行壓住了。

顏布布的追問讓他無力招架，不知道怎麼回答，只能心煩意亂地道：「我沒見著你媽媽。」

顏布布卻轉向主樓，定定地看著那堆廢墟，像是明白了什麼，眼裡已盈滿淚水。

「顏布布……」

顏布布從封琛手下掙脫，飛快地爬上廢墟，去推那根最長的廊柱。

他兩腳使勁，皺著一張糊滿灰痕的臉，細小的脖子也鼓起了青筋。

封琛站在原地看著，直到餘震再次襲來，才衝上廢墟，不容分說地將他一把抱起，摟在懷中往石堆下跑。

「我要救媽媽！放開我，我要救媽媽！」

顏布布在他懷裡掙扎，大聲哭嚷，撲騰著兩條腿往地上滑，像一條滑不留手的魚。

他力氣在這一刻空前的大，封琛竟然制不住他，眼見旁邊的水泥板在下陷，便將他夾在腋下，狠狠地衝了下去。

到達安全的平地後，封琛手一鬆，將顏布布扔在地上。

顏布布在地上滾了半圈後，爬起來就往廢墟上跑，被封琛一把扯住了後衣領。

顏布布掙脫不開，轉身去掰封琛的手指，「放開我、放開我。」

「顏布布，你冷靜點。」

封琛揪住他衣領往後扯，讓他抬頭看著自己。

「你救不了你媽媽，我也救不了，世界上沒有任何人能救她，已經沒有任何辦法了，你明白嗎？」

顏布布不明白。

「不，我要救，我要救媽媽。」

封琛將他的頭按在胸前，喘著氣沙啞地道：「顏布布，別鬧了，我剛看見了你媽媽，她已經死了。」

像是被按下了靜止鍵，顏布布瞬間停下所有動作。

封琛試探地鬆手，他便往後趔趄兩步，如同不能呼吸般，大張著嘴痛苦地喘息。

兩人就那麼面對面站著，沒人去管地底深處時不時滾動的悶響。

封琛舔了舔乾澀的唇，視線掃過遠方，突然神情大變，拽著顏布布的胳膊就往院外走。

顏布布踉踉蹌蹌地跟著，被封琛塞進了院外小花園的假山洞裡，封琛自己也跟著鑽了進來。

「少爺……」

「別說話。」封琛厲聲低喝，打斷了他。

腳步聲響起，至少十來個人從假山旁經過。封琛從縫隙往外看，只能看見他們腰間冰冷的槍柄。

「快找，掘地三尺也要找到那個盒子。」

「是。」

陌生男人的話音剛落，別墅內就傳來機器啟動聲，還有水泥磚被掀

翻的重響。

假山洞很狹窄，兩人緊貼著沒說話，隨著一波波餘震，本就裂痕遍布的假山，往下沙沙掉著沙石。

「上尉，發現了幾具屍體，怎麼處理？」

封琛察覺到懷裡的顏布布身體突然僵硬，連忙用手按住他的肩，示意他不能出聲。

陌生男人的聲音響起：「屍體……死者為大，就地掩埋吧。」

「是。」

「等等！」

沉默片刻後，上尉繼續道：「不對，還少了兩個男孩。」

封琛聽到這裡，趁著沒人注意，拉著顏布布出了假山，躲在那些歪七倒八的樹幹裡，彎著腰往前行。

太陽快落山了，兩人身形也不大，掩映在斑駁樹影裡，很快就離開了別墅範圍。

顏布布不斷地回頭，封琛低聲道：「別看，快走，他們很快就會找過來。」

空氣中瀰漫著濃重的粉塵和泥腥味，夕陽穿透厚重的灰土，慘澹地照著滿目瘡痍的大地。整個別墅區一片死寂，車道歪歪扭扭，路面上有縱橫的裂縫，橫倒著一些樹木。

顏布布緊抓著封琛，亦步亦趨地跟著，封琛偶爾會開口提醒他注意腳下，遇上稍寬的裂縫，便將他夾在腋下拎過去。

他們沒有走別墅大門，而是翻過垮塌的鐵欄，進了片樹林。在裡面跌跌撞撞地走了一段後，順著小路下山。

到了山腳，封琛知道這裡已經安全了，便停下腳，喘氣道：「坐下休息會兒。」

兩人隨便揀了塊大石坐下，封琛取出瓶裝水，擰開瓶蓋遞給了顏布布。顏布布沒有接，他的肩背開始聳動，發出斷續的抽泣。

封琛便收回手,低頭喝水。

顏布布順著石頭滑下去,蜷縮成一團側躺著,臉就貼著冰涼的地面低聲抽泣。

「顏布布。」封琛喊了他一聲。

顏布布長長的睫毛顫了顫,閉上眼,喉嚨裡發出嗚咽,像是受傷小獸的悲鳴。

封琛沉默地看了他片刻,突然起身往山下走。

顏布布聽到動靜,終於睜開了眼,淚眼朦朧地看向封琛大步行走的背影。

少年挺拔的背影還帶著幾分單薄,很快地就消失在道路轉彎處。

顏布布目不轉睛地盯著,確定他不會再冒出來,又重新躺了下去。

只是沒過幾秒,眼淚更加洶湧地從眼裡流出,淌過髒兮兮的鼻梁和額角,蔓延而下。

哭聲越來越大,開始變得撕心裂肺,還夾雜著含混的「媽媽」聲。

他就那麼大張著嘴,手裡摳著一小塊磚石,眼淚和涎水都滴落到臉下粗糙的磚石裡。

哭一陣後,他又猛然抬起頭,去瞧道路轉角,再失望地倒下去。

過了很久,哭聲漸漸平息,四周也隨著安靜下來。

這是種不同於往常的安靜,沒有蟲鳴鳥叫,也沒有隱約的電視和汽車鳴笛。死一般的沉寂,如同時間和空間都一起凝滯,感受不到一絲一毫的流動。

顏布布坐起身,紅腫著眼睛打量四周。

太陽已經落山,最後一絲光線也快消失,遠處沒有一點燈火。不知道哪兒傳來一聲狗叫,拖著長長的音,淒厲哀怨,像是狼嚎。

顏布布心頭的悲傷已經被恐慌驅走，警惕地轉頭左右看。

「少爺、少爺。」他沙啞著嗓子，對著大路方向喊了兩聲。

沒有得到回應，顏布布愣愣地坐著。

他後悔了，後悔沒有跟著少爺走。此時覺得全世界只剩下他一個人，滿滿都是驚恐和絕望。

現在他唯一能依靠的便只有少爺，而且打從他記事起，就知道自己長大後會伺候少爺，會跟著他一輩子。

媽媽已經沒了，少爺如果不要他，那他該怎麼辦？

他以後伺候誰去？

顏布布一骨碌爬起身，飛快地往前跑。他滿心惶惶，想著要追到少爺，讓他帶自己走，去什麼地方都可以。

只要別將他丟下就行。

他沒留神腳下，摔得撲通一聲，也沒有呼痛，在地上翻了個滾兒，又迅速爬起來繼續跑。

剛跑到封琛消失的轉角，他就一下子頓住了腳步。

僅存的一絲天光下，有人正坐在石塊上，長腿半伸半曲，雙手擱在膝頭，微微闔目。

他的側臉陷在陰影裡，似乎在思索，又似乎只是睡著了，睫毛低垂，不明顯地顫動著。

顏布布眼眶熱熱的，心裡既有著失而復得的慶幸，還有份莫名的委屈和酸楚。

「少爺。」他抬起衣袖擦了眼睛，小心翼翼地喚了聲。

封琛沒有回話，但顏布布看見他轉頭朝向了自己。

顏布布一步一步挪過去，在他身前蹲下，輕輕揪住了他的衣角，再慢慢攥緊。緊得活像生怕他突然跑掉似的。

顏布布的眼睛在黑夜裡放著光，像一隻被拋棄，又終於找到主人的小狗，無比謹慎，卻又難掩熱烈地喚了聲：「少爺。」

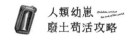

「哭好了？」封琛問。

顏布布抽抽鼻子，沙啞著嗓子道：「哭好了。」

封琛拍拍身旁的石頭，示意他坐，從背包取出瓶裝水，擰開瓶蓋遞給了他。

待他喝完水，又掏出僅有的兩塊軍用乾糧，遞過去一塊。

顏布布一口咬下去，像是咬在了木頭上，硬邦邦的，也沒有餅乾的甜香。他懷疑這餅乾已經壞了，但瞧見封琛正在吃，便沒敢吭聲。

封琛吃東西一貫優雅，哪怕一身狼藉地坐在廢墟旁吃乾糧，也能吃出身處高級餐廳的感覺。他不緊不慢地嚼著乾糧，絲毫看不出這食物難以下嚥。

顏布布卻截然相反，兩手握住餅乾，先是用門牙，接著換成大牙，再換成門牙，在那兒費勁地又咬又磨。

封琛將乾糧吃完，轉頭看向顏布布，發現他的乾糧才咬了個缺口，正梗著脖子往下嚥。

「別翻白眼。」

「嗯……我不是故意的，有些難吞。」

顏布布側過頭，繼續用大牙咬餅乾，封琛看了他片刻，好奇問道：「這乾糧就那麼難咬嗎？」

雖然軍用乾糧抽乾了水分，原材料又經過壓縮，口感的確不怎麼好，但也不至於咬不動。

顏布布瞥了他一眼，沒說自己門牙最近鬆動了兩顆，只埋頭用力一口咬了下去。

喀嚓！

「啊！」顏布布張大嘴，滿臉茫然地看著封琛。

封琛陡然見他一排門牙裡多出個黑洞，也不由一怔，接著就反應過來，是他的牙崩掉了一顆。

「別動，我看看。」

顏布布張著嘴，任由封琛從他嘴裡將掉落的門牙拿走，又皺著眉仔細看他的牙齦。

天色太暗，看不大清楚，封琛摸出手電筒對著他嘴裡照。

顏布布吸了下鼻子，聲音有些關不住風，口齒不清地問道：「少爺，我系不系也要吸了？」

封琛看了他一眼，「沒事，不會死，只是換牙。」

「換牙？」

「每個人都會換牙，你已經 6 歲，也該換牙了。」

顏布布發了會兒愣，用舌頭頂那個缺口，封琛在包裡取出一小罐魚子醬，用內蓋裡自帶的小勺舀了滿滿一勺。

這魚子醬還是剛才在家裡廚房翻到的。他將顏布布的乾糧拿走，將魚子醬塗在上面，勺子小心地避開了被顏布布口水濕濕的那一塊。

「少爺，王副官去接你，那他人呢？」顏布布問。

封琛手下微微一頓，垂著眼眸道：「飛機出事，王副官沒了。」

顏布布揉了揉眼睛，又問：「那先生和太太呢？」

「不知道。」

「啊？」顏布布愣愣地看著他。

「通訊斷了，聯繫不上他們，所以現在只有我們兩個人。」封琛將餅乾遞給他，「快吃，吃完了咱們就走。」

離開時，顏布布轉頭望向半山腰別墅方向，封琛也沒有催他，只靜靜地等著。

「少爺，媽媽睡在那裡會冷嗎？」

封琛沉默片刻後道：「不會，她沒在那兒了，她已經去了天上。」

顏布布重重地抽了口氣，側頭將眼睛在肩上擦了擦，點著頭說：「嗯，媽媽去了天上，那裡有很多好吃的、好玩的，還有爸爸，她肯定不會冷。」

他轉過頭，很自然地去牽封琛的左手。

剛才逃跑時不覺得，現在封琛卻不大適應這種親昵的舉動，左手下意識地往後避了下，讓他牽了個空。

顏布布卻繼續伸手，將封琛的衣襬牽住，仰頭問：「少爺，我們現在走嗎？」

封琛垂眸瞥了眼衣襬，轉開視線說：「走吧。」

因為極致的安靜，所有動靜就很明顯，除了腳步聲，還有噠噠噠的悶響。那是顏布布掛著的布袋，帶子太長了，不斷地碰撞他的膝彎。

封琛停下腳，從他頭上取走布袋，調整鎖扣，將帶子縮到最短。

這是廚娘劉嫂買菜用的布袋，容量很大，深藍色的布面上，印著「天天超市」幾個字。

顏布布重新掛好布袋，這下長度只到他的大腿，勉強算是合適。

「哈！」他看向封琛，露出了一個驚喜的表情。

這是他今天第一次笑，在手機光線的折射下，他的臉雖然遍布污痕，眼皮也腫著，眼珠子卻黑得發亮，牙齒也白得晃眼。

最醒目的便是門牙處的那個黑洞。

顏布布見封琛視線落在自己門牙上，又斂起笑，閉上了嘴。

半個多小時後，兩人終於到了大街上。

好幾處廢墟正燃著大火，將四周映照得明明滅滅，熟悉的街道已面目全非，兩側高樓大多數已經坍塌，街上滾落著大塊碎石。

不斷的有軍用直升機從頭頂轟隆隆地飛過，雪亮的光束刺破夜空，遠處傳來尖銳的警報聲，也不知道是消防車還是醫療車。

封琛心頭湧起了強烈的不真實感，有些恍惚地停下腳步。

路上遇到的其他倖存者，臉上絲毫沒有能僥倖存活的歡欣，或悲痛，或麻木。也許有人眼睜睜地看著親人埋在瓦礫下，也許親人失聯生

死不知，也許上一刻還在通電話的戀人，下一刻就沒了聲音。

街面坑坑窪窪，既要防止摔跤，還要提防那些水泥板斷口處的鋼筋，顏布布緊抓著封琛的衣角，很努力地在走。

他知道自己不能成為拖累，必須要跟上封琛的腳步，所以哪怕絆上一跤，也會迅速地爬起來，第一時間去抓封琛的衣角，裝作若無其事地繼續走。

封琛速度並不快，在察覺到顏布布又是一個踉蹌後，一把抓住他的後衣領，直接將他拎過了腳下的土包。

「謝謝。」顏布布站穩後小聲道謝，又去牽封琛衣角。

封琛這次卻沒讓他牽，反手將他的手給握住。

掌心裡小孩的手小而柔軟，沒有那種潮濕的黏膩感，封琛覺得還能接受。

走了一陣，發現右邊巷子裡聚集了一群人，還有嘩嘩水聲，封琛牽著顏布布也走了過去。

這些人圍著一口水井，井旁放著蠟燭，有人蹲在地上洗臉，有人乾脆脫掉衣服，只穿著內褲，從頭到腳地沖刷著身體。

城市裡大小管道被震斷，這井水雖然有幾分渾濁，但只要不直接飲用，擦洗身體還是可以的。

封琛讓顏布布站在旁邊，自己去井臺旁拎了個沒人用的空桶，排在後面。

「還好地震沒有引起海嘯，不然咱們都完了。」

「怎麼沒有海嘯？雲區靠海那一塊都被淹了，只是咱們海雲城雖然三面環海，但是市中心地勢高，只要不是幾百公尺高的浪頭襲來，就是安全的。」

「那就是沒有特別大的海嘯嘛。」

排隊打水的都是男人，封琛不到一米七的個頭，在裡面顯得有些單薄，但他身姿挺拔，背影比其他人都顯眼。

　　顏布布站在一旁，他的臉雖然髒，卻看得出五官很精緻漂亮，一名帶著女兒坐在一旁的女人盯著他，終於沒忍住問：「小朋友，你和誰一起呀？」

　　顏布布轉頭看著她，也看見了那名和他差不多大的小女孩。他不想被小女孩看見他掉了顆牙，就沒有做聲。

　　「排隊打水的那人是你哥哥嗎？」女人又問。

　　顏布布聽到這話後，有點緊張地轉頭看了眼封琛，見他似乎沒有聽見，又才轉回頭，聲音小小的說：「不系。」

　　「什麼？」女人沒有聽清。

　　「他是少爺。」顏布布放慢了語速。

　　「什麼？他是什麼？」

　　顏布布沒有再回答，轉回身繼續看著封琛的背影，嘴唇抿得緊緊的，不吭聲。

　　他以前的確會追著封琛喊哥哥，但封琛從來不回應，還冷冷地問他：「誰是你哥哥？」

　　「哥哥笨，你就是哥哥呀。」顏布布笑得眉眼彎彎。

　　封琛卻不會對著他笑，只會沉著臉轉身離開。

　　顏布布逐漸明白，封琛並不喜歡自己喊他哥哥，也不喜歡自己追在他身後跑。所以他只稱呼封琛為少爺，在封琛放學回家時，也不再第一時間衝上去迎接，只躲在籬笆後面偷偷地看。

　　封琛已經打好了水，提到邊上招呼顏布布：「顏布布，過來。」

　　顏布布立即小跑了上去。

　　封琛從背包裡取出一條毛巾，浸濕後擰乾，遞給顏布布，「洗下臉。」

　　顏布布將冰涼的毛巾鋪在臉上，哭得有些腫脹的眼睛感覺很舒服。毛巾裡還帶著股好聞的味道，他深深吸了口氣，半仰著頭，就這樣一動不動。

「你不會洗臉嗎？」封琛的聲音響起。

雖然他只是單純地詢問，但顏布布聽到後還是一個激靈，飛快回道：「我會洗。」

顏布布開始搓臉，像是想證明給封琛看，他搓得格外用力，毛巾過處，鼻子嘴巴都被扯變了形。

他覺得已經洗得差不多了，抬眼去看對面的封琛，見他不出聲地瞧著自己，便要接著搓，卻被封琛出聲阻止：「行了，別再洗了，把毛巾給我。」

封琛接過毛巾，浸在水裡清洗了一遍，說：「過來。」

他開始洗顏布布的脖子和耳根，低聲囑咐：「不要對別人說出我們的來歷和姓名，知道嗎？」

顏布布看了他一眼，「知道了。」

洗完臉，封琛又冷敷了顏布布紅腫的眼皮，接著開始擦他的頭髮。

顏布布被揉得東倒西歪，瞥見旁邊那些正在洗澡的人，一邊穩住腳底，一邊低聲道：「少爺，他們在洗澡。」

現在雖然才 4 月份，但氣溫卻像是往年的 6 月，市區裡就算在夜間也不冷，很多人都在這裡洗了澡。

封琛手下不停，嘴裡道：「小孩兒不能洗，就這樣也能弄乾淨。」

擦完後，顏布布的頭髮有些濕潤，那些捲兒更明顯，亂七八糟地堆在頭頂。

封琛開始拍他身上的灰，一掌拍在腿上，讓他就是一個趔趄。

封琛將他拉回面前，放輕力度，等拍得差不多後，吩咐道：「去一邊等著。」

顏布布站去旁邊，那女人看著他洗得白白淨淨的臉，給旁邊人說：「這小孩兒長得可真好看。」

「是啊，可是沒有大人跟著，大孩子帶小孩子，哎。」

「大人應該是沒了吧，一對哥倆，可憐啊。」

顏布布背轉身，假裝沒有聽見。

封琛重新打來一桶水，將整個頭都浸了進去。

從離開別墅區，他就感覺到自己又在發燒，頭也暈沉沉的。

地震破壞了海雲城的機場和道路，他目前沒法離開，也不知道接下來該怎麼辦，心中滿是焦慮和彷徨。

何況現在不止他單獨一人，還帶著個 6 歲的顏布布。

冰涼的水淹沒至脖頸，寒意讓他清醒了些，焦躁的情緒也逐漸平復下來。

父親所在的東聯軍已經撤離海雲城，有重要的資料就存在密碼盒裡。地震剛發生，他就意識到家裡的安保防禦系統會失效，西聯軍定會趁機上門奪取密碼盒。

他現在只要注意著不暴露身分，將密碼盒藏好，等著父親來找他就行。至於顏布布，能帶著就帶著，實在不行，便將他交給那些救助組織，也算盡到了自己的責任。

顏布布見封琛一直將頭埋在桶裡，有些擔心地走過來，輕輕推了推他，「少爺。」

封琛沒動，顏布布有些著急，開始搖晃他。

封琛猛地將頭從桶裡拔起來，睜著被蟄紅的雙眼，大口大口喘氣。

他轉頭看著一臉慌張的顏布布，啞聲說：「我沒事。」

洗漱休整一番後，兩人接著出發，隨著逐漸進入中心地帶，倖存者越來越多，可是震後的慘況也越來越觸目驚心。

街道上都是撞在一起的汽車，燒得只剩框架。一輛脫軌的高速列車，洞穿了前方高樓，車身扭曲變形，有幾節墜落在地上，有兩節還懸掛在樓外。

四處都是屍體，就那樣血淋淋地倒在街上，或是從磚石下露出一段慘白的肢體。有一個倒塌的辦事點，因為地震時擠滿了辦理業務的人，死屍就重疊在一起。

這僅僅是能看得到的，在那些看不到的殘垣斷壁之下，被埋藏的人只會更多。

顏布布一路都很安靜，沒有發出半點聲音，但緊抓著封琛的那隻手冰涼，還一直發著顫。

經過半邊搖搖欲墜的斷牆時，從洞開的窗戶突然垂下來一團黑影，正正擋在兩人面前。

那是個倒掛著的女人，因為頸骨斷裂，脖頸被拉拽得很長，黑色的頭髮在空中飄揚，烏黑色的血從她嘴裡流出，再滑過鼻翼兩側，順著頭髮滴落到地上。

顏布布正對上女人那雙無神的眼睛，心跳似乎要停止，血液也不再流動，腦子裡一片空茫。

他聽見封琛在催他快走，卻已不知道怎麼邁步，封琛握著他兩腋往旁邊提，他兩腿就似木棍般在地上拖著。

離那堵牆遠了些，顏布布微微張著嘴，已經被嚇得發不出聲音，封琛便啞著嗓子去拍他的臉，「喂，顏布布，喂，說話。」

顏布布遲鈍地轉動眼珠看向封琛，再轉身死死摟住他的腰，牙齒格格打著顫。

封琛猶豫了下，沒將人推開，抬手在顏布布肩背上輕輕拍了兩下。

片刻後，兩人繼續往前，封琛不想再重溫和死屍面對面的場景，便隨時注意著四周，不斷調整路線。遇到實在避無可避的情況，他便命令顏布布閉眼，將人夾在腋下，匆匆離開那一段後再放下地。

隨著住宅區慢慢增多，廢墟上搶險救援的人也越來越多。

現在正是搶救倖存者的最佳時刻，一些住宅社區廢墟上，有人喚著自家親人的名字，用鋼條撬開那些不算太大的水泥板。因為全城斷電，條件好的在旁邊石頭上放著汽燈，條件不好的，就多點幾根蠟燭。

「好了好了，出來了，小心一點。」

右前方傳來歡呼聲，顏布布看見有人從廢墟下被抬了出來，只是右

膝蓋處血肉模糊，褲管下一截空蕩蕩的。

「止血針有嗎⋯⋯止痛的呢⋯⋯找條繩子來，先繫在斷口上面⋯⋯不行，血流得太多了⋯⋯」

空氣中瀰漫著濃重的血腥味，附在鼻腔粘膜上，黏稠得讓人窒息。顏布布被封琛拉著往前走，雖然害怕，卻又控制不住頻頻轉頭看那人，不知道他會不會死掉。

「⋯⋯救⋯⋯救命⋯⋯」

顏布布愣了愣，他好像聽到了輕微的求救聲。

封琛明顯也聽見了，他踩著碎石走向右邊，移開一塊門板，露出下方縫隙裡躺著的一名中年人。

「救⋯⋯救⋯⋯」中年人腰部以下被一塊板材壓住。

封琛站到他頭頂，兩手扶住他腋下往外拖，卻沒有拖動。

「卡⋯⋯卡住了。」中年人有氣無力地道。

封琛直起身四下張望，想找件合適的工具，身後卻傳來嘩嘩聲響。他轉回頭，看見顏布布不知從哪兒找了根鋼條，比他身高還長，正費勁地拖了過來。

「少爺，給。」

封琛接過鋼條，開始撬那塊板材上的泥磚石塊。剛開始拔高的少年，手臂上只附著層薄薄的肌肉，用力時微微賁起，流暢的線條在襯衫下若隱若現。

磚石很快被清理掉，封琛卻發現那板材一端被壓得死死的，除了使用機械，人力根本沒辦法搬動。

躺在縫隙裡的中年人已沒呼救，此時目光渙散，臉色灰敗，嘴裡喃喃道：「水⋯⋯」

「少爺，他想要喝水。」顏布布在旁邊說。

封琛喘著氣，手上不停，嘴裡吩咐道：「背包裡還有水，拿那半瓶的給他喝。」

顏布布很快取出半瓶水，小心地餵給中年人，封琛則用鋼條去刨他身下的石塊。既然撬不動，便乾脆挖深些，再將人拖出來。

顏布布跪在地上，兩手托著瓶身，餵了中年人幾口水後，突然問：「叔叔，你喝呀，怎麼不喝了？」

封琛手下一頓，停下挖掘的動作，側身去看中年人的臉，又伸出一根手指搭在他頸側。

幾瞬後，他將手裡的鋼條扔在一旁。鋼條噹啷著滾動，顏布布嚇了一跳，抬頭看著他。

「走吧。」封琛站起身。

顏布布還保持著餵水的姿勢，驚愕地問：「那這個叔叔怎麼辦？」

封琛淡淡道：「他已經死了。」

「啊！可他剛還在喝水啊，怎麼可能就死了呢？」

封琛沒有做聲，撿了一個黑色塑膠袋，回身蓋在中年人臉上，怕被風颳走，又在邊緣處壓了幾顆小石子。

做好這一切，他見顏布布還呆呆站在那兒，便問道：「不走？」說完便轉身往前走。

顏布布回過神，趕緊追了上去。

這條路是商業街，顏布布自覺地將手塞到封琛掌心，抓緊他的一根手指。

片刻後，低著頭的顏布布突然出聲：「少爺。」

「嗯。」

「剛才那個叔叔也會去天上嗎？」

封琛沉默片刻後回道：「嗯。」

「那我們路上看到的那些死人，全都去天上了嗎？」

封琛垂眸看了顏布布一眼。因為他低著頭，只能看見他的髮頂，凌亂捲曲的髮絲看上去很柔軟。

「嗯。」

顏布布安靜地走了一會兒，突然道：「少爺，你真好。」

封琛沒理他，他自顧自接著說：「我好喜歡你，要一直和你在一起，伺候你。」

封琛平常最怕聽他說這些肉麻話，只覺得身上都起了層雞皮疙瘩，便皺著眉道：「別說了。」

「為什麼？」

封琛說：「聽著煩。」

「可是媽媽最喜歡聽我這樣說。」

「我又不是你媽。」

顏布布沒再做聲，沉默片刻後，還是小聲說了句：「那你也不要把我丟下喔。」

封琛並沒在意他的話，只抬手摸了摸額頭，緊擰起了眉。

就這樣走了一陣，顏布布逐漸發現了封琛的不對勁。他的手越來越燙，行走速度越來越慢，明明腳下沒有石頭，可還是差點摔倒。顏布布忍不住抬頭去看，見他竟然像是要睡著了般，走路都閉著眼。

「少爺，這裡有石頭。」

顏布布見封琛就要撞上石頭，連忙扯住了他。

封琛勉力睜開眼，繞過了那塊石頭。

顏布布牽著他往前走，再抬頭時看見他又闔上了眼，身體搖晃著往左邊倒。

「少爺、少爺，你別摔了。」顏布布死死拖著他手臂，將人穩住。

封琛抬手撐住旁邊的磚牆，喘著氣道：「找個地方，休息、休息一會兒。」

顏布布左右看，尋了塊最近的平坦石頭，將封琛的手搭在自己肩上，扶著他往那裡走。

封琛大半個身體都壓在顏布布身上，雖然只有短短十幾步距離，兩人也跟跟蹌蹌走得很費力。

「你是不是累了？你腳也動一動，再走幾步就行了。」

顏布布將封琛扶到石頭上坐下，結果剛鬆手，封琛就斜斜朝著旁邊倒。他趕緊將人扶住，讓他的頭就靠在自己身上。

「少爺，你是走累了想睡覺嗎？」

封琛沒有回應，顏布布伸出頭看他。右前方有家店鋪燃燒著，火光映亮了封琛的臉，他臉色呈現不正常的潮紅，嘴唇也乾裂起了殼。

「你是生病了嗎？」顏布布學著平常他生病時媽媽的動作，用手背去貼貼封琛額頭，再貼貼自己的，「好燙啊，你生病了。」

封琛已經陷入半昏迷中，只翕動了下嘴唇，卻沒能發出任何聲音。

顏布布知道生病了要打針吃藥，要看醫生，可現在他去哪兒找醫生？他小心翼翼地取下封琛的背包，取出一瓶水，用大牙咬住瓶蓋，一點點地旋開。

「少爺，你喝水。」他將水湊到封琛嘴邊，小心地往裡餵。

封琛緊閉著眼，餵進嘴的水，又從嘴角淌了出去。

顏布布慢慢蹲在他面前，仰頭看著他，半晌後小聲央求道：「少爺，你不要睡了，醒一醒吧。」

封琛那排垂著的睫毛顫了顫，眼簾微微掀開，眼神迷蒙地和顏布布對視了兩秒，又重新閉上。

顏布布無措地看著他，湊上去貼著他額頭。封琛額頭比剛才還要燙，就連呼出的鼻息都是熱的，撲打在顏布布臉上，像是要將他那處的皮膚燒著。

「怎麼辦呢？怎麼辦呢？不行，我要去找藥，還要給他找吃的。」顏布布喃喃著。

他左右看了下，一個人也沒有見著，不遠處那家店鋪還在燃燒，更遠處則陷在一片黑暗裡。

「少爺，你就在這兒坐著等我，乖乖不要亂跑，我去給你找藥、找吃的。」

顏布布說完這句便跑了出去，跑出幾步後回頭，拿起背包塞到封琛腰後墊著，嘴裡繼續叮囑：「不要怕，我馬上就回來啊。」

他再次跑了出去，一直跑到被火焰照亮的範圍外，像是想起了什麼，遲疑著停下腳步。

接著風一般捲回來，拿起了手電筒。

「乖乖的啊，不要怕，我很快就回來。」

顏布布匆匆走在漆黑的街上。

他很不願意用手電筒去照兩邊，怕照著廢墟上的死人，但又不得不挨著一路看過去，希望能找到一家藥店。

這邊街上更不好走，到處是滾石，他不得不將手電筒叼在嘴裡，手足並用地從那些小山包上爬過去。

「我是……比努努，有一點胖嘟嘟……比努努……」

手心被冷汗濡濕，手電筒都有些拿不住，顏布布小聲唱著歌壯膽，白色光束從那些破敗的窗櫺、冷硬的磚牆上照過。

光亮掠過處，偶爾會看見石塊下有露出的肢體，其中一間房內，有具屍體可能被卡住了，維持著站立的姿勢，從尚未倒塌的門框裡和顏布布對視著。

顏布布的聲音戛然而止，幾秒後才飛快地移開手電筒，發出一聲類似嗚咽的吸氣聲。

他就這樣站在原地吸了好幾口氣，才拖動發顫的雙腿繼續往前。

片刻後，抖得已經變了調的哼唱再次響起。

「……比努努，我不怕，不怕死人，找藥的比努努……」

手電筒的光停留在街邊半張看板上，顏布布頓住了腳。

雖然房屋都塌了，街道變了個樣，但他卻認得這個畫著糖果的招

牌。這家店媽媽帶他來過，只要再爬過前方的石堆，糖果店的右邊就有一家藥店。

顏布布精神一振，加快了腳步，但走到石堆下後，卻再次停住不動了。石堆兩邊都是露出鋼筋的水泥板，堆疊得很高，他翻不過去，唯一能通行的小道裡，卻臉朝下地趴著一具屍體。

如果要從這裡通行，必須踩著屍體過去。

顏布布的腳，瑟縮地往後退了一步，猶豫片刻後，又往前跨了一步。接著再退，再前進。

最後他終於沒有後退，一鼓作氣走到了那具屍體旁邊。

屍體脖子上有個大洞，在慘白的手電筒光照射之下，呈現一圈凝固的烏黑色。

顏布布很怕，他很想掉頭離開，不停地跑，一直跑到少爺身邊。但是他更怕少爺沒有藥，就那樣死了，去了天上。

雖然天上現在很熱鬧，但顏布布不想所有人都去天上，最後只剩下他自己。

他沒能留住媽媽，但他一定要留住少爺。

「你、你好，請問我可不可以踩你一下？對了，你現在沒辦法說話。」顏布布顫抖著聲音問完，看了看四周，繼續細聲細氣地道：「那你不要生氣，我確實沒有辦法從別的地方過去。」

一陣風颳過，某處的塑膠袋在地上旋轉，發出沙沙摩擦聲。一隻劫後餘生的貓端坐在不遠處，兩隻眼瞳閃著光。

「貓貓，來陪我一下好嗎？」顏布布央求道。

那隻貓懶懶起身，不回頭地走了。

顏布布深吸了一口氣，猶豫半天，終於顫巍巍抬起一隻腳，踩在了屍體的腿上。

他扶著旁邊的石塊，臉色蒼白地往前走，嘴裡迭聲道歉：「對不起、對不起、對不起，我有點沉，我平常不該吃太多，對不起……」

終於通過了石堆，顏布布呼吸急促地繼續往前走。

他腳步很快，身體卻很僵硬，結果被一塊石塊絆倒，重重地摔在地上，手電筒也滾了出去。

這下摔得很沉，他半天才緩過氣，卻沒有立即起身，就那樣一動不動地趴著。

一陣風吹過，捲走了一聲低低的嗚咽：「媽媽……」

顏布布終於還是爬起身，撿起手電筒，一瘸一拐地走向藥店。

這段路有幾家商鋪，廢墟上也有了翻找東西的人，更讓他驚喜的是，那家藥店居然沒有倒塌，門還大大開著。

他走到門口，看見裡面有個大人，打著手電筒，正將架上的藥一瓶瓶往推車裡丟。

「叔叔。」

那人一愣，轉身用手電筒照著顏布布，看見是名小孩後，明顯鬆了口氣。

顏布布被手電筒光照得睜不開眼，卻語帶期待地問：「叔叔，您是醫生嗎？」

那人沒有理他，轉過身繼續拿藥。

「叔叔，您是醫生嗎？我哥哥生病了。」

那人頭也不回地道：「不是。」

顏布布眼裡浮起失望，但還是鼓起勇氣繼續道：「那您可以給我一點藥嗎？」

「走走走，去其他地方，別擋在這兒。」那人呵斥道。

顏布布瑟縮了下，但想到生病的封琛，又道：「叔叔，給我一點藥好嗎？我哥哥病得很重。」

那人終於轉過頭，順手從推車裡拿起兩瓶藥扔給他，「行了行了，拿著藥快走。」

顏布布手忙腳亂地接著藥，道謝後離開。

他並沒有即刻回去，而是走向了斜對面。

這家藥店對面有個麵包房，烤出的麵包很好吃，他想去找找，如果能找到一兩個麵包就好了。

生病不能光吃藥，還要吃東西才好得快。

麵包房已經倒塌了，他扒拉著那些石塊，終於發現了一袋麵包，密封在透明食品袋裡，壓得有些癟。

「哈！」顏布布高興地拿起麵包，吹著包裝紙上的灰土。

冷不丁旁邊伸過來一隻手，奪走了那袋麵包。

顏布布愕然地看過去，看見一名比他高大的胖男孩，正將那麵包抱在懷裡，轉身就要離開。

「你幹什麼？這是我找到的。」顏布布衝過去奪麵包，但他體型比那胖男孩小得多，被反手推了個趔趄，一屁股坐在地上。

「明明就是我找到的。」胖男孩就要離開，顏布布對著他憤憤地大喊了聲，又助跑兩步，對著他後背一頭撞去。

麵包在空中劃了道弧線，落在瓦礫上，胖男孩腳步不穩地跪倒在地，膝蓋重重磕在石頭上，哇一聲大哭起來。

「幹什麼？幹什麼？」

旁邊匆匆跑來一個女人，心疼地扶起胖男孩。

胖男孩邊哭邊指著顏布布，「他打我，還搶我的麵包。」

「我沒有打他，也沒有搶他麵包。」顏布布辯解道。

女人瞥了眼地上的麵包，氣勢洶洶道：「我兒子從來不打別人，別以為我沒看見，就是你搶他麵包，還動手打他。」

「我沒有，麵包本來是我找到的。」顏布布噘著嘴，蹲身去撿地上的麵包。

女人卻走了過來，喝道：「放手，麵包還給我兒子。」

顏布布將麵包抱在懷裡，女人便伸手去奪，顏布布蜷縮著護住麵包，女人就去擰他胳膊。

胳膊上傳來鑽心的疼，顏布布側頭對著那手腕咬了一口。

「啊！」女人驚叫一聲，收回手，怒道：「居然還咬人？你這個野孩子，沒有家教的東西，竟然還咬人？」

顏布布抱著麵包不說話，維持著護住麵包的姿勢，也不起身。

不遠處有人往這邊看，女人到底不好意思為了個麵包繼續爭搶，怒氣沖沖地轉身，拉著胖男孩走，嘴裡道：「就一個破麵包，咱們不要了，你爸剛找到了半袋麵粉，我等下給你做餃子吃，別和這種沒爹沒媽的野孩子計較。」

胖男孩被女人拉著離開，還有些捨不得那個麵包，頻頻回頭看。

顏布布就那樣一動不動地蹲著，直到女人憤憤的聲音消失在街盡頭，才慢慢站起了身。

他從原路返回時，天上突然響起幾道炸雷，接著便下起了大雨。雨點從黑沉沉的天幕墜落，沖刷著殘垣斷壁，泥水很快便四處流淌。

手電筒的光穿不透雨幕，顏布布跌跌撞撞地往回走，時不時摔上一跤，滾得像個泥猴。

他沒有剛才那麼害怕死人了，當道著歉踩過那具屍體後，還去旁邊找了幾張紙箱殼，蓋在了屍體上。

那家原本還在燃燒的店鋪，也快要被雨水澆滅，冒出滾滾黑煙。他匆匆經過時，老遠就看到靠在破牆上的封琛，身影被殘餘的火光映照得時明時暗。

封琛身形並不高大，還因為昏睡而低垂著頭，但顏布布只遠遠看著，心裡的恐慌就被驅走，突然就沒有那麼害怕了。

他踏著雨水跑到封琛面前，看見他周身也被雨水淋濕，濕漉漉的頭髮耷垂下來，擋住了額頭。

「少爺、少爺。」顏布布氣喘吁吁地喚道。

封琛沒有回應，臉色蒼白得驚人，顏布布下意識屏住了呼吸，手指慢慢往前伸，搭在他肩頭上。

手指下的衣料被雨水浸得冰涼，顏布布的心也越來越驚惶。

封琛卻在這時動了動手指，微微抬頭，半睜眼看著他。

因為發燒，封琛眼底都是紅絲，漆黑的頭髮耷垂在眉眼間，那張沾滿雨水的臉頰沒有半分血色。

但顏布布的心卻終於回落，眼眶都有些發熱，忙不迭地在胸兜裡掏藥瓶，「少爺，我給你找著藥了，吃完藥就不生病了。」

轟隆！

雪亮的閃電照亮天地，一道雷鳴炸響在耳邊。顏布布嚇得一個哆嗦，藥瓶又掉回兜裡。

「還是，還是先找個地方躲雨吧。」

顏布布剛才出去時，看見前方有個公車月臺沒有垮塌，可以去那兒避避。

他先去揹背包，但背包太重，剛揹上就一個後仰，拽得他像烏龜一樣，在地上翻了好幾下。

他只得放下背包，去攙扶封琛，自言自語：「我們不在這兒淋雨，我們去前面。」

封琛迷迷糊糊地被他扶著往前走，大半個身體的重量都壓在他身上。顏布布被壓得身體往旁傾，用盡全力才能撐住，細小的脖子往前伸著，上面鼓起了青筋。

大雨中，兩人藉著旁邊隱約的火光，歪歪倒倒地往前走。

顏布布視線被雨水擋住，又騰不出手，只得像小狗一樣甩著腦袋，將臉上的雨水甩掉。

終於到了公車月臺，顏布布扶著封琛在長椅上坐著，自己又重新跑回雨幕，回去拿背包和布袋。

當他回到公車站後，看見封琛清醒了些，正斜靠在座椅背上看著他，也顧不上雨水還順著頭髮在淌，便去掏藥瓶。

雖然這幾天氣溫並不低，但淋了雨的衣服貼在身上，還是一片冰

涼，他哆嗦著道：「少、少爺，吃、吃藥。」

封琛視線在藥瓶上停留片刻，緩緩移開，又看著被泥水糊得看不出模樣的顏布布，嘴唇無聲地翕動了下。

顏布布旋開藥蓋倒藥，口裡喃喃著：「我、我上次生病是吃了幾顆呢？好像是、好像是大白一顆，小白兩顆，小黃一顆。可、可這是長條，該吃幾顆呢？這個的個頭、個頭和大白差不多大，應該也、也是一顆……」

他將藥和水，一併送到了封琛嘴邊，說道：「喝了藥就不會發燒，病就好了。」

封琛又瞥了眼放在身旁的藥瓶，那上面的藥名很清楚，一瓶是健胃消食藥，一瓶是維生素C。

「這藥不苦的，你就、你就昂昂頭，看，像這樣，一下子就吞下去了。」顏布布見封琛不張嘴，以為他怕苦，一邊安慰，一邊仰起脖子教他怎麼吃藥。

封琛垂眸看著嘴邊的藥，還有端著瓶蓋的那隻手。

小孩的手原本很白嫩，手背上有四個小窩，但此時那手不停發著顫，指甲裡都是泥土，指節上還有劃破的血痕。

「啊──」顏布布殷切地看著他，張開了嘴。

封琛睫毛顫了顫，也跟著微微張嘴，顏布布手疾眼快地將藥倒進去，又餵他水，「快，喝水沖下去，不要吐出來。」

等封琛喝完藥，顏布布將藥瓶放進背包，又蹲在封琛面前，一瞬不瞬地觀察著他，問道：「好了沒？」

封琛幾不可見地點了下頭。

顏布布見封琛吃了藥，又去掏鼓鼓的胸兜，窸窸窣窣地掏出來那個麵包。

麵包已經被壓得不成樣子，包裝袋裡層糊滿了乳酪，他又撕又咬地弄開包裝袋，遞到封琛面前。

「少爺，吃點東西。」顏布布的臉從麵包後探出來，「吃了麵包才好得快。」

封琛本就難受著，沒有半分食欲，下意識便側頭避開，但顏布布將麵包鍥而不捨地往他嘴邊遞，「少爺吃，藥太苦了，吃點甜的，這種麵包很好吃。」

他臉頰上糊著一道一道的泥，一雙眼卻黑亮得驚人，睫毛帶著水，眼尾幾簇便糾纏在一起。

「少爺，吃吧、吃吧。」

被顏布布殷切地催著，封琛不自覺就張了嘴，咬一口麵包，讓淡淡的甜香在口腔內溢開。

「我對你好不好？」見他在吃了，顏布布湊近了小聲道：「我還是很厲害的，能找藥也能找吃的，你不要扔掉我，我以後就這樣伺候你，餵你吃東西。」

封琛瞥了他一眼，繼續嚼著麵包。但他到底還發著燒，只吃了一點便再也不吃了，顏布布只得吃掉剩下的一半。

封琛一直靠牆看著他，見他津津有味地吃完麵包還想吮舔手指，便聲音虛弱地阻止。

「……不許舔手指。」

「唔，好，不舔。你怎麼樣？吃了藥病好了嗎？」顏布布湊近了看封琛的臉，還將自己額頭貼了上去。

「怎麼還是這麼燙啊，不是剛吃過藥了嗎？」顏布布帶著幾分迷茫地喃喃著：「難道吃得不夠，還要再加上幾顆？」

「……夠了。」封琛搖頭，「要等……已經夠了。」

顏布布恍然：「對喔，我生病吃過藥後，也要好幾天才會好的。」

封琛此時感覺不到冷，他的身體已經不像是自己的，但見顏布布一直發抖，便艱難地轉頭左右打量。

月臺後方原本是個展示廳，幾個大展示櫃四分五裂地壓在磚石下。

有一個大展示櫃還算完整，側翻在地上，櫃門半開，玻璃都沒有碎。

「去，把裡面的絨布扯出來。」他對顏布布說。

「嗯。」

展示櫃裡墊著一層紅色絨布，顏布布呼啦啦將整張布都扯掉，抱了一大團回來。

封琛道：「把濕衣服脫了。」

顏布布上前兩步，伸手去脫他身上的外套。

「脫你自己的……都脫掉。」封琛說。

顏布布開始脫衣裳，但燈芯絨面料的背帶褲浸了水，扣眼澀得半天都解不開，他就在那裡粗暴地拉扯。

封琛只能將他喚到跟前，抬手幫他解開。

光解紐扣這個動作就幾乎耗盡了他所有力氣，所以在看見顏布布不光脫掉 T 恤和背帶褲，還開始脫小褲衩時，也沒法出聲將他喝住。

顏布布將全身扒了個精光，不用封琛吩咐，自己爬上長椅，將絨布往身上裹。

封琛勉強支撐到了這會兒，再也堅持不住，耳邊隱約傳來顏布布的聲音，像是隔著一層深水般模糊不清。

「這個好暖和啊，少爺，裹著這個好舒服。」

「你也把濕衣裳脫掉，我給你脫。」

他模糊地看到顏布布像是條蠶蛹，一拱一拱地靠過來，便又陷入了昏沉中。

封琛睜開眼，視野裡是一片白茫茫，他抬手擋住眼，等到適應這突如其來的光線後，才開始打量四周。

這是一片雪原，整個世界仿似只有無盡的白，看不到其他任何東

西，也看不到邊際，只有雪片被風捲著，在空中翻騰飛舞。

他伸手接著一片雪花，那晶瑩剔透的六角形便靜靜躺在他掌心，始終沒有融化，也感覺不到冰涼。

封琛覺得現在是在做夢，不然怎麼會突然身處在這個場景？可若說是夢，他又太過清醒，沒有半分身在夢中的渾噩感。

雖然四周都是無邊無際的雪原，他心裡卻並不慌亂，反而充滿了安全感，似乎這就是他的安身之處，是他的避風港。

他在雪原裡漫無目的地走著，直到視野裡出現一團奇怪的東西。

那是個浮空的橢圓形物體，如同一個大蠶繭，泛著柔白的光芒。隨著越走越近，他看見那大蠶繭的外殼其實呈半透明狀，裡面似乎裝著團黑色的東西。

這一切都很怪異，但他絲毫不害怕，甚至感覺到親切和熟悉。

他在大蠶繭旁邊站定，慢慢伸出了手，貼上那半透明的外殼。

外殼沒有想像中的冰冷和堅硬，觸感溫潤，和人的體溫一般，他手掌按上去後會輕輕下陷，像是雞蛋裡面包裹著蛋清的那層纖維質膜。

他能感覺到掌心下，似乎有什麼在對他輕輕回應，和他心臟同一個頻率在搏動。

撲通、撲通……

封琛靜靜感受著，覺得內心無比安寧，便將頭也靠了上去，慢慢閉上了眼睛。

【第二章】

少爺，
我們現在去哪兒？

◆———————◆

封琛手裡拎著好幾件長袖 T 恤，面無表情地道：「那你到底想要哪件？」

「嗯……我想想，這件黃色的也好看，但是有薩薩卡。我不喜歡薩薩卡，他老是搶比努努的爆米花，不過他比黑暗巫要好，黑暗巫真是太壞了。」

顏布布這晚上實在不好過。

封琛昏睡過去，怎麼也喊不醒，他費了很大的勁才將他身上衣物脫光，裹上絨布。還好這絨布又大又長，他自己裹住一端，另一端還能將封琛裹個嚴實。

那家店鋪的火終於熄滅，周圍陷入一片純粹的黑，電閃雷鳴時，又突然被照得慘白。

顏布布聽著嘩嘩雨聲，緊貼著封琛，總覺得他安靜得讓人害怕。

他疑心封琛是不是還活著，便不時摸索著將手放到他胸口，看那裡還在跳動沒有。

折騰了一整天，他又累又睏，被捧著的胳膊肘和膝蓋也火辣辣地疼，迷迷糊糊要睡著時，封琛又開始發抖。

他抖得很厲害，整個人痙攣地縮成一團，牙關卻咬得很緊。

顏布布沒有其他辦法，只能緊緊摟著他，一遍遍小聲哀求：「少爺，你不要抖了，不要抖了，我好害怕……」

好在封琛終於平靜下來，陷入了沉沉昏睡，又驚又怕的顏布布，也疲憊不堪地睡了過去。

封琛醒來時，雨已經停了，太陽掛在正中。

他先拿過背包，摸到密碼盒還在，又看了眼腕錶上的時間，顯示是上午 10 點。

他現在沒有發燒，只是身上有些痠疼。側頭看顏布布，見他已經將絨布踢掉，全身袒露地躺在長椅上，但腦袋卻嚴實地裹在絨布裡，只露出一叢烏黑的捲髮。

若不是那小小白白的胸膛在起伏，封琛都懷疑他已經被悶死了。

剛想站起身，他才發現自己全身也光溜溜的，連條褲衩都沒剩下，趕緊找衣服。

他的衣服都搭在椅背上，現在都已經乾了，只是穿上身後，皺得不成樣子。

顏布布自己的衣服就胡亂扔在長椅一頭，板結成一塊，糊得差點認不出來。他過去拿在手中抖了抖，上面的泥塊就簌簌往下掉。

顏布布正做夢被蜘蛛網蒙住口鼻，就被推醒，他迷迷糊糊地睜眼，便看見了封琛那張好看的臉。

「少爺，蜘蛛網……你扯掉啦……」

封琛沒聽清，俯下身拍了拍他的臉，「別睡了，該起來了。」

顏布布嘟囔著坐起身，抬手揉著眼睛，肚皮上幾圈小肥肉堆著，肚臍眼都快見不著了。

「少爺你怎麼在這兒，我媽媽……」

顏布布突然想起了什麼，一句話戛然而止。

封琛像是沒聽見似的，去另一頭收拾背包，整理好後回頭，見顏布布還垂頭坐著沒動。

「穿鞋吧，穿好鞋我們去找點吃的。」

顏布布很輕地嗯了聲，又揉揉眼睛，轉頭去找自己衣服，封琛卻說：「那衣服不能穿了，先把鞋穿上。」

顏布布穿上鞋，開始對付令他頭疼的鞋帶，好半天才繫了個鬆鬆垮垮的結。

剛光溜溜地站起身，封琛便將西裝外套披在他身上，又蹲下身，替他一顆一顆繫好紐扣。

這件西裝對顏布布來說太大了，一直蓋到腳背，像是罩了只口袋。待封琛去揹背包，他甩著過長的袖子，猶猶豫豫地道：「少爺，要不，我還是穿我自己的衣服吧。」

封琛轉過身，看到他這副模樣，沉默一瞬後道：「不行，你那衣服不能穿，全是泥。」

顏布布有些為難，伸手撓撓臉，手指卻伸不出來。

封琛說：「過來。」

顏布布聽話地走上前，封琛將他袖子挽了好幾圈，再給他重新繫緊

鞋帶，仰頭看著他，問道：「這樣好了嗎？」

顏布布勉為其難地點點頭。

「那能走了？」

「嗯，可以。」

顏布布聽話地掛上他那個天天超市的布袋，牽著封琛的手，走出公車車站。

太陽雖然挺大，但地面卻依舊是濕的，淋過雨的泥土形成一層厚泥漿，每一步下去，都發出撲撲的聲響。

頭頂傳來隆隆聲，顏布布抬頭看，看見了一架低空飛行的直升機，邊上還坐著個人，拿著擴音器對著下方喊。

「……每個街口，都有西聯軍發放食物和水，所有人尋找最近的發放點……」

待到直升機遠去，封琛便帶著顏布布去最近的街口，邊走邊問：「昨晚你去哪兒給我找藥的？」

顏布布指著前方，「就那前面，那裡有一家藥店。」

封琛問：「那藥是你自己取的？」

「不是，是藥店裡一位好心的叔叔給的，他正在裝藥，我問他能不能送我一點，我哥哥病得很重，他就給我了。」

封琛嗯了一聲，示意自己知道了。

走到一座石堆前，顏布布突然靠近他，有些緊張地提醒：「就在那兒，那兒趴著一個死人，我們要從他身上踩過去。不過你不要怕，我已經給他蓋了東西。」

封琛看著石堆通道裡的那團隆起，上面搭著幾張紙箱皮，便頓住腳步問道：「昨晚你一個人踩著他過去的？」

「嗯……回來的時候一個人，去的時候旁邊還有隻貓貓。」顏布布心有餘悸地打了個冷戰。

封琛沒再問什麼，將背包換到胸前掛著，走到他面前蹲下身，

「來，我揹你。」

「我可以……」

「快點。」

顏布布不敢再推卻，便小心地爬到封琛背上。

這還是封琛第一次揹他，他有些受寵若驚的緊張，媽媽經常說他又胖又沉，他怕壓著封琛了，便深深提了一口氣，覺得這樣自己沒準會輕些，能減輕負擔。

封琛卻沒有去那條通道，而是從左邊的石堆往上爬。雖然揹了個顏布布有些吃力，但每一步都走得很穩。

「少爺，我是不是很重啊，要不你放我下來自己走吧。」顏布布湊到他耳邊小聲道。

封琛將他往上托了托，「沒事，別下來。」

顏布布聽他只說沒事，卻沒說自己不沉，心裡更是不安，又深深提了口氣。

封琛的肩背有些單薄，衣領被扯得微微後垮，顯出後頸背繃緊的薄薄肌肉。

顏布布將下巴擱到他肩上，心想他要是反對，自己就迅速抬起頭。但封琛一直沒有管他這個舉動，他便一直將下巴擱在那兒。

「少爺，你真好，我好喜歡你。」顏布布由衷地說。

封琛又開始冒雞皮疙瘩，「閉嘴。」

翻過石堆，顏布布下了地，封琛抬起手腕，對著多功能手錶低聲講述，記錄著身體狀況。

這是教官的要求，他也從來沒有間斷過記錄。

「……根據監測資料，體溫曾高達 41 度，中間沒有服藥……」

顏布布頓時停下了腳步。

封琛瞥了他一眼，繼續道：「……中間有服過藥，維生素 C 和消化類藥物，藥效很好，一個小時後便退燒。」

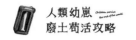

顏布布滿意地重新提步。

顏布布轉過一個街口，就看到前方排著長長的隊伍。

「少爺，他們在領吃的。」他眼睛放出光。

「我看見了。」

兩人排在隊伍後面，跟著人群往前走。

兩輛軍用履帶車停在前方，士兵往下遞著食物，上前的人都能領到兩瓶水和兩個麵包。

七、八名士兵在維持秩序，腰間都別著槍。

片刻後，兩人已經快排到了，卻看見右前方有士兵拿著檢測儀，每個經過的人都伸出手腕，讓檢測儀提取身分資訊。

合眾國的個人身分證明，都是以生物晶片的形式儲存在手腕皮膚下，只需要用檢測儀掃描，姓名來歷都顯示得一清二楚。

「吳凡，你是陸勒城的居民，為什麼到海雲城來了？」士兵抬起眼，打量著眼前的男人。

男人忙道：「我來海雲城看望朋友，恰好就遇到地震，這不，只能留在這兒了。」

「你哥哥叫做吳迅，是陸勒城東聯軍的一名中士，對嗎？」士兵低頭看檢測儀。

男人錯愕地問：「我哥哥是東聯軍沒錯，難道東聯軍的親屬在你們這裡領取食物都不行嗎？」

「沒說不行，我們西聯軍和東聯軍都是為了合眾國效力，不分彼此……」士兵說出一句誰也不信的話後，嘴角又露出一抹冷笑，「可是你還有個弟弟，居然加入了安倣加教會？」

男人臉色驟變，「我……我弟弟……我已經很久沒和他聯繫了。」

士兵慢慢抬起頭，神情陰沉，「來海雲城看望誰？為什麼資訊庫裡查不到你來時的行程消息？」

男人左右看了下，似乎想尋求其他人的幫助，但所有人都沉默不語，他又只得轉回視線。

「長官，我真的和我弟弟沒什麼聯繫，我也不知道什麼安倣加教會，是跟著旅行團順便來……」

「站一旁去。」士兵冷聲打斷：「等會兒接受調查後再說。」

幾名維持秩序的士兵留意到這邊動靜，警惕地走了過來，邊走邊拔出腰間的槍枝。

男人終於不敢再說什麼，走出隊伍站在了一旁。

顏布布感覺到握住自己的那隻手變緊了，便抬頭看向封琛。只見他神情嚴肅，嘴唇緊抿成一條直線。

「走。」

顏布布被扯了下，跟著封琛悄無聲息地離開了隊伍。

兩人快步走向旁邊一條小巷，並沒引起其他人的注意，但在鑽進小巷時，一名離得最近的士兵轉身回頭，恰好就看到了封琛的背影。

這種時刻，沒人會在還未領取到食物時便離開，那名士兵心裡生起了警覺，也快步跟了上來。

士兵走到小巷口，發現前面已經沒有了人影，巷道曲折蜿蜒向前，只散落著一些碎磚瓦礫。

他手摸到腰間的電棍，繼續後移，取出了手槍，探頭往身邊的斷牆裡望。

斷牆內沒有人，士兵舉著槍一步步慢慢向前。

顏布布躲在一塊水泥板後，緊貼著封琛，聽著水泥板後沙沙的腳步聲，大氣也不敢出。

他從小就清楚，城裡的兵有兩種，西聯軍和東聯軍。媽媽帶他上街，檢查過身分後，東聯軍會對他們很客氣，而西聯軍態度則冷冰冰

的，媽媽也會帶著他快速離開。

雖然西聯軍有點凶，但平常看見後也不會躲，現在少爺卻帶著他躲起來，讓他覺得要是被抓住的話，一定會有什麼不好的事情發生。

「嗨，我看見你了，別藏了，出來吧。」

士兵的聲音就在斷牆後響起。

顏布布嚇得渾身一抖，封琛卻握緊他的手，並對他搖搖頭，做了個噤聲的動作。

顏布布趕緊用袖子捂住了嘴。

「不管你曾經犯了什麼罪，大難當頭，先把這關過了再說，出來吧，放心，不會對你怎麼樣的……」士兵的聲音放得很溫和，子彈卻咔噠上膛。

封琛弓著背，從後方探出了頭。

因為這個動作，他的襯衣襬往上撩起，露出一小片勁瘦的腰，就像一隻蓄勢待發的獵豹，每一塊肌肉都做好了突刺的準備。

士兵似察覺到什麼，就要轉頭，封琛卻在這瞬間撲了出去。

顏布布嚇得抖了下，卻聽到牆後面只傳來撲一聲悶響，除此外再也沒有其他聲音。他連忙爬出水泥磚，看見一名士兵撲在地上一動不動，封琛則愣愣地站在旁邊。

「少、少爺。」顏布布開口喚他，聲音都變了調。

封琛沒有回應，他臉上神情很古怪，看著自己握成拳的右手，嘴裡喃喃著：「我就打了他一拳……」

「少、少爺，你把他打死了嗎？」顏布布站起身，用腳去撥地上的槍，小心地撥到更遠。

封琛回過神，道：「沒有，只是打到太陽穴，打昏了。」

士兵腰間的對講機傳出聲音：「李本，李本去哪兒了？李本，收到立即回答。」

封琛神情一凜，「走，他們馬上要來找人，我們得趕緊離開。」

他去斷牆後拎起背包，牽著顏布布就往巷子另一頭跑，剛剛跑出巷子，就聽到另一頭傳來紛雜的腳步聲。

顏布布跑不快，封琛乾脆一把拽住他後衣領，拎著人開始飛奔，他身體便半懸在空中，只有前腳掌碰著地面。

西裝太大，顏布布身體漸漸下沉，只露出雙眼睛還在領口外。他擔心自己會從領子裡滑出去，一邊拚命倒騰雙腿，要跟上封琛的速度，一邊轉著眼珠四處張望。

左前方有排垮塌的平房，最邊上一間房還堅持著沒倒，搖搖欲墜地傾斜成一個驚險的角度。那間房的大門被堵死，但右牆根下有一個小洞，大小能容下一人通過。

「少爺、少爺。」他趕緊大喊，用手指著那處洞口，「快看。」

後面的人快要追出巷子，封琛來不及多想，拎起顏布布就衝了過去，將人往洞口裡塞。

顏布布也很靈活，動作飛快地往裡爬，封琛緊跟在後面鑽進去，隨即又伸出手，摸了兩塊碎石，遮擋住洞口。

紛亂的腳步聲在附近停下，傳來幾個人的對話。

「跑哪兒去了？這外面沒看到人，也沒地方藏身啊。」

「那有一間房子，看看去。」

「大門堵死了的，看樣子隨時都要垮，別靠得太近。」

「是。」

顏布布和封琛緊貼在牆壁上，聽著腳步聲越來越近，圍著這間房沙沙響了一圈後，停在了洞口處。

兩塊堵住洞口的石頭被掀開，透進了一束光亮，接著光亮被擋住，有人蹲下身，想探頭往裡看。

顏布布緊抓著封琛的衣角，看他輕手輕腳地摘下背包，放在旁邊角落，順手拿了樣東西蓋住，只覺得心跳得快要從喉嚨眼蹦出來。

就在這時，房屋突然開始搖晃，四處吱嘎作響，洞口也簌簌地往下

掉牆皮。

「他媽的還有餘震，快退回來，當心這房子要塌了。」不遠處有人喝道。

另外的人大聲附和：「走吧，也許人還在巷子裡沒出來，回頭去找找。」

洞口的人回應後起身走開，光線重新透了進來。

顏布布依舊屏息凝神，直到那些人的聲音徹底消失，才扯了扯封琛衣角，小聲提醒：「少爺，他們都走了。」

封琛沒有回應，顏布布去看他，發現他正仰頭盯著天花板，神情凝肅，像是發現了什麼不同尋常的東西。

他也跟著仰頭看去，卻只見幾塊欲墜未墜的水泥板，其他什麼也沒見著。

「少爺。」他茫然地喚了聲。

「嗯，等等。」封琛依舊仰著頭。

頂上水泥板被透進來的光線照亮，上面有數道深色的細繩。但那細繩不是直線，而是彎彎曲曲附在水泥板上，有些地方已經嵌入水泥，像是生長在裡面一般。

「手電筒。」封琛伸出手。

顏布布連忙打開牆角的背包，取出手電筒遞到他手上。

封琛照亮水泥板，看清那並不是什麼細繩，而是深綠色的藤蔓，其間還綴著深心形的葉片。應該是綠蘿。

綠蘿四處蜿蜒，還箍緊了幾大塊碎石。他順著最粗的那條主杆照下去，看到牆邊有個裂開的花盆，綠蘿根已經長入地裡。

他伸手去扯，綠蘿藤卻異常堅韌，附著牢固，扯了幾次都紋絲不動。他腦子裡突然冒出個不可思議的想法，莫非這房子在大地震時沒塌，是被綠蘿給托住了？可那場地震的發生就在瞬間，除非綠蘿也能在那幾秒內伸出藤蔓才行。

他瞬間又否定了這個想法，畢竟電影裡才能發生的情節，放在現實裡明顯不可能。

但儘管如此，這些綠蘿也有些詭異，讓人後背心發涼。

「走了，出去。」封琛對顏布布說。

顏布布一直盯著他，雖然什麼都不明白，卻也莫名跟著緊張。現在見他說出去，立即就轉身鑽出了洞口。

「少爺，我們現在去哪兒？」待封琛也出了洞，顏布布問道。

封琛揹好背包，抬眼看了下四周，說：「領取食物要掃描身分晶片，我們沒辦法，現在只能去其他地方找點吃的。」

「嗯，好，找吃的，走。」顏布布抬手摸了下空空的肚子。

他根本不會問去哪兒找吃的，只要封琛這麼說，他便跟著走。

兩人一直往前，再拐向右方，進入了中心城區。

曾經的中心城區高樓林立，夜裡更是燈火輝煌，一片繁華盛世。可如今放眼望去，滿眼皆是荒涼。

空無一人的街上淨是廢墟，破碎的玻璃幕牆反射著正午的刺眼陽光。街邊有一座攔腰斷裂的辦公大樓，下半段好好的，20 層往上便不見所蹤，應該垮塌在了四周。

兩人進了辦公大樓，偌大的接待廳空空蕩蕩，四處散落著文件紙，幾盆綠植倒在瓷磚地上。

「去樓上看看。」兩人又上了 2 樓，進了最近的一間屋子，找到飲水機，一人取了個紙杯，痛痛快快喝了個夠。

封琛喝完水便樓上樓下四處翻找，運氣還行，在一個緊閉的茶水間裡，找到了五瓶瓶裝水、三袋泡麵、一整條切片麵包，還有一盒巧克力和牛肉乾。

　　顏布布就跟在他身後，也沒有說話，時不時用舌頭頂自己掉了牙的那個豁口。只是在看見巧克力和牛肉乾時，一雙眼睛亮晶晶的。

　　兩人坐在沙發上吃東西，封琛邊吃麵包邊清理行軍背包，顏布布在專心對付牛肉乾包裝袋，用手撕，用牙咬，用力得腦袋都在跟著發顫。

　　封琛接過他那袋牛肉乾，手指小心避開被咬得坑坑窪窪塗滿口水的一端，從另一端撕開，遞還給了他。

　　顏布布拿出一條後卻沒有自己吃，而是伸到了封琛嘴邊，開心道：「少爺，吃。」

　　封琛垂眸看著他手指，見那細白的手指不大髒，只有一點灰土，便將牛肉乾咬進了嘴。

　　他嚼著牛肉乾，把背包裡沒用的物品清出來，再將泡麵和瓶裝水裝進去，最後取出那個密碼盒，拿在手裡仔細查看。

　　這是個銀灰色的金屬盒，大小和香菸差不多，不過是正方形，表面很光滑，其中一方是數字密碼鍵。他只知道裡面裝著重要機密，卻不知道究竟是什麼，也不清楚打開盒子的密碼。

　　顏布布在一旁絮絮叨叨：「我可以將牛肉乾捲在麵包裡吃嗎？」

　　「可以。」

　　「再在中間夾一塊巧克力呢？」

　　「嗯。」

　　顏布布在麵包中間捲了牛肉乾和巧克力，舉到封琛眼前，「少爺，看我的魔力果三明治，你要嗎？」

　　「不要。」封琛想像不出來夾著牛肉乾和巧克力的麵包是什麼味道，果斷拒絕。

　　外面突然響起了履帶車的轟響，還有擴音器傳出的講話聲，聲音由遠而近，逐漸變得清晰。

　　「……所有倖存者都去往海雲塔，經過身分登記後，便可進入地下安置點……」

封琛走到窗邊，只見兩輛裝甲坦克在前方開道，後面跟著幾輛站著士兵的履帶車。

街道兩旁的殘破樓房裡，陸續走出一些人，經過手腕上的資訊掃描讀取後，跟在了車後。

封琛轉回身，見顏布布沒有吃東西，只不安地看著自己，便說：「我們不能去。」

「嗯，我知道的。」顏布布瞭解地點頭。

他還穿著封琛的西裝外套，一雙全是泥的腳垂掛在沙發邊。

因為坐著的關係，西裝往上爬，兩條藕節似的腿露在外面，小豆豆也若隱若現。

封琛有點彆扭地移開視線，說：「雖然現在不能去，但還是可以想辦法，不過現在最要緊的，是得先給你搞套衣服穿穿。」

「其實我就穿這個也是可以的。」顏布布說

封琛面無表情道：「不可以。」

「唔，那行吧。」顏布布側過頭，看見背包口露出的那個密碼盒，有些好奇地伸手指戳了戳，問道：「少爺，這是什麼啊？」

封琛沉吟道：「具體是什麼我不知道，父親只跟我說過，這盒子關係到東聯軍的未來以及很多人的生死，所以不能讓西聯軍拿到。他還說如果遇到什麼緊急情況，要我一定記得保管好密碼盒。」

「那西聯軍是壞人嗎？」顏布布問。

封琛道：「說不上，但是如果我倆的身分被西聯軍知道了，情況不會太好。」

「是要把我們打死嗎？」顏布布瞪大了眼睛。

封琛說：「不會，但會拿走密碼盒，也會將我們扣起來，用於和我父親談條件。合眾國馬上不是要總統大選了嗎？他們可以……」

封琛的話突然卡住……

——現在海雲城都這樣了，其他城市都沒派人來救援，情況應該

也很糟糕，哪還有什麼總統大選？

「他們可以怎麼了？」顏布布還在追問。

封琛搖搖頭，「不怎麼，反正能藏就藏吧，實在藏不住了再說。」

他將密碼盒放進背包最裡面，說：「今天白天我們就在這裡，等到晚上再出去。到時候我帶你去找個人，如果他還活著的話，應該能幫助我們。」

「嗯，好。」顏布布繼續吃他所說的魔力果三明治。

封琛瞥了他一眼，「坐好一點。」

「喔。」

「腿併攏些。」

夜幕降臨，兩人離開辦公大樓，先去街上找到了一家服裝城。這裡只垮塌了一半，幾盞汽油燈掛在門口，裡面還有些人。

封琛按亮手電筒，帶著顏布布往最裡面走，進了一家戶外用品店。

店裡很安靜，手電筒光映在櫥窗模特兒臉上，慘白得有些嚇人。顏布布只瞥了眼，就立即轉頭，緊緊貼著封琛。

封琛的個頭接近一米七，從架上取下 S 碼的衝鋒衣和 T 恤，想要脫衣服，卻發現衣角被顏布布抓著。

「別怕。」他低聲道。

顏布布剛想說我不怕，便又看見旁邊的模特兒，嚇了一跳，反手將封琛大腿抱住。

封琛順手扯了幾件衣服，將那幾個模特兒的頭都蓋上，顏布布這才鬆手。

封琛放下包，脫掉襯衫，上半身便暴露在空氣中。

正在抽條的少年體型修長勻稱，骨骼上只覆蓋著一層薄薄的肌肉，

卻絲毫不顯屋弱。隨著他的動作，肌肉線條也在流動，隱隱露出了超出同齡人的強悍。

　　他穿好灰色T恤和深藍色衝鋒衣，又扯過幾條褲子在身上比劃。在伸手解皮帶時停住動作，轉頭看向身後的顏布布。

　　顏布布正一瞬不瞬地盯著他，一雙大眼睛清亮坦然，完全沒有迴避的意思。

　　「顏布布，你去架子上幫我拿雙鞋子。」封琛說。

　　「喔。」

　　顏布布答應得爽快，腳下卻沒動，封琛的手又從皮帶上移開，「去呀，拿那雙黑色的戶外鞋。」

　　「喔。」

　　封琛想了想，將擱在旁邊的手電筒遞給他，他這才慢吞吞地往左邊鞋架蹭了過去。

　　顏布布走到鞋架前，拿起那雙戶外鞋，轉身時，視網膜邊緣掠過一團黑影。

　　他側頭看去，什麼也沒見著，但處在手機電筒的照射範圍外，有一對淺黃色的眼睛，在黑暗中發出亮光。

　　「啊！」顏布布嚇得魂飛魄散，手上的鞋掉在地上，剛穿好褲子的封琛立即轉身問：「怎麼了？」

　　顏布布飛快衝到封琛身旁，躲在他身後，嚇得語無倫次地指著鞋櫃左邊，「那裡、那裡，鬼，那裡，眼睛在看我……」

　　封琛順著瞧去，被半塊木製板擋住了視線，便從背包裡摸出匕首，準備過去看看。

　　顏布布死死摟著他大腿，慌張地道：「少爺別去，別去，有鬼。」

　　「沒事。」封琛將他手掰開，安撫道：「你跟在後面，用手電筒給我照亮。」

　　到了木製板後，那裡卻什麼也沒有，只有兩隻散落的鞋子。

顏布布從封琛身後探出頭，心有餘悸地道：「剛才、剛才就是在那兒有對眼睛。」

話音剛落，左邊鞋架頂上便無聲無息地撲下來一團黑影，在空中亮出鋒利的爪子，對著顏布布的臉劃來。

那爪尖如尖刺般鋒利，如果這一下劃中顏布布的臉，遠遠不止皮開肉綻那麼簡單。

顏布布還沒發現頭頂襲來的危機，只探頭看著牆角，封琛卻在這瞬間突然轉身，以迅如光電的速度揮出右手。

隨著一道銀白色的冷芒閃過，店內響起一聲淒厲的嘶叫，有東西重重跌落在地上。

封琛轉動手中匕首，又是一刀刺下，那東西反應也很靈敏，忍痛在地上滾了半圈躲過這一刀，接著飛身躍到了鞋架上方，一瘸一拐地緊跑兩步，鑽進了通風口。

顏布布一直遵從著封琛讓他照亮的命令，哪怕嚇得縮著脖子，也讓光束始終追在那東西身上。

那是一隻體態壯碩的猴子，只見牠很快就消失在了通風口，啪嗒啪嗒地跑遠。

顏布布不禁打了個冷戰，不可思議地道：「少爺，你看見了嗎？是隻猴子。」

封琛看著手中的匕首在發怔。

他剛才的反應速度超出了平常水準。猴子撲下來時沒有發出動靜，他卻在那瞬間感受到了危險，從而拔出匕首揮出，一氣呵成。

顏布布還在迭聲問：「為什麼猴子會想打人？毛栗那麼乖的，牠為什麼想打我？」

「毛栗？」封琛回過神，不解地問道。

「你沒看《毛栗歷險記》嗎？剛才就是毛栗呀，一隻猴子。」

顏布布滿臉都是震驚，又夾雜著難過，「我那麼喜歡毛栗，可牠居

然要打我。」

　　封琛不知道《毛栗歷險記》，但想也明白是動畫片，便沉默地重新拿了雙鞋開始穿。

　　「……我都沒有惹牠，我也不是壞蛋，可毛栗從來不打好人的，難道我其實是壞蛋嗎……」

　　顏布布一直在難過地絮絮，封琛終於沒忍住：「那不是毛栗，那就是隻普通的猴子。」

　　「不是毛栗嗎？」

　　「不是。」

　　「那牠是誰？」

　　「我不認識。」

　　「那牠……」

　　「反正不是毛栗。」

　　「喔。」

　　顏布布又問：「那猴子為什麼會在這兒？」

　　封琛也在思索這個問題，想了想後回道：「應該是動物園猴山裡的猴子，地震時動物園圍牆垮了，牠們就逃出來了。」

　　「動物園的猴子啊……」

　　封琛突然意識到，既然這是動物園裡的猴子，那麼其他動物，包括虎豹之類的猛獸也許也跑了出來，在四處遊蕩。

　　「那猴子剛才被你殺了嗎？」顏布布問。

　　「沒有。」其實剛才橫著那一刀，應該已經劃破了猴子腹部，活不活得下去很難說。

　　但他不會告訴顏布布，免得不知道又有多少廢話在等著。

外面陸續來了些人，讓這片區域也跟著熱鬧起來。

封琛從頭到腳換好衣服後，又選了一套換洗衣物，便帶著顏布布去了童裝區。

他手指從一排童裝上劃過，取下條牛仔背帶褲遞給顏布布，吩咐道：「先抱著。」

顏布布接過褲子，提在手裡左右打量，好奇地問：「少爺，這是給誰穿的啊？」

封琛正在取一件鵝黃色長袖 T 恤，「給你穿的。」

「我穿的？」顏布布看看背帶褲，又看看封琛，「可是、可是我可能穿不下。」

封琛遲疑地問：「這是童裝，你平常應該是穿童裝吧？」

「我不知道啊。」顏布布觀察著他的臉色，有些不確定地道：「不過我擠擠的話，應該可以穿的。」

「我看看。」封琛接過褲子，在他身上比劃了下，的確短了一大截，再翻看標牌，看清了上面的一行字：1-2 歲男童。

封琛將褲子掛回去重新選，這次每一樣都認真看了吊牌，還在顏布布身上比劃長短大小。

只是挑選 T 恤的時候，顏布布卻挑剔起來。

「這件的顏色我喜歡，和晴天一樣，藍藍的，但是沒有比努努，那一件上面有比努努。」

封琛手裡拎著好幾件長袖 T 恤，面無表情地道：「那件你已經試過了，說不喜歡。」

「那件的比努努和動畫片裡長得一樣，其實我很喜歡的，只是顏色不好看，是快下雨的那種藍，暗暗的。」

「那你到底想要哪件？」

「嗯……我想想，這件黃色的好像也好看，但是有薩薩卡。我不喜歡薩薩卡，他老是搶比努努的爆米花，不過他比黑暗巫要好，黑暗巫真

是太壞了。」

封琛額角跳了跳。

比努努就是個圓滾滾的小人兒，身材很圓，眼睛和嘴巴也很圓，像是一顆馬鈴薯上長出了眉眼和手腳。他乾脆將兩件都塞進顏布布的大挎包裡，剩下一件遞給他，「去穿上，把脫掉的西裝扔了。」

顏布布雖然挑選時各種挑剔，但聽說幾件都能留下，頓時心花怒放，愛不釋手地摸個不停。

等他換好 T 恤和背帶褲，封琛要給他選鞋子，他卻將兩隻腳往後縮，搖頭道：「不要新鞋子，就要穿這個。」

他指著腳上裹滿泥巴的運動鞋，「這是你以前穿過的鞋子呀，太太給我穿的，說你穿這鞋子跑了第一名。」

他言語裡透出滿滿的自豪，微昂著下巴，像是他自己跑了第一名。封琛見那鞋還很新，便沒有再說什麼。

兩人準備離開，剛走出童裝區，就見前方突然騷動，一群人驚叫著從幾家戶外用品店跑了出來。

「老鼠咬人啊，快打、快打，天啊。」

「這裡還有一隻，牠想咬我，快打牠，啊——」

場面異常混亂，忽明忽暗的光線裡，顏布布看見地上有十來隻大老鼠竄來竄去，還往周圍的人身上撲。

旁邊店內發出聲慘叫，有人舉著右手衝了出來，食指已經短了一截，一路灑著鮮血。

混亂中，一隻比筷子還長的老鼠對兩人衝了過來，封琛剛撿起一根衣叉，旁邊就衝出去一道小身影。

只見顏布布手上也握著衣叉，拚命抽打那隻老鼠，嘴裡還尖叫著：「我打死你、我打死你。」

他手下沒準頭，衣叉基本都敲在地上，眼看那老鼠要跑，封琛將他拉到身後，對準老鼠猛抽一棍。

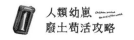

那老鼠頓時腸開肚破，躺著不動了。

「我打死你。」顏布布還在激動地對著老鼠尖叫，又轉頭氣喘吁吁地給封琛說：「別怕，老鼠交給我來打，家裡儲藏間有老鼠，媽媽和劉奶奶不敢進去，都是我去趕走的。」

前面也有不少人拿著棍棒和磚石打老鼠，地上很快就多了一堆老鼠屍體。

「他媽的，地震了不算完事，現在就連老鼠都來欺負老子。」有人一石頭砸死一隻老鼠後，喘著粗氣怒道。

突然有人驚恐尖叫：「怎麼、怎麼這麼多老鼠！」

紛亂的光束照向四周，只見那些牆角陰影和天花板縫隙裡，更多老鼠探出了頭。牠們凶狠地齜著尖牙，密密麻麻足足有數百隻，看得人毛骨悚然。

封琛心頭一緊，察覺到情況不妙，在顏布布揮舞著衣叉往上衝時，一把拉住了他。

「少爺，看我的……」

「快走。」

封琛拉著顏布布便跑，其他人這才反應過來，一起跟著跑。可老鼠們在這時也動了，牠們發出吱吱叫聲，追向奔跑的人群。

亂晃的手電筒光束裡，牆壁和地板上都是老鼠。牠們速度飛快，湧動著往前，很快就追上了最後面的人。

那人身上瞬間掛滿老鼠，對著他啃食撕咬，他慘叫著倒在地上，不停地翻滾哀嚎。

接連不斷的慘叫聲響起，更多人被攻擊，也有老鼠衝到了封琛兩人身後。

封琛將手電筒塞到顏布布手裡，大喝一聲：「給我照亮，報老鼠的方位。」

接著就揮動衣叉，將迎面撲來的一隻老鼠擊飛，砰一聲撞在牆上。

　　顏布布拿著手電筒四處照，嘴裡報著老鼠位置：「你那邊一隻，你這邊一隻，你那邊一隻……」

　　「說左右就行了。」

　　顏布布卡頓了一秒，「可是我分不清左右……那邊一隻！」

　　封琛揮舞衣叉猶如揮舞棒球棍，奮力擊飛一隻老鼠後道：「那就簡短點。」

　　「那，這，肚子，後背，那。」

　　兩人邊打邊跑，到了離大門百餘公尺遠的地方，這裡牆壁上有汽油燈，四周亮堂起來。

　　封琛轉頭看了眼，只見老鼠群已經淹沒了地板和牆壁，有人全身掛滿老鼠，跌跌撞撞地往外跑。有人已經倒下，老鼠便衝上去啃噬，發出牙齒摩擦在骨頭上的聲響。

　　「啊，那些老鼠、老鼠……」饒是顏布布再不怕老鼠，也被這一幕嚇呆了。

　　封琛一把扯下牆壁上的汽油燈，隨手撿起幾件散落的衣服，擰開燈座蓋，將汽油澆了上去。

　　衣服轟一聲爆出火光，已經衝上前來的老鼠又驚慌四散。

　　封琛用衣叉挑起燃燒的衣服，對顏布布大喝一聲：「你快出去。」

　　接著就衝到最靠前的幾人身旁，驅趕他們身上的老鼠。

　　那幾人已被咬得鮮血淋漓，待身上的老鼠一哄而散後，便忍著疼痛往外跑。

　　後面的人已經倒在地上，沒法救了，封琛不敢再停留，一邊往大門退，一邊揮動燃燒的衣服，逼退那些躍躍欲試撲上來的老鼠。

　　「少爺，小心後面有條凳子。」顏布布的聲音在身後響起。

　　封琛驚愕地側轉頭，「你還沒出去？」

　　「等、等你一起。」顏布布臉色煞白，卻也用衣叉挑著一件燃燒的衣服，「你別怕，家裡的老鼠都是我打的，我、我會保護你。」

老鼠懼怕火光，不敢靠前，兩人退到大門口時，外面傳來履帶車的轟鳴聲。

不銹鋼衣叉被燃燒的衣服炙烤，把手越來越燙，已經快握不住了。封琛見車上跳下數名西聯軍，便將衣叉往老鼠群裡一扔，夾著顏布布轉身往外衝。

那些老鼠異常凶狠，也跟著衝出大門，最前方的一名士兵，直接對著他倆和鼠群舉起了噴火槍。

那架式是要毫不手軟地按下噴火鍵。

封琛也不遲疑，在火苗噴出的同時便朝著右前方撲出。顏布布被他夾在腋下，烈焰呼嘯著從身旁掠過，臉龐都感覺到了灼熱的氣浪。

落地的瞬間，他被封琛抱著翻了個滾，抬頭時正對著大門，看見成群的老鼠被烈焰吞噬，尖叫著化為焦黑灰炭。

封琛坐起身，喘息著低聲問：「沒事吧？」

「沒事。」顏布布還有些懵，機械地搖頭。

封琛見他露在外面的皮膚沒有傷痕，只是頭頂幾縷捲髮被火苗燎得焦黃，便站起身道：「那我們走，離開這裡。」

現在若不趕緊離開，西聯軍處理完老鼠便要來盤查身分，那時就麻煩了。

撿起摔落在地上的背包，兩人匆匆往外走，離開了時裝城。

走了幾條街，就見前方也燃起了熊熊大火，還不斷發出爆炸聲。騰起的火光將半邊天空都映紅，也照亮了遠處聳立的海雲塔。

後方傳來摩托車轟響，幾輛重型摩托車播放著喧囂的搖滾樂，亮著刺目的大燈衝了過來。

雖然路面上淨是碎石，那些摩托車速度依舊很快，封琛趕緊拉著顏布布避到了路旁。

摩托車上是一群年輕人，他們興奮嘶吼，對著兩旁廢墟振臂歡呼，如同在慶賀節日一般。

一名年輕人突然揚手，朝一棟沒有倒塌的商鋪投出個玻璃瓶。

玻璃瓶撞牆破裂，隨著一聲爆炸悶響，商鋪開始燃燒。

從門口衝出個身上帶火的人，飛快地剝掉外套，又在地上打滾，這才將身上的火撲滅。

「哈哈！慶祝末日吧！哈哈！」年輕人們發出狂叫，再駕駛著摩托車繼續往前。

天上傳來直升機聲，雪亮的光束掃過殘垣斷壁，擴音器裡不斷響起警告聲：「摩托車騎士們注意了，你們已被鎖定，立即靠邊停車，立即靠邊停車，不然將對你們使用嚴厲的懲治手段。」

幾輛摩托車毫不在意，囂張地繼續往前，直升機的擴音器傳來報數開始倒數計時。

「十，九，八……三，二，一！」

倒數計時結束，直升機裡飛出一枚炮彈，拉著長長的白煙，直衝向最後一輛摩托車。

此時的摩托車隊剛好駛到兩人身側，封琛立即拖著顏布布，閃到旁邊的斷牆後。

砰！那輛摩托車被炸上了天。

顏布布在那瞬間失去了聽覺，腦子裡嗡嗡作響。他條件反射地想抬頭，被封琛將腦袋壓下去，接著便是碎砂石落了滿頭滿背。

半晌後，他才被封琛拉起來，拍掉身上的碎石，走出斷牆。那些摩托車和直升機都不見了，凌亂的街道上又添了一堆鐵片殘骸。

顏布布看見封琛在對他說什麼，他卻一個字也聽不見。封琛皺起好看的眉，揉揉他的耳朵，又捏捏胳膊腿，在查看他身上有沒有傷。

顏布布覺得大腿側有什麼東西在動，低頭一看，一隻大老鼠從挎包裡爬出來，跳到了地上。

這老鼠顯然是從時裝城裡帶出來的，應該也被爆炸動靜震暈了，歪歪扭扭地往前爬，像是喝醉了酒。

封琛沒管那隻老鼠，顏布布卻急急地衝了過去，抱起地上的石頭往下一砸，老鼠頓時沒了聲息。

「別怕，老鼠交給我。」因為耳朵聽不見，他的聲音異常洪亮。

封琛走過來，按住他耳旁的穴位揉捏。

「少爺，我們現在去哪兒？」

封琛想了想，說：「去二營，找那個可以幫助我們的人。」

「什麼？」

「他是我父親的部下，還沒有撤離海雲城，我去找他碰碰運氣。」

「什麼？」

封琛也懶得再解釋，只說了一個字：「走。」

「好。」顏布布這下聽清了。

兩人繼續往前走，被汽油瓶點著的商鋪就那樣燃燒著，沒有人救火，反正等到燒光了，自然也就熄滅了。

「少爺，你看。」顏布布突然扯了扯封琛衣角，示意他看左邊。

被火光映照的街邊，站著幾個裝束奇怪的人，都穿著長及腳背的長袍，手裡舉著畫滿字元的紙牌。

見顏布布看他們，其中一人對著他大吼：「這一切是神諭，是神在召喚我們。接受吧，服從吧，神在召喚我們去往安佽加聖殿……」

「別看。」封琛將顏布布扭過頭，牽著他頭也不回地往前走。

顏布布忍了又忍，終於還是沒有忍住：「少爺，安佽加是什麼？」

封琛眼睛直視著前方，「安佽加是一個邪教。」

「邪教是什麼？」

「非常邪惡的教會。」

「邪惡是什麼？」

封琛也只能搬運父親平常給他講的那些話：「西聯軍和東聯軍只是對手，但安佽加教會卻是雙方共同的敵人。安佽加的教眾都是反人類分子，殘暴而瘋狂。」

顏布布遲疑道：「反人類……」

「東聯軍是比努努，西聯軍是薩薩卡，安似加教會便是黑暗巫。」

「我明白了。」

顏布布沉默片刻後問：「那這幾個人是黑暗巫嗎？」

「不是，這幾個人只是狂熱的崇拜者。」

顏布布不解地喃喃：「居然還有人喜歡黑暗巫……」

封琛要找的人叫做安格森，名義上是西聯軍的一名上尉，實際上是東聯軍安插在西聯軍裡的一顆祕密棋子。

他之所以知道這些，是父親封在平在祕密會見安格森時，被他給撞見了。

埃哈特合眾國由五個加盟國組成，最大的兩個加盟國牢牢握住手中兵權，又分別處於東西兩端，被稱為東聯軍和西聯軍。

東西聯軍不斷擴大爭搶地盤，曾經還兵戎相見，讓合眾國瀕臨解體。後面達成了停止內戰的協定，七個主要大城分給雙方執政，單出來的一個海雲城，雙方都駐紮進軍隊，互相制衡。

就在這次快要競選新總統時，東西聯軍或許私下達成了某些條件，然後東聯軍便暫時撤出了海雲城。

撤離多久不清楚，起碼在新總統上任時間內不會再回來。

沒有發生地震之前，東西兩軍表面上客客氣氣，恪守規矩，所以這也是東聯軍撤出海雲城後，封在平還能暫緩搬家的原因。

可誰知道發生了這場地震，在沒有任何監管的情況下，兩軍必定撕碎那層面紗，開始毫無遮掩地爭鬥。

城裡到處都是西聯軍，封琛現在只有去找安格森，再讓他給自己和顏布布找個落腳的地方。

他不能明著向西聯軍打聽安格森的下落，但安格森是二營上尉，如果還活著，在二營附近總能遇見他。

二營並不遠，幾條街後就到了。

以往的高牆沒了，能看見營地全貌，雖然垮塌了幾棟樓，但空地上搭建著帳篷，不少士兵在來來往往。

趁著夜色，兩人摸到了營地邊上，蹲在一座帳篷的陰影裡。

顏布布開始還很緊張，趴在那裡大氣都不敢出。但等人的過程很無聊，他終於堅持不住了，擺弄著手邊的石子，並一人分飾多角，用氣音念著動畫片裡的對白。

封琛也沒管他，只是在石子碰撞發出聲響後，會轉頭瞧一眼。顏布布立即安靜不動，等封琛轉回頭後，再繼續玩石子。

也不知過了多久，封琛突然繃緊了身體，盯著一名從中間帳篷裡走出來的人。

顏布布察覺到不同尋常，立刻放下石子，也目不轉睛地看著那處。

那是一名身著軍官服的男人，他在帳篷外點著了一支菸，左右看看，從另一個方向走出了營地，消失在黑夜裡。

「走。」

封琛彎腰往前，顏布布學著他的動作，慢慢出了營地，繞向男人消失的地方。

「那是我們要找的人嗎？」離開營地，顏布布便被封琛牽著跑。

「是他。」

「那快追……」

顏布布一隻腳突然踏進裂縫，身體剛往下墜，便被封琛抓住後背提在空中。封琛也不將他放下地，乾脆扛到肩膀上，像扛著一只布袋似地往前跑。

「少，爺，追、追，上，他。」顏布布兩頭倒掛著，上下顛簸，也堅持將整句話說完。

　　奔跑中，封琛心中掠過那麼一絲詫異。他一直接受軍事化訓練，對於自己負重奔跑時的各項數據都清楚。顏布布應該有 40 斤左右，按說他不該感覺如此輕鬆。

　　但現在他來不及多想，因為已經看見了安格森。

　　安格森遠遠走在廢墟中，沒有打手電筒，只有時不時湊到嘴邊的香菸亮起，才隱約勾勒出黑暗裡的背影。

　　封琛不敢大聲呼喊，只在後面追著，看安格森走到一處開闊地，往右邊望著，像是在等什麼人。

　　右邊駛來了一輛汽車，明亮的車燈將安格森周圍照得雪亮，封琛便沒有上前，警惕地停住了腳。

　　那是一輛可懸浮行駛的履帶車，在安格森前方停穩後，跳下來幾個人，和他熟稔地打著招呼。

　　為首的是名身穿皮背心的男人，一臉絡腮鬍看不清面容，光裸著兩條粗壯的手臂，左臂是大片紋身，右臂卻是條機械臂，在車燈下泛著冷金屬的光芒。

　　他身後跟著名年輕女人，黑色緊身衣下的身材凹凸有致，分外火辣。左臉扣著半張銀色面具，露出的右臉美豔動人。

　　封琛心頭一動，覺得這兩人有些眼熟，便扛著顏布布，不動聲色地躲到了一塊石頭後，從縫隙裡往外看。

　　顏布布其實很難受。他被倒掛著跑了一路，血液都衝到頭頂，腦袋發脹，肚子一顛一顛地硌得很不舒服。但就算封琛站著不動，他也忍住了沒有吭聲，繼續就那樣倒掛著。

　　「……安格森，我的朋友。」

　　「礎執事，多日不見。」

　　不遠處的對話清晰地傳了過來。

　　機械臂男人和安格森擁抱了下，拍拍他的肩，問候道：「這幾天過得怎麼樣？」

「嘻，別提了，他媽的差點被房子壓在下面。」

安格森退後一步，右手按上左胸，做了個奇怪的手勢，語氣也變得尊敬肅穆：「礎執事，主教大人一切無恙？」

機械臂男人同樣將右手按上左胸，「主教大人很好，還讓我告訴你，早日完成任務，聖殿隨時歡迎你的回歸。」

安格森語氣激動起來：「感謝大人的厚愛，屬下肝腦塗地也在所不辭，願卡珊多拉神的光芒普照大地。」

封琛聽到這裡，一顆心已是墜到了谷底。

卡珊多拉神是安傚加教信奉的主神，原來安格森除了是東聯軍埋在西聯軍裡的棋子，還有另一層更隱祕的身分，竟然是安傚加教的人。

現在再看那機械臂男人和面具女，集訓期間看過的關於安傚加的資料，立即就浮現在封琛腦海。

礎石：安傚加教會執事之一，36歲，身高198CM，體重96KG，曾是東聯軍沁崖城的駐軍上校。在軍期間體測，瞬間爆發力359SJ，快速力量50KS，後因身分敗露從軍隊逃亡，在追捕過程中失去右臂，安裝了機械義肢。

礎石殘暴好鬥，組織並參與了數起宗教屠殺，造成四千名平民和八百名東西聯軍士兵身亡，是安傚加組織的重要成員。

阿戴：身分年齡不詳，攻擊力無詳細資料，預估瞬間爆發力280SJ，快速力量26KS，特徵為右臉戴銀白色氪屬面具。絕對服從礎石命令，參與了數起宗教屠殺，是礎石的得力手下。

顏布布一直倒掛著，臉就貼著封琛胸口，感覺到他的心跳開始加快，便伸出手，在他胸口安撫地拍了拍。

封琛這才發現人還扛在肩上，連忙蹲身將他放下地。

「噓！」封琛對他指了指前方。

顏布布點頭，示意自己明白。

封琛卻不放心，怕他不知輕重地開口詢問，乾脆將他扯到大石前，

兩人一上一下地透過縫隙往外看。

「找到那樣東西了嗎？」礎石問安格森。

安格森懊惱地道：「地震剛結束時，我就被一些事情絆住，讓西聯軍捷足先登，另外派人去了封在平的住所，可聽說他們翻遍廢墟，也沒找到東西。」

礎石用機械臂摩挲著下巴，「根據我收集到的資訊，東西應該就在那棟房子裡，封在平不放心交給其他人，就自己保管著。」

安格森蹙眉想了會兒，「對了，還有個事情，別墅區保全說封家少爺曾回去過，可是西聯軍派去的人沒有見著他，同時失蹤的還有一名傭人的孩子。」

「封家少爺是地震後回去的？」

「對，震後三個小時。」

封琛按捺住撲通的心跳，屏息凝神聽著，視線掃過那幾名手下，突然看到了不同尋常的一幕。

阿戴站在礎石後側方，小臂上漸漸出現條狀物的凸起，看著像是一條蛇。

那蛇的外形並不清晰，時不時成為半透明狀，像是 3D 圖像信號不好，閃爍幾下再恢復似的。

就在封琛以為那只是件衣服飾物時，蛇卻動了起來。

牠從阿戴小臂上滑下，蜿蜒著遊動向前，順著安格森的腳攀附向上，一直遊到胸口，再抬起上半身，昂起頭，對著安格森吐出蛇信。

安格森還在自若地談話，活似根本沒看見這條和他面對面的蛇，甚至還低頭點了一支菸，額頭就觸在蛇信上。

這一幕有些詭異，封琛只覺得背心發涼。他低頭瞧顏布布，卻見他依舊趴在縫隙上，看得很專心，面上也沒有半分異樣。

他輕輕拍了下顏布布肩膀，壓低了聲音：「走。」

顏布布點了點頭。

　　兩人往旁挪動了小半步，動作明明很輕，沒有發出什麼聲音，但那條半透明蛇卻突然調轉蛇頭，朝向他們藏身的這塊大石。而與牠同時轉頭的，還有那名叫做阿戴的面具女。

　　一人一蛇，行動步調竟然出奇地一致。

　　「這樣的話，那東西應該被封家少爺給拿走了。」

　　礎石剛說完這句話，便瞥到阿戴的動作，立即順著她視線看來。

　　封琛頓住身形，站在原地沒動，下意識屏住呼吸，顏布布察覺到異常，也保持著轉身姿勢一動不動。

　　時間安靜地流逝了兩秒，那條蛇突然箭矢般對著他倆藏身的石頭射來，阿戴也拔出槍，毫不遲疑地接連扣下扳機。

　　大石被擊中，四濺起碎屑，封琛瞳孔驟縮，抓起正要抱頭蹲下的顏布布後背，轉身就往後飛奔。

　　夜色濃重，他又跑著 S 形路線，槍聲雖然接連響起，卻都沒能擊中他，只在他身旁不斷出現一個個小土坑。

　　唰！明亮的車燈照來，將這片無人的廢墟照得雪亮，也讓兩人身形無所遁形。

　　安格森在瞧清封琛的背影後，猛地將手中菸蒂扔掉，嘶聲大吼：「抓住他，那就是封在平的兒子！」

　　阿戴收起槍，跟著那條蛇往前跑，礎石和安格森則立即轉身上車。前面有條大縫，履帶車可以短暫懸浮，它發出一聲轟鳴，懸浮升空約10 公分，越過大縫後落地，再追了出去。

　　封琛在那些碎石間發足狂奔，耳邊只有呼呼風聲，還有自己太陽穴搏動的聲響。他緊抓著顏布布的背帶褲布帶，衝鋒衣被風鼓動，就像一隻靈活矯健的豹子。

　　他在這時顯出了驚人的速度和爆發力，遇坡跨坡，遇坎跳坎，平常需要用爬的土包，一個縱躍便躍了上去。

　　他手裡雖然還提著個顏布布，但那條窮追不捨的蛇和阿戴，竟然都

縮短不了與他之間的距離。

顏布布眼前便是飛速倒退的石塊，偶爾還會突然騰空，在一口氣接不上來的失重感後，再落下來。

他知道在被人追，心頭非常緊張，卻又不由自主地想起動畫片裡，比努努被倒掛在過山車車頭上的場景。

——好暈……

——比努努當時肯定也很暈。

砰砰！

懸浮履帶車上射出兩枚子彈，穿破夜空，直直朝著封琛而來。

封琛在聽到槍響的同時，突然往後一個仰身，雙膝在地上滑行，子彈便從他頭上飛過。

「哎喲！」顏布布卻在這時候叫了一聲。

封琛仰面彎腰，手臂也跟著下垂，拎著的顏布布便和地面來了個親密接觸。他鼻子瞬間被撞得發疼，眼淚都流了出來。

「沒事吧？」封琛一怔。

「沒事喔。」顏布布甕聲甕氣地道。

懸浮車的速度很快，封琛不敢停留，腰肢彈起，對著西聯軍二營營地的方向繼續飛奔。

他本來是躲著西聯軍的，但現在沒有其他辦法，倘若就這樣衝進營地，反倒能保住性命。

但車上的人分明知道他的想法，只不停對著右側放槍，讓他沒法右拐，只能直直向前，錯開了去往營地的方向。

眼前出現了一條河流，寬闊的河面靜靜流淌，反射出粼粼波光，封琛才陡然警覺，自己竟然就這樣跑到了費圖河畔。

這已經離營地很遠了。

封琛心裡暗暗叫苦，這裡四周都沒人，地勢又平坦，他再能跑，也跑不過懸浮車。何況他已經雙腳發軟，體力也快耗盡，有些跑不動了。

顏布布感覺到封琛速度減慢，呼吸聲也越來越粗重，便費勁地側過頭，「少爺，放我下來，我太沉了，你自己跑，別管我。」

封琛沒有理他，回頭看了眼緊追不捨的履帶車，還有那奔跑中的阿戴，咬咬牙，繼續往前跑。

「少、少爺，放我下來。」顏布布掙扎著要下地。

「別動。」封琛厲聲呵斥：「別給我添亂。」

聽他說這是添亂，顏布布果然不敢動了。

懸浮履帶車在無遮無擋的沙灘上提速，飛快地追了上來，離兩人越來越近，已經不到一百公尺距離。

安格森從車窗探出頭，高聲呼喊：「封少爺，別跑了，我們有話可以好好說。」

封琛不為所動地繼續飛奔，眼見就要被車追上，他開始考慮要不要跳下河，卻聽到顏布布又發出驚呼：「少爺，沙子，沙子在動！」

封琛沒心思去理他，在心裡飛快盤算後，調轉方向朝著河裡衝去。可手裡提著的顏布布一點也不規矩，還在不停地動，帶動著他都有些站不穩。

「說了讓你別動。」封琛趔趄了半步後，一邊喘息一邊怒斥。

「我沒動。」顏布布聲音裡含著驚恐：「少爺，是沙子，沙子在拱來拱去的。」

——沙子？

封琛這才注意到左邊沙灘在不停攪動，時不時拱起小山似的沙堆，又瞬間坍塌，像是下面埋藏著什麼巨大的物體，正在將那些沙土瘋狂攪拌，他下意識停住了腳步。

而追他們的人顯然也注意到了這不同尋常的沙子，懸浮車不敢繼續往前追，在邊緣處慢慢停下，安格森和礁石從車窗探出了頭。

「看吧，沙子在動。」顏布布對封琛說。

然而沙灘卻在這時恢復了平靜，像是什麼也沒有發生過。

　　阿戴和那條蛇也追了上來，站在懸浮車旁邊。她有些奇怪地看了礎石一眼，不明白他們為什麼停下來，接著拔腿大步走向封琛，邊走邊舉起了手中的槍。

　　「別去！」礎石覺得這地方不正常，立即喝令。

　　阿戴卻繼續往前，「執事放心，我去將東西給您拿回來。」

　　沙灘像被風拂過的湖水，開始蕩起淺淡的漣漪，封琛的腳緩慢下陷，腳背被沙粒淹蓋住。他不敢奔跑，只拔出腳慢慢往旁邊移動。

　　沙地旁有根幾公尺高的鐵質電線桿，也不知道被什麼砸中，從下端開始彎折，長長地斜橫在沙地上。他一邊往那電線桿移動，一邊不動聲色地低低出聲：「你可千萬別動啊。」

　　「我不動。」顏布布依舊被他抓著後背，四肢垂在空中，眼睛卻盯著越來越近的阿戴，還有她手裡烏黑的槍管。

　　阿戴槍口緩緩下移，對準了封琛胸膛，顏布布死死瞪著她，呼吸開始變得急促。

　　他想衝上去將阿戴推開，再在她手腕上狠狠咬上一口，但想到封琛的叮囑，還是忍住了沒有動。

　　阿戴右手持槍，左手對著封琛伸出，「封少爺，乖點，交出東西，我就留你一條命。」

　　封琛飛快瞟了她腳下，見那處沙子正在緩緩下沉，便開口道：「好，妳放過我們，我把東西給妳。」

　　阿戴嘴邊浮起一個冶豔的笑，如同她腳邊昂首而立的毒蛇，緩緩吐出蛇信：「封少爺果然很懂事……」

　　轟！

　　地底下突然傳來聲悶響，腳下也是一陣巨顫。阿戴愣怔住，剩下的話斷在口裡，封琛卻這瞬間往旁邊躍出，抓住了那根電線桿。

　　面前的沙灘就如同被蟲蛀噬般，陡然出現一條巨大的裂縫，橫貫整個沙灘，周遭的沙粒紛紛往下陷落。阿戴腳下一空，往下墜落，她身旁

緊隨著的那條蛇，卻突然變長，一頭纏住她的腰，一頭也纏繞在了電線杆上，將她整個人吊在空中。

　　腳下沙地轟然陷落，封琛左臂箍緊電線杆，右臂將顏布布往上一拋，大喝道：「抱著。」

　　顏布布一陣天旋地轉後，手足並用地抱住電線杆，跨坐在上面。

　　封琛往腳下望了眼，只見這道縫隙深不見底，但兩旁的沙土壁上，有什麼東西在鑽進鑽出，看著令人不寒而慄。

　　他仔細瞧去，那竟然是一隻比臉盆還大的螃蟹，鉗子似鋼爪，上面生著一根根鋒利的刺，在月光下泛著烏黑色的冷芒。

　　顏布布沒顧得上看其他，只著急地催促封琛：「快上來呀，少爺，快上來。」

　　眼看那些螃蟹順著斷壁飛快地往上爬，封琛也翻身騎上了電線杆。

【第三章】

我怎麼能叫煩人精？

◆————————◆

封琛將姓名一欄刪空，問道：「你想要個什麼新名字？」

顏布布張了張嘴，猶豫道：「可是我對我的名字沒有什麼意見，不想要新名字。」

「暫時的，只是出現在你的身分晶片上，讓我們可以進入地下城而已。」

「這樣啊……」

懸浮車就停在對面斷壁上，礎石和安格森正探著頭往下看，當看見壁上那成群的巨大螃蟹時，礎石臉色一變，果斷轉身往後跑，喝道：「快退後。」

幾名離得遠的手下跟著他一起後退，但安格森多停留了兩秒，剛轉身就覺得小腿一陣劇痛，竟然被一隻爬上來的螃蟹給鉗住了。

他拔了拔腿，沒取出來，另一隻腳也被其他螃蟹給鉗住。咔嚓兩下，兩條腿傳出骨頭斷裂的脆響，安格森慘嚎著跪倒在地上。

「礎執事救我！」

礎石轉身，對準那兩隻螃蟹開槍，但更多的螃蟹爬了上來，在安格森撕心裂肺的慘叫聲中，鉗住了他的手腳。

咔嚓！當鉗住脖子的那只鐵鉗往裡合攏時，安格森腦袋往下一搭，扭曲成一個詭異的角度，那些慘嚎也戛然而止。

礎石不再管安格森，大步往車上走，「快上車。」

顏布布和封琛正順著電線杆往後爬，封琛便看見了吊在空中的阿戴，以及那條一端纏在電線杆上的半透明蛇。

阿戴仰頭瞪著他，儘管腳下就是湧動的螃蟹窩，目光卻依舊是不加掩飾的狠毒。

封琛等顏布布毫無阻滯地從那蛇上爬過去，便拔出腰後的匕首，對準了那條蛇。

阿戴見他拔出匕首，神情絲毫不變，只是在發現他對準的是纏在電線杆上的蛇後，臉上明顯露出了驚慌和不可置信的神情。

「你、你居然能看見？」

封琛沒有應聲，只揚起手中匕首，毫不遲疑地扎下，刀尖刺入那條蛇的蛇身。

雖然沒有鮮血噴出，也沒有扎入實體的阻滯感，那蛇卻發出了嘶嘶慘叫，身上也騰起一股黑煙。

半透明蛇昂起纏在阿戴腰間的蛇首，吃痛地左右搖擺。

　　見封琛再次舉起了匕首，阿戴嘶啞著聲音喊道：「小子，你還要繼續動手的話，哪怕你以後逃到天涯海角，也會被我主人抓住，讓你嘗嘗生不如死的味道。」

　　她大口大口喘著粗氣，仰望著封琛，卻見這名少年聽完這通威脅的話後，並沒有如同她想的那般，露出害怕或是猶豫的神情。他那雙眼睛黑沉沉的看不到底，冰冷得沒有多餘的情緒，完全不像是受到了驚嚇。

　　阿戴這時才終於感覺到了幾分恐慌。

　　這名少年和其他同齡人不一樣，他心地冷硬，不但能看到自己的蛇，也會毫不手軟地殺了她。

　　「你能看見牠，你和我是同類，你不要動手，我可以教你辦法，你應該還不知道吧？而且我剛才根本就不會殺你，只是嚇唬你。」阿戴看著封琛的目光有些複雜。

　　封琛瞥了眼前方的顏布布。

　　顏布布已經爬到了電線杆那頭，轉身後發現他沒有跟上，又準備爬回來。

　　「你待在那兒別動。」封琛喝道。

　　顏布布立即不動了。

　　阿戴還在繼續遊說：「你殺我沒有絲毫好處，反而是對安儞加的挑釁……」

　　封琛聽到這裡，眼底閃過一道冷芒，又是一匕首扎了下去。刀尖毫無阻礙地捅穿蛇身，和金屬電線杆撞出團火花，發出清脆的聲響。

　　半透明蛇身體抽搐，被刺穿處再次冒出黑氣，像是被烙鐵灼傷似的，但牠卻不敢鬆開電線杆。

　　「你別，別！」

　　封琛對阿戴的驚呼置若罔聞，冷酷地再次舉起匕首。

　　砰！

　　裂縫對面傳來聲槍響，封琛瞬間低頭，一顆子彈擦著他頭皮飛走。

「少爺！」顏布布嚇得大叫一聲。

那輛懸浮車半懸在空中，底下是揮舞著鐵鉗的一群螃蟹，礎石從按下的車窗伸出手槍，對住封琛。

封琛只得放棄對付那條蛇，在電線杆上飛快奔跑，連聲槍響裡，他身後跑過的電線杆冒出一團團火花。

地下的螃蟹紛紛往上爬，有些已經爬到了電線杆那頭，躍躍欲試地搭上長著尖刺的腳。

「下去，你們下去，不准過來。」顏布布騎在電線杆上，對那些爬上電線杆的螃蟹大吼。

眼見最前頭的那隻螃蟹爬近了，他竟然捏起拳頭要去砸。

就在拳頭和那張開的鐵鉗要接觸到時，他後背一緊，又被拎到了空中，眼看著那個生滿毛刺的大鉗子，從他臉下方堪堪滑過。

封琛提著顏布布，一口氣跑過了電線杆，速度快得螃蟹都來不及伸鉗，中途還被他踢飛兩隻，撲撲掉了下去。

顏布布已經習慣了被這樣揪住後背，在封琛手裡一動不動，還很自然地調整姿勢，方便封琛把自己抓得更牢。

封琛一直跑到沙灘外，才轉身往後看，正好對上礎石的視線。

礎石目光陰森，一張臉被車內燈照得慘白。他從車窗緩緩伸出鐵臂，彎曲三指，對封琛做了個開槍射擊的動作。

封琛冷淡地看著他，顏布布卻一臉憤怒地抬起雙手，對著礎石瞄準，嘴裡不斷發出砰砰聲。

「砰砰，打死你，壞人。」接著他又做出拋擲的動作，像是在扔炸彈，嘴裡也配上了音，念著啊嗚嘣嘎之類聽不懂的話。

直到封琛拎著他離開，他才將兩手食指在嘴邊吹了下，像是吹走槍管上的白煙，再插回背帶褲的胸兜。

封琛擔心礎石他們會追來，便尋那偏僻的地方走，找到一座室外停車場。他瞧瞧周圍都沒人，便鑽進了停車場內的一輛校車大巴士。

大巴士車門開著，車內沒有人，應該是地震時恰好停在這裡，學生和司機便都跑光了。

封琛關好前後車門，在第一排座位坐下，呼呼喘著氣。

顏布布坐在他旁邊，打開自己隨時掛著的布袋，取出一條巧克力，窸窸窣窣地咬開封皮，遞到了他嘴邊。

「少爺，吃巧克力。」

封琛此時已經耗盡了體力，手腳虛軟，身體不由自主地發著抖。他瞥了眼巧克力，咬了一大口，靠著椅背慢慢嚼。

顏布布等他將那口巧克力嚥下去後，又遞上去繼續餵。

封琛邊吃邊思索著阿戴的那些話，片刻後突然問顏布布：「你看不見那條蛇嗎？」

「蛇？」顏布布直起身打量四周，「哪裡有蛇？」

「那女人帶著一條蛇，你沒看見？」

顏布布茫然地回憶了會兒，搖搖頭，「我沒看見啊。」

封琛盯著他，「既然沒看見蛇，那你說說，她為什麼掛在半空沒有掉下去？」

顏布布撓了撓臉，「我都沒有注意。」

「那我用匕首扎那條蛇的時候，你注意了嗎？」

顏布布沉默片刻才呐呐地道：「你扎蛇的時候我沒看見喔，可能我正在爬吧，只看到了你扎電線杆。」

封琛下意識攥緊了手，卻也沒再繼續追問，只皺眉沉思著。

他吃完整條巧克力，臉色恢復了些，顏布布又去拉他背包拉鍊，從背包裡取出瓶水，用大牙咬著瓶蓋慢慢旋。

顏布布的牙齒在瓶蓋上打滑，發出吱吱的摩擦聲，還時不時吸一下口水。封琛實在是瞧不下去了，伸出手讓他將水交給自己。

「不用，少爺，我來。」顏布布卻側過身，擰著眉頭道：「我剛才沒有念咒語，所以打不開。」

「什麼？」封琛沒聽清。

顏布布鄭重地念了一句：「啊嗚嗣嘎啊達烏西亞。」又凌空作勢抓了把什麼，按在自己嘴上，再咬住瓶蓋旋轉，咔嚓一聲，瓶蓋開了。

「給，喝水。」顏布布將水遞給封琛。

儘管顏布布只咬了瓶蓋，封琛還是下意識用袖子擦了下瓶口。

包裡總共只剩下五瓶水，要節約著喝，所以封琛只喝了半瓶，便將剩下的遞給顏布布，示意他也喝。

顏布布毫不介意封琛剛喝過的瓶口，擦也不擦地直接對著嘴喝水，但他捨不得喝光，只喝了幾小口，便合上瓶蓋，將水重新放回背包。

封琛放鬆地靠著椅背，閉上眼，嘴裡隨意地問：「你剛才念的是什麼咒語？專門開瓶蓋的？」

顏布布瞥了他一眼，認真解釋道：「不是專門開瓶蓋的，這是魔力，可以開瓶蓋，也可以用來打壞人。」

「喔，對了，你朝著礎石扔炸彈的時候，也念了這個。」

顏布布點頭，認真道：「嗯，有了比努努魔力咒語，我的炸彈會將他炸得稀巴爛。」

「比努努魔力咒語？」封琛微微睜開眼。

顏布布臉蛋兒嚴肅地盯著他，「電視裡比努努的大師父教的，如果你要學的話，我可以教你。」

封琛剛放鬆下來，難得有了這份閒心：「那你教吧。」

「啊嗚嗣嘎啊達烏西亞，來，念一遍。」

封琛低聲道：「啊嗚……嘎嘎烏亞。」

「不對，不是啊嗚嘎嘎烏亞，是啊嗚嗣嘎啊達烏西亞。」顏布布殷切地盯著他，做出誇張的嘴型，「看我，是這樣的，啊嗚，嗣嘎，啊達烏，西亞。」

月光從車窗外灑進來，將顏布布的頭髮照得瑩潤光澤，隱約還能瞧見幾縷被噴火槍燎出的焦黃。他的皮膚被月光照得近乎透明，眼睛又大

又圓，配上那頭捲髮，像個洋娃娃似的。

封琛看他認真地對自己比劃著，心神突然就有些恍惚。

以前這個時候，顏布布應該還在後院玩，縮在哪個草坪角落挖蚯蚓，而阿梅則四處找人，要他回去睡覺。

封琛這時候會立即關窗，因為下一刻，顏布布的嚎哭聲就要響徹別墅的每個角落。

他的確不喜歡顏布布，還有些煩他吵鬧，但現在，顏布布卻是唯一能陪在他身邊的人。

外面的世界成為了廢墟，從遙遠的地方隱隱約約傳來爆炸聲。在這個歷經生死，疲累不堪的夜晚，在這輛空蕩蕩的大巴士車裡，只有他和顏布布，還有窗外投進來的月光。

顏布布的聲音小了下去，打了兩個長長的呵欠，抬手揉著眼睛。

封琛見他想睡覺了，便站起身在車內尋了一遍，竟然在行李架上找著了兩條絨毯。

他讓顏布布睡在旁邊的座椅上，扔給他一條絨毯，自己在對面的座椅上躺下，蓋上另一條，閉上了眼睛。

車內安靜下來，封琛就要睡著了，迷迷糊糊中，聽見顏布布在輕聲念：「媽媽，妳要好好的，啊嗚嘣嘎啊達烏西亞。」

封琛睫毛顫了顫，片刻後，在心中跟著輕輕默念——你們要好好的，啊嗚……西亞。

雖然不用再集訓，但封琛歷來自律，有著嚴格的生物鐘，清晨 6 點便準時從睡夢中醒來。

他抹掉車窗上的水霧，看了眼外面天氣。

天空陰沉沉的，雖然沒有太陽，空氣中卻透著燥熱。

　　對面座椅上的顏布布仍在熟睡，絨毯被一腳踢開，和身體撐成了一團麻花。

　　「哎，起床了。」封琛走過去推了推他。

　　顏布布動也不動，封琛又去拍他臉，「顏布布，起床了。」

　　顏布布閉著眼時，睫毛便搭在下眼瞼上，像兩把捲長的小扇子，被封琛拍著臉，那排小扇子動了動，慢慢張開，露出一雙霧濛濛的眼睛。

　　他一動不動地盯著封琛，像是沒有反應過來，封琛便耐著性子又說了遍：「別睡覺了，我們等下要出去。」

　　顏布布揉了下眼睛，慢吞吞地坐起身，封琛便轉身去翻背包，取出半袋從辦公大樓裡帶出來的麵包，「快過來，吃早飯。」

　　身後卻沒有什麼動靜，他轉頭看，見顏布布盤腿坐在座椅上，板著臉蛋兒垂著眼，像是在跟誰生氣似的。

　　封琛頓了頓，問道：「幹什麼呢？」

　　顏布布不說話，頂著一頭雞窩似的捲髮，像是已經入定般。

　　封琛走過去，垂眸看著他，「誰招惹你了？在和誰生氣？」

　　「沒誰招惹我。」顏布布擰著眉頭，聲音帶著剛醒的鼻音。

　　「那就快吃麵包，吃完了我們要走。」

　　顏布布瞥了眼他手裡拿著的麵包片，「不想吃。」

　　「為什麼？」

　　「就是不想吃。」

　　封琛忍耐地問：「那你想吃什麼？」

　　「我要喝牛奶，吃夾了雞蛋的三明治。」

　　封琛臉也沉了下來，轉身咬了口手上的麵包片，「愛吃不吃。」

　　他沒有再理顏布布，一邊吃著麵包，一邊打開了多功能手錶，開始記錄昨日的身體資料。

　　「體溫正常，沒有間斷性發熱，瞬間爆發力⋯⋯」

　　他說到這裡停住了話，遲疑片刻後才繼續記錄：「瞬間爆發力曾在

10 秒內達到了 294SJ，快速力量達到了 36KS，不知道是不是遇到危險時爆發的潛力。」

封琛記錄的時候，顏布布雖然繃著臉坐著，眼睛卻一下一下地瞟他。接著滑下座椅，蹭到他身旁，拿起一塊麵包不出聲地吃起來。

封琛記錄完畢，冷著臉側頭看過來時，顏布布腮幫子吃得鼓鼓的，還對他露出個笑容，一雙眼睛彎了起來。

「不是說不吃，要喝牛奶，要夾了雞蛋的三明治嗎？」封琛問。

顏布布甩了甩懸在座椅外的腳，仰頭湊近他，一臉討好地說：「麵包也好好吃的。」

封琛伸出根手指將他推遠了些，問道：「你是不是有起床氣？」

「起床氣是什麼？」顏布布茫然地回憶道：「我不知道啊，反正我每天起床都要挨一頓打。」

封琛聞言，沒忍住勾了下唇角，不再說什麼，從背包裡取出那罐魚子醬，又拿走顏布布手上的麵包片，舀了一勺塗在上面。

「吃吧。」

顏布布接過麵包片，剛咬了一口，便看見封琛將剩下的魚子醬封好，放進了背包。

「少爺，你吃我的，我吃你的。」他伸手去拿封琛嘴邊的麵包片，把自己的遞給他。

封琛連忙抬手避開，「你做什麼？」

顏布布說：「我這個好吃些，你吃我的，我吃你那個。」

封琛微微皺起了眉，「我不喜歡吃魚子醬，你自己吃就好了。」

他確實不喜歡魚子醬，不喜歡那股腥鹹。但顏布布目光裡全是不信，就像在說：這麼好吃的東西，怎麼可能會有人不喜歡呢？

顏布布執意要交換，封琛看著他那片猶如被狗咬過的麵包，乾脆將手上剩下的麵包都塞進了嘴。

他很少吃得這麼急，竟然哽住了，一邊嗆咳，一邊去背包裡找水，

那張俊美的臉龐脹得微微發紅。

「少爺，喝水。」顏布布適時遞上了水。

封琛大口喝水，顏布布又去拍撫他後背，嘴裡絮絮道：「慢慢吃呀，沒人和你搶的。」

封琛有些羞惱地撥開他的手，抓起背包揹上，面無表情地說了句：「走了。」便大步走向車門。

顏布布也趕緊掛好布袋，拿著那片麵包追了上去。

離開停車場時，顏布布有些捨不得昨晚住過的大巴士，邊吃邊頻頻轉頭去看，差點被腳下的石頭絆倒。

「看著點路。」封琛一把揪住他的後衣領，「我們只是出去找吃的，找到吃的還要回來。」

「好耶！」顏布布在原地蹦了兩蹦。

「喜歡住在車上？」封琛目不斜視地問。

「喜歡。」顏布布眼睛都閃著光，開心道：「小庫拉他們全家都住在車上的。」

封琛不用問，也知道小庫拉應該是某部動畫片的人物，但現在剛遭遇過地震，城市裡十之八九的房屋都垮塌了，剩下的也不大安全，暫時住在這輛車上，的確是不錯的選擇。

出了停車場，走過一條街道，右邊巷子裡竟然有口井，一群人排著隊在打水。

封琛站得遠遠地看了下，沒有見著西聯軍，立即帶著顏布布回頭，去停車場找可以裝水的容器。

有幾輛車沒有鎖，車門都大大開著，兩人在那些後備箱裡找到了兩只水桶，還有一個塑膠盆。

小巷子裡，接水的人排成長隊，手裡拿著各式各樣接水的容器。

這些容器基本都是從廢墟裡刨出來的，有水桶、有盆，也有飯盒，還有人端著灰撲撲的土陶罈子。

　　封琛和顏布布站在了最後面，跟著隊伍慢慢往前走。

　　周圍的人都沒有多少交談的興趣，沉默地往前移動，只偶爾有人對上幾句。

　　「現在只是四月份，但氣溫挺高啊。」

　　「應該是地震帶來的反應吧，影響了氣候，過幾天就好了。」

　　「你們怎麼沒去西聯軍的安置點？」

　　「我想等等兒子，他在沁崖城，萬一回來了找不著我們怎麼辦？」

　　「別想了，海陸空交通全部癱瘓，你出不去，他也進不來……」

　　顏布布沒有注意他們的談話，只仰頭看著天空。

　　空中有一架小型軍用飛機，在城市上空盤旋兩圈後，如同母雞下蛋似的，從機腹下吐嚕出一串東西，呼嘯著往下方墜落。

　　顏布布好奇地扯了扯封琛衣角，正想問他那是什麼，耳朵裡就傳來驚天動地的聲響，整個大地似乎都在震顫。

　　他扔掉盆子，一把抱住封琛的大腿。封琛捂住他耳朵，半弓起背，眼睛警惕地望著遠處。

　　排隊打水的人都慌亂起來，也紛紛抱頭蹲了下去。

　　「地震了嗎？又地震了嗎？」

　　「沒有地震，別慌，是西聯軍的飛機轟炸。」

　　「轟炸？炸什麼？炸安倣加的那些教眾？還是炸東聯軍？」

　　「不知道啊，轟炸點好像是費圖河畔。」

　　「肯定不是東聯軍，咱們城裡就沒有東聯軍了。」

　　爆炸結束，飛機飛走，所有人又繼續排隊打水。

　　顏布布兩人很快就排到了，將兩只桶和一只盆都裝得滿滿的。

　　封琛提上兩桶水，走出幾步後轉身問顏布布：「你能端得動嗎？」

　　顏布布嚴肅地挽著袖子，「我能。」

　　封琛便徑直走了，顏布布兩腿微分，伸手端地上裝滿了水的盆。

　　嗨呀！

水盆只微微抬起了下，裡面的水漾了出來。

顏布布再用力。

嗨呀！

他咬著牙，臉蛋兒脹得通紅，終於將整盆水顫巍巍地端了起來，弓著背，一步一步地往前挪。

封琛到了拐角處，往後看了眼，便放下水桶，大步走了過來，「你把盆放下，就等在這兒，我把這兩桶水提回去後再來端。」

顏布布卻不放，從牙縫裡擠出兩個字：「我——能——」

封琛見他步履艱難，盆裡的水也一直晃蕩，將胸前那片衣服都打濕了，便端走盆倒掉一半，只剩下半盆水遞還給他。

「為什麼要倒掉？」顏布布不可置信地看著他，「我說我能端回去，你為什麼要給我倒掉？」

「你只要端這半盆水就好了。」

「不！」顏布布將水盆放在地上，衝著封琛大聲道：「我要端一盆水，我說了我能端一盆水！」

封琛冷著眼看他，不耐煩道：「你是不是今天起床沒挨打，所以想找個機會？」

顏布布像被針戳破的氣球，頓時不吭聲了。

封琛提上兩桶水便往停車場走，顏布布見他絲毫沒有回頭的意思，只得端上半盆水追了上去。

「少爺，等等我。」

將水放在大巴士車上，關好車門，封琛帶著顏布布去了街上。

顏布布深一腳淺一腳地踩在磚石裡，好奇問道：「少爺，我們這是去哪兒？」

封琛扯著他繞過一條橫生的鋼筋，「去費圖河邊，昨晚那裡。」

「昨晚那裡？」顏布布頓時有些瑟縮，「可是那兒有很多螃蟹呀，怪凶的。」

封琛抬眼看著前方，「怕什麼？河邊剛才不是被飛機炸過了嗎？咱們看看去。」

昨晚離開時，礁石他們還被圍在螃蟹群中，阿戴和那條受傷的蛇也不知道掉下去沒有。西聯軍剛轟炸過河灘，他想去看看情況。

到了河畔，遠遠就看見沙灘上除了昨晚那道裂縫，還多出了幾個大坑，每個坑內都冒著騰騰黑煙。空氣中除了硝煙味，還有股濃重的焦糊味道。

顏布布跟在封琛後面，小心地靠近最近的大坑，探頭往裡望。

只見坑底全是被炸死的螃蟹，大部分已成了碎片，鉗子散落四處，蟹蓋上焦黑一片。

「哇……都死了。」顏布布驚歎道。

「我去周圍看看，你就在這裡等我。」

「喔。」

封琛想了想，「你要是怕的話，就去邊上。」

「好的。」

交代好顏布布，封琛走到昨晚安格森死亡的地方，這裡已經沒有他的屍體。他又找了一圈，也沒有見著礁石和那些手下，包括阿戴。

想來他們最終還是脫險了，並且帶走了安格森的屍體。

封琛昨晚沒有仔細看，現在便蹲下身，用撿來的枝條左右撥弄一隻焦黑的螃蟹。

這是什麼螃蟹呢？怎麼以前從來沒見過，也沒聽說過？

看外形就是這帶最普通的沙蟹，但也太大了，每隻都如同臉盆，哪怕是安西海裡最大的溶佛蟹，個頭也只得這個一半。

他琢磨半晌也不清楚，考慮到西聯軍應該也快來了，便站起身，想招呼顏布布離開這兒。

結果顏布布沒站在大坑旁，遠處也沒有他的身影。

封琛心頭一緊，立即喊道：「顏布布！」

「哎，在這兒呢。」顏布布的聲音從那個大坑裡傳了出來。

封琛三步併作兩步跑了過去，卻看見顏布布好整以暇地坐在坑底，面前擺著一隻被揭開蓋的螃蟹。

「你別吃……」封琛話沒說完，顏布布已經將一團類似蟹黃的東西餵進嘴，嚼了幾下，幸福地瞇起了眼睛，「少爺，好好吃喔。」

封琛頓了頓，「你吃了多少了？」

「沒吃多少。」顏布布說完便打了個嗝兒。

封琛沉默地看著他，見他沒事便放心了，也下到坑底抱了隻完好的熟螃蟹，帶著顏布布回去。

沙灘上螃蟹雖然多，但沒法長時間保存，何況光這一隻螃蟹，就足夠他和顏布布吃上兩、三天了。

他們離開時，已經陸續來了好些看熱鬧的人，如果那些人動作迅速些的話，應該會在西聯軍到來之前，搬走一部分螃蟹。

回到停車場，封琛將螃蟹鎮在冷水盆裡，顏布布蹲在水盆旁看螃蟹，他則去其他車上搜尋，在一輛越野車的後備箱裡，找到了一套戶外用品。包括汽油爐和兩只鍋，還有調味品和碗盤什麼的。

夕陽西下，天邊飛起晚霞，大巴士車裡也被鍍上了橘紅。

封琛不緊不慢吃著盤裡的蟹肉，晚風從敞開的車窗吹進來，拀起他額前髮絲，露出飽滿好看的額頭。

顏布布坐在他對面，吃得很認真，嘴巴一圈都糊著蟹黃，兩條腿懸在座椅外，快樂地晃蕩著。

車外空地上，汽油爐煮著鍋裡的水，汩汩冒著白氣。封琛要將水燒開十分鐘後鎮涼，再裝進空瓶子裡飲用。

每過幾分鐘，就有直升機從頭頂飛過，城市某處騰著黑煙，遠處警

報的聲響沒有斷過。但這輛大巴士，卻將那些動盪不安都隔阻在外，兩人在這方小天地裡，享受著短暫的安寧時刻。

「還要添點嗎？」封琛見顏布布的盤子空了，便問道。

顏布布打了個飽嗝，搖頭道：「我吃飽了。」

他倆中午和晚上連吃了兩頓，卻連那螃蟹的三分之一都沒吃掉。封琛繼續吃，顏布布的嘴閒了下來，開始學封夫人平常是怎麼說話的。

「顏布布，來，我剛做了小蛋糕，草莓味的，你來嘗嘗。」

顏布布左手假裝端著盤子，右手對前方招了招，抿著唇微笑，語氣和神情，活脫就是封夫人平常的模樣。

封琛瞥了他一眼，沒忍住勾起了唇角，顏布布這下大受鼓勵，又興致勃勃地開始學封在平。

他雙手負在身後，微微彎腰，語氣和藹：「顏布布，今天挨揍了沒？怎麼沒聽到你哭？封伯伯教你挨揍前，在屁股上綁個布墊，有沒有試試？」

封琛看著顏布布唯妙唯肖地學他父親封在平，好笑之餘，又湧起了一股淡淡的失落。

封在平不管是對顏布布，還是那些陌生的小孩子，態度都很溫和，唯獨對他這個唯一的兒子分外嚴苛。

他只能拚命訓練，讓自己更加出色，才會得到一兩句誇獎，才能在那張嚴厲的臉上，看到一絲淺淡的笑容。

沒人知道他曾經躲在窗簾後，羨慕地看著父親逗弄顏布布，被顏布布的那些童言稚語逗得開懷大笑。也沒人知道，他平常對顏布布的抗拒，也許摻雜著幾分不願去承認的嫉妒。

他想，應該是自己還不夠優秀吧。

顏布布卻沒留意到封琛的異樣，已經學完傭人陳伯，開始學封琛講話了。

「顏布布！你才去地裡滾過嗎？站遠點，別碰著我衣服。」

顏布布一根手指頭往前推，驕矜地昂著下巴，神情清冷，嘴角下撇，目光裡全是嫌棄。

「咳咳。」封琛被一口蟹肉嗆住，連忙端過水瓶開始喝水。

顏布布還在繼續模仿，皺著眉頭，滿臉的不耐煩，「離我遠點，別跟著我……」

「行了，顏布布。」封琛打斷他，剛皺起眉頭，便發現此刻神情和正在學他的顏布布一致，便又舒緩臉色，轉移話題：「去打點水擦擦嘴，看著太髒了。」

顏布布對著車窗照了下，指著裡面的自己嘻嘻笑道：「果然好髒喔，像剛吃了屎一樣。」

顏布布下車擦嘴，封琛看著自己盤子裡剩下的蟹黃蟹肉，突然就沒有什麼胃口了。

太陽落山後，封琛又去打了兩桶水，用汽油爐燒熱了讓顏布布洗澡。雖然整個停車場也沒有人，但封琛還是將水提到大巴士後面，讓大巴士作為遮擋，一邊往盆裡兌熱水，一邊叮囑顏布布：「盆裡的水洗沒了，就用桶裡的水，我全給你放在這兒。」

「嗯。」顏布布乖乖點頭。

封琛將從其他車裡找到的洗手液放在石頭上，「這個可以洗澡，頭髮也要洗。」

顏布布繼續點頭，「知道。」

封琛搬了塊平整的石板過來，澆水沖乾淨，「沒有拖鞋，你就踩在這塊石板上，洗完澡再穿鞋。」

「嗯。」

一切吩咐妥當，封琛便往外走，走了幾步後回頭，見顏布布還站著沒動，又問：「你會自己洗澡嗎？」

顏布布剛張嘴，他又打斷道：「如果不會，就自己學著洗，別想著要別人幫你。」

顏布布張開的嘴閉上了，只點了點頭。

封琛去大巴士的另一邊，開始搗鼓他白天裡翻找到的那些東西，從背包裡取出多功能工具袋，敲敲打打地進行改裝。

他要做一個汽油燈，停車場裡汽油有的是，只需要將手頭這個小鐵盒改裝一番就行。

封琛做事情時很專注，用鉗子夾住鐵盒邊緣，慢慢往外撐，撐成自己想要的形狀。

他手下不停，耳邊是嘩嘩的水聲，那是顏布布正在洗澡……

等等！水聲怎麼這麼近？

封琛轉過頭，看見顏布布就光溜溜地站在自己身後，旁邊放著水盆，全身都是泡沫，正用手搓著肚皮。

「你怎麼洗到這兒來了？」封琛驚愕地問：「不是讓你在那車後面洗嗎？」

顏布布用手抹開擋住眼睛的泡沫，囁嚅道：「那個、那個，車後面都沒有人喔。」

「正因為洗澡要避著人，所以才讓你去那兒。」

顏布布小聲哼哼：「少爺，就讓我在這兒吧，天馬上就要黑了，我不想一個人在那裡。」

他整張臉都被泡沫糊滿，只露出了一雙烏溜溜的大眼睛，滿滿都是央求。

封琛深呼吸了一口，側著頭想了想，說：「走吧，我陪你去車後面洗澡。」他端上顏布布的水盆，顏布布就歡天喜地地跟在後面，光腳板在地上啪啪響。

「站到石板上去。」封琛命令道：「把腳上沾的土也洗掉。」

顏布布乖乖沖腳，再接著洗澡，封琛想去把鐵盒和工具拿來繼續，結果剛走一步，顏布布就在身後驚慌地叫：「少爺！」

「洗你的，我馬上就過來。」封琛語氣硬邦邦地道。

　　他這次上了大巴士，將絨毯搭在肩上，再拿起工具和鐵盒，走到顏布布前方，背轉身，斜斜靠著旁邊一輛小車車頭，繼續低頭做汽油燈。

　　「少爺，你在做什麼呀？」顏布布一邊揉著頭髮，一邊好奇地問。

　　封琛敷衍地嗯了一聲。

　　顏布布也不介意，繼續道：「這個泡泡好多喔。」

　　「嗯。」

　　「哇，我都找不到我的手指了。」

　　封琛夾住一條線路，輕輕吹了下，「嗯。」

　　顏布布感受到他的敷衍，眼珠轉了轉，狡黠地道：「顏布布好厲害啊，少爺好喜歡他。」

　　封琛這次卻沒有做聲。

　　「少爺，你為什麼不嗯？」

　　封琛：「嗯。」

　　「天上的雲為什麼是紅色的？」

　　「嗯。」

　　顏布布不死心地再次夾帶私貨：「顏布布真的好厲害，還會魔法咒語，少爺絕對不會扔了他，會一直帶在身邊。」

　　封琛又開始沉默。

　　洗完澡，天已經完全黑了，顏布布裹著封琛丟來的絨毯，在大巴士車裡摸索前進，像是一個小瞎子。

　　咔嚓一聲輕響，大巴士裡亮起了光，照得四下一片通明。

　　「哈！」顏布布看著封琛手裡端著的自製汽油燈，既驚喜又震撼：「少爺，你好厲害啊，你為什麼能這麼厲害？」

　　他剛才看著封琛在擺弄那個小鐵盒，沒想到這就變成了一盞燈。

　　封琛將汽油燈掛在車扶手上，難得開了句玩笑：「因為我念了魔法咒語，啊嗚……嘣嘎亞。」

　　顏布布哈哈笑起來，「不對不對，是啊嗚嘣嘎啊達烏西亞。」

　　封琛從背包裡翻出新褲衩和新 T 恤，丟給顏布布，「快穿上。」

　　顏布布慢吞吞地穿好褲衩和 T 恤，趴在座椅上，看封琛繼續做其他東西，有搭沒搭地說著話。

　　「少爺，先生和太太什麼時候來接我們呀？」

　　「快了。」

　　「快了是多久啊？」

　　「快了就是快了。」

　　漸漸的，顏布布聲音小了下去，響起了均勻的呼吸聲。

　　封琛見他睡著了，這才放下工具，從背包裡取出自己的衣物，繞到大巴士後面去洗澡。

　　四月份的夜晚，在露天洗澡卻絲毫不覺得寒涼，封琛卻並不覺得這是好現象，心裡浮起了一層隱憂。

　　只希望父親快點派人來，把他和顏布布接走。

　　他並沒有意識到，他從來沒考慮過父母會不會遭遇不測，總是篤定他們是安全的。

　　或者說，他從內心就在抗拒去深想，不允許自己去懷疑。

　　洗完澡，他將兩人換下來的衣服洗了，晾在旁邊的小車車頭上，這才回大巴士上去睡覺。

　　當再踏足這片漫無邊際的冰天雪地時，封琛心裡沒有一絲慌亂。

　　他清楚地明白，自己這是睡著了，又到了夢裡。

　　遠處依舊是那個大蠶繭，靜靜地立在風雪中，依舊讓他感受到熟悉

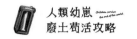

的親近感。

當他走近後，發現大蠶繭裡的黑影更明晰了些，不再是混沌一片。透過蛋膜似的外殼，能隱約瞧見黑影的頭和軀幹。

他再次覆上手，感受著那和自己心臟統一跳動的頻率。

撲通、撲通。

像是召喚，也像是在和他親昵地打招呼。

接下來的日子裡，兩人吃光了那隻螃蟹，開始去廢墟裡翻找食物。

那些居民社區早就被人翻過好多遍，他們便選擇那些容易被人忽略的地方。比如還未完全垮塌的辦公大樓，或是剩下一半的電玩城，總能找到一些泡麵或是薯片之類的食物充饑。

但氣溫一天天變熱，很多食物已經變質，那些掩埋在瓦礫下的屍體也開始腐爛，空氣裡隨時都充斥著揮之不去的腐臭味。

越來越多的人受不了了，選擇去了西聯軍設立的安置點。

封琛和顏布布去井旁打水時，以往排得長長的隊伍不見了，只剩下兩三個人，當他們去大街上尋找食物時，也很難再碰到其他人。

西聯軍的懸浮車在各街道行駛，擴音器不停迴圈：「……出示你們的身分證明，通過驗證以後，便可以進入地下安置點。」

這天打水回來的路上，顏布布放下手上的半盆水，用手搭著眼睛，仰頭看天。

天空看不見日頭，卻白茫茫地灼熱刺眼，從天際飛來了一架銀白色的飛機。

這是一架小型軍用機，邊飛邊往下灑落著白色粉末，大片大片地傾覆而下，灑在那些廢墟殘垣上。

眼看粉末就灑到這邊來了，封琛將顏布布拖到半截屋簷下，捂住了

他的口鼻，喝道：「閉上眼睛。」

飛機呼嘯而過，兩人又過了片刻，才睜開了眼。

整個城市上空，還飄揚著殘餘的白色粉末，像是下了一場小雪，空氣中瀰漫著嗆人的氣味。

「咳咳，這、這是什麼？」

顏布布不停流眼淚，鼻頭也揉得紅紅的。

封琛的眼睛也泛著紅，用袖子捂住口鼻，「防疫用的消毒粉，別說話了，把嘴捂上。」

剛打的水裡飄著一層白色粉塵，只有重新打水，好在這是口壓井，井水裡倒是沒有粉塵。

下午時分，氣溫陡然變高，封琛看著多功能手錶，溫度以肉眼可見的速度，在一個小時內爬升了 10 度。

大巴士車內熱得像是蒸籠，顏布布將全身扒得只剩條褲衩，還是一個勁兒喊熱。他頭上的捲髮都濕成一縷一縷的，臉蛋兒泛著紅，躺在座椅上煩躁地翻來翻去。

「你別動就不熱了。」封琛一動不動地坐著，看上去比顏布布好多了，但 T 恤後也汗濕了一大團。

「少爺，我覺得我可能要熟了，如果我真的熟了，你可以把我泡在水盆裡，我比螃蟹大，夠你吃上好幾天。」顏布布爬起身，摸過旁邊的水，咕嚕咕嚕灌下半瓶。

封琛瞥了眼腕錶，發現氣溫還在持續上升，就在這短短片刻，已經上升了 4 度。

「走吧，咱們別在車裡，出去找找陰涼地方。」

雖然外面也同樣炎熱，但總能找著比大巴士車裡涼快的地方。

顏布布去穿鞋，被封琛喝住：「把衣服褲子穿上才准出去。」

「我穿了褲子的啊。」

「內褲算什麼褲子？」封琛聲音嚴厲。

剛才若不是他不允許，顏布布連僅有的內褲都要扒了。

等顏布布穿好衣褲，封琛在背包裡塞了好幾瓶水，兩人往停車場外走去。

空氣都帶著熱度，黏膩地封住了每一個毛孔，隔著蒸騰的空氣，遠處的殘壁斷垣看上去都在搖擺扭曲。

天空沒有飛鳥，地上連隻螞蟻都見不著，平常巡邏喊話的西聯軍懸浮車也沒出現，整個城市死氣沉沉，像是一座大型墳墓。

兩人進了一棟半垮的辦公大樓，在寬敞的大廳裡靠牆坐下。

這裡雖然也很熱，但比大巴士還是要好上那麼一點點。顏布布乾脆倒在微涼的瓷磚地板上，四肢攤平地躺著，封琛沒有制止，畢竟他自己都想躺在地磚上，只是忍住了。

沒過一會兒，旁邊樓梯傳來腳步聲，一名中年女人攙扶著她老公，從樓梯上慢慢走下來。

女人在看見顏布布和封琛後，驚訝地瞪大了眼睛，「老公你看，這兒有兩個小孩。」

封琛沒說話，只側頭打量著兩人，顏布布卻從地上坐了起來，打招呼道：「阿姨。」

那男人臉色很不好，看著像是在生病，他見封琛神情淡漠，便問顏布布：「小朋友，你怎麼在這兒的？沒有人帶著你嗎？」

顏布布認真地回答：「我們住的地方太熱了，就來這兒坐會兒，我有人帶著的。」

——怎麼會沒人帶呢？少爺帶著我啊。

那對夫妻聽顏布布這樣說，以為兩人是跟著大人一塊兒的，只是大人現在沒在身邊。

「給你家大人說，西聯軍昨天喊話，為了徹底防疫消毒，過幾天就要在噴灑的消毒粉裡摻上那什麼……什麼林。」

「東林迦酐。」封琛突然開口。

「對，就是這個。」

封琛聞言後，臉色頓時一變。

女人扶著男人往外走，「我們現在就要去地下安置點了，聽說那個林什麼的聞了會中毒，會死人的。你們給家裡大人說，趕緊也去安置點，不能再耽擱了。何況天氣越來越熱，待在外面有什麼意思呢？活生生都要被熱死了。」

一直沉默的封琛突然出聲：「阿姨，進入地下安置點，必須要身分證明嗎？」

女人道：「那肯定的啊，西聯軍查得可嚴了。」

她似想到什麼，轉頭打量了下封琛和顏布布，又安慰地道：「去告訴你們家大人，不要有顧慮，我以前的鄰居，曾經偷盜坐過牢，這次也帶著家裡人進去了。」

「謝謝。」

封琛知道她誤會了，但他和顏布布的情況，不是家裡人偷盜坐牢過那麼簡單。

「阿姨叔叔再見。」顏布布見兩人消失在大廳外，這才放下手，轉頭卻看見封琛神情非常嚴肅。

是那種大事即將來臨的嚴肅。

「少爺。」顏布布不安地喚了聲。

封琛緊抿著唇，下巴繃得很緊，半晌後才說：「顏布布，我要想個辦法進入地下安置點。」

傍晚時分，氣溫沒有那麼炎熱，兩人回到了大巴士車上。

封琛又取出他那個工具袋，用電鑷撥弄著一塊晶片，顏布布不敢打擾他，屏氣凝神地趴在旁邊，等封琛抬起頭活動脖頸時，才連忙問

道：「少爺，你在做什麼？」

「我在做可以進入研究所的門卡。」封琛來回活動著有些僵硬的右手手臂，「西城有個藥廠，對外是某家企業公司，其實就連西聯軍也不知道，那是東聯軍的祕密研究所。那研究所不是普通房屋結構，當初是按照軍事三級防禦的等級建造的，所以就算遇到這場地震，可能也沒事。我們去看看，如果沒有垮塌的話，裡面的設備也還能用。」

「哇喔——」顏布布由衷地感歎，一雙眼裡都是崇拜。

他其實聽不懂，但越是不懂，越是不明覺厲，越是覺得世界上沒有什麼東西是封琛不清楚的，也沒有什麼能難得住他。

封琛放下手臂，瞥了他一眼，「晚上我帶你進去，把咱們的身分證明改動一下。」

「好啊。」顏布布搖晃著滿是汗水的腦袋，「我們等會兒……」

砰！

突如其來的一聲重響，打斷顏布布的話，大巴士如同被重擊般搖晃了幾下。顏布布下意識伸手去抓封琛，卻看見前方車窗探進來一顆毛茸茸的腦袋。

「啊！少爺，老、老虎啊！」

前面第一排的車窗開著，一隻碩大的虎頭伸了進來，兩隻利爪扒著窗沿往上爬，小半個身體已經掛在了車窗裡面。

「嗷！」老虎朝向兩人，張開嘴怒吼一聲，露出猩紅的上下顎還有鋒利的牙。

顏布布認出這是老虎，他曾經在動物園裡見過，只是那老虎都神情萎靡地趴在園子裡，愛答不理的，哪裡像現在這樣凶狠。

封琛剛才將匕首放進背包，丟在了車尾那排座位上。他現在來不及去拿匕首，周圍也沒有什麼稱手的，眼見老虎要爬進來，情急之下便抓起旁邊的鐵鍋，不管不顧地砸向老虎頭。

砰砰連聲響後，老虎發出吃痛的怒吼，想要撲進車窗，封琛又用鍋

底抵住牠的頭往外推。

「去把我匕首拿來，在包裡。」封琛用力抵著老虎，對旁邊不知所措的顏布布大聲命令。

顏布布陡然回神，慌亂的目光四下搜尋背包。

「在車後面！」封琛大吼一聲。

老虎不斷想往裡擠，鋒利的爪尖在車身上摩擦，發出令人膽戰心驚的動靜。封琛用盡全力撐著鐵鍋，兩隻腳頂住後方的扶手杆，脖子上幾道青筋往下延伸，凸顯在肩背薄薄的肌肉下。

顏布布找到背包，手忙腳亂地往外掏匕首，因為太過慌張，轉身時撲通摔了一跤。他半秒沒有停留地爬起身，握著匕首迅速衝向封琛，「少爺，給。」

封琛哪裡騰得出手接匕首，他現在正較著勁，只要稍微一鬆勁，老虎就會撲進來。

「刺，牠。」他臉脹得通紅，從牙縫裡擠出兩個字。

腳後面抵著的扶手在咣咣作響，似乎已經鬆動，封琛不敢懈勁，再次艱難道：「別，怕，刺，牠。」

顏布布沒有再猶豫，他雖然嘴唇發著抖，兩條腿都軟得站不穩，卻依舊聽從封琛命令，啊地一聲大叫後，兩手握住匕首，扎向車廂上搭著的一隻虎爪。

刀尖扎入虎爪裡，但他力氣不大，這一下扎得並不深，反而激起老虎的暴戾，更加狂怒地往車廂裡撲。

「繼續！」封琛大吼著抵住了老虎，「用力刺牠。」

顏布布臉色煞白，卻依言拔出匕首，一刀接著一刀往虎爪上刺落，嘴裡發出變調的尖銳哭叫。

「你快走，你快走，你走，壞老虎，你走，啊嗚嗚嘎啊達烏西亞，你快走……」

鮮血從虎爪上湧出，瞬間染紅了黃色皮毛，順著車廂壁往下淌落。

　　老虎受不住疼痛，又遲遲不能撲進來，終於放棄了，撲通一聲滑下車窗，一瘸一拐地往停車場外奔去。

　　眼見牠消失在遠處，封琛手上的鐵鍋落地，再倒退兩步，脫力地跌坐下去。

　　顏布布還站在原地，兩手緊握著匕首，一邊哭一邊去看封琛，兩條腿不停發著抖。

　　封琛背靠著座椅腳，全身被汗水浸透，他想對顏布布伸手，手臂卻痠軟得抬不起來，便只笑了笑，喘息著說：「過來。」

　　「嗚嗚⋯⋯」顏布布一步一步挪了過去。

　　「把匕首收好。」

　　顏布布將匕首扔在了旁邊座椅上，整個人還在打擺子似地抖。

　　「坐我身邊來。」

　　顏布布在封琛身旁坐下，抽抽搭搭地抱住了他的手臂。

　　封琛看著他頭頂的髮旋，低聲道：「別哭了，沒事的。」

　　顏布布漸漸平息下來，收住了哭，只靠著封琛，時不時抽噎一下。

　　「你剛才表現得很好。」封琛道。

　　顏布布抬頭看向他，雖然滿臉水漬，分不清是淚還是汗，一對烏黑的瞳仁卻開始發亮。

　　「我表現得很好嗎？」他啞著嗓子問。

　　封琛點點頭，稱讚：「對，表現得很好，服從指令，回應即時，下手也很果決。」

　　「我不怕牠的，再來兩隻老虎，我也可以對付。」顏布布瞬間滿血，聲音也不抖了。

　　「我剛才使用了一點點魔法，沒有用太多，如果再用一些的話，牠就死了。我其實還能用腳踢牠，看，就是這樣，只是我輕易不使用這一招⋯⋯」他說著說著站起身，開始比手畫腳。

　　封琛只靜靜地看著他，沒有發表任何意見，等到體力恢復得差不多

時，便起身開始收拾背包。

「我們要儘快離開這兒，免得那隻老虎回頭來報復。」

封琛說得很含蓄，其實他心裡清楚，這老虎一定吃了不少屍體，指不准也有活人。

現在能找到的屍體都已經高度腐敗，就算是老虎也難以下嚥，終究還會回頭來找他倆。

顏布布本來還在興致勃勃地表演他怎麼對付老虎，一聽這話，頓時卡了殼，緊張地瞪圓了眼睛。

「把你布袋掛上，裝滿水，我們現在就出發，去研究所改掉身分晶片，再進入地下城。」

天色已經傍晚，太陽和月亮一東一西地掛在天上，分不清現在的光線，究竟是日光還是月光。

氣溫依舊高熱，兩人汗淋淋地路過那口井時，壓出井水，從頭到腳往下澆。微涼的井水淋遍全身，帶走了幾分燥熱，顏布布小狗似地甩著腦袋上的水珠，「少爺，再給我澆一次，再來一次。」

封琛抬手抹去臉上的水，又打了一桶井水拎著，「走了，不能再耽擱了。」

從這裡到研究所不是太遠，但走到的話也要好幾個小時，兩人走一陣後，便原地休息片刻，往身上澆井水。

雖然井水慢慢升溫，不再帶著涼意，但澆在身上後，也會讓人舒服那麼一點。

太陽徹底落山，整個城市廢墟被慘澹的月光籠罩，天地間只感到一片死寂。

顏布布緊拽著封琛衣角，亦步亦趨地跟著，總覺得那些影影幢幢的

廢墟深處，有什麼東西在窺視著他。

封琛點亮了汽油燈，將周圍一片照亮，不時低聲提醒顏布布，注意腳下的磚石和裂縫。

嗚——

遠處傳來什麼動物的嚎叫，顏布布身上的汗毛都豎了起來。

「少爺，是什麼在叫？」

「沒事，一隻狗而已。」

封琛語氣淡定，卻始終將匕首緊緊握在右手中。

晚上9點左右，兩人終於到了目的地，一片靠近城郊的工業區。這裡地勢寬闊，放眼望去，以前的那些高大廠房都已經坍塌，唯獨一棟10層高的樓房，靜靜佇立在曠野裡。

封琛帶著顏布布到了那棟樓前。

汽油燈的燈光下，這棟樓雖然牆皮大塊剝落，牆身上也有幾條縱橫的裂縫，但整個樓體看著依舊堅固。

圍牆已經沒了，兩人直接走到大門前，封琛取出背包裡的工具，開始動手撬電子鎖。

顏布布提著汽燈，一邊打量四周，一邊問：「少爺，在這裡面可以修改我們的身分嗎？」

封琛頭也不抬地道：「可以。東聯軍在地震前就已經撤走，但他們只能帶走部分重要物品，可以修改生物晶片的儀器，對東聯軍來說根本不重要，肯定會丟下。」

咔嚓一聲響，電子鎖被生生撬開，一股冷風從開啟的大門吹了出來。顏布布在覺得舒服的同時，又感覺到了幾分陰森，手臂上瞬間冒了層雞皮疙瘩，背心爬上了寒意。

「走，進去。」封琛提著汽油燈往裡走，顏布布趕緊摟住他的腰，一步步跟著挪。

「鬆開，這樣我怎麼走路？」封琛停下腳步，垂眸看著他。

顏布布只得鬆手，改成牽著他的一片衣角。

大廳裡一片狼藉，地板上散落著一些不重要的文件，看得出東聯軍撤退時的匆忙痕跡。電梯沒法啟動，只能爬樓梯，好在一共只有 10 層，並不算太高。

下面幾層就和普通研究所一般，有著研究室和配劑室之類的房間，只是到了第 5 層，面前就出現一道緊閉的金屬門，封住了上行樓梯。

門上的密碼鎖竟然仍在啟用中，綠色的按鍵幽幽亮著光，顯然這棟樓自帶獨立的溧石電力系統，只要機組沒在地震中被破壞，那溧石可以供應這棟樓的電力很久。

「我曾經跟著父親來過一次，也記住了密碼。」封琛一邊說，一邊在按鍵上輸入了幾個數字，金屬門順利開啟。

兩人剛踏入第五層樓梯，身後金屬門關閉，四周唰地亮起了燈，整個視野一片通明。

顏布布被突如其來的光亮刺得眯起了眼，等到適應過來時，發現面前居然不是繼續上行的樓梯，而是一個不大的房間，四周空空蕩蕩，只有對面牆壁上有一扇小門。

「探測到有陌生闖入者，請立即出示出入證明。」

機械電子聲突然在室內響起，冷冰冰的不帶一絲感情。

顏布布慌忙四處看，卻沒能看到任何聲音來源。

「探測到有陌生闖入者，請將你的出入證明舉在胸前，否則後果自負。」電子聲繼續發出警告。

封琛就像是沒聽到似的，大步走向那扇小門，按動門旁按鈕，牆壁上便出現了一塊螢幕，他立即在螢幕下方的鍵盤上操作。

「陌生闖入者沒有出示出入證明，從現在開始，倒數計時十秒。」

隨著機械音落，顏布布驚恐地發現，四周牆壁上突然多了些小孔，紅光從小孔透出，鎖定了他和封琛的眉心。

「少爺，這是什麼？」

封琛任由一個紅點停在眉心，雙手如飛地在鍵盤上操作，「紅外線瞄準器。」

「十，九，八⋯⋯」

顏布布伸手擋著眉心，「紅外線瞄準器是什麼？」

「紅外線瞄準器就是紅外線瞄準器。」封琛一如既往地敷衍。

顏布布聽懂似地喔了聲，卻又忍不住繼續問：「那為什麼有聲音在數數？」

封琛手下不停，眼睛在螢幕上飛快逡巡，「等到數數結束，表示咱們就要⋯⋯」

「七，六，五⋯⋯」

「就要怎麼？」顏布布無端感到緊張，下意識屏住了呼吸。

「就要⋯⋯」

顯示幕的光投影在封琛臉上，顯得鼻梁高挺，眼神犀利，雖然他額角有一滴汗珠悄悄滑下，但神情卻依舊鎮定。

「四，三，二⋯⋯」

隨著封琛敲下確認鍵，機械音倒數計時戛然而止，那些落在兩人身上的紅點消失，面前小門也無聲無息地開啟。

封琛長長舒了口氣，提步往前，接著說：「表示咱們就要進入祕密研究所。」

顏布布渾不知剛才已經在生死邊緣走過一遭，只似懂非懂地點了點頭，跟在封琛身後走了進去。

「我們現在就去頂層，那裡放著可以調整生物晶片的儀器⋯⋯」封琛突然收住聲，停下腳步，面帶震驚地看著前方。

顏布布順著他視線看出去，只見他們正置身於一個寬敞的大廳，四

周都是儀器，但大廳中央卻突兀地生著一截粗壯的大樹。

說它是一截而不是一棵，是因為樹幹上端穿透了天花板，下端也穿透了地板，這層樓只能看到其中的一段樹幹。

大樹茂密的枝葉往四周延伸，覆蓋了大廳一半面積，樹幹筆直粗壯，足足有幾人環抱那麼粗。

「啊？屋子裡還能種樹啊？」顏布布覺得有些新奇。

封琛命令道：「你站著別動，我去看看。」

顏布布站著沒有動，只看著封琛慢慢走近那棵大樹。

這棵樹的葉片像是銀杏，卻又結著雞蛋那麼大的果子，色澤暗黑，表皮粗糙，有著極細小的凸起。

封琛圍著大樹小心地看了一圈，在樹幹周圍發現很多散落的碎石塊，這棵樹想必是從底層長出來的，已經頂穿了整棟樓。

「少爺，你頭上那果子在動。」顏布布突然出聲。

封琛抬頭，看見頭頂上有顆果子，墜在綠葉間輕輕搖晃，果皮上下起伏，像是裡面有什麼東西想要掙脫出來。

顏布布從地上撿了塊石頭，「少爺你退後點，我把這果子打掉，看著好奇怪喔。」

「別動。」封琛喝住了他。

顏布布問：「你不覺得那果子看著怪惹人煩的嗎？」

「那就別看它好了。」

封琛覺得這棵樹大有古怪，但他們的目的是來改生物晶片，不用去節外生枝惹出事端，把晶片改了就走。

顏布布雖然很想去砸那果子，卻也放下石頭，跟著封琛一起走向牆邊的電梯。

5 層以上的樓梯口被封住，只有電梯，兩人進入電梯後，封琛按下了 10 層數字鍵。

10 層很快便到了，電梯門緩緩打開，出現在面前的依舊是個大

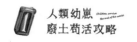

廳，周圍一圈擺放著各種儀器，中間是那棵穿透樓板的大樹。

這層是樹冠部位，枝葉更加茂密，中間密密麻麻結著那種暗黑色的果子。但和下層不同的是，樹枝上除了這種小果子，還掛著一些白色的大果，每一個比冬瓜還大，沉甸甸地掛在枝頭上。

封琛牽著顏布布避開這棵大樹，在大廳邊上繞了半圈後，終於找到了用於修改生物晶片的儀器。

他看著那臺沉寂的儀器，不知道裡面的部件有沒有損壞，還能不能啟動，有些不敢伸手去按開啟鍵。

封琛深呼吸了一口，問顏布布：「你的魔法強嗎？」

顏布布嚴肅道：「很強。」

「是跟電視裡的比努努學的嗎？」

顏布布斟酌道：「不完全是。」

「什麼意思？」

顏布布：「比努努是跟大師父學的，我看著大師父教他，也就學會了，其實我和比努努都是大師父教出來的。」

「喔，這樣啊。」封琛指了指面前的儀器，「你能不能對它施展魔法，讓它能夠好好使用？」

「沒問題。」

顏布布又開始念他那些咒語，還擺出各種姿勢，念完一通後對封琛做了個請的動作。

封琛雖然知道他根本就沒有什麼魔力，但心裡也莫名穩定了不少，手指輕輕按下儀器上方的開啟鍵。

等了幾秒後，儀器絲毫沒有反應。

「嗯？看來還要再來一次。」顏布布喃喃道。

他開始繼續念咒語，封琛則檢查儀器四周，發現後方的電源線沒有連上。等他將電源連接好後，顏布布這邊也施法完畢。

封琛按下開啟鍵，輕輕一聲響，儀器顯示幕閃爍，顯示啟動成功。

「看，我的魔力已經注入，可以了。」顏布布說。

封琛指著儀器上的掃描區，「把你手腕放到這兒來。」

顏布布依言將手腕擱了上去，淡綠色的光條在他腕下掃動，螢幕上顯出了顏布布的個人資訊。

封琛將姓名一欄刪空，問道：「你想要個什麼新名字？」

顏布布張了張嘴，猶豫道：「可是我對我的名字沒有什麼意見，不想要新名字。」

「暫時的，只是出現在你的身分晶片上，讓我們可以進入地下城而已。」封琛解釋。

「這樣啊……」

顏布布茫然地想了會兒，眼睛一亮，正要開口，封琛便打斷他：「不能叫比努努。」

「……那薩薩卡呢？」

「也不行。」

顏布布有些挫敗，說：「那隨便吧，你隨便給我取個什麼新名字，只要不是黑暗巫就行。」

封琛垂眸看著他，「樊仁晶怎麼樣？」

「煩人精？」顏布布不可思議地睜大了眼，抗議道：「我怎麼能叫煩人精？」

「不一樣的，不是那個煩人精，這名字的意思是繁複漂亮的晶石。」封琛平靜地道。

他神情和平常一樣淡漠，一副沒有表情的表情。

顏布布對他的話深信不疑，琢磨著漂亮的晶石也不錯，便點頭同意：「那就這個名字吧。」

封琛在姓名欄很快輸入了樊仁晶，又編寫了家庭住址和成員，按下確定。

滴一聲響後，他舒了口氣：「好了，你生物晶片裡的資料修改成

功，煩人精，手腕拿下去吧。」

接著他又修改自己的晶片，將封琛改成了秦深，隨了封夫人的姓，再胡亂編了個家庭住址和成員。

終於完成了修改身分晶片的大事，他卻沒有立即離開，而是試著通過儀器上的內部軟體，想和其他東聯軍取得聯繫。

但資訊發送不出去，通訊依舊沒有恢復。

封琛對著螢幕沉默片刻後，雙手在操作板上快速移動，進入某個軟體，在裡面留下了一行字。

【父親，我是封琛，我還在海雲城，如果看見了這條訊息，請儘快來接我。】

這是去年學習軍用系統操作課程時，封在平專門給他做的一個類比軟體，供他熟悉操作，密碼也只有父子兩人才知道。

如果重新建立通訊，父親在系統裡點開那個軟體的話，就能看到他的留言。做完這一切，封琛關掉儀器，對等候在旁邊的顏布布說：「我們走吧。」

因為給父親的這通留言，讓他心情有些失落，顏布布敏感地覺察到了，牽著他往電梯走時，不停去瞧他的臉。

「你老是看我做什麼？」封琛平視前方，注意避開大廳中央的那棵大樹，嘴裡問道。

顏布布遲疑著：「我覺得你好像突然有點不開心。」

封琛抿著唇，「嗯，我不喜歡我的新名字。」

顏布布小心地問：「你的新名字叫什麼？」

「貝樊絲。」

「唔……其實這個名字挺好聽的。」顏布布安慰他道。

大樹長到了這一層，因為是樹冠位置，枝葉便特別繁茂，其間掛著的果子也特別多，像是魚腹裡的魚卵，密密麻麻地堆擠著。

顏布布只瞧了一眼，就覺得身上起了層雞皮疙瘩。他正要移開視

線，卻見那些果子在動。

大廳裡沒有風，擠成一團的果子卻在顫動，粗糙的表皮不停起伏，有些已經綻出了裂口，看得到裡面蠕動著的黑色東西。

「少爺……」

「快走。」

封琛明顯也發現了這些果子的異常，拉著顏布布急急走向電梯。

咔嚓。一聲清脆的破裂聲響起。

顏布布轉頭，正好看見一只果子掉在地上，摔成兩半，一隻拳頭那麼大的蟲子從裡面爬了出來。

那蟲子像是碩大的甲蟲，通體漆黑，六條腿彎折著，布滿細針一樣的倒刺。牠嘴邊的觸鬚不停顫動，兩顆豌豆大的晶體狀眼球一瞬不瞬地看著顏布布，口器裡發出嘶嘶的響聲。

顏布布還愣著，蟲子便迎面撲來，牠搧動背上翅翼，展露出腹部下紅黑相間的紋路，還有口器裡牽著黏液的尖齒。

在蟲子接近的剎那，顏布布條件反射地舉起手，就要對著牠拍下，卻被一股大力拉得退後了幾步。

封琛左手拉開顏布布，右手揮動匕首，一道迅捷的冷風拂過，蟲子在空中被斬成兩截，掉落在地。

但那蟲就算身首異處，身後端連著的肢節也在不停彈動，前端頭上的眼球，依舊瞪著兩人，撲搧著翅翼想再次起飛。

砰一聲悶響，空中落下個金屬小箱子，將那蟲頭砸了個結實，墨綠色的汁液從箱下濺開。

顏布布氣喘吁吁地對封琛說：「別怕，我砸死牠了。」

蟲頭被砸了個細碎，尾端肢節卻依舊蠕動著向兩人爬行，封琛嫌惡地皺了皺眉，伸手抓過旁邊一條金屬棍，想將牠撥遠些。

誰知金屬棍剛剛觸碰到，就被那幾條肢節抱住，往裡收攏，越箍越緊，肢節竟然深深嵌入棍中。

　　顏布布正在震驚，就聽一陣劈里啪啦的響動，樹上的果子如同下雨般往下掉落，墜在地上後破成兩半，窸窸窣窣地爬出甲蟲。

　　不過短短幾秒，地上就滿是甲蟲和碎果殼，而枝頭上的果子還在繼續往下落。

　　顏布布被這一幕驚住，渾身汗毛都豎了起來。

【第四章】

哥哥，
他是我在路上認識的哥哥

◆━━━━━━━◆

封琛看著他那雙轉來轉去的大眼睛，收回手道：「記住了，以後就叫我哥哥，不要再叫我少爺，哪怕私下叫叫也不行，免得改不了口。」

「哥哥、哥哥……」顏布布喃喃地念了兩聲，抬頭對著封琛露出個笑，笑得眉眼彎彎的，「好的，哥哥。」

封琛看見這一幕，果斷扯著顏布布往前跑，衝進了電梯。那些蟲子開始振翅，嗡嗡著像是一架架小飛機，對著兩人急速飛來。

「快快，關門。」顏布布驚慌大叫。

電梯門合攏，只聽到咚咚連聲響，堅硬的金屬門上竟被撞出了一個個小凸起。封琛按下了數字鍵 5，電梯開始下行，可還不到半秒，又突然停住。

「怎麼了？」顏布布問。

封琛繼續按數字鍵 5，「不知道，可能卡住了。」

蟲子還在瘋狂地撞擊電梯門，金屬門扇不斷發出沉悶聲響，隆起一個個小包，轎廂也開始搖晃，發出吱嘎吱嘎的聲響。

顏布布轉頭打量四周，想看看有沒有什麼地方可以出去，可當他視線滑落到左邊轎廂壁上時，突然頓住了。

光滑如鏡的金屬壁上，清楚地照出廂內情景：從轎廂頂的那些透氣孔裡，探進了幾條細蛇，垂墜在空中，微微昂起頭，對準了兩人。

顏布布猛然轉身，「蛇啊──」

話剛出口，一條細蛇陡然衝出，纏住他的腰，將他吊在了空中。而另一條蛇則昂起蛇首，對著他迎面襲來。

封琛在這時揮臂劃出匕首，那條襲向顏布布的細蛇頓時斷成兩截，幾滴星星點點的黑水跟著濺落。

蛇段掉在地上後，竟然成為兩段黑灰色的樹藤，斷口流著汁液，藤上還掛著綠色的葉片。

「少爺……」顏布布在空中甩著腿掙扎。

封琛繼續揮動匕首，刀鋒凌厲，對著那根纏繞住顏布布的樹藤刺去。那樹藤倏地回縮，顏布布便啪嗒一聲掉落在地上。

他這下被摔了個七葷八素，卻顧不得身上疼痛，迅速爬起來。

地上已經多了幾根被斬斷的樹藤，封琛沒有注意到身後也垂吊下一根，正無聲無息地纏向他腰間。

顏布布在猛然上跳，抓緊那條藤，往下墜著身體，使勁將它往下扯。樹藤被扯得筆直，在半空扭動掙扎，帶著他一下下撞向轎廂壁。

咣咣幾聲響，顏布布被撞得腦袋發暈，卻始終都不鬆手。

封琛終於能騰出空，攔腰劈斷了那條樹藤，再接住了往下摔落的顏布布。

地上散落著數段黑藤，像是燃燒過後的焦木，頭頂被斬斷枝條的樹藤不敢再進攻，緊附在電梯頂上，像是伺機而動的毒蛇。

叮咚！

因為遲遲沒有下行，電梯發出就要開門的聲響。

甲蟲還在撞擊電梯門，轎廂不停搖晃，封琛迅速摘下旁邊掛著的滅火器，用力拔出保險銷拉環，按下把手。

電梯門緩緩打開，成群甲蟲撲進來的同時，滅火泡沫噴湧而出，帶著強勁的衝力，將那些甲蟲噴出去數公尺遠。

「跟在我身後。」

不待頭頂的樹藤進攻，封琛大喝一聲，提著滅火器衝了出去，顏布布也急忙跟上。

大廳裡除了電梯，就只有窗戶一條路，封琛一邊用滅火器噴那些甲蟲，一邊往窗戶靠近。

這種滅火器並非民用，衝力著實強大，將那些甲蟲盡數沖到對面牆根下，湧動著累疊了超過半公尺高，黑壓壓的看得人頭皮發麻。

大廳中央的大樹也被不停沖刷著，樹葉紛紛掉落，細小的樹枝發出折斷聲響。那些好似冬瓜的大白果也搖搖欲墜，終於掉落了一個，在地上摔成了兩半。

封琛心頭一緊，生怕大果子裡飛出大蟲子，那就更難對付了。

誰知那大白果裡面並沒有蟲子，而是一具蜷縮的人類屍體——屍體還穿著衣服，乾癟得像是被吸盡了血肉，只剩下皺褶的皮膚，裹著乾枯的骨。

　　顏布布也看清了這幕，臉色煞白地縮在封琛背後，「少、少爺，那樹上長出了人。」

　　「不是長出了人，是人被它吃掉了。」

　　「啊？吃、吃人的樹？」

　　滅火器底部紅燈閃爍，顯示裡面的泡沫就要用光，電梯方向的樹藤瘋狂蔓延，已經伸出電梯，蛇一般地往這邊遊來。

　　封琛靠到窗邊，左手按下陷在牆裡的開關，自動窗緩緩開啟，燥熱的氣溫瞬間灌入。

　　他側頭看了眼外面，這裡是 10 層高度，除非他和顏布布兩人長了翅膀，不然怎麼也出不去這個房間。

　　滅火器吐出最後一點泡沫，終於沒了動靜，被沖到牆根下的那些蟲子，從成堆的樹葉果殼中爬出來，開始振翅。

　　電梯口已經被樹藤完全封住，藤條已經蔓延至屋中央，正快速往窗邊爬來。

　　顏布布不知從哪兒撿了根鐵棍，對著那爬藤揮舞，色厲內荏地大喊：「你不准過來，別過來，再不停的話，我就要打你。」

　　封琛看了眼從大果子裡掉出來的屍體，咬咬牙，取下背包丟給顏布布，再半蹲下身，命令道：「揹上包，再讓我揹你。」

　　顏布布從來不會違背他的命令，飛快地揹好背包，再撲到他背上。

　　「我們要衝進電梯嗎？少爺你衝，我來打。」

　　「抓緊我，不要鬆手。」

　　顏布布依言將封琛脖子摟得緊緊的，兩腿夾住他勁瘦的腰。

　　封琛緊抿著唇，卻沒有衝向電梯，而是在甲蟲起飛的同時，倏地一手撐住窗臺，迅捷地翻了出去。

　　窗外牆壁上橫著一條碗口粗的塑膠管道，封琛翻出去後便踩在水管上，在那些甲蟲追出來的瞬間，伸手拉下窗戶。

　　軍用金屬窗頓時合攏得嚴絲合縫，被甲蟲撞擊得響個不停。一隻甲

蟲被攔腰截成兩半，前端直直向下墜落。

外牆很光滑，除了那條水管，沒有什麼可以著力的地方。封琛只能像隻壁虎般緊貼在牆壁上，讓身體和牆面儘量貼合，雙手摳在磚塊之間的縫隙裡。

顏布布懸空掛在他背後，身下便是十層高度，他往下看了眼，嚇得頭暈目眩，不敢再繼續看。

「你千萬別動，一動的話，就可能把咱們倆都帶下去。」封琛側著頭啞聲叮囑。

「好、好的，我、我不動。」

這面牆太過平滑，封琛開始橫著移動，想繞到大樓另一側，看看有沒有什麼可以攀附的管道，上到樓頂或是滑到樓下都好。

顏布布將頭擱在封琛肩膀上，連呼吸都放得很平緩，生怕身體起伏太大。

他只懊惱自己心跳太劇烈，要是不跳就好了。

好在磚縫挺深，封琛雙手緊摳著磚縫，向著左邊緩緩橫移。汗水落到眼中，他卻連眼都不敢眨一下，任由被蟄出來的淚水和著汗水一起，順著臉龐淌落。

顏布布不敢出聲，怕聲音打擾到了他，卻在心中瘋狂默念著咒語：「啊嗚嘛嘎啊達烏西亞，啊嗚嘛嘎啊達烏西亞……」

咔嚓。

腳下的塑膠管道突然發出破裂的響聲。

這聲音並不大，但對封琛顏布布兩人來說，卻如同天際驟響的一道炸雷，震得腦中嗡嗡作響。

兩人體重加起來也有一百多斤，這管道雖然結實，卻終究是塑膠製品，難以承受地出現了裂痕。

如果向左繼續走，恐怕管道會斷裂，但右邊窗戶依舊被那些甲蟲撞擊著，也沒辦法回頭——回頭的下場，就和那些大果子裡的屍體一樣。

封琛深深吸了口氣，對著左邊再次邁出一步，輕而緩地落下。

隨著重心轉到前面那隻腳，兩人都屏住了呼吸。

一秒、兩秒，管道沒有發出異響。

呼……兩人又同時呼出一口長氣。

可就在這時，沒有絲毫預兆地，管道啪一聲從中斷裂。封琛腳下一空，帶著背上的顏布布，就那麼直直往下墜落。

這瞬間，他腦子一片空茫，眼前是飛速掠過的光滑牆面，耳邊是鼓噪的風聲，血液奔湧得如同澎湃的潮汐。他下意識伸手去摳牆壁，想抓住什麼東西，卻只抓住了一團空氣。

顏布布閉著眼睛，在強烈的失重感中，大喊出聲：「啊嗚嘣嘎啊達烏西亞──」

看著越來越近的地面，封琛被絕望和恐懼箍緊。在短短一秒內，他像是想起了很多，眼前快速拂過父親和母親的臉，又像是什麼也沒想，只聽到顏布布在用變調的聲音啊嗚著。

他全身肌肉在這刻繃緊，腎上腺素分泌達到了極致，身體內突然像是有什麼東西炸開，轟然一聲，眼前浮現出大片炫目的白光。

封琛在這瞬間只有一個想法──自己已經墜地了。

然而下一刻，他卻擦著地面橫掠出去，既沒有感受到墜地的痛苦，也沒有失去知覺。

他似乎在接觸地面之前，被什麼東西給凌空接住了。

封琛僵硬地轉動眼珠，看著兩旁飛速後退的殘垣斷壁，視線再緩緩下移，落到身前一個碩大的黑色腦袋上。

身體上光滑的皮毛，頭部長長的鬃毛，豎立的耳朵……

封琛意識到，此刻他正被某種大型獸類馱著，往前一路飛奔。也是這隻猛獸，在他墜地前接住了他。

他心底生起了一種不真實感，不清楚這究竟是真的還是虛幻，直到聽到身後顏布布的慘叫：「……啊達烏西亞。」

　　封琛伸出手，輕輕落到身下猛獸的頸子上。他現在沒法看清牠，只能根據頭型、皮毛和耳朵，猜測這竟然是一隻黑色的獅子。

　　手掌和柔滑的皮毛相觸，一股熟悉的親近感，從掌心瞬間傳達到心臟。封琛心裡浮起個念頭——停下吧，別跑了。

　　沒想到這個念頭剛剛出現，身下本還奔跑著的黑獅，便真的停下了腳步。

　　封琛能感覺到牠聽見了自己心裡的指令，也能感覺到牠的回應——那是一種意識相通的感覺，沒有半分抗拒，就像是他睽別已久的朋友或者親人。

　　不不不，不對，不是朋友或者親人，牠就像是本屬於他身體的一部分，和他不分彼此。

　　牠就是他。

　　封琛想好好看看這頭黑獅，不想剛跨下地，牠就突然從眼前消失了。既沒有化作一蓬黑煙，也沒有伴著什麼音效，就那麼無聲無息地憑空消失，不見了蹤影。

　　「少爺。」顏布布在他耳邊小聲喚，因為一直都在狂喊咒語，聲音有些沙啞。

　　封琛猛地回過神，問道：「你看見那隻大黑獅了嗎？」

　　「大黑獅？還有大黑獅在追我們？」

　　顏布布豎起頭，警惕地四處張望。

　　封琛頓了頓，「我們剛才掉下樓的時候，你沒看見有什麼把我們接住，再帶到這兒來了？」

　　「接住？誰把我們接住？」顏布布陡然提高了音量：「不是誰來接的我們，是我們掉下樓的時候，我念了咒語，使用了魔力，然後我們就飛起來了，一直飛到了這兒。」

　　封琛愣怔了一瞬，再次追問：「你真的沒有看見黑獅？那我剛才騎的是什麼？」

顏布布耐心解釋：「你什麼都沒有騎，是我的魔力啊，我從大師父那裡學的魔法，然後帶著你在地面上飛，一直飛到了這兒。」

封琛深吸了口氣，面無表情道：「那你再飛一段給我看看？」

「啊嗚……」

「小聲點。」封琛打斷。

顏布布放低了聲音：「啊嗚嘎嘣啊達烏西亞！」

片刻後，封琛站在原地問：「飛呢？怎麼沒有飛起來？」

顏布布沉思道：「可能剛才魔力消耗太多了。」

封琛看看四周，發現黑獅帶著他倆飛奔，現在已經離開工業區，到了大街上。

他知道和顏布布也討論不出個結果，便換了話題道：「走吧，我們的身分晶片已經修改過了，這下可以通過西聯軍的檢查，現在就可以去地下城。」

他一邊在心裡琢磨，一邊無意識往前走，直到顏布布又在耳邊喚：「少爺、少爺。」

封琛思路被打斷，不耐煩地問：「幹什麼？」

顏布布聲音變得小心起來：「沒什麼，我就是想問下，我能不能下地自己走？我怕你太累了。」

封琛這才發現還把顏布布揹著，便將他放下了地，再取下背包自己揹著。

「你剛才真的沒看見……」

「都說了是我的魔力！」

「……算我沒問。」

西聯軍地下安置點的入口在這城市的另一頭，是東聯軍還在的時

候，兩軍一起建造的。

那時候兩軍名義上都服從合眾國總執政官指令，有一群學者提出了末世說，引起了上層重視，總執政官便指定了幾個大城，建造可以避難的地下安置點。

海雲城便是其中一個城市。

現在東聯軍撤離了海雲城，地下安置點便由西聯軍全盤接手。當初還在建造時，封琛並沒留心過，只知道建造花費金額很大，建成規模應該不小。

從這裡步行到地下安置點要好幾個小時，天氣又炎熱，兩人不得不走一段便坐下來休息，免得中暑。

汽油燈丟在了研究所裡，封琛便打著手電筒，顏布布深一腳淺一腳地跟在旁邊，嘴裡不停說著話。

「少爺，剛才那些樹裡為什麼會長蟲子？」

「我還是第一次看到會動的樹藤。」

「那樹還會吃人，可嚇死我了。」

顏布布說著說著，便摸著自己胳膊打了個抖。

封琛自動遮罩掉顏布布的話，他有些神思不屬，還在想黑獅的事。

他不知道黑獅是怎麼突然出現，又是怎麼消失的，也不知道顏布布為什麼會看不見。還有那奇妙的連接感，為什麼會讓他產生黑獅就是他自己的篤定感覺？

他想起之前沙灘上那晚，阿戴被那條蛇吊在空中時說的那些話。

——「你能看見牠？你和我是同類，你應該還不知道吧……」

同類……同類的意思是他們都能看到這種形態，還是他們具備召喚這種形態的能力？

封琛試著在腦內召喚黑獅，默念著出來吧、來吧之類的話，卻毫無反應。他嘗試各種方法，甚至連啊嗚……啊西亞都念出來了，依舊沒有感覺到任何異樣。

　　顏布布的聲音一直像是背景音，絮絮嘈嘈，直到兩人找了塊石頭坐下，封琛取出瓶水，才塞住了他的嘴。

　　顏布布大汗淋漓地喝水，封琛則對著腕錶開始低聲記錄身體資料。

　　「今天體溫正常，沒有間斷性發熱，瞬間爆發力還在提升，曾在20秒內達到了300SJ，快速力量達到了40KS。」

　　他低語時，顏布布就側頭盯著他，豎起耳朵聽著那些話。

　　「……還有個奇怪的事情。」封琛停頓了下，遲疑著繼續記錄：「在墜空時，出現了一隻黑獅……」

　　「你還在說黑獅？」顏布布憤憤地打斷他：「都說了這是我的魔力，少爺你幹麼老是要說黑獅？」

　　封琛不理他，轉過身體繼續記錄：「我能感覺到那黑獅的出現和我有關係。」

　　「沒有黑獅，只有我。」顏布布也湊過來，對著手錶小聲糾正。

　　「其他人應該都看不見黑獅，但我可以確定那不是幻覺，而是一種真實形態。」

　　顏布布的嘴都快貼到腕錶上，「少爺看不到我的魔力，但我可以確定那不是幻覺，而是一種真實形態。」

　　封琛咔噠一聲關掉腕錶記錄器，面無表情地站起身，「走吧。」

　　以往街上還時不時能看到人，要麼是騎著摩托車播著搖滾樂四處放火的青年，要麼是幾個在廢墟上翻找東西的黑影，再不濟街邊還有那麼幾個神神叨叨的人，舉著寫滿各種標語的牌子，念著旁人聽不懂的話。

　　可今晚一路走來，什麼人也沒遇到，整個海雲城死一般地沉寂，只有空氣中愈加濃重的腐臭味。

　　悶熱加上惡臭，顏布布終於也不願意開口，沉默地閉上了嘴。

　　因為很多樓房都垮塌了，可以直接翻過去，也算是抄了近路。只用了一個小時，遠處便出現了燈光，高高掛在半空，像是明亮的啟明星。

　　燈光勾勒出周圍建築的形狀，顏布布這才發現，他們已經到了海雲塔下方。

　　「少爺，我們是不是快到了？」

　　顏布布扯了扯身上衣服，T恤被汗水浸透，貼著不是很舒服。

　　封琛回道：「對，再走兩條街，就是地下安置點入口。」

　　唰！

　　身後突然亮起大燈，將這片廢墟照得雪亮，顏布布被刺得瞇起眼，和封琛同時轉身向後。

　　身後不知何時停了一輛懸浮車，逆光走出來幾個人。為首那人高大健壯，右臂在光照下反出冷金屬的光，顏布布在看到那條手臂的瞬間，就想起了那名叫做礎石的人。

　　「少爺、少爺。」他驚慌地去扯封琛衣角，想提醒他來著。

　　封琛不動聲色地握住了他的手，「我知道。」

　　「封公子，讓我好等啊。」沙啞的男聲響起，幾人走得近了些，為首的正是礎石。

　　他身後跟著幾名手下，其中還有阿戴。

　　封琛在看見阿戴的第一反應，便是去瞧總跟在她身邊的那條蛇，不過卻沒有看見。

　　礎石笑了笑，語氣懶洋洋地道：「我在這地下城入口等了你好多天，本想著你是不是已經遇到了什麼意外，正想去別處找找，沒想就等到了。」

　　封琛緊了緊身上的背包，隔著布料摸到了密碼盒的輪廓。

　　礎石沒有忽略他這個動作，緩緩伸出機械臂，「我也不想為難小孩兒，這樣吧，交出密碼盒，放你進入地下城。」

　　封琛沉默了一瞬，問道：「我要是不交出來呢？」

　　礎石又笑了起來，用機械臂摸著下巴，「那我就沒辦法，只能欺負小孩兒了。不過要是那樣的話，你不但保不住密碼盒，也再不能進入地下城。封公子在封將軍身邊耳濡目染多年，相信也很會審時度勢，知道怎麼做才是最正確的選擇。」

　　顏布布一直緊挨著封琛，擰著兩條眉，很凶地瞪著大眼睛。礎石話音剛落，他突然就衝前一步，大聲喊道：「啊嗚嘣嘎……」

　　「別做聲。」封琛趕緊打斷他。

　　礎石這才注意到顏布布，扯了下嘴角，抬手對他做了個開槍的動作，「砰。」

　　他顯然是記起了上次顏布布從海灘離開時，對著他比手勢，砰砰開槍的情景。

　　顏布布毫不示弱，雙手輪流開槍，「砰砰砰砰砰……」

　　礎石沒有再理顏布布，視線重新調回封琛身上，問道：「怎麼樣？封公子，考慮好了嗎？」

　　雖然是個問句，他卻並不在意封琛的回答，抬起機械臂勾了勾食指，身後兩名手下便向著封琛走去。

　　「你快跑。」封琛盯著手下，用只有自己和顏布布兩人能聽到的聲音道。

　　顏布布剛開完槍，將兩根大拇指插進背帶褲胸兜，聽到封琛的話後，微微一怔。

　　但他有著服從封琛命令的本能，大腦在反應過來這句話的瞬間，身體便給出回應，拔腿朝著後方跑去。

　　兩名手下也是一愣，隨即一名追向顏布布，另一名向著封琛撲來。

　　顏布布覺得自己跑得很快，似乎都要飛起來了，他甚至在奔跑的過程裡，腦中還浮現出一個念頭——要是現在還在幼稚園，我肯定能在運動會上跑第一名，拿到小棕熊玩偶獎勵。然後將獎勵送給少爺。若是少爺不收的話，就藏到他的包包裡。

顏布布跑得那麼快，以至於被人抓住胳膊提起來時，兩條腿還在空中擺動，接著就被箍住脖頸，太陽穴上頂住了一個硬邦邦的東西。

他被箍得喘不過氣，喉嚨有著作嘔的感覺，連咒語都念不出來，便拚命掙扎，去掰頸子上的手臂。

「別動，小崽子，再動我就一槍打死你。」

惡狠狠的聲音從頭頂響起。

顏布布心裡清楚，抵著他腦袋的這種槍和他用手指比劃的槍，還是有著本質上的區別。

既然他最厲害的魔力無法施展，便停下掙扎不敢動了。

他被提著往回走時，封琛和礎石的一名手下，正圍著一堵斷牆轉圈圈。礎石和其他人則站在不遠處，面帶微笑地看著，像是在看貓逗弄耗子，還有人乾脆打起呼哨大聲叫好。

那名手下本也是戲弄著封琛玩，但繞了幾圈下來，發現這少年身手竟然很敏捷，像泥鰍一樣滑不留手，漸漸也收起戲弄之心，一門心思想將他抓住。

封琛現在只想離開，並不想和人對打，他一邊躲著那名打手，一邊打量旁邊地形。

礎石幾人離這裡有段距離，他可以找個機會跑掉。

再次繞到牆後，封琛突然停步，緊追的手下來不及剎住，被他回頭一拳擊得鼻血噴湧，頭暈目眩。

封琛正要衝向左邊廢墟，卻聽到前方傳來男人的聲音：「嘿，姓封那小子，快停下，不然我就把你的小跟班一槍崩了。」

封琛循聲看過，看到顏布布被個男人箍摟在胸前，頭上還頂了把槍，正神情惶惶地看著自己。

他面色一沉，接著便停下了腳。

被打了一拳的手下趁機追上來，將他胳膊擰到身後，再重重推到旁邊斷牆上。

封琛被撞得砰一聲，口裡發出聲痛楚的悶哼。

「媽的，你跑啊，再跑啊，你他媽是兔子變的嗎？」手下惡狠狠地罵了句，一腳踹向他小腿。

封琛忍住了沒吭聲，但神情在剎那間流露出痛苦。顏布布本來已經沒動了，看見封琛被打後，又開始用力掙扎起來。

手下將封琛的側臉按在牆上，對著他舉起了拳頭，礎石卻不耐煩地高聲道：「行了，還打什麼打？正事要緊。」

「他媽的，等會兒再收拾你。」手下不敢違抗礎石的命令，騰出隻手去拖拽封琛背包，嘴裡不依不饒地罵罵咧咧著。

封琛側臉壓在牆上，視線正好和顏布布相對。他對顏布布做了個張嘴咬下的動作，示意他低頭去咬箝著他頸子那人的手臂。

顏布布一瞬不瞬地看著他，艱難地點了點頭，表示明白。

封琛將被反制到後背的右手慢慢向下，去摸腰後的匕首。他計劃用匕首捅身後的人，顏布布同時咬人脫身，他再衝過去拖著顏布布跑。

但就在這時，顏布布卻突然停下了掙扎，兩隻瞪得圓圓的眼睛盯著他身後，滿臉都是驚駭。

封琛不明白他這是看到了什麼，心頭一跳，動作稍滯。

但他隨即就明白了。

一道冷風從身後颭過，帶著濃重的腥臭味，接著被禁錮的身體一鬆，身後那名手下則發出了一聲淒厲的慘叫。

封琛顧不上去看發生了什麼，飛快地往前衝出，同時聽到有人在驚呼：「老虎，他媽的，居然是老虎！」

他微微側頭，看見一隻體型碩大的黃斑紋老虎，正咬著那名手下的脖子，拖著他往廢墟深處跑。

老虎突然看到不遠處的顏布布，似是想起了什麼，虎眼裡掠過仇恨的冷芒，張嘴鬆掉那名手下，轉頭向顏布布方向撲去。

那手下躺在廢墟上，脖子多了幾個血洞，汩汩往外淌著血，身體不

停抽搐。

「阿四！」礎石身旁的人一邊喚他，一邊拔出槍，對著老虎射擊。

不料這老虎竟然知道子彈的厲害，牠倏地撲到旁邊大石後躲過了子彈，再怒吼著衝了出來。

只不過牠這次的目標不再是顏布布，而是那幾名對著牠開槍的人。

礎石看到封琛奔跑的背影，對手下大喝一聲：「別管老虎，先將人給抓回來。」

箍著顏布布的男人，見著突然竄出來這樣一隻老虎，慌得也顧不上顏布布，調轉槍頭對著老虎射擊。

顏布布頸上的手臂鬆開，新鮮空氣瞬間湧入肺腑。他明明可以趁機滑下地，卻還惦記著封琛剛才的命令，一邊大聲嗆咳一邊探出上半身，撲在男人伸直的右臂上狠狠咬了一口。

「哎喲。」

男人猝不及防被咬了口，痛呼一聲，手中槍也掉在地上。

顏布布跟著摔落下地，還沒直起身就被揪住了後衣領，瞬間脫離地面。他的身體和大腦都已熟悉了這樣的姿勢，瞬間意識到提著他的是誰，便如同被母貓叼住後頸的小貓，絲毫沒有掙扎。

封琛提著顏布布在廢墟上發足飛奔，像是疾風一般，飛躍過那些磚石瓦礫。

身後除了礎石那幫人的腳步聲，還有那隻緊追不捨的老虎怒吼聲。

手下們在追封琛，卻又不得不躲著老虎，並朝著牠開槍，大大降低了速度。

這隻老虎身形異常敏捷，不斷躲避著子彈，又不斷向著他們撲躍。牠已經被徹底激怒，赤紅著雙目，一副非要咬死幾個人，不達目的不甘休的模樣。

於是就形成了一幅奇特的畫面：最前方的少年手裡提著個小孩，風一樣地奔跑著，後面跟著一群人，邊追邊和一隻老虎惡鬥。

　　有老虎牽絆，封琛雖然拎了個顏布布，也和後面的人拉開了距離。但他微微側頭時，卻發現有人躲過了老虎，從左邊廢墟追了上來。

　　「砰砰砰、砰砰砰。」顏布布被他面朝後方地拎著，嘴裡還在發出開槍的聲音。

　　封琛以為他又在用手指放空槍，無意中瞥了眼，驚得腳下一滑，差點摔倒。

　　顏布布兩手中居然抱著一把真槍，正晃悠悠地對著後方。但他不懂得開槍還要扣扳機，只用嘴配著音。

　　顯然是揀了剛才被他咬了手臂那人的槍。

　　封琛大喝一聲：「顏布布，把槍給我。」接著就將他用力往上一拋，甩麻袋似地甩到了左肩上。

　　顏布布一陣天暈地旋，抱著的槍脫手，封琛已經騰出右手，在空中接住那把槍，側身便朝著左後方開了一槍。

　　砰一聲碎石四濺，那名追上來的手下差點被擊中，猝不及防地往旁閃避，被一塊石頭絆倒。

　　等他站穩身體，封琛已經拐到了旁邊的民宅廢墟中。

　　這裡以前是貧民區，密密麻麻都是房子，巷道猶如遍布的蜘蛛網。現在房子雖然塌了，但四處依舊斷牆林立，人進入裡面，就像是踏進了迷宮。

　　封琛和顏布布藏在一排廢墟後的陰影裡，背靠斷牆，大氣都不敢出。而那名手下就在離他們不遠的地方，轉來轉去地找人。

　　廢墟裡很安靜，只有大街上傳來老虎的陣陣咆哮，還有不斷的槍聲以及慘嚎。

　　氣溫炎熱，封琛又跑了一路，汗水如瀑似地淌落，全身像是洗了個澡。他看了眼旁邊的顏布布，也比他好不到哪兒去，那頭捲髮都濕漉漉地貼在臉頰上。

　　一輛懸浮車駛過來，停在了廢墟外，傳來碾石的聲音：「人呢？」

那手下道：「看著他們進了這裡，再追進來就不見了人，肯定沒有跑遠。」

封琛從一條很小的縫隙看出去，看到礎石悠閒地轉身，從懸浮車裡取出一架肩扛式炮筒。

他將叼在嘴上的雪茄遞給身旁的阿戴，緩緩吐出口煙霧，對著廢墟喊道：「小子，我數三聲，自己乖乖出來。」

顏布布雖然沒看外面，卻也聽得渾身發緊，下意識抓住了封琛的手臂，全身打顫。

「三，二，一。」

倒數計時結束，炮彈轟然出膛，廢墟靠街的最左邊炸開一團絢爛火焰，漫天碎石飛濺。

顏布布一頭扎進封琛懷中，緊緊摟住了他的腰。

封琛甩去頭上的灰塵，繼續往外看，看見礎石就著阿戴的手，抽了口雪茄，機械手指搭在炮筒扳機上，在火光下閃著冷金屬的光。

他如毒蛇般陰冷的眼神掃到最右邊時，封琛心裡一緊，雖然知道並沒有被發現，也從縫隙處移開。

「小子，不要以為手中有槍就可以反抗，那是自尋死路。我知道你就藏在裡面，乖乖出來吧，別浪費大家的時間。」

封琛的大拇指在槍把上摩挲，他知道礎石不是威嚇，那名手下和阿戴，時刻用槍瞄準著廢墟，自己稍有異動，便會被毫不留情地射擊。

「給你個機會，我再數三聲……三，二，一。」

伴著礎石冷冷的倒數計時，又是一顆炮彈出膛，在距離顏布布他們位置更近的地方爆炸。顏布布雖然將頭埋在封琛懷中，耳朵隔著布料，也被震得嗡嗡作響。

爆炸聲漸漸散去，不遠處的槍聲和驚叫還在繼續，礎石不耐煩地對著那邊怒吼：「你們他媽的還沒把那老虎解決嗎？」

這排廢墟，除了顏布布兩人藏身的最左邊，其他地方都燃燒著熊熊

大火，地上出現兩個碩大的彈坑。

「也不知道是寧死不屈，已經被炸成飛灰了，還是像耗子一樣躲在某個角落呢？我來猜猜，可能現在就在某個角落，縮成一團發著抖。」

責備完手下後，礎石的聲音繼續響起，依舊是不緊不慢的聲調，卻透出種病態的亢奮。

「我就喜歡明亮，喜歡火光。這邊還暗著，不行不行，也得讓它亮起來。那就……再來一發炮彈吧。轟！哈哈哈哈……」

顏布布從封琛懷裡抬起頭，深吸一口氣，張開了嘴。

還不待他將咒語念出聲，就被封琛一把捂住嘴，在他耳邊用氣音噓了一聲。

顏布布盯著他，用眼神告訴他：我可以。

封琛緩慢卻堅決地搖頭：你不行。

封琛捂著顏布布的嘴，耳語道：「什麼都比不上命重要，我要把密碼盒給他，你等我走出去後，立即就跑，向著地下城的方向跑。」

顏布布雖然不能出聲，卻也沒有點頭，只用那雙黑白分明的大眼睛看著他。

「聽清楚了嗎？」

顏布布還是沒有反應。

「放心，只要我把密碼盒交給他們，就會沒事的，晚一點我就去安置點找你。」

外面，礎石又扛起了炮筒，「我再倒數三下，就能把這片地方全部點亮。兩隻可憐的小貓，你們可要找個洞藏好了。」

封琛鬆開顏布布的嘴，深吸了口氣，正要站起身，就聽天上傳來隆隆的直升機響。

接著一道雪亮的光束掃過廢墟街道，停留在礎石身上。

「街上的人注意了，你們已被鎖定，立即放下武器，立即放下武器，不然將對你們使用嚴厲的懲治手段。」

礎石和阿戴轉身，仰頭看著空中的直升機，那名手下有些緊張地大喊：「礎執事，是西聯軍。」

「你們已被鎖定，立即放下武器，立即放下武器，不然將對你們使用嚴厲的懲治手段。」

原本要站起身的封琛便沒有動，顏布布也湊到縫隙旁，兩人一上一下地看著外面。

那群和老虎惡鬥的手下從遠處跑來，身後沒有再跟著老虎，也不知道是被打死了還是跑了。

不過六名手下，現在只剩下了四人。

一名手下氣喘吁吁地道：「礎執事，我們動靜太大，把西聯軍的巡邏兵引來了，快走吧，直升機在這兒，軍隊肯定正在趕過來，免得惹出一堆麻煩。」

「是啊執事，這兩個兔崽子跑不了，今天暫時放過他們，回頭再來。」另一人跟著勸道。

礎石轉過身，陰狠的視線在廢墟上掃了一遍，斟酌權衡片刻後，終於還是說了聲：「走。」

他扛著炮筒走向旁邊停著的懸浮車，直升機上發出的警告仍在繼續：「立即放下武器，抱頭蹲下，現在倒數十秒，十，九，八⋯⋯」

礎石低頭鑽進懸浮車，車輛啟動，直升機上的倒數計時停止，卻又在開始新的喊話。

「車裡的人全部出來，去街邊抱頭蹲下，等候接受檢查。現在倒數十秒，十，九⋯⋯」

懸浮車依舊向前行駛，礎石卻將上半身探出車窗，肩上扛著那架炮筒，瞄準了上方的直升機。

「學老子倒數，我去你媽的。」

炮彈出膛，拉出一道長長的白煙，隨著聲巨響，直升機在空中爆炸，像是一團絢爛的煙火，映亮了整個夜空。

顏布布一直仰頭看著，驚駭地張著嘴，直升機碎片飛濺，一片螺旋槳打著轉高速飛來，他都傻傻地忘記了躲藏。

封琛連忙拉著顏布布撲向一旁，那螺旋槳便將他們身旁的土牆削掉一半。

「哈哈哈哈……」礎石發出瘋狂的大笑，懸浮車呼嘯著絕塵而去。

遠處響起尖銳的警報聲，封琛甩掉頭上砂石爬起身，拉著吓吓往外吐著泥巴的顏布布，跑向街道對面的廢墟。

街上不斷駛過軍用坦克，探照燈掃射著大街沿路，兩人躲在那些磚石後面，等著一列軍隊離開了再前行。

原本只需要 10 分鐘的路程，又走了半個小時，這才到了地下安置點入口。

安置點入口一眼看去就像是個地鐵站，被明亮的探照燈照得如同白晝。但大門處卻站著整隊荷槍實彈的西聯軍，頭頂平臺上架著一排機槍，黑洞洞的槍口對準了下方。

封琛和顏布布藏在一百公尺遠的一塊大石後，將手上的槍扔掉。

「我們的生物晶片都修改過，我檢查了好幾遍，資料修改沒有問題。密碼盒也是特殊材料，不管裝了什麼都不會被掃描出來，放心，肯定不會有問題。」封琛像是在安慰顏布布，又像是在告訴自己。

顏布布握了握他的手，安慰道：「少爺別怕，我知道的，肯定不會有問題。」

封琛壓低聲音：「你哪兒聽出我怕的？我只是在提醒你。」

顏布布無限信任地看著他，「嗯，我知道的，別慌啊。」

「我不慌。」

「嗯，我知道的……」

「你別說話了。」

「喔。」

等探照燈再一次掃過滑走，兩人從大石頭繞出去，走向了入口。他們身形剛剛出現，就引來了一眾崗哨兵的視線，探照燈也立即轉向，雪亮光束將兩人籠罩其中，每一根髮絲都清晰可見。

封琛瞥了眼旁邊的顏布布，不動唇地道：「別同手同腳地走。」

顏布布甩著同邊手，重重踏著步，聲音有些慌張：「少爺，我、我已經忘了怎麼走路了。」

「那你就把手放進褲兜。」

顏布布連忙將大拇指插進背帶褲胸兜，其他手指掛在外面，輕輕彈動。到了入口，兩人停下腳，一名負責檢查的西聯軍看看他們，又看看他們身後，「就你們兩個？」

封琛點了下頭，「就我們兩個。」

士兵問：「這些天都沒有人帶著？」

「沒有。」

「有。」

封琛和顏布布的回答同時響起。

士兵看向顏布布，顏布布和他平靜對視，再對著封琛側了側頭，「他帶著我。」

因為太緊張，小孩臉上也就沒有了表情，加上雙手大拇指掛在背帶褲胸兜的動作，看上去有點冷酷。

士兵問：「那你們這段時間是怎麼過的？」

封琛沒必要在這個問題上撒謊，老實道：「住在停車場，在四處找了點吃的。」

所有士兵都在打量兩人，目光猶如探照燈般落在他們滿是灰土的身上。顏布布心裡越來越緊張，臉上也就越來越冷漠。

「這個小孩兒看著有點跩。」士兵看了他片刻，對旁邊的人說。

那些人似乎都覺得顏布布很有趣，紛紛發出笑聲。

士兵問封琛：「你叫什麼名字？」

「秦深。」

「小孩兒，那你呢？你叫什麼名字？」士兵又問顏布布。

顏布布被所有人盯著笑，腦子裡早就一片空茫，此時再被問到名字，下意識就要將顏布布三個字說出口。

「咳咳。」封琛突然低頭咳了兩聲。

顏布布一個激靈，頓時想起剛才封琛給他的耳提面命，一定不要說真名，要說他的名字叫……他的名字叫……

——我叫什麼來著？

「繁複漂亮的晶石。」顏布布面無表情地吐出幾個字。

士兵錯愕地問：「什麼？」

顏布布意識到自己說錯了話，忽地就抽出手垂在腿側，有些無措地看向封琛，呼吸變得有些急促。

封琛不動聲色地牽住他的手捏了下，開口道：「他叫樊仁晶，但是他不喜歡這個名字的諧音，所以一般不會直接說出口。」

士兵們回味過來後都笑了起來。

顏布布的手被封琛牽住，心裡突然就沒有那麼緊張，表情也輕鬆了不少。

士兵往旁讓開一步，露出身後的立式檢測儀，「來，把你們手腕放在上面。」

兩人輪流放上手腕，封琛飛快瞥了眼旁邊的顯示幕，上面顯示的個人資訊，和他修改過後的資訊無誤。

個人身分核查無問題，兩人再按照命令，踏上旁邊的危險品檢查器。檢查器在他們全身掃描，發出機械的提示音：「……不能攜帶槍枝彈藥，無法判明性質的化工產品……」

顏布布挨著封琛站著，看著那條綠線自下而上緩緩滑動。在它滑動

到封琛胸前，也就是背包位置時，感覺到封琛握著他的那隻手變緊。

顏布布立刻反握住封琛的一根手指，像之前他安慰自己那樣，輕輕地捏了捏。

「叮！檢查完畢，沒有發現可疑物品。」

隨著檢查通過的提示音響起，封琛緩緩舒了口氣，再牽著顏布布，走下了檢查器。

「通過檢查，你們已經可以進入地下安置點。」士兵擦了把臉上熱出來的汗水，「順著通道往裡走，乘坐下行運輸器到達接待點，其他的不用管。」

封琛道了謝，牽著顏布布走向了入口通道。背影看似自然，實則只有他自己知道，剛才心都差點跳出喉嚨。

通道並不長，很快就到了盡頭，面前出現了一座大圓臺，四周包括頂部，都圍著圈鐵欄，像是一個巨大的鋼鐵鳥籠，鐵欄中只露出了一扇門的空間。封琛牽著顏布布跨進圓臺，顏布布一聲不吭，只好奇地打量著四周。

「下行運輸器馬上出發，請站穩身體，注意安全。」

機械女聲自動響起，鐵欄緩緩關閉，哐噹聲響後，顏布布感覺到腳下一顫，接著就是一陣下墜感。

玻璃外是不斷上升的鋼鐵支架，顯示著這個圓臺正在急速下降，頭頂的燈因為接觸不良，忽明忽暗，發出滋滋的電流聲。

涼意襲來，高溫消失，封琛看了下腕錶，液晶數字為 36 度，還在持續下降中。

哐啷。

運輸器發出聲重響，突然停住，顏布布趔趄著要摔倒，被封琛眼疾手快地一把抓住。

「少爺！」

「別慌。」

　　圓臺下方發出吱嘎吱嘎的齒輪聲響，片刻後又是一聲哐啷，接著繼續下行。

　　顏布布小心翼翼地站好，問道：「這是電梯嗎？」

　　封琛略一思索：「應該不是電梯，而是採用了一種純機械的製造方法，這樣可以保證在缺少電力的情況下，運輸器依舊能夠運行。」

　　顏布布似懂非懂地喔了一聲。

　　鐵欄外是冷冰冰的鐵架，再後面就是深黑色的牆壁，視野的侷限，加上這個鋼鐵鳥籠，視覺上帶給人強烈的壓迫感。

　　顏布布覺得頭有些昏脹，正要移開視線，就覺得眼前突然明亮。

　　那擋住視野的深黑色牆壁消失，鐵架後出現一個巨大的地下空間。

　　這個空間大得讓顏布布感覺到自己的渺小，數盞探照燈從弧形的岩石穹頂直射往下，照亮了正中並排的三棟橢圓形建築。

　　這是三座用鋼鐵建造起來的龐大建築，每座都有上百層，面積頗廣，巍峨壯觀。建築周身分布著密密麻麻的房間，很多房間都透出燈光，讓它們看上去像是三個發光的巨大蜂巢。

　　建築每層都繞著一圈長長的通道，左側有樓層運輸梯上上下下，在其中某層停下，吞吐出一些人。

　　顏布布的臉貼在鐵欄縫隙裡，看得目不轉睛，他輕聲問：「少爺，這就是地下安置點嗎？」

　　封琛同樣注視著前方，燈光倒影在眼中，讓他漆黑的眸子掠過各色光影，「是的，這就是地下安置點，你現在看到的這三棟建築，被人叫做蜂巢。」

　　運輸器繼續下行，終於停在了地面，等兩人跨出圓臺，又吱嘎吱嘎地升空。

這是蜂巢旁邊的一小塊空地，建著一間塑板小平房，大門上貼著接待中心四個字。

兩人進了接待中心，一名正坐在桌前的士兵抬起頭，「幾個人？」

「兩個。」

「年齡？」

「他 6 歲，我馬上滿 13 歲。」封琛道。

士兵這才撩起眼皮看了他一眼，嘟囔著：「13 歲就這麼大的個頭，沒有謊報年齡吧？」

「沒有。」

士兵取出來兩張卡，推到桌邊，「這是兩張信用點卡，你們收好。進了地下安置點，以前的錢幣便不能再使用，花費的都是卡裡的信用點。聽明白了嗎？意思是再多的錢在這裡也沒用，這卡裡就是你們所有的錢。」

封琛將兩張卡拿到手裡，道：「明白。」

士兵又按了下桌上的鍵，對著通話器道：「吳優，來了新人，帶去你們 A 巢 C 區安置。」

「是。」通話器那頭回答道。

很快走進來一名身材瘦削的中年人，他不是西聯軍，穿著一件泛著汗漬的白色背心，一進來便對士兵堆起了滿臉笑。

士兵指著封琛和顏布布：「吳管理員，這是兩個未成年人，帶去你負責的 C 區安置。」

「沒問題。」吳優飛快地打量了封琛和顏布布一眼，說：「走吧，跟我去 C 區。」

走在接待中心外的空地上，封琛打量著四周。

這是塊廣場，底部是深黑色岩石，四處散落著高高的起落架，還有一些工業用車。

廣場正中是三座蜂巢，周邊一圈則建蓋著單獨的樓房，一條鐵軌蜿

蜒向前，伸進遠處洞壁裡，幾輛蒸汽式小礦車裝著礦石，在鐵軌上來來去去。

「旁邊那些管道是安置點的排水系統，不管多少水都能給你排得乾乾淨淨。」吳優主動介紹四周：「那邊是軍部大樓和醫療站，挨著我們的小樓是溧石發電機房。」

封琛知道安置點的排水系統相當強大，也知道建址專門選在了溧石礦帶上，這樣可以保證一直有源源不竭的電。

顏布布好奇地看著頭頂，高高穹頂上掛著數盞探照燈，像是夜空的星星，照亮了整個地下安置點。

「小孩兒，這裡涼快嗎？」吳優問顏布布。

顏布布點頭，「涼快。」

吳優說：「整個地下安置點都有恆溫控制，所以不會太熱。」

顏布布捏了捏封琛的手，雙眼亮晶晶地小聲道：「少爺，我好喜歡這兒。」

他是小孩兒心性，只覺得眼前一切像是電視裡的卡通場景，滿心都是好奇和新鮮。

但封琛從小接受軍事化訓練，封在平對他的教育方式也如同對待成人，有著超出同齡人的心智和穩重。所以他知道地下安置點看似不錯，實則要生存的話，絕對不是那麼簡單的事。

吳優帶著兩人進入中間那座 A 蜂巢的大門，走向左邊升降梯。

升降梯其實就是塊大鐵板，周圍一圈半人高的鐵欄，沿著樓壁，吱吱嘎嘎一路往上爬升。

燈光從鐵欄透進來，在封琛臉上落下斑駁的光影。

他低頭看了眼顏布布，見他手指在摳鐵欄，將人扯了扯，低聲道：「別亂摸。」

顏布布立即收回了手。

吳優看了眼封琛手上的信用點卡，說：「我給你說一下，每張初始

卡裡都有 400 信用點。吃一頓最便宜的飯，也需要花費 5 點，所以你們得省著點花，堅持到下個月，又可以領 400 點。」

升降梯到了 65 層，停下。迎面牆壁上貼著 C 區字樣，邊上是條長長的走廊。

封琛牽著顏布布，跟在吳優身後，順著走廊往前走。

左側一排房屋，每間都不大，只有幾個平方。有些屋子裡住了一家老小，整間屋都塞得滿滿當當，還傳來嬰兒的哭鬧。

「吳管理員，又接新人了？」有人大聲給吳優打招呼。

吳優只淡淡地應了聲，神情矜持中帶著高高在上。

「誰又把東西放在走廊上了？說過不准放在外面，放不下就給我堆在床上。」吳優作勢要將走廊邊的一把籐椅踢飛。

有人匆匆跑出屋，「我的，是我的，馬上搬進去，馬上。」

「吳管理員等等。」又一名男人追了上來，點頭哈腰地遞上根菸。

吳優接過菸，別在耳朵後，「什麼事啊？」

「就昨天給您說的那事，我們家一共六口人，擠在那房子裡太難受，吳隊長能不能給想想辦法，再勻一間出來。」男人陪笑著道。

吳優噴了一聲：「你們想要房子還不簡單？再付 50 信用點，就可以再分到一間。」

「我們這一家老小都要吃喝，哪裡還有信用點去付房租啊。」男人湊近了些，偷偷往他手裡塞了樣東西。

吳優不動聲色地將東西揣進衣兜，「這樣吧，明天上午來找我，看能不能想辦法。」

「哎、哎，謝謝吳管理員。」

顏布布正走著，突然聽見身後有小孩子的聲音，他轉回頭，看見幾名小男孩不知什麼時候偷偷跟在了後面。

那些小男孩都對著顏布布做鬼臉，為首的一名胖男孩，還對他揮了揮拳頭，表情充滿敵意。

顏布布盯著他，覺得他有些眼熟，一時卻想不起在哪兒見過。

胖男孩慢慢吐出三個字：「野——孩——子。」

他聲音不大，並沒引起別人的注意，但顏布布聽清了，也認出來他就是曾經在剛地震後想搶他麵包的那個人。

顏布布雖然是傭人的孩子，可封家待人寬厚，他也是被嬌慣著長大的，沒受過什麼委屈。平常吃穿用度都不差，甚至超過很多普通家庭的孩子，就讀的幼稚園設在山腳，每天陳伯還會開車接送。

他只是聽封琛的話，但班上可沒有小朋友能欺負他。

那群小男孩不遠不近地跟著，不停做著鬼臉，顏布布也用手指扒拉下眼皮，吐出舌頭，還了鬼臉回去。

吳優給封琛說著一些注意事項，封琛仔細在聽，也注意到顏布布頻頻轉頭停留，有些拽不動。

「幹麼呢？」他低聲叱了句：「別東張西望，好好走路。」

顏布布便不理那些男孩兒，跟著往前走。

吳優的話題逐漸引到自己身上，無不得意地道：「我呢，是第一批進入地下安置點的，能得到西聯軍看重，任了個要職。當然，說不上呼風喚雨，也算……」

嘀——

突然響起的尖銳鈴聲打斷了吳優的話，地下安置點上空迴蕩著一道機械男聲：「所有人回自己的房間，離就寢時間還有 10 分鐘。」

還算寧靜的蜂巢瞬間變得喧囂，不斷響起奔跑的腳步聲，還有關門的砰砰聲。

顏布布忍不住又去看那群男孩兒，見他們作鳥獸散地往後跑。胖男孩跑著跑著回頭，比了個小拇指，顏布布便對他撅起屁股，嘴裡配上了音：「噗！」

「走走走，快去你們屋子，馬上要例行檢查了。」吳優也不再多話，匆匆往前走。

還沒走出兩步，走廊對面便大步行來一群人，皮靴重重敲擊著地面，發出喀喀聲響。

為首軍官年約 2、30 歲，五官深刻，眼神鷹一般犀利。

「快，站在旁邊，不要擋在路中間。」吳優停步靠牆站著，並把封琛和顏布布也拖到旁邊。

這是一隊西聯軍士兵，在目不斜視地經過三人時，最前面的軍官突然停了下來，微微側頭，視線在封琛和顏布布身上掃過。

「新來的？」他低聲問。

吳優半弓著腰，態度恭敬：「林少將，這是剛來的，我正帶他們去房間。」

林少將沒有理吳優，而是問封琛：「叫什麼名字？」

「秦深。」

「幾歲了？」

「三個月後滿 13。」

「父母呢？」

「埋在房子下面了。」

林少將右手拿著一雙手套，在大腿側輕輕拍擊著，又問顏布布：「叫什麼名字？」

「我叫樊仁晶，就是繁複漂亮的晶石。」顏布布這次回答得很快。

「幾歲了？」

「6 歲。」

林少將對後面的士兵勾了勾手指，那士兵立即上前，用手持檢測儀掃描兩人手腕上的生物晶片。

檢查過程中，林少將一瞬不瞬地看著封琛，目光冰冷中帶著審視。而封琛就像沒有察覺到他的視線，只平靜地看著自己手腕。

士兵掃描過晶片，退回隊伍，低聲對林少將說：「身分資訊和他們說的相符。」

143

　　林少將不再停留，轉身往前走去。

　　封琛剛緩緩吐出一口氣時，他又倏地掉頭，大步走到顏布布面前，指著旁邊的封琛問：「小孩兒，他是你什麼人？」

　　封琛只覺得腦子裡嗡地一聲。

　　在進入地下安置點前，他對顏布布叮囑了很多事宜，但竟然疏忽了一件最重要的事，就是讓顏布布改口，不要叫他少爺。

　　顏布布側頭去看封琛，林少將捏住了他的下巴，「不要去看他，告訴我，他是你什麼人。」

　　封琛嘴唇動了動，垂在褲側的手暗暗攥緊。

　　顏布布和林少將對視著，聲音有些顫抖，卻無比清晰地說道：「哥哥，他是我在路上認識的哥哥。」

　　「哥哥？」林少將輕聲反問：「路上認識的哥哥？」

　　顏布布驚恐地盯著他，點了點頭。

　　封琛突然在一旁開口：「我前段時間生病了，在街邊遇到了他，他給我找了些吃的，還有藥，我病好後，乾脆就把他帶上了。」

　　「是嗎？」林少將依舊鉗著顏布布下巴，看也沒看封琛一眼。

　　顏布布僵硬地仰著頭，「是、是的。」

　　「那你給我詳細說說。」

　　「我給哥哥找的藥，還、還是踩著死人去的，又找了麵包，有人、有人想搶，我沒讓，那人、那人剛才我看見了，他也住在這兒，還、還對我做鬼臉。」

　　顏布布雖然說得結結巴巴，但是大概意思表達清楚了。

　　林少將沉默片刻後，鬆開他的下巴，慢慢直起身，眼神依舊冰冷，一隻手卻伸進了衣兜。

　　封琛看見他這個動作，瞳孔驟縮，臉色唰地變得慘白，右手也不動聲色地探向腰後。

　　但下一秒，林少將卻從兜裡掏出一根棒棒糖，遞到了顏布布面前，

「拿著。」

顏布布機械地接過棒棒糖，也沒有道謝，就那麼木木地站著。

林少將又轉向了封琛，「按說晚上 11 點必須回房，但你們剛進地下城，今晚可以給你們破個例，先去洗澡，把身上洗乾淨，別把地面的病菌帶下來。」

封琛的手已經放回原位，點了點頭。林少將這才轉身，帶著一眾士兵往遠處走去。

「咳咳……那咱們繼續吧，去你們的房間。」吳優從頭到尾沒吭聲，一直貼著牆邊，直到現在才出聲：「這位是林少將，現在是地下安置點軍銜最高的長官，管理著整個安置點。」

顏布布還愣愣地舉著棒棒糖，封琛接過來剝掉那層彩紙，重新塞回他手心，「走吧。」

滴──

又是一聲長長的鈴聲，方才那些雜亂的關門聲和腳步聲都盡數消失，所有人已經回到了各自房中。

三人走到筆直走廊開始彎曲的地方，吳優停下腳，掏出一把房卡，打開了旁邊寫著 C68 的房門。

「這就是你們兩人的房間。」吳優沒有進門，只伸手按亮了電燈。

封琛正要往裡走，吳優攔住他，「當心點，床在門口。」

顏布布也鑽前來，和封琛一起打量著這間房。

房間內極其狹小，空間逼仄，讓顏布布想起家裡樓梯下的雜物間。陳設也很簡單，僅僅只有一架單人床和一張矮櫃。而且這間房是三角形，尖頭部分掛著張塑膠簾，半露出後面的馬桶，而那單人床只能橫擺在空間稍大的門口。

「這間房就你們住了，雖然不大，但你們就倆半大孩子，也住不了大屋子。何況咱們又不是耗子，地下城終歸住不了多久，等到夏天過去氣溫沒有那麼熱，西聯軍也把地面收拾出來了，咱們還要上去的。」

吳優指著門口的床，「雖然門被它擋住了，可你們倆要爬過去也很簡單。這房子不能讓年紀大的人來住，只有你倆合適。」

「好的。」

封琛並不介意屋子小，也不介意門被擋住，現在只要有個容身之處就很好了。

吳優拍了拍他的肩，「懂事！」

看看周圍沒人，他又低聲道：「我是看你倆孩子不容易，才把這房給了你們。像你們這種情況都會去住八人間，和別人擠在一起，每人每月房租還要 10 個信用點。那種單獨的大房間，因為月租太貴了，要每月 50 個信用點，只有拖家帶口的人才會去住。你們這間房雖然小，每個月卻只需要 20 信用點，和住八人間的花費其實是一樣的。」

「謝謝叔。」封琛道。

顏布布也跟著脆生生道謝：「謝謝叔。」

「這個月是免費住，以後每月要繳納房租。」吳優把房卡交給封琛，「你倆連個行李也沒有，那邊庫房裡有些生活用品，都是地震時刨出來的，西聯軍用不著，就扔在了那裡，你和我一起去選點必備的。」

兩人便跟著他，先去庫房拿東西。

所謂的庫房也就是個大房間，裡面堆放著雜七雜八的物品，應該是西聯軍從那些垮塌的超市裡搬進來的。

封琛拿了一個塑膠盆，一個開水壺，兩個不銹鋼飯盒，兩把牙刷、漱口杯和香皂牙膏。臨出門時，吳優又丟了瓶沐浴露、洗衣粉，還有條嶄新的浴巾在他盆裡。

雖然這些東西在平常都不值錢，但地震摧毀了整座城市，恢復工業不知道還要多久，哪怕是一塊普普通通的香皂，以後也只會越來越珍貴。封琛清楚吳優的確在照顧他倆，便再次道了謝。

「沒事。」吳優在顏布布的腦袋上揉了幾下，突然笑了聲：「我兒子和他一樣，頭髮也是自然捲。好看。」

走出庫房，吳優繼續叮囑：「往前走就是澡堂，剛才林少將吩咐了，你們要先洗個澡才行，有帶著乾淨衣服嗎？」

「有。」

「髒衣服就順手洗了，晾在澡堂旁，那裡有通風口，衣服很快就能乾。洗完澡就回房，不要到處逛，免得被巡邏的人抓住。對了，水房就在澡堂隔壁，記得打水。」

「知道了，謝謝叔。」

兩人回到 C68，封琛從床上翻了過去，剛想去拎顏布布，發現他已經從床底鑽了進來。

這房間雖然小，但很乾淨，顯然以前還沒住過人。

封琛摸了下灰白色的牆壁，發現這使用的是種特殊材料，既能防水抗震，也能有效隔斷冷熱空氣。看來以前東西聯軍合力修建地下城時，也著實花費了不少工夫。

三角形的夾角處有個小櫃子，封琛取下背包，將裡面的一些物品放進去，顏布布這時候蹭過來，在他身旁蹲下，舉著樣東西遞到他嘴邊，「少爺，給你吃。」

封琛低頭看了眼，是那根棒棒糖。

「你沒吃嗎？」

顏布布說：「沒吃，我一直拿在手上的。」

封琛繼續收拾東西，「你吃吧，我不喜歡吃糖。」

顏布布這才將糖放進嘴，吮了幾下後，驚喜地笑了聲：「哈，草莓味的。」

封琛視線瞥過他，突然頓住了。

「你牙齒呢？什麼時候又少了一顆？」

顏布布原本門牙處只有一個豁口，現在兩顆門牙都不翼而飛，豁口擴大成了一個洞。

他伸手去摸，被封琛將手腕抓住，「別亂摸，手這麼髒。」

「什麼時候掉的？」封琛問。

顏布布用舌頭頂了頂，回憶道：「剛才還在上面的時候，有人抓著我，我咬了他一口，好像就磕掉了。」

「那牙呢？」封琛問。

顏布布一臉茫然和他對視著，片刻後啊了一聲：「你提著我跑的時候，我覺得嘴裡有東西，就吞下去了。」

封琛沒有再問牙齒的事，起身在房內搜尋可以藏下密碼盒的地方。

密碼盒總不能時刻揣在身上，放在櫃子裡也不安全，可這狹小的房子一覽無餘，除了這個櫃子，便是那架金屬床。

最後他還是想了個辦法，從工具盒裡找出膠帶，將密碼盒貼在了床底最裡的地方。只要別人不像顏布布一樣進屋子要鑽床腳，就不會發現貼在那兒的密碼盒。

收好膠帶，封琛端上裝著兩人換洗衣服的塑膠盆，說：「走吧，去洗澡了。」

他走到床邊，正要翻過去，卻發現顏布布還蹲在地上沒動，叼著那根棒棒糖，一臉的失魂落魄。

「走啊。」

顏布布惶惶然看向他：「少爺，我會不會……」

「不會，只是吞了顆牙而已。」封琛知道他在擔憂什麼。

「可是……」

「我吞過，現在還站在這兒。」封琛面不改色地撒謊。

顏布布終於露出釋然的神情，呼出一口氣，「走走走，洗澡去。」

他走到床邊，正要往下面鑽，被坐在床上的封琛伸手擋住了。

封琛眼眸沉沉地看著他，「煩人精，你應該叫我什麼？」

顏布布剛要開口，又想到了什麼，把那聲少爺嚥了下去，目光左右飄忽，「那、那要叫什麼呀？」

「你說呢？」

顏布布小聲問：「是、是哥哥嗎？」

封琛看著他那雙轉來轉去的大眼睛，收回手嚴肅道：「你記住了，以後就只准叫我哥哥，不要再叫我少爺，哪怕私下叫叫也不行，免得改不了口。」

「哥哥、哥哥……」顏布布喃喃地念了兩聲，抬頭對著封琛露出個笑，笑得眉眼彎彎的，「好的，哥哥。」

封琛想了想又問：「剛才林少將問你話的時候，為什麼突然改口叫我哥哥？」

「啊……我只是覺得，我們在他們面前名字都不敢說真的，那肯定其他也都不能說真的。」

顏布布有些忐忑地問：「那我剛才叫錯了嗎？」

「沒有。」封琛肯定道。

顏布布鬆了口氣，說：「嗯，我就知道。」

「走吧。」封琛翻過了床，顏布布跟著鑽過床底，看見那個吊在床底的密碼盒，嘻嘻笑了聲：「嘿，大蜂巢裡的小蜂巢。」

關燈關門，兩人走在空蕩蕩的走廊上。

四周一片安靜，沒有風也沒有大自然的雜音，只偶爾聽到某間房傳出一兩聲嬰兒啼哭。

【第五章】

我以後聽話了，
你別不要我

◆————————————◆

顏布布化身洗衣機，將手伸進盆裡，認真地攪拌床單，嘴裡還發出嗡嗡聲。
封琛眼角餘光瞥到有人在看他們，便低聲道：「你不要做聲。」
「暫停。」顏布布用另隻手按了下腦門，抬起頭說：「不做聲就是停電了，
洗衣機停電了就沒法洗衣服，不行的。」他說完這句，再按了下腦門，嘴裡
繼續嗡嗡，全身心投入到洗衣機這一角色中。

　　探照燈光束從穹頂落下，不時掃過蜂巢外的地面，映出那些冷冰冰的鋼鐵支架。

　　蜂巢是個大的橢圓體，澡堂在被擋住視線的弧形一端。順著逐漸內彎的走廊往前，已經能看見走廊頂上寫著澡堂兩個字，封琛卻突然停下了腳步。

　　就在前方的鐵質圍欄上，竟然站立著一隻通體漆黑的鳥，看體型像是兀鷲。牠和黑夜融為了一體，若不是一晃而過的探照燈，根本看不見。可地下城怎麼可能出現活的鳥，難道是一個雕塑？

　　封琛正這樣想著，那兀鷲卻調轉頭，目光落在他和顏布布身上。

　　居然是活的！

　　明明牠只是一隻鳥，視線卻冰涼刺骨。

　　封琛被牠這樣直直盯著，心裡生起股奇怪的感覺，似乎有人正透過牠的眼睛，打量著自己和顏布布。

　　顏布布見他停下沒動，也跟著看向前方，又轉回頭，「哥哥，你在看什麼？」

　　他話音剛落，封琛便感覺到兀鷲的視線變了，更加冰冷，還增添了幾分審視的意味。

　　牠能聽懂顏布布的話。

　　「沒什麼，鞋帶鬆了。」封琛平靜地說。

　　「哥哥，要我給你繫嗎？」

　　「我自己來。」

　　封琛將盆子擱在地上，蹲下身繫鞋帶，那隻兀鷲撲閃著翅膀，飛到他身旁落下。

　　他餘光能瞥見兀鷲兩隻嶙峋的爪子，明明這麼近的距離，顏布布卻依舊視若無睹，將兩只漱口杯拎在手裡，嘴裡絮絮叨叨：「我幫哥哥拿漱口杯、我幫哥哥拿牙刷、我幫哥哥拿牙膏……」

　　自剛才封琛讓他改口後，他就每句話必帶個哥哥。

封琛繫好鞋帶，若無其事地端起盆子，牽起顏布布的手，「走了，洗澡去，洗完就回房睡覺。」

他目不斜視地往前走，向左拐進澡堂，這過程裡沒有再看兀鷲一眼。進了澡堂，外面傳來撲簌簌的翅膀聲，那隻兀鷲應該已經飛走了。

男澡堂很大，燈光卻不怎麼亮，一排小小的隔間，每間前方掛著張塑膠簾。

封琛讓顏布布進了一間，替他打開了熱水噴頭，自己便去了隔壁。那個裝著沐浴露的盆子就放在兩間相連處，這樣兩人都能伸手拿到。

他好久沒有洗過這樣的熱水澡了，仰頭閉上眼，任由熱水沖刷著身體，腦子裡卻在回想剛才那一幕。

阿戴的蛇、黑獅、兀鷲，顏布布都看不見，這點是毋庸置疑的。

關鍵在於其他人能不能看見？這究竟是顏布布的問題，還是自己的問題？

雖然不能去問別人，但封琛更傾向於這是自己的問題，不然阿戴當時也不會說出那樣的話。

──你和我是同類……

──同類……

「哥哥。」顏布布突然出聲，打斷了封琛的思緒。

「怎麼？」

「沒事，就是叫叫你。」

封琛擠了團沐浴露在身上，繼續陷入沉思：這些詭譎的動物，都是怎麼出現的呢？那隻黑獅在救了我之後便消失，再也沒有出現過，那還能見到牠嗎？

「哥哥。」顏布布又在隔壁叫他。

封琛這次不想理他，便沒有做聲。

「哥哥、哥哥。」顏布布開始不斷叫他，聲音也逐漸變得緊張。

封琛被叫得不耐煩，正想回一句，就聽到啪嗒啪嗒的腳步聲，顏布

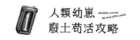

布已經從隔壁跑了過來。

隔間門口的塑膠簾，被一隻滿是泡沫的小手撩開一角，封琛趕緊將簾子一把按住，「幹什麼啊？」

「啊，原來你還在啊。」

封琛沒好氣地問：「我不在還能去哪兒？快回隔壁去。」

顏布布卻站在外面沒動，握著簾子的手也沒有鬆開。

「站在外面做什麼？這才幾分鐘，你澡就洗完了嗎？」封琛皺起了眉頭。

顏布布小心翼翼的聲音響起：「哥哥，那個，我能不能和你一起洗澡啊？」

「不能。」

「我給你搓背。」

「不需要！」

顏布布眼珠子一轉，「我不占多少地方，就站個角落。」

「不行！」

「可是、可是……」

「都說了我不會走。」

「不是，哎，反正我害怕，讓我進來吧。」

顏布布開始強行往裡鑽。

封琛從打記事起，就沒和人一起洗過澡，慌忙伸手去擋。但顏布布身上滿是泡沫，魚一般滑不留手，差點就從簾子縫隙鑽了進來。

「行行行，你回去洗澡，隨便你叫我，不管叫多少聲，我都答應。」封琛只得狼狽地道。

顏布布這才回去了隔壁。

空蕩蕩的公共男澡堂裡，便不斷迴響著兩人的聲音。

「哥哥。」

「嗯。」

154

「哥哥，你覺得香皂好聞，還是沐浴露好聞？」

「嗯。」

「好多泡泡啊，哈哈哈。」

「嗯。」

「這個棒棒糖好好吃。」

「嗯……你居然還沒吃完？還在邊洗澡邊吃？」

「是啊，我捨不得咬碎。」

封琛沉默半瞬，問道：「你就沒嘗到頭上沖下去的香皂水？」

顏布布說：「嘗到了一點點，苦苦的。」

封琛立即抬手拍下隔間壁，厲聲道：「要麼就把糖扔了，要麼就馬上吃完，吃掉後刷牙，再繼續洗澡。」

「知道了。」

隔壁響起嘎吱嘎吱的嚼糖聲。

洗完澡，顏布布又換上了一套從時裝城裡帶出來的新衣服，黃色T恤和背帶褲。

封琛也穿了套新的，上身是灰色T恤，下面套著黑色長褲。

在顏布布對著胸前的比努努圖案讚不絕口時，封琛便將兩人換下來的髒衣服扔進盆，端去外間的洗衣臺。

這間水房依舊空空蕩蕩，只是洗衣臺後面的牆上，嵌著四個巨大的風輪，發出嗡嗡的轉動聲。

風輪前面牽著幾根鐵絲，上面掛了十來件衣服，看樣子已經乾了，被氣流帶得左右晃動。

封琛在盆裡放了洗衣粉，開始洗衣服。

他的頭髮長長了些，有幾根濕漉漉地搭在眼上，把他身上的冷淡氣質削弱了些，多了幾分柔軟。

「哥哥，怎麼能讓你洗衣服呢？我是伺候你的呀，讓我來洗呀。」顏布布表情誇張地叫道，並開始挽衣袖。

封琛用力揉搓著衣服，抿著唇不吭聲，看也不看他。

顏布布觀察著他的神情，又湊近了些，「我現在不會洗，但是以後肯定會的，以後就讓我來伺候你，好不好？」

封琛將搓好的 T 恤放在水龍頭下，又拿起條褲子開始搓——那是條墨藍色的男童背帶褲，褲腿上糊滿了泥土。

「哥哥，我可太喜歡你了，你為什麼就這麼好呢？」顏布布滿臉討好，聲音軟得像是摻了蜜。

原本還面無表情的封琛，突然就皺起了眉，抬起胳膊肘將他頂遠了些，「閉嘴，肉麻死了，你再說一個字，這些衣服就自己洗。」

顏布布訕訕閉上了嘴，開始打量這個房間，視線落在牆壁上方那四個風輪上，不免好奇起來。

「哥哥，那是電風扇嗎？」

「不是。」

顏布布追問：「那是什麼？」

「空氣置換器，地下城如果沒有這個裝置，就沒有新鮮空氣。」

封琛也回頭看了牆上那排空氣置換器一眼。地下城規模宏大，光這四個空氣置換器是肯定不夠的，想必很多地方都安裝了，然後使用共同的管道，源源不絕地往地下城輸入新鮮空氣。

封琛繼續洗衣服，顏布布只盯著那四個風輪。

扇葉飛速旋轉，從邊緣可以看到裡面深黑一片，似乎極深極遠的黑暗深處，蟄伏著某種未知的危險。

顏布布突然心生恐懼，後背爬上一層寒意，連忙轉開視線，抓住了旁邊的封琛。

封琛洗完衣服，擰乾抖散，去掛在風輪前的鐵絲上，這裡有循環氣流，明天早上就可以來收衣服。

顏布布有些怕那風輪，不敢靠近，但又怕封琛會被風捲進去，便也跟在後面，兩手抓緊他衣角，兩腳在地上紮成馬步。

「鬆手，我衣服都被你扯變形了。」封琛將一條褲子搭上鐵絲，低聲喝道。

顏布布卻怎麼也不鬆手，「就抓一會兒，一會兒就行。」

封琛沒辦法，只得就著這個拽緊衣服的姿勢，拖著身後的顏布布，晾完所有衣服。

時間不早了，封琛在旁邊的熱水器上打了壺熱水，兩人便回到 C68 房間。

屋子裡雖然只有一架單人床，但完全可以睡下他們兩人。單人床上鋪著灰色的床單，但是沒有被子，幸好封琛將大巴士校車上的絨毯也帶來了，從背包裡扯出來，和顏布布一人一條。

雖然這床有些硬，但顏布布已經好久沒睡過床了，飛速將自己扒得只剩條小褲衩，裹上絨毯，很興奮地翻來翻去。

封琛端著兩只飯盒，將裡面的開水來回倒，等水溫涼下來，遞給顏布布一只，「喝點水。」

「啊，喝水啊……算了，我不喝。」顏布布搖頭。

封琛便自己喝，卻見顏布布一直盯著他，便再次將另一只飯盒遞了上去。

顏布布神情有些猶豫，用舌頭舔舔乾澀的嘴皮，還是坐起身，接過了飯盒，開始大口喝水。

等他喝完後，封琛放好空飯盒，啪地關掉燈，躺在了他身邊。

這屋子裡沒有窗戶，關燈後就漆黑一片，只有側面牆上的小型換氣裝置，靜靜往裡吹著風。

封琛閉上眼，雙手交疊放在胸前，顏布布將一隻腳從絨毯裡伸出來，搭在他腿上。

封琛拿起那隻腳，扔開，收回手繼續睡。

片刻後，顏布布的手又伸了過來，搭在他手背上，還很輕地撓著他手背。

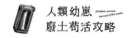

「好好睡覺不行？」封琛忍無可忍地喝道。

顏布布小聲說：「哥哥，你捏下我耳朵吧。」

「捏耳朵幹麼？」

顏布布輕聲說：「我睡覺的時候，媽媽都會捏我耳朵，不然我會睡不著。」

封琛沉默片刻，「這段時間沒捏你耳朵，我看你也睡得很香。」

顏布布說：「那是我們沒睡在一起啊，睡在一起的話，你不捏我耳朵，我就睡不著。」

封琛將他那隻手扔開，不耐煩道：「快睡，再動來動去的話，自己就去地上睡。」

他冷冷的威懾起了作用，顏布布收回手，開始老實睡覺，很快就打起了小呼嚕。

睏倦如潮水般湧來，封琛收起紛亂的思緒，也跟著睡了過去。

當封琛在睡夢中睜開眼，發現自己再次置身在那片雪原時，心裡沒有半分意外。

他波瀾不驚地站起身，徑直走向雪地裡的那個大蠶繭。

還沒接近，他便透過那磨砂玻璃般的繭殼，看見裡面的黑影。黑影輪廓比上次見著的更加清晰，明顯地顯出了身軀和頭部，還有……還有蜷縮的爪子和身後的尾巴。

封琛走上前，發現繭殼上布滿細紋，像是小雞用尖嘴輕輕地啄，在蛋殼上啄出來一道道裂痕。

他將手覆上那略帶彈性的殼，注視著裡面的黑影，目光順著那輪廓移動。

電光石火間，腦子裡突然閃出過念頭——這黑影，像是曾經在空中

接住我的黑獅。

蛋殼下傳出的搏動，比以往都要有力，和他的心臟一起跳動著。他閉上眼，靜靜感受，能感受到黑獅正處在休眠中，像是疲累過後的自我調節。

難道黑獅並沒有完全長成，之所以能在墜樓時凌空接住他，是在那一瞬間強行衝破束縛而出，現在重新回到繭內，還要進行一段時間的生長修復？

封琛看向其中一條最粗的裂縫，想剝開那處繭殼，看一看裡面的情況，可這個意識才形成，腦中就嗡地一聲，像是被一把悶錘重重敲擊，突然天昏地旋……

封琛猛地睜開眼，眼前是一片漆黑，耳朵裡還有未曾散盡的嗡嗡聲。他伸手在周圍摸索，摸到一個熱烘烘的小身體，才慢慢回過神，想起自己還睡在蜂巢的房間裡，旁邊躺著的是顏布布。

而剛才那個大蠶繭，以及蠶繭裡的黑獅，都像只是一場夢而已。

封琛卻知道這不是夢，黑獅必定以某種形態存在於他身體中，正在靜靜休眠。

──那會是在哪兒呢？

他摸摸自己胸口──不可能。

再摸摸腹部──也不大像。

最後手指停留在額頭上時，頓住了──會是在這兒嗎？

不知哪裡傳來吵鬧聲，像是一對夫妻在吵架，伴著摔砸東西的砰砰巨響。走廊很快響起腳步聲，一隊西聯軍踢開了某扇房門，那些吵鬧聲也戛然而止。

四周又安靜下來，黑夜濃稠得像是化不開的岩漿，封琛收回摸著額頭的手指，茫然地眨著眼睛，突然有些分不清，剛才那風雪之地和眼前這片黑夜，到底哪個才是真實的。

「……再吃一個。」顏布布突然翻了個身，一邊囈語，一邊將腦袋

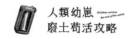

埋進封琛懷裡。

封琛頸側感受到他溫熱的鼻息，這才有了一些真實感，便也沒有將人推開，就這樣緊挨著，閉上眼開始睡覺。

第二天，封琛照例很早就醒了。

顏布布還在睡，手腳都纏在他身上。

他扒開顏布布，在他不滿的咕嚕聲中起床，去洗衣臺那裡漱口洗臉，再把那些已經吹乾的衣物收了。

他回來時，顏布布已經調整了睡姿，兩手並在腿側，躺得規規矩矩的，絨毯蓋著臉，只從上方露出一叢蓬亂的捲髮。

封琛伸手去拉那條絨毯，不想他卻突然抬手，將絨毯壓得死死的。

「幹什麼？醒了也不起來？」封琛問。

顏布布按著絨毯一言不發。

封琛看了下時間，七點整，快到吳優所說的早餐時間，便推了推他，「別賴著了，起來準備吃早餐。」

顏布布的頭在絨毯下左右搖晃，悶悶的聲音傳出來：「我不餓，不想吃。」

他倆昨天都沒正經吃過一頓飯，怎麼會不餓呢？封琛懷疑顏布布生病了，伸手去摸他露在外面的額頭，感覺掌心下的體溫很正常。

安靜中，傳來兩聲咕咕響，是顏布布的肚子在叫。

「起來。」封琛命令道。

「我不起來，我不吃。」

封琛沉默地看了他片刻，突然伸手將那絨毯扯下，顏布布伸手去抓，卻抓了個空。

他倏地抬眼看向封琛，那雙眼裡全是緊張和慌亂。

封琛冷冷地問：「為什麼不起床？又在撒起床氣？」

顏布布囁嚅著嘴唇，像是在說什麼，但那聲音蚊子哼哼似的，封琛沒有聽清一個字。

「現在不是以前，也不是在家裡，我們在逃難，沒人會再慣著你的起床氣。」

封琛剛說完這句，便瞧見顏布布的神情變得委屈，嘴巴也跟著癟了兩下。

「你想幹什麼？」封琛警覺地問。

顏布布不眨眼地看著他，那雙大眼裡迅速閃動著水光。

──不好！

封琛心頭一凜，將剩下未訓完的話都嚥了下去。

以前在家時，顏布布可是天天都要哭鬧一場，哪怕他將門窗緊閉，尖銳的魔音也會鑽進來，連綿不絕，繞梁環繞，非常令人畏懼。

見他好像又要哭，封琛如臨大敵般低聲喝道：「不准哭。」

他如果不說這句，顏布布也許就忍住了，但這句低喝剛出口，顏布布的淚水立即就從眼角滾落，同時閉上眼張開了嘴。

好在他並沒有大聲嚎哭，只發出嗚咽的低音，但就算如此，封琛也頭皮發緊，連忙坐在了床側。

「有話好好說，別哭，把那些傷心都忍住。」

顏布布抽著氣，哽咽道：「哥、哥哥，我不是、不是故意、不是故意的。」

封琛這時候哪裡敢惹他，連忙安撫：「行行行，你不想起來就躺著，別哭就行。」

「我、我不是想、想躺著，我也不是撒起床氣，我是、我是……」

封琛覺察到情況不對，便輕聲問：「你是怎麼了？告訴我。」

片刻後，顏布布才說：「我又、又尿、尿床了。」

封琛一怔，揭開了絨毯，看見顏布布的小褲衩已經濕了，下面的床

單也浸染了一團。

「我是想、是想起床的，但是、但是尿尿了。」顏布布抽搭著：「我不該、不該睡前喝水，我錯了，我不該 6 歲了還尿床。」

封琛這才回過神，「沒事，沒事的。」

「沒、沒事？」顏布布淚眼婆娑地看著他。

「真沒事。」封琛沉聲肯定。

和顏布布的哭鬧相比，尿床真的算不上大事。

顏布布有些愕然，卻也立即收住了哭聲。

封琛去櫃子裡翻找乾淨內褲，顏布布就站起身，將自己剝了個精光，像是顆剝了殼的花生米。

待封琛遞過來內褲，顏布布就要坐下去穿，封琛將人扯到床畔，「坐在這裡。」

床中央已經被尿濕了一大片，不能坐了。

顏布布儘管臉上還掛著淚，已經愛不釋手地摸著內褲上的圖案，說：「咦，這小褲衩上還有小黃鴨，好好看。」

他肚皮上有幾圈小肥肉堆著，肚臍眼都快見不著了，封琛催促道：「快穿，別一直在那兒看。」

顏布布穿好內褲，又喜滋滋地打量自己的 T 恤，「比努努……」

「快穿！」

顏布布將 T 恤往頭上套，封琛道：「穿反了。」

他調換好 T 恤方向，但頭又卡在領口處，封琛不耐煩地伸手，將 T 恤往下扯，扯得他身體前後晃，頭也沒有露出來。

「哥哥，我耳朵痛。」

顏布布整個頭包在衣服下，甕聲甕氣地道。

封琛這才發現他 T 恤右肩處有兩顆紐扣，趕緊解開，鬆開了領子。

顏布布的頭鑽了出來，頭上凌亂的捲毛更加蓬鬆，加上那雙圓眼睛，像是一隻獅子狗。

等他慢吞吞地穿好背帶褲後，封琛實在受不了這速度，乾脆蹲下身，往他腳丫上套襪子。

顏布布這個角度只能看見他微皺的眉，便小聲喚了聲：「哥哥。」

封琛沒理他，只拍了下他肉乎乎的腳背，「抬起來點。」

顏布布抬起腳，又說：「我什麼時候才長大啊，我長大了就可以伺候你了。」

饒是封琛再隱忍克制，也實在沒忍住，冷笑著喊了一聲。

等顏布布起了床，封琛拆下床單，端起盆和洗衣粉去水房，他們只得這一條床單，得趕緊洗乾淨晾著，睡覺時才會乾。

顏布布端著漱口杯跟在後面，好奇地左右張望。

早上的蜂巢很熱鬧，通道裡人來人往，還有幾個大爺大媽，就著手機裡播放的音樂，拿著扇子在跳舞。旁邊洞開的門扇裡，年輕女孩坐在床頭，對著櫃子上的小圓鏡化妝，光著膀子的男人，就伏在房間空地上做俯臥撐進行鍛煉。

顏布布從小住在別墅，還沒見過這樣的場景，覺得既新鮮又好玩。

水房的人不少，但都是打開水或是刷牙洗臉的，洗衣臺那裡倒是空空的沒有人。

封琛將盆放上洗衣臺，垂眸看著盆裡的床單，神情有些複雜。他維持著這個姿勢好幾分鐘，似是做好了心理建設，慢慢抬起手。可那隻手懸在盆上空，遲疑片刻後，終於又收了回去。

顏布布就在水槽邊刷牙，心虛得都不敢去看他。

封琛擰開水龍頭，對著盆裡的床單不停沖水，足足沖了好幾分鐘，才將洗衣粉倒進去，再轉頭喚顏布布：「過來。」

顏布布乖乖地走了過去。

封琛說：「你將手指伸進去，左右攪拌。」

「怎麼攪拌？」顏布布茫然地問。

封琛說：「見過洗衣機洗衣服嗎？你現在就是洗衣機，往左邊攪幾

163

圈，再往右攪幾圈。」

顏布布明白了，便把漱口杯遞給封琛，自己踮著腳，要伸手去攪拌床單。

「等等。」封琛又喊住他，將他袖子挽得高高的，這才道：「好了，上吧。」

顏布布化身洗衣機，將手伸進盆裡，認真地攪拌床單，嘴裡還發出嗡嗡聲。

封琛眼角餘光瞥到有人在看他們，便低聲道：「你不要做聲。」

「暫停。」顏布布用另隻手按了下腦門，抬起頭說：「不做聲就是停電了，洗衣機停電了就沒法洗衣服，不行的。」

他說完這句，再按了下腦門，嘴裡繼續嗡嗡，全身心投入到洗衣機這一角色中。

他製造出來的動靜，惹得那些刷牙洗臉的人都看了過來。封琛覺得臉頰有些燙，便也在顏布布腦門上按了下，用兩人才能聽到的聲音道：「靜音。」

顏布布果然安靜了，開始默默地攪拌床單。

封琛也沒讓他攪拌多久，覺得差不多了，就將人趕到旁邊，端起盆沖水、換水，重新倒入洗衣粉，自己來洗第二遍。

洗完床單，差不多到了早飯時間，兩人回房拿上飯盒，去了飯堂。

蜂巢是每 10 層便設有一個飯堂，他們的飯堂在 60 層，和其他拿著飯盒的一起，乘坐升降器到了 60 層。

飯堂很大，沒有桌椅，最前方的櫥窗旁邊，放著身分識別器和刷卡器，打飯的人不光要刷信用點卡，還要檢測身分晶片。打飯的人排成長長的迴旋形，幾個方向各站著兩名維持秩序的西聯軍。

封琛和顏布布排在最後，跟著隊伍慢慢往前走，因為有西聯軍的緣故，雖然人很多，卻沒人敢大聲喧嘩，只低聲交談著。

「聽說地面氣溫更熱了，中午時會達到 60 多度，而且還在持續升

高中。」

「60多度？那人在地面根本沒法待吧？」

「肯定的啊，西聯軍每次出去，都要穿著隔溫服。」

「我還說再過上兩週，就能從蜂巢出去，這樣子豈不是還要住上好幾個月？」

「等到夏天過去吧，夏天過去就好了。」

封琛聽到這兒，心情也變得有些沉重。當時修建地下安置點，宏城也是幾個試驗城市其中之一，但並不是每個城市都像海雲城一樣，在地震來臨時已經建好了安置點主體。現在地表溫度這麼高，不知道宏城是什麼情況，父母又怎麼樣了……

顏布布抱著飯盒站在前面，調轉頭看封琛，見他神情似乎不大好，有些不安地扯了扯他衣角，「哥哥。」

封琛回過神，說：「沒事，好好排著。」

「為什麼本人沒來？打飯必須要本人的，不能光拿張卡就行。」一道粗礦的聲音響起，應該是廚師。

一名男人央求道：「師傅，我老婆生病了，在發燒，所以我就想著替她把飯打回去。」

廚師為難地說：「不行啊，這是規定，哪怕是生病走不動，揹也要揹來，讓本人來這兒亮個相。」

「師傅……」

「幹什麼呢？」牆邊的西聯軍走了過去，大聲呵斥：「聽不懂這是規定嗎？要麼就去讓本人來，要麼就別吃飯了。」

男人終究沒有再說什麼，出了隊伍往門口走，應該是回去揹他老婆去了。

顏布布一直看著那個人，看他消失在飯堂門口，才轉頭悄聲問封琛：「哥哥，不能幫著打飯嗎？」

「嗯。」

「為什麼不能幫著打飯啊？」顏布布小聲嘀咕：「王思懿不想打飯，我都能幫著她打的。」

王思懿是顏布布的幼稚園同學，小姑娘長得很漂亮，說話嬌嬌的，在老師分飯的時候，有幾名小男生都自告奮勇要幫她打飯。

漸漸的，搶著給王思懿打飯，似乎成了這個班的某種競爭方式。給誰打飯不重要，有沒有獎勵也不重要，重要的是要當打飯的那個人，這是一種榮耀。

小朋友們都在搶，顏布布也當仁不讓，因為他長得好看，王思懿小朋友是個顏控，經常會點名把這個機會分給他。

不過打了幾次飯後，顏布布就失去了興趣，不再參與這場競爭。他覺得能讓他堅持一直幫著打飯的，只有少爺。

聽到顏布布的嘀咕，封琛雖然沒做聲，心裡也在暗暗疑惑。

他從小接觸的就是軍營，看著父親處理大小事件，清楚軍方平常便會囤積足夠的物資，以便應付突發情況。

地震後立即就要展開重建工作，不至於搞得這麼森嚴，連打個飯都要確定是不是本人。

除非……

除非情況會越來越惡劣，眼下這種生活會持續很長的時間。

封琛心裡咯噔一下。

兩人跟著隊伍慢慢向前，眼看就要排到最前面，外頭突然傳來一聲淒厲的慘叫，讓人聞之悚然。

人群紛紛往外望，那幾名西聯軍面露警惕，抬手按住腰間的槍。

走廊上響起跌跌撞撞的腳步聲，剛才那名去揹他老婆的男人又出現在門口，脖子上淌著血，臉色慘白得不似活人。

他扶住門框，大口大口喘著氣：「救……救命……救命……」

飯堂裡頓時引起一陣小小的騷動，所有人都踮著腳，透過窗戶往外看。幾名西聯軍立即拔出槍，衝到了走廊上。

男人見到西聯軍手上的槍，前一刻都還在喊救命，這時又趕緊去阻止：「長官不要開槍，是我老婆。我老婆，她好像發燒瘋掉了，我剛把她揹起來，她就突然咬我。」

他站在大門口，脖子鮮血淋漓，有塊皮肉被咬掉了，看得飯堂裡的人毛骨悚然，開始竊竊私語。

顏布布也盯著他，一隻手揪住了封琛的衣角。

「她應該是燒糊塗了，不要開槍……」男人還在絮絮時，靠近走廊的窗戶外，突然閃過了一名女人的身影。

女人嘴裡發出尖銳的嚎叫，雖然只經過窗戶短短兩秒，也讓飯堂裡的人看見了她那張布滿青紫血管的臉，還有怒凸的眼珠和大張的嘴。

幾名士兵收起槍衝了上去，在眾人看不見的牆壁後攔住了她，接著便是女人持續不斷的嚎叫，還有士兵氣喘吁吁地怒吼：「他媽的力氣真大，拿根繩子來綁住……先塞住口，她還想咬人……」

靠近門口的人跑出去看熱鬧，又驚慌地跑進來，「天呀，這是瘋了吧，跟狂犬病似的。」

飯堂裡一片吵鬧，後面的往前擠，前面的則湧向門口，這層樓的人也都紛紛走出房間，站在走廊上看。

顏布布被那些人推了個趔趄，封琛將他扯到跟前，對著後方不動聲色地拐了下手肘。

「我草，誰頂得我肺都要炸了，別他媽擠了。」後面傳來一聲痛呼，往前擠的人總算收斂了點。

女人還在嚎叫，那聲音已經不似人類的聲音，尖銳刺耳，像是某種凶狠的野獸。

士兵也在氣急敗壞地怒吼：「綁不住，力氣太大了，打昏她，先打昏她，給我找個磚塊什麼的。」

「這兒哪有磚塊？」

「去飯堂裡找，飯堂裡有——啊！差點被她咬一口，你快去找。」

　　正亂得不可開交時，傳來一聲敲擊的悶響，女人嘶吼聲突然消失，士兵的怒吼也戛然而止，走廊上突然變得異常安靜。

　　一名瘦削高個兒的軍官出現在大門口，將手裡的槍遞給身後士兵，「拿回去，給槍托消毒，把人抬去醫療室做個徹底檢查。」

　　「是，林少將。」

　　林少將又看了眼門口的男人，「你也跟著去，包紮下傷口。」

　　「是是。」男人捂著脖子忙不迭道。

　　幾名士兵抬著那被槍托敲昏的女人往前走，男人也跟在旁邊。經過大門口時，顏布布看著女人拖曳在地面的頭髮，還有那張灰白中帶著青紫的臉，突然就想起剛地震後，他在街上看到那具倒掛女人的屍體，嚇得打了個冷戰。

　　飯堂裡的人也都瞧清了，紛紛開始議論。

　　「那眼珠黑得可怕，絕對不是正常人的眼珠。」

　　「瘋子的眼睛就是這樣，看人直勾勾的，黑眼仁比普通人大。」

　　「我感覺這就不是瘋子，像是喪屍。」

　　「電影看多了吧？還喪屍……人家家屬聽到了會怎麼想。」

　　「家屬剛被她咬了，還能怎麼想？」

　　林少將轉身朝向門內，陰鷙的視線掃過飯堂，所有人集體噤聲，連空氣都冷凝了幾分。

　　他看到封琛時，目光略微停頓，封琛和他對視著，神情一片坦然。

　　林少將的目光繼續下移，落到站在封琛前面的顏布布身上。

　　顏布布被他看著，下意識就屏住了呼吸，一雙眼睛瞪得溜圓，神情是掩飾不住的緊張。

　　林少將對著顏布布露出個意味深長的神情，右手緩緩伸向後腰的槍套。顏布布在那瞬間瞳孔都放大了，開始驚恐地大喘氣，強忍著才沒有轉身撲到封琛懷裡。

　　林少將的手搭上槍套，卻只做了個撣灰塵的動作，接著便扯了扯衣

角，轉身往後走。

在他轉身時，封琛看見他極輕地勾了勾唇。

……嚇小孩，真是惡趣味。

封琛正要收回視線，卻看見林少將肩頭上突然出現了一隻鳥。

那鳥就這麼憑空出現，嶙峋雙爪抓著林少將的肩膀，面朝飯堂大門，通體漆黑，尖嘴堅硬，一對鳥瞳冰冷而銳利，帶著種無形的壓迫感。正是昨晚在澡堂外見到的那隻兀鷲。

兀鷲似乎在觀察飯堂裡的情況，封琛在和牠視線相接的瞬間，立即將目光焦距調整到遠方，像是根本看不見牠似的。

兀鷲沒有發現什麼異常，終於側過頭，站在林少將的肩膀上，跟著消失在門口。

西聯軍都暫時離開，飯堂裡的人開始討論這女人是瘋掉了還是什麼病，封琛卻怔怔站著，回想剛才看見的那一幕。

昨晚光線不好，他沒有瞧真切，但現在他突然發現，那兀鷲的目光和林少將很相似，都是那麼冰冷，帶著似乎可以看穿一切的銳利。

這隻兀鷲與林少將，應該如同阿戴與蛇、自己和黑獅一般，都有著緊密的關係。

封琛在出神，顏布布卻已經從林少將帶給他的驚嚇中恢復過來，開始左右張望，好奇地看周圍人群。

旁邊一支隊伍裡，站著那名搶過他麵包的小胖子，在顏布布看過來時，便對著他齜牙咧嘴地做鬼臉。

顏布布毫不示弱，立即還了回去，對著小胖子扭腰扭屁股，還吐舌頭略略略。

兩個小孩你來我往，無聲地忙個不停，直到小胖子開始攻擊顏布布門牙處的洞，對他露出自己完好的牙，再鄙夷地做口型：「豁牙。」

顏布布這下如遭雷擊，像一條被捏住七寸的小蛇，頓時放棄一切進攻，也不再搖頭擺尾，心虛地閉上嘴，縮回隊伍，不再去看那小胖子。

　　封琛已經排到最前面，沒有注意到就在這一會兒，顏布布已經和別人進行了一場沒有硝煙的拚鬥，還慘敗下風。

　　兩人將信用點卡在旁邊的儀器上刷了，又通過了身分識別，分別從大廚那裡領到了兩個饅頭和一盒米粥。

　　封琛吃過早餐，準備去熟悉一下環境，顏布布三、兩口將手裡剩下的饅頭吃掉，也要跟著去。

　　蜂巢的確龐大，每層都住了幾百人，封琛粗粗估計了下，這個安置點三座蜂巢大樓，應該住了幾萬人。

　　幾萬人聽上去很多，但背後卻有一個極其可怕的事實：海雲城原本幾百萬人口，在這場地震中只存活下來了這麼多。

　　看了升降機旁的樓層示意圖，兩人來到了 50 層，也就是這座蜂巢的自由貿易中心。

　　這層沒有獨立的小房間，整層就是一個巨大的廳堂，四處都擺著地攤，像個大型市場般，商品五花八門，看得人眼花繚亂。

　　大多數地攤都很雜亂，賣餅乾的也在賣牙膏，幾枝鉛筆旁又放著一堆馬鈴薯。但也有少量成規模的，比如有個攤主全賣速食麵，鋪的塑膠布上疊起一座速食麵小山。

　　顏布布兩人路過時，有人正在向攤主詢問這批速食麵的來歷。

　　攤主是名 30 來歲的中年人，直言不諱地講了原因。他開了家超市，地震發生時，超市雖然沒了，但這些速食麵是剛進的貨，還停在外面空地上，所以僥倖保了下來。

　　現在蜂巢裡的人不缺吃的，西聯軍每天都在發放食物，所以他這些速食麵賣得並不好，反倒是一些諸如辣條、火腿腸、醬菜之類的小食品特別暢銷。

顏布布雖然很想慢慢逛，比如有個攤位上竟然擺著比努努玩偶。但封琛明顯對那些不感興趣，掃一眼便走，他也不能多看，只匆匆和攤主交談幾句後就追了上去，邊走邊不捨地頻頻回頭。

封琛買了點衛生紙之類的必需品，在挑選時，耳朵裡聽著幾名攤主之間的閒聊。

「是啊，那女人發燒好多天了，之前我洗衣服時碰到過她，她說這段時間總是低燒。」

「你們還沒聽說嗎？B 巢和 C 巢兩棟大樓已經發生過好幾起這樣的事情了，和那女人一樣，也是發了一段時間的燒，突然就瘋了，開始四處咬人。」

「之前沒聽說啊，那後面怎麼樣了？」

「不知道，反正人和被咬的人都去了醫療點，現在還沒回來。」

「哎喲，這到底是什麼病啊？」

「不清楚，就和瘋了似的，見誰都咬，我兒子說那是喪屍。」

「嗊，什麼喪屍不喪屍的，電影看多了吧，別自己嚇自己。」

顏布布沒有注意這些交談，只不斷去瞟旁邊攤位上的一包薯片，饞得偷偷嚥口水。

但他知道現在的情況，心裡再想吃，也沒有開口找封琛要。

不過他表現得太明顯，那位攤主便拿起薯片問他：「小朋友，要嗎？保鮮期沒過，番茄味的，大品牌，一包只要 5 個信用點。」

「謝謝，我不要了。」顏布布小聲回了攤主，艱難地轉回頭，不再去瞧那包薯片。

封琛聽到了對話，看了眼薯片，低頭問顏布布：「想吃？」

顏布布搖搖頭，「我不喜歡薯片。」

他嘴裡說著不喜歡，臉上表情卻完全不是那麼回事，封琛便道：「如果你想吃，可以去買。你信用點卡裡一共有 400 點，扣除這個月吃飯要花費的 350 點，還有 50 點的剩餘，你可以自由支配。」

封琛本以為顏布布聽了這話，立即就要買薯片，不想他卻猶豫著沒有應聲。

攤主也聽到了兩人對話，將那包薯片搖得嘩嘩響，熱情道：「小朋友，這裡的薯片越來越少，買一包就少一包了，再過上一段時間，想買都買不到。」

顏布布站著沒動，神情不停變換，很明顯內心正在激烈交戰，封琛也不催促，就靜靜地等著。

半晌後，顏布布終於做出了某種決定，倏地抬起頭，無比堅定地對封琛說：「我不買薯片，一包薯片居然要 5 個信用點，我絕對不亂花我們的信用點。」

封琛也不勉強，點點頭說：「行，既然不要的話那就走吧。」

「嗯。」

不想走出幾步後，顏布布就上來牽封琛的手，軟著嗓子問：「哥哥，我剛才不哭著鬧著要買零食，是不是很乖？」

封琛瞥了他一眼，「還行。」

顏布布聲音更嗲：「那你是不是要給我一點獎勵呀？」

封琛不動聲色地問：「你要什麼獎勵？」

顏布布嘻嘻一笑，說：「我只要個小小的獎勵，就是一個比努努玩偶就行啦。」

「喔……」封琛臉上似笑非笑，語氣卻很平靜：「那麼比努努玩偶需要多少信用點呢？」

顏布布聽他這口氣，覺得有戲，連忙道：「不多，只要 40 信用點就行了。」

「一包薯片居然要 5 個信用點，一個玩偶只要 40 信用點。」封琛將顏布布開始的話重複了遍。

「行不行啊哥哥，你可以給我這個獎勵。」顏布布滿眼希冀地看著封琛。

封琛停下腳步，看著他冷笑了一聲：「呵呵。」

片刻後，交易廳 A 區，一陣動靜吸引了周圍人的視線。

只見一名 10 來歲的俊美少年，眉頭微微擰起，大踏步往交易廳外走著，一手拎著裝了捲紙的袋子，一手拖著個 7、8 歲的漂亮男童。

男童想往地上坐，又被少年拽著胳膊，只能踉蹌地往前，滿頭的小捲跟著東倒西歪。

他閉著眼在乾嚎，一邊嚎一邊念叨：「我要嘛，我想要那個比努努，你讓我餓肚子就行了……」

封琛將顏布布一口氣拖出交易大廳，見他還在嚎哭，兩條腿在地上拖著，身體往下墜，心裡不禁大為惱火，乾脆鬆了手。

顏布布一屁股坐在地上，封琛又掏出張信用點卡扔在他懷裡，冷冷地說：「行，你的卡自己拿著，以後想買什麼就去買什麼，我不會管你怎麼花。」

說完就頭也不回地往大樓升降機那邊走去。

顏布布聞言，倏地消聲，睜開眼看向封琛背影。

他雖然嚎哭了那麼久，臉上卻沒有半分淚痕，眼見封琛頭也不回地走遠，一骨碌從地上爬起來，拿著信用點卡就追了上去。

「哥哥、哥哥，我錯了。」封琛大步走著，顏布布一溜小跑跟著，不斷抬頭去看他的臉，「我不要比努努了，你別生氣。」

封琛看也不看他，緊抿著唇，單手抄在褲兜裡，顏布布便將信用點卡往他褲兜裡塞，將一小片角塞到了他手和布料之間。

「哥哥，你不要不理我，我以後不敢了。」顏布布邊跑邊認錯，聲音裡帶上了一絲惶恐。

那卡本來就塞得不穩，封琛步伐又快，走了兩步便掉在地上。

　　顏布布連忙將卡撿起來，轉身時發現封琛竟然已經站上了樓道升降機，正伸手要去按鍵。

　　瞧著他冷肅的模樣，顏布布覺得他這次是真的不管自己了，心頭湧上被拋棄的驚恐，哇一聲哭了起來。

　　他現在不是乾嚎，是真哭，哭聲驚天動地，震徹整條走廊。

　　他站在原地張大了嘴，淚眼模糊地望著封琛，手上還拿著那張卡，眼淚成串地往下掉。封琛站在升降機裡，手就搭在按鍵上，面無表情地和顏布布對視著。

　　「哥哥，你別不要我……」顏布布一個深呼吸，發出更加撕心裂肺的洪亮嚎哭。

　　兩名路過的人，好奇地看看顏布布，又看看封琛，「小孩兒怎麼了？惹哥哥生氣了？沒事沒事，別哭了啊。」

　　封琛就靜靜地看著顏布布大哭，等人走過後，才突然開口：「還不快上來？」

　　顏布布張著嘴，盯著他沒動，不大確定這句話的意思，哭聲卻小了下去。

　　封琛又道：「我一直按著開門鍵，再不上來我就鬆手了，你自己坐下一趟。」

　　顏布布這次終於明白了，慌慌忙忙地就往升降機裡跑，站在了封琛身旁。

　　封琛鬆開手，升降機鐵欄合攏，緩緩上行，顏布布也不哭了，只時不時抽一口氣。

　　很快就到了65層，兩人下了升降機，封琛拆開剛買的捲紙袋，扯下一段衛生紙，彎腰蓋在顏布布鼻子上，「擤一下。」

　　「噗！」

　　「用力。」

　　「噗！」

封琛將紙團丟進垃圾桶，又扯了一段紙，半蹲在顏布布面前，將他臉上的汗和淚擦掉。

顏布布這個角度，可以看見封琛挺拔的鼻梁和漆黑的眉眼。

他一瞬不瞬地看著封琛，突然就啞著嗓子說了句：「我以後聽話了，你別不要我。」

封琛沒有做聲，只沉默地去擦他額邊被汗水濡濕的頭髮。等到擦乾後，顏布布便靠了上去，側臉趴在他肩上。

封琛將紙團投擲進垃圾桶裡，單手抱起了顏布布，另一手拎著東西往 C68 的方向走去。

「我沒有不要你……」他低低說了聲，聲音像是風一樣輕。

顏布布沒有聽清，偏頭側耳去聽，卻什麼也沒聽著，便也沒再問，繼續趴在他肩頭，手卻慢慢下移，將那張信用點卡伸到封琛面前。

手心一空，信用點卡被抽走。

顏布布眼睛看著走廊外，看空中那些雪亮的探照燈光束，抿起嘴露出了笑。

封琛吃過晚飯，去收晾曬在洗衣房的床單。

顏布布放下飯盒要跟著，封琛阻止了他，說自己很快就回來，讓他繼續吃飯。

顏布布一個人坐在面向大門的床畔，兩隻腳在空中晃蕩，一勺接一勺地往嘴裡餵米粒。

他從小吃飯就不需要人操心，胃口一直很好，今晚的菜是水煮豆腐和清炒豆芽，色澤寡淡的一飯盒，他也很香地吃了個精光。

放好空飯盒，他站在門口，面朝洗衣房的方向等了會兒，卻沒見到封琛回來，於是乾脆關好門，去洗衣房找人。

　　到了洗衣房，早上洗的床單還掛在鐵絲上，卻不見封琛的身影。他又將旁邊的澡堂找了遍，依舊沒見到人。

　　顏布布站在走廊上，茫然地左右張望，直到旁邊一間房門打開，吳優走了出來。

　　「晶晶，你在這裡做什麼呢？」

　　顏布布見他朝自己喊晶晶，愣怔幾秒後才道：「我在等哥哥，可是我不知道他去哪兒了。」

　　吳優說：「我剛才回房的時候碰見你哥哥了，他正往升降機那邊走，說去樓下找點東西。你回房等吧，他應該很快就會回來的。」

　　「嗯，謝謝吳叔叔。」顏布布道了謝，轉身往回走，吳優又喊住他，從兜裡摸出兩顆奶糖，「本來就正想找你，這是今天別人給的，叔叔不愛吃糖，給你留著的。」

　　顏布布瞧瞧他掌心的兩顆奶糖，又瞧瞧吳優，卻沒有伸手去接。

　　「別怕，拿著。」吳優將手往前遞了遞。

　　顏布布遲疑片刻後，小聲道：「謝謝吳叔叔，您先幫我留著，等我問了哥哥，他同意後我就來拿。」

　　吳優笑了起來，「行行行，我給你留著，等你哥哥同意後，你就來這屋子裡找我拿。」

　　告別吳優，顏布布回到了 C68，他在門口站了 2 分鐘，乾脆往升降機的方向走去。

　　升降機裡有個男人，看了眼進來的顏布布，問：「去哪兒？」

　　顏布布：「找我哥哥。」

　　男人：「嗯，我問你去幾層。」

　　顏布布想起吳優說的封琛去了樓下，便回道：「樓下。」

　　男人頓了頓：「我是去底層，你呢？你是哪一層？」

　　顏布布說：「……那我也是底層。」

　　男人沒有再問，按了數字鍵，升降機一路往下，很快就到了底層。

顏布布站在寬闊的廣場上，腳下是平整的深黑色岩石。大型機器嗡嗡作響，礦車在鐵軌上來回，從山壁礦洞裡帶出礦石堆放在廣場一角。

他在原地轉了一圈，沒找著封琛，卻對那些來來往往的小礦車產生了興趣，便去旁邊站著，看了好一會兒。

看完礦車，他又去看前面的挖土機，不知不覺走到廣場東北角，面前出現一棟 6 層高的大樓。

樓裡亮著光，通道裡還有人在走動，他不知道封琛會不會在這兒，只略一遲疑便走了過去。

走到快至樓下，他看見樓梯口站著兩名荷槍實彈的士兵，頓時打消了上前的念頭，瑟縮地停下了腳步，只站在樓房陰影裡看著。

樓梯口響起陣紛亂的腳步聲，下來了幾個人，都穿著白色的隔溫服，把全身包裹得嚴嚴實實的。

底樓一扇金屬門緩緩上升，那幾人走了進去，很快又全部出來，每人都推了一架類似單人床的推車。

顏布布看見那些推車上都蓋著白單，下面像是躺著人，心裡突然就感到了緊張，下意識屏住了呼吸。

那幾人互相間並沒有任何交流，就那麼推著車往他方向走來。他慌亂地左右看，見旁邊有塊立式布告欄，便躲到了後面。

推車一輛輛從布告欄前經過，所有人都沒察覺到身旁藏了個小孩，正偷偷看著他們。

這裡的地面撒落了一些碎石，推車行進得磕磕絆絆，有一輛剛推到布告欄前就向左歪斜，白單跟著滑落了半截，露出車上躺著的一個人。

空中一束白亮的探照燈光正好打在那人臉上，顏布布便清楚看清了他的臉。

那已經不像是一名正常人類的臉，就和他早上在飯堂裡看到的發瘋阿姨一樣，灰白臉上爬滿青紫色的血管，怒睜的雙目裡沒有眼白，只有一片純粹的黑。

此時那眼睛定定對著上空，已經沒了光亮，顯然人已經死了。

饒是顏布布這段時間見過太多死人，已經被錘煉得不會被輕易嚇到，但見他這副恐怖的模樣，還是嚇了一跳。

穿著隔溫服的人伸手扯起白單，想重新給死屍蓋上。

白單撩起的瞬間，顏布布瞧見他脖子上有處傷口，皮肉往外翻著，呈現出猙獰的紫黑色。

光看那張臉還沒認出來，現在見到這傷口，顏布布發現他就是早上被瘋阿姨咬了脖子的那個叔叔。

幾人推著車往前，往遠處那臺通往地面的運輸器走去。

顏布布也不敢再站在這兒，掉頭往蜂巢跑，一直跑到蜂巢大廳，置身於明亮燈光裡才停步。

「煩人精！」

一道熟悉的聲音響起，他倏地轉身，看見大樓升降機的鐵欄打開，封琛大步走了出來。

雖然封琛臉色很不好，但顏布布卻沒有注意那麼多，他眼睛一亮，像隻終於找到大鳥的雛鳥般飛衝出去，路上便張開雙臂，在一頭扎進封琛懷裡時，雙手便環住了他的腰。

「哥哥你去哪兒了？我到處找你。」顏布布將臉埋在封琛腰腹上，聲音還帶著驚嚇後的微微變調。

封琛頓了下，剛才四處尋找顏布布的焦躁和怒火散去了些，問道：「怎麼了？發生什麼事了？」

顏布布抬起頭，臉色和嘴唇都有些白，「我剛才在外面看見他們推著死人，就是早上那個瘋阿姨……」

封琛一把捂住了他的嘴，左右看看，見大廳沒有什麼人，便低聲道：「回去再說。」

乘升降機到了 65 層，顏布布兩人在走廊裡遇到了吳優。

「晶晶啊，你哥哥到處找你，都快急死了，你剛才跑哪兒去了？」

顏布布囁嚅了兩句沒吭聲，封琛就接過話道：「他去 50 層的交易中心了。」

「哎喲，交易廳那麼大，讓你哥哥好找，以後可不要亂跑了。」吳優叮囑了幾句，又掏出那兩顆糖遞給顏布布，「你哥哥已經同意吳叔叔給你吃糖了，拿去吧。」

說完便對封琛擠了兩下眼睛，意思讓他配合。

顏布布抬頭去看封琛，封琛動了動唇，「快謝謝吳叔叔。」

「謝謝吳叔叔。」顏布布便開心地接過了糖果。

和吳優告別後，兩人回了房，關好門，分別鑽過床底和跨過床身，在床畔坐了下來。

封琛雙手交握放在膝蓋上，嚴肅著臉道：「說吧，你剛才在下面看見什麼了？」

顏布布就將剛才發生的事一五一十講了出來。封琛就在身旁，他已經不害怕了，但講到那個被咬傷的叔叔也死掉時，依舊有些驚懼。

封琛聽完後，皺著眉思索了會兒，問道：「那人和他老婆變成了一個樣子？」

「是的。」顏布布瞪著眼睛吐出舌頭，「看我，比我這個樣子還要可怕。」

「早上他也只是受了點皮外傷，怎麼就死了呢……」封琛喃喃著，突然就想起白天裡在交易廳裡，聽到別人口裡所說的喪屍。

雖然那些人只是隨口說說，但封琛卻是認真在聽，並且接受得很自然。畢竟他在研究所裡遇到過詭異的吃人樹，覺得既然連樹藤都能變異，那麼人要是變異的話，也不是不可能。

西聯軍隱祕地處理屍體，表明他們已經知道了這事，也一定會想辦法解決，所以也不用太恐慌。

封琛想到這兒，便對顏布布說：「我知道了，但這事要暫時保密，以後你不要再提，免得讓別人聽見了。」

「嗯，不提。」

說完這件事，話題就回到顏布布身上，封琛的語氣就變得有些不好，問道：「我不是說了過會兒就回來，讓你好好待在房間嗎？為什麼要亂跑？」

顏布布盯著他，「但你根本沒有過會兒就回來。」

封琛反問：「你剛離開，我就回來了，這難道不算過會兒？」

顏布布這次卻絲毫沒退讓，反駁道：「可是你說去收床單，其實根本就沒去。」

封琛道：「那是我抽空去找了點東西，回來發現你沒在了，才沒顧得上去收床單。」

顏布布繼續質問：「找東西就找東西，為什麼要說收床單？」

「因為我的確就打算要收床單。」

「那也是你不對。」顏布布委屈起來，「你出門時應該說，我要去收床單，還要找東西，如果你發現我沒在洗衣房，那就是找東西去了，過會兒就回來。如果你這樣說了，我還會到處去找你嗎？」

封琛一時有些無語，只垂眸看著顏布布。

「算了，我原諒你了，你也不是故意的，只是要記得這個教訓，下次不要再犯。」

顏布布嘟囔著剝開一粒糖果，餵到了封琛嘴邊。待他低頭含住糖果後，再給自己剝了剩下那顆。

顏布布吮了下嘴裡的糖果，問封琛道：「我這顆是芒果味兒的，你那顆糖是什麼味兒的？」

「草莓味兒。」

「啊，那我搞錯了，你最喜歡芒果，我應該吃那顆草莓，你吃我這顆芒果的。」顏布布無限懊惱地拍了拍床。

封琛目光微閃，「你知道我喜歡吃芒果？」

顏布布自然地回道：「是啊，以前我幫媽媽去你房裡拿吃剩的果

盤，盤子裡其他水果都在，只有芒果沒了。所以我知道你愛吃，就讓媽媽每次多給你送點芒果。」

封琛用舌頭轉著口裡的糖果，沒有說話。

顏布布卻又道：「那我們交換吧，我這顆給你，你那顆給我。」

他說完就要去摳嘴裡的糖果，被封琛立即制止：「不換。」

「為什麼不換？你不是喜歡芒果嗎？」

「都沾了口水，噁心死了。」

「不換就不換，反正草莓味兒和芒果味兒我都喜歡。」顏布布吮了兩下嘴裡的糖果，有些不高興，「沾了口水怎麼了？以前你吃剩下的甜品我都吃了，我吃剩下的玉米粥你也吃過。」

「什、什麼？」封琛大為震驚。

顏布布卻沒察覺，自顧自道：「有次我正在吃玉米粥，只有那一碗，你回家後卻問陳婆婆有沒有玉米粥，我看你想吃，就把剩下半碗讓給你吃了。」

說完又咂咂嘴，無限懷念地道：「哥哥，我突然想吃玉米粥了。」

封琛沉默著沒做聲，一張臉卻不斷變換神情，最後站起身，冷著聲道：「我去收床單，洗飯盒。」

「我也去——」

「不准！」

他這句話音調很重，像是在生氣似的，顏布布也就不敢再做聲，看著他拿上兩個空飯盒，氣沖沖地出了房門。

封琛鋪好床單，拿上洗漱用品，帶著顏布布去洗澡。

男澡堂的人還不少，一共三十個隔間，只剩一個隔間沒有人。封琛不願和顏布布擠在一起，便讓他先進去洗，將換洗衣服和洗漱用品放在

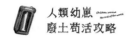

木櫃裡。

「那你呢？」顏布布急忙問。

封琛說：「我去隔壁水房等著，有了空位再進來。」

本來已經進了隔間的顏布布聽了立即就往外鑽，心急道：「那我也和你一起等。」

封琛只得道：「我就站在這裡等位置，不去水房，你進去洗吧。」

顏布布這才進了隔間，但他依舊不大放心，生怕封琛悄悄走了，過會兒就要喊一聲哥哥。若是封琛晚回答兩秒，一顆濕漉漉的頭就從簾子旁探出來，看他還在沒在。

澡堂裡霧氣繚繞，四處都是嘩嘩水聲，封琛剛想去門口站著，身後的簾子一動，有人走了出來。

有了空隔間，封琛便往旁挪了兩步，給身後的人讓出路，準備接著進隔間。等了幾秒後沒有動靜，忍不住轉頭去瞧，看見了一名身著藍色汗衫的中年人。

中年人手裡端著個裝著洗漱用品的盆，頭髮還往下滴著水，他一動不動地站在簾子前，雙眼直勾勾地盯著前方。

封琛在看清他的臉後，怔愣了一瞬。

那張臉青白交加，眼睛裡全是血絲，眼周一圈紫黑，像是很多天沒有休息好的樣子。

中年人步履遲緩地走向澡堂門口，塑膠拖鞋拖逕地擦過地面，留下了一個個濕腳印。

他右手端著盆，左手臂上搭著條毛巾，那條毛巾很快便滑落到地上，他卻絲毫沒有感覺，繼續往前走。

「你毛巾掉了。」封琛忍不住提醒。

中年人停在原地，好一會兒才反應過來，遲緩地轉身，蹲下，撿起了毛巾，再繼續往門口走。

封琛看著他背影，覺得有種說不出的怪異，下意識開始警惕起來。

182

中年人快走到門口時，再次停住腳步，胸口急劇起伏，喉嚨裡發出類似被痰堵著的呼嚕聲，看上去似乎很痛苦。他抬手摀住自己喉嚨，手上的盆噹啷落地，牙刷香皂之類的物品滾落一地。

封琛看到他的側臉，那原本只是青白色的臉龐上，已經迅速爬生起一些蜘蛛網似的深黑色血管。

他心頭一個激靈，眼睛緊盯著藍衫中年人，右手伸向腰後的匕首。但這下摸了個空，他才想起因為要洗澡，出門時將匕首放在了房間裡。

中年人身體開始抽搐，嘴裡發出嗝嗝的奇怪聲響，封琛一步步後退，眼睛飛快地左右逡巡，想找個什麼東西拿在手裡。

就在這時，中年人旁邊隔間的簾子一掀，有洗完澡的人走了出來。那人一邊用毛巾擦著頭，一邊頓住腳步，問了聲：「你怎麼了？」

「別上去，離他遠點。」

封琛剛喊出這句，就見中年人突然轉身，嘶吼著向那人撲去。

他這下太過迅速，那人還沒反應過來，就被一口咬住了臉，劇痛之下，發出一聲淒厲的慘叫。

中年人將他撲倒在地上，像是一頭野獸般拚命撕咬，被咬的人也拚命掙扎，嘶喊著用拳頭砸，用腳踢踹，卻怎麼也掙脫不開。

澡堂裡的人聽到動靜，紛紛從隔間探出頭，看到這一幕後，都驚得大叫起來。

這澡堂裡空空如也，只有靠牆處放著兩根拖把，封琛一時間找不著其他東西，便掄起一條拖把，砸向伏在那人身上的中年人。

啪一聲響，塑膠把手應聲斷成數截，封琛又撿起地上的空盆，砸向他的頭。

不管是塑膠把手還是塑膠盆，對那中年人根本起不到什麼作用，他依舊瘋狂地撕咬著身下的人。

而這短短時間，那人整張臉都已被咬得血肉模糊。

隔間裡的人也衝出來幾個膽大力壯的人，但他們全身上下不著片

縷，找不著什麼能攻擊的東西，只能上前去拉扯，想將那兩人分開。

中年人卻突然抬起頭，他眼睛一片黑，像是要將人吸進去似的，嘴邊全是鮮血，嘴角處還掛著一小塊肉條。

「我操！」

幾名原本還在拉扯他的人被嚇得不輕，紛紛後退。

封琛驚駭之下，也退到顏布布的隔間旁，將已經站在簾子外的顏布布抱了起來。

「這他媽……這他媽不是人吧。」

中年人突然躍起身，撲向離他最近的那人。

那人卻如同一條黃鱔般滑溜，從他手下滑走。

「我操啊，幸好老子全身都是香皂。」

【第六章】

他們應該是感染了某種病毒？
或者⋯⋯變異了？

◆————————◆

封琛還靠在挖土機後面，將臉埋在顏布布髮頂。

也不知道因為什麼，或許是對未來生活的惶惑，或許是剛才受到的刺激，或許是這段時間繃得太緊，眼淚突然就從眼眶裡流了出來。

他摟著顏布布，肩背微微顫動，手臂越箍越緊，似乎想從那柔軟的小身體裡汲取到一些安慰和勇氣。

男澡堂裡瞬間喧嘩起來，猶如一鍋燒開的沸水，所有人不約而同地開始往外衝。

講究的不忘順手扯件衣服，邊跑邊往腰間圍，不是那麼講究的，直接就光著身子跑。

封琛抱著顏布布也衝向門口，中年人在這時恰好轉身，和伏在封琛肩上的顏布布對了個正著。

顏布布和他同時張開嘴大喊，只不過一個是驚恐尖叫，一個是野獸般的嘶吼。

中年人朝著兩人撲來，封琛一個迴旋反踢，重重踹中他胸口。趁他趔趄著倒退時，抱著顏布布衝出了男澡堂門。

外面就是水房，水房的人見到男澡堂裡突然衝出來一群裸男，又聽有人在喊殺人了，雖然不知道到底發生了什麼，也驚叫著衝向大門口。

對面女澡堂也湧出來人，不過她們就算在這種時刻也穿了衣服，再不濟也在身上裹了條浴巾。

大門並不寬敞，在大家都爭先恐後往外擠的情況下，竟然堵著了，誰也出不去。

還有靠近門口的人摔倒，背上立即踏上了好幾隻腳。

封琛抱著顏布布夾雜在人群裡，被推擠得左右搖晃，他只能將手肘儘量外擴，給自己和顏布布留出一方空間，同時也儘量穩住身體不摔倒。身後傳來不斷慘叫，那是最後面的人被咬了，但前方出不去，所有人都困在這裡。

一團混亂中，門口傳來三聲槍響，伴著空間回聲，震得人耳膜隱隱作痛。所有人都停止繼續往前擁擠，混亂的場面如同被按下了暫停鍵。

「出來。」

幾名士兵奮力將門口的人拉出去，再分開後面人群，林少將大踏步走了進來。

封琛抱著顏布布站到側邊，看著林少將徑直走到男澡堂門口，毫不

遲疑地抬槍，對著裡面扣下扳機。

一聲槍響後，男澡堂裡瞬間安靜，幾名士兵衝了進去，很快就抬出來一個人。

人群紛紛後退，讓出更加寬敞的通道，封琛一眼便看清，他們抬著的正是那名藍衫中年人。

他身上的藍衫已濺滿鮮血，只不過都是別人的，那張臉依舊猙獰可怖，額頭正中卻多了個彈孔，往外汨汨淌著紫黑色的血。

從屋外又衝進來一隊士兵，抬上澡堂裡三名被咬傷的人，小跑步地出了大門。

人群依舊鴉雀無聲，林少將也走向門口，卻又在門口突然回頭：「今晚9點，蜂巢所有人去底層廣場集合，我有話要說。」

等到澡堂的人都散去，清潔人員戰戰兢兢地進了男澡堂，用水管沖刷乾淨地上的殘血，再戰戰兢兢地離開。

顏布布身上還全是泡沫，但非常抗拒進入男澡堂，封琛便將他放到洗衣臺上站著，去開水器那裡接了半盆開水，再兌上冷水，將他身上的泡沫沖掉。

換洗衣服和洗漱用品還在澡堂木櫃裡，封琛只去拿來顏布布的乾淨衣服，幫他穿上後，讓他先回房間去。

「那你呢？」顏布布問。

封琛說：「我還沒有洗澡，我洗了澡就回去。」

現在澡堂裡一個人都沒有，很安全，他正好洗澡。

顏布布現在才不想離開封琛，便道：「那，那我就在這裡等你。」

封琛洗澡時，顏布布就站在男澡堂門口。剛才那中年人在澡堂裡撕咬人的一幕還歷歷在目，他不敢進去，但也不想離開，就只能站在門口，眼睛從隔間簾子的下方，盯著封琛露出的一截小腿。

「哥哥。」

「嗯。」

「哥哥。」

「嗯。」

「哥哥。」

封琛正在沖頭髮，沒有聽見，顏布布頓時提高了音量：「哥哥！」

沒有得到任何回應。

「哥哥！」顏布布頓時大喊了聲。

「在啊。」

顏布布鬆了口氣，接著便問：「剛才喊你為什麼不答應？」

封琛抹了把臉上的水，「我剛才在沖水，沒有聽見。」

「你沖水之前說一聲要沖水了啊！但是你沒說。」

封琛有些不耐煩：「我們什麼時候說過沖水前要提前說一聲的？」

「就現在開始，以後沖水也要說了。」

封琛不想開口，覺得這樣有些傻，但他聽得出顏布布的確很害怕，便在將頭伸到水柱下時，提前說了句：「沖水了。」

「知道了。」

洗完澡，封琛見洗衣房這麼安靜，乾脆將髒衣服也洗了，晾好後才回了房間。

他坐在床邊擦頭髮，顏布布就靠在他身旁，問道：「剛才那位叔叔為什麼要咬人？」

封琛也在想這個問題：「他們應該是感染了某種病毒？或者……變異了？」

「感染……感染是什麼？」

封琛取下帕子，黑髮凌亂地搭在頭上，面容依舊俊美，但身上冷冷的氣質卻被削減了幾分。

「就是得了某種可怕的病。」他說道。

顏布布似懂非懂地點了下頭，又問：「那被他咬過的人會死嗎？早上被咬的那個叔叔就死了。」

188

封琛也不能確定，只道：「反正等會兒要去地面集合，林少將應該講的就是這事，到時候就知道了。」

反正也是等著，封琛去到櫃子那裡，取出來一塊書頁大小的薄鐵皮，再提上工具箱坐到床邊，用小鉗子夾住鐵皮邊緣往裡擰。

顏布布之前見過這塊鐵皮，好奇地問：「你剛才說找東西，找的就是這個嗎？」

「嗯。」封琛頭也不抬地應了聲。

顏布布看著他手上的動作，「那這是在做什麼呀？」

封琛將鐵皮從中夾斷，漫不經心地回道：「到時候你就知道了。」

兩人正說著話，尖銳的鈴聲響起，同時傳來廣播音：「蜂巢所有人立即來地面集合，有重要事情要通知，有感冒症狀的人留在房間，等候醫療兵前去檢查……」

走廊上響起紛亂的腳步聲。

封琛對顏布布說：「走吧，我們下去了。」

封琛跨過床鋪去開門，顏布布照例鑽床腳，對懸掛在床底的密碼盒打了個招呼：「小蜂巢，我們等會兒就回來。」

地下安置點沒有黑夜或白天之分，從蜂巢大樓看出去，只有那幾道從天而落的探照燈光，沒有光照的地方，則是晦暗不清的迷蒙。

但現在卻一片雪亮，四面八方都有燈光射出，將整個地下空間照得如同白晝。

好多人從地震後便住了進來，再沒見過這樣強烈的光線，既有些不適應，又有些興奮，也就更加迫切地想重返地面。

走廊上的人排著隊一批批往下，升降機都不夠用，等封琛和顏布布站上升降機時，時間都已經過去了十幾分鐘。

升降機下行時，周圍人也開始小聲議論。

「哎，你們說，澡堂那人到底是怎麼回事？今天早上飯堂也出了事，會不會是一種烈性傳染病？」

有人語氣頹廢地道：「什麼傳染病，明明就是喪屍，既然出了喪屍，那這世界也就完了，反正被咬了人也會變異，一咬十，十咬百，大家都完蛋。」

「別胡說，你看早上那女人，咬了她老公，出門前還咬了她婆婆，現在兩人都在醫療點治療，你聽說他們有變異嗎？」

那人嗤笑一聲，「變沒變異，軍方會給你說？」

眼看兩人就要吵起來，旁邊有人插嘴：「都別瞎猜了，反正等會兒林少將就要說這事，到時候不就明白了？不過我趨向這是一種病，倒不是什麼喪屍，因為他倆我都認識，之前就說自己感冒了，頭暈眼花還發燒，現在想來那就不是感冒，而是另外的病。沒聽廣播也在說嗎？有感冒症狀的人留在房間內，等醫療兵前去檢查。」

封琛本來只一臉漠然地直視前方，聽到這通話後，敏銳地捕捉到發燒兩個字，倏地轉頭看向說話的人。

升降機角落，一個女孩兒輕輕扯了下旁邊的大嬸，用兩人才能聽到的聲音，不安地喚了聲：「媽媽。」

「噓。」大嬸左右看了看，又湊到她耳邊道：「別做聲，妳只是感冒，別留在房間裡，免得被西聯軍帶去醫療站。」

女孩兒垂下頭，也就不再說什麼了。

升降機到了底層，所有人走了出去，封琛牽著顏布布走在最後面，顯得有些心事重重。

見沒有人注意，他伸手探了下額頭。

還好，他已經很長時間沒有發燒，不算有感冒症狀。

整個地面差不多已經站滿了人，連那些大型機器上都坐著人，場地當中搭建了一個小型方臺，周圍立著荷槍實彈的士兵。

封琛和顏布布隨便站了個位置，剛站好，林少將就走上了方臺。他神情冷肅，視線緩緩掃過下方，原本還在小聲交談的人群也安靜下來。

「怎麼了？怎麼了？」顏布布四周都是人，他被擋住看不見外面，便好奇地問封琛。

封琛旁邊有臺採石機，橫著的鐵臂上坐了幾個小孩。他見鐵臂上還有空位，便將顏布布舉起來，放到那空位上坐著。

顏布布這下視野開闊了，在空中愉快地甩了甩腿，對著封琛嘻嘻一笑，卻聽到旁邊的人在輕聲說：「嘿，豁牙。」

顏布布身體一僵，不用轉頭去看也知道是那個胖子，便假裝沒聽見，只盯著前方的方臺。

「豁牙，嘿，豁牙。」小胖子卻不依不饒地繼續，旁邊幾名男孩也發出了笑聲。

顏布布雖然沒有轉頭，也沒有做聲，但身板挺得很直，甚至帶著幾分僵硬，兩隻手也將身下的鐵臂抓得緊緊的。

「豁牙，你別裝作沒聽見啊，我叫的就是你……」小胖子正嬉皮笑臉地往顏布布跟前湊，突然就收住了聲。

封琛挨著顏布布站在鐵臂旁，正淡淡地看著他。雖然那目光裡沒有帶著什麼情緒，但依舊讓小胖子身上一涼，敏感地覺察到這人不好惹，便訕訕地收住了話。

小胖子不再盯著人叫豁牙，顏布布輕緩地吐出一口氣，緊繃的身體也放軟了些，用舌頭悄悄頂了下門牙處的洞。

那裡已經冒出了兩個硬硬的小尖，牙齒應該就快長出來了。

「別用舌頭頂，會長歪。」封琛突然側過頭，輕聲開口。

他聲音輕得只有兩人能聽見，但顏布布還是立即抿起唇，不再用舌頭去頂了。

林少將這時開始講話，略低沉的聲音從擴音器裡傳出來，帶著微微震鳴。

「肅靜、肅靜。各位，將你們叫到這兒來，是因為你們都住在地下安置點，還不清楚外面的情況，這裡我就簡要地講一下。今晚要說的有兩件事，現在先說第一件。」

他並沒有什麼開場白，只略微停頓了下就直奔主題：「雖然安置點溫度適宜，但地面其實已經達到了快 70 度高溫。」

這句話剛落，全場譁然，所有人似炸開了鍋，驚歎聲和議論聲紛紛響起。

林少將做了個安靜的手勢，接著道：「地下安置點一共容納了兩萬五千人，其中普通受災民眾兩萬多人，西聯軍士兵三千人。這兩萬五千人，每天要消耗多少米麵和蔬菜，相信你們自己也能算。西聯軍的囤糧經過大量消耗，所剩的也堅持不了多久，所以我們在開發區搭建了溫控園，種植了玉米和馬鈴薯。現在我要說一個好消息，那便是第一批馬鈴薯快成熟了，應該可以接上斷糧後的空檔。」

林少將這番話讓所有人的心情大起大落，當聽到第一批馬鈴薯已經快成熟時，不約而同地鬆了口氣。可都知道好消息後接著便是壞消息，又讓他們的心高高懸起。

「壞消息就是，外面的情況非常糟糕，惡劣程度已經超過了你們的想像。」

林少將犀利的視線緩緩掃過全場，「氣溫過高是其一，地面淡水大量減少，內城河已經完全蒸發乾涸，還好海雲城有地下河，目前沒有受地表溫度太大的影響，用水尚能跟上。但如果高溫持續升高，誰也說不清地下河會不會斷流。」

「如果不穿隔溫服，沒有人能在地面存活，我們的士兵每天去地面，都必須穿著隔溫服，所以也不算特別艱難。」

「真正艱難的，是在你們不知覺的情況下，一些動物和植物已經發生了變異，且會對人類發起攻擊。而我們的士兵在這短短時間內，已經犧牲了四百多名。」

「他們沒有死於酷暑或是地震，而是喪生在那些平常絲毫不構成威脅的生物下。」

全場安靜下來，沒有任何人發出聲音，林少將緩緩吐出一系列名稱：「倉鼠、仙人掌、銀杏樹、貓……等等，那些曾經無害的、溫順的、熟悉的動植物，都已經變得面目全非。」

林少將說到這兒，對著側方點了下頭，一旁的士兵立即打開投影儀，身後一方白色幕布上出現了一段影像畫面。

影片裡是片廢墟，鏡頭在不停晃動，顯示拍攝點在一輛履帶車上。鏡頭偶爾切換，可以近距離看見穿著隔溫服的士兵，應該是士兵頭上自帶的記錄儀拍下的。

因為清楚接下來必定會發生些什麼，整個廣場的人都屏息凝神，包括顏布布和旁邊的幾名小孩，也都專心地看著畫面。

履帶車顛簸地行駛在廢墟上，一切看上去很正常。可就在這時，旁邊的磚瓦突然下陷，露出一個空洞，從洞裡飛出條繩索，靈活地纏上履帶車上一名士兵的腰。

「啊——」在那士兵的驚呼聲裡，繩索飛快後縮，捲著他進了洞。

其他士兵這才反應過來，跳下車飛撲到洞旁，鏡頭也跟著腳步搖晃，接著便出現一個漆黑的洞口。這個洞很深，那名士兵抓住洞口一根橫生的鋼釺，身體還懸在半空。

「救……我……」他仰著頭艱難地求救，腰上那根纏著的繩索卻在收緊，並將他往下方拖拽。

因為鏡頭距離接近，廣場上所有人都看清了，纏在他腰間的並不是什麼繩索，而是一段虯結細長的樹根，根鬚上還沾著泥土。

「堅持住！」

地面上兩名士兵伸出手去拖他，另外一人抽出匕首俯下身，想去割斷他腰上的樹根。

可那樹根竟然開始向裡收緊，像條鋼絲般，一點點陷入士兵的腰，

沒進皮肉中，讓匕首沒法碰到。而那士兵腰間湧出鮮血，嘴裡也在大口噴血，眼看已經不行了。

估計是顧及某些民眾的心理承受能力，影片在這裡戛然中止，沒有繼續播放，而是切換到了下一段。

下面幾段和這段也差不多，或是路旁突然竄出一群和狼狗差不多大的野貓，叼著一名士兵便往廢墟深處拖，或者是成片的薔薇藤蔓，將整輛履帶車都纏住，慢慢完全包裹……

廣場上的人，有些嚇得面如土色，發著抖閉上眼，有些則搗著嘴，眼角已經溢出了淚水。而挖土機鐵臂上坐著的一排小孩兒，更是個個都驚恐萬狀。

顏布布曾經被老虎追過，也在研究所遇到過殺人藤，所以看著這些影片，已經具有了一定的抗衝擊能力，比其他小孩要鎮定得多。但儘管如此，他心裡也依然害怕。

「哥哥。」他輕輕喚了聲。

封琛轉過頭，並沒有問顏布布為什麼喊他，只伸出了雙手，將他接到懷裡豎抱著。

影片播放了幾段便沒有再繼續，銀幕暗了下來。但廣場上的人已經明白，那四百多名士兵的死亡，已不僅僅只是資料，而是表示有著四百多段慘不忍睹的死亡經歷。就和他們剛才看見的影片一樣，血腥，殘忍，已經突破人的心理承受極限。

林少將留給了眾人心理緩衝的時間，沒有立即開口，又過了好幾分鐘後，擴音器裡才傳出他低沉的聲音：「你們剛才看到的，就是變異後的動植物，對人類具有強烈的攻擊性。不要問我牠們是怎麼變異的，因為我也不清楚。」

「你們被西聯軍保護在地下安置點，每日裡只用操心今天的午餐會有什麼菜，晚餐有沒有蘑菇湯。本來沒打算公開這些影像，不管是犧牲還是戰鬥，都是軍人的職責。但現在，我們所有人的情況都非常艱

難，已經到了不得不公開這些資料的境地。」

「可能你們總還抱有期望，覺得中心城會派人來救援，或者再堅持兩個月，就能回到地面，而這些令人安心的資訊，也是之前我們願意向你們傳達的。」

林少將的聲音越來越沉重：「可是現在，我必須要打破所有人的幻想，讓你們面對殘酷的現實。這場地震，受創的不僅僅是海雲城，而是我們整個埃哈特合眾國，乃至整個星球，所有人類的一場劫難。我們不會等到任何救援，我們只能自救。」

雖然很多人已經清楚這一點，但人群中依然傳出了低低的飲泣聲。

「我們所有的希望，都在開發區的那片溫控園，在那些剛抽穗的玉米和剛成型的馬鈴薯裡。可現在西聯軍面臨著一個嚴峻的問題，便是士兵人手遠遠不足。」

林少將說到這裡，目光逐漸凌肅，冷聲道：「那些變異種越來越多，已經到了不得不清理的地步。如果任其發展，我們終有一天連安置點的大門都沒法出去，結果就是困死在地下。士兵們沒法既要種植糧食又要清理異種，所以現在，變異種交給西聯軍去對付，但你們，得有人去溫控園種植糧食。」

林少將話音落下，全場卻沒如開始那般議論紛紛，而是集體陷入了沉默。

這種詭異的安靜維持了 2 分鐘後，林少將看了眼身旁的士兵，那士兵立即走上前，大聲道：「我們不光有種植園，還有其他工作，歡迎大家積極報名參與。我們不強迫你們去，一切遵循自願，有願意第一批去的，可以直接來登記處報名。」

說罷，他指著旁邊的一張小桌，那桌上立著登記處的小牌，後面坐了名士兵。

議論聲又嗡嗡響起，有人開始小聲交頭接耳。地面那麼殘酷，既然是自願原則，那肯定沒人願意去。

　　林少將已經把話說得很清楚，道理大家都明白，可更明白自己的命只有一條。

　　士兵繼續道：「因為糧食短缺，所有信用點卡點數清零，重新發放這個月的信用點，總數 100 點。」

　　「什麼？清零？只發放 100 點？ 100 點怎麼吃得夠，那還不活活餓死啊。」

　　「對啊，雖然缺糧，但不是說馬鈴薯馬上出了嗎？為什麼要降低我們的信用點？」

　　面對此起彼伏的質問聲，士兵顯然早有準備，語氣依舊不慌不忙：「100 點只是基礎點，如果去參加種植養殖，或是其他的重建工作，那每個月可以再獲得 500 點。」

　　封琛聽到這裡，眉心動了動，看來林少將還真有辦法。

　　說是不強迫人參與，卻降低所有人的信用點數，如果想要吃飽飯，那就得去掙信用點。

　　「500 點？那還不錯啊，可以讓一家人都餓不死了。」

　　「不錯個屁，你沒看剛才那些影片，500 點就是買你的命。」

　　「可是有了那 500 點，加上每人 100 的原始點數，不光自己，老婆孩子都能跟著吃個半飽。」

　　「要去你就去，我反正不去，我一個單身漢，100 點的話，每天只吃一頓，還是能湊合的。」

　　「只吃一頓也不夠啊，每頓都要 5 點，30 天要 150 點，何況還有房租要交。」

　　顏布布聽得似懂非懂，但從周圍人的議論聲裡，知道接下來的日子會吃不飽，便湊到封琛耳邊輕聲問：「哥哥，我們要挨餓了嗎？」

　　封琛眉頭緊鎖，抿著唇沒有回答，顏布布又說：「我不怕餓的，我肉多，我把我的飯讓一半給你，只要別把我餓死了就行。」

　　人聲紛亂中，人群裡突然響起一道蒼老的女聲：「林少將，我已經

70歲了，身體也不好，我倒是想去種地，卻怕反而成了你們的拖累。我家就我和兒媳婦兩人，她現在懷孕五個月，也沒法去種地。可要是不去掙信用點的話，我們倆該怎麼活？」

其他人紛紛應和：「是啊，總不能所有人都去種地啊，除了老人孕婦，還有那些小孩子該怎麼辦？」

「小孩子有家長，那倒沒什麼問題。」

「但是也有孤兒啊，你看這兩個，他們不就是孤兒嗎？」

周圍人的視線都投向了封琛和顏布布。

顏布布有些不適地縮縮脖子，將臉埋在封琛肩頭。封琛則平靜地注視著前方，就像他們口中所說的孤兒和自己無關似的。

林少將垂眸看著地面沒有做聲，他身旁那名士兵突然一聲暴喝：「所有人安靜。」

喧嘩聲慢慢平息，士兵沉聲道：「種植園的工作並不重，基本上都由機械代替，只是不能缺少人的操作而已。所以不管是老人還是孕婦，其實完全可以勝任。如果身患重病特別體弱的，可以參與到其他輕鬆一些的重建工作中。比如我們安置點，需要大量溧石才能保證電力供應，雖然你們腳下踩著的就是溧礦，但溧石必須要靠人力從溧礦裡擇選出來，如果擇出三顆溧石，便能掙5點……」

「憑什麼這些得我們去幹？你們西聯軍是幹麼的？」人群中突然響起道刺耳的聲音，打斷了士兵的話。

所有人都循聲看去，包括顏布布和封琛。

喊話的是名滿臉桀驁的壯實男人，一身腱子肉把T恤繃得死緊。他嗤笑了一聲後接著道：「哎，合眾國的西聯軍和東聯軍，以前多威風啊，誰不知道你們拿著民眾的錢沒幹正事，就知道鬥得你死我活。現在遇上事了，一個早早溜之大吉，另一個更絕，要把我們弄去送死，還好意思扯什麼軍人的職責。」

他這幾句話說出來，雖然全場沒有一個人敢做聲，但神情裡多多少

少都帶著贊同。

「胡說八道！」士兵怒不可遏地喝道：「東聯軍不提，但我們西聯軍保護你們多久了？現在如果還有其他辦法，用得著讓你們去溫控種植園嗎？」

「你們是軍人，保護民眾是你們的天職，而不是讓我們打頭去衝鋒、去送死。」壯漢也毫不退讓。

士兵怒道：「你們去溫控園，依舊是由士兵護送，只是需要你們去進行種植工作。」

「呵呵，那你們能保證我們的安全嗎？剛才放的影片裡，整輛車都被捲走，你們的護送有用嗎？」

其他人也大著膽子大聲附和：「對啊，說是讓我們去種地，可不就是送死嗎？」

「到底你們是軍人還是我們是軍人，早知道當初我就想辦法跟著東聯軍走了。」

「東聯軍也不是好玩意兒，他們蛇鼠一窩。」

「現在就是逼著我們去送死，不去的話就餓死。」

士兵氣得臉紅脖子粗，正要繼續說，一直沉默的林少將卻抬手制止了他：「不用爭了，沒用。」

林少將視線在眾人臉上緩緩劃過，最後落在那壯漢身上，伸出一根手指點了點他，輕輕吐出三個字：「抓上來。」

幾名士兵倏地衝了過去，揪住那壯漢往方臺上推。那壯漢拚命掙扎，雖然有一身蠻力，卻也不是訓練有素的軍人對手，幾下就被反剪住胳膊，推到了林少將面前。

林少將往旁邊一伸手，一條皮鞭便遞到了他手上。

啪！

鞭子在空中劃出一道弧線，重重落在壯漢背上，那聲響驚得全場的人都一哆嗦。

而壯漢背上的衣服瞬間破裂，多出了一道凸起的血痕。

「軍人？狗屁！都是些混帳王八蛋。少將？只會在我們這些平民面前耍威風。」那壯漢挨了一鞭，雖然痛得額頭上剎時冒出冷汗，性子卻很倔，反而開始大聲開罵。

「把嘴給他堵上。」林少將命令身旁的人，自己開始挽軍裝衣袖。

壯漢的嘴立即就被堵上，他嗚嗚著奮力掙扎，卻被幾名士兵死死地按在地上。

啪！啪！啪！

接連不斷的鞭聲響起，足足響了七、八下，直到那壯漢終於沒了聲音才停止。

林少將這才將鞭子扔到一旁，對一旁的士兵說：「把他送去醫療點，讓醫生給他上藥。」

「是。」

全場鴉雀無聲，所有人都被這一幕震懾住，不敢再發出半分聲音。

顏布布一直被封琛抱在懷裡，方才皮鞭每響起一聲，他就忍不住打一個哆嗦。

當看到那壯漢滿背是血和傷地被揹下去後，他湊到封琛耳邊用氣音道：「西聯軍好壞啊，我們東聯軍不打人的，對吧？」

封琛誠實地回道：「說不準。」

顏布布被這個回答弄得很茫然，他歪著頭想了片刻，繼續輕聲問：「那挨打的是壞人嗎？」

封琛沉吟了下，低聲說：「挨打的並不是壞人，但目前這種情勢下，我支持林少將的做法。」

顏布布這下更加迷惑了，但林少將又在開始講話，他便也沒有接著追問下去。

「現在情勢非常嚴峻，我們海雲城已經到了生死攸關的地步，如果不能集中所有人的力量，僅靠西聯軍這幾千士兵，那麼最後的結局，不

光是西聯軍，包括你們，現在在場的所有人，沒有一個人能活下去。」

「還是那句話，沒有誰能置身事外，想活下去的，便找你們的片區負責人報名登記，不參與的，我們也不勉強，每個月會給你發放 100 信用點。但有一點，我這個人聽不得半點質疑，誰要是再出聲，就給我滾出安置點。」

林少將說完這通話，沒有再開口，也沒有人敢催促他，全場一萬多人連聲咳嗽都沒有，只靜靜地等著。

林少將繼續說道：「剛才說的是第一件事，現在要講今晚的第二件事。想必你們都已經知道了，這幾天蜂巢有些不平靜，發生了幾起非常殘暴的惡性攻擊事件。我知道你們私下有各種猜測，而現在也沒有繼續隱瞞的必要，所以我決定將這事告訴你們，讓所有人都提高警惕，進入高度戒備狀態。」

他對著身後微微頷首，一名戴著眼鏡，穿著白大褂的年輕醫療官走了上來。

醫療官也沒有拿麥克風，直接就開始說，所有人只看見他嘴巴在張合，卻聽不到聲音，一旁的士兵連忙將麥克風塞到他手裡。

「……不知名病毒引起大腦病變，潛伏期還不確定，目前已知的最長潛伏期時間為半年，也就是說，這場病毒在地震前就已經潛入人體。感染者的普遍初期症狀像是感冒，接著是體溫升高，可能是斷續的低熱，偶有高熱出現。但從潛伏期進入發作期的時間卻很短，僅僅只需要數秒。感染者發作期的症狀，表現為理智、意識和痛覺全部喪失，無差別攻擊身旁的健康人，現階段暫無治療此種病毒的方法。」

「喪屍，是喪屍嗎？」有人在下面大聲問。

醫療官推了推鼻梁上的眼鏡，「如果你問的是電影裡的那種，症狀的確有相似點，姑且也可以將這些感染者稱為喪屍。」

「被喪屍咬傷的人也會變成喪屍嗎？」那人接著問出了大家最關心的問題。

醫療官道：「被咬傷者會出現和變異者相同的體貌特徵和生理狀況，但很快就死亡，沒有什麼有效的治療手段。不過最初的被咬傷者，從受傷到死亡只有短短幾分鐘，現在已經延長到幾個小時。如果再過上一段時間，受傷者沒有死亡，卻也跟著進入變異狀態也說不定。」

「就是說再過一段時間，被咬傷的人不但不會死，也會跟著變成喪屍嗎？」

醫療官謹慎地回道：「不排除有這樣的可能。」

聽了醫療官關於喪屍的解釋，全場再次譁然。

需要人去溫控種植園那事雖然危險，但每個人多多少少都有些僥倖心理，覺得自己不會是倒楣的那一個。可他們生活的蜂巢，給予他們安全的避風港如今也危機叢生，這件事比去溫控種植園更加恐怖，更加令人難以接受。

封琛聽到這裡，伸手探了下額頭，雖然他並沒有發燒，但心裡也開始七上八下，下意識將懷裡的顏布布放到了地上。

顏布布四周又是遮擋得嚴嚴實實的大腿壁壘，看不到外面了，他輕輕扯了下封琛衣角，雖然沒敢直接提要求，卻也含蓄地表達出想要他抱起來的意思。

封琛似是沒有察覺到似的，紋絲不動地注視著前方，只是垂在褲側的手漸漸握成拳。

顏布布並沒注意到這些，見封琛不抱自己，便沒有繼續要求，只豎起耳朵聽聲音。

這時又有人在提問：「那怎麼樣的發燒才算是要變成喪屍呢？萬一只是感冒呢？」

醫療官說：「根據目前掌握的資訊，變異者的情況各不相同，有些和感冒症狀相似，有些只是單純的持續發燒，偶爾體溫也會短暫恢復正常，但和下次發燒間隔的時間不會超過 3 天。」

封琛聽到這裡，緩緩吐出一口氣，鬆開緊握的雙手，那掌心裡已經

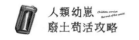
一片汗濕。

他前段時間的確頻繁低燒，偶爾還會高熱，但這段時間體溫正常，距離上次發燒已經過去了差不多一個月。按照醫療官發燒間隔不超過 3 天的說法，他並不是病毒攜帶者。

顏布布正無聊地盯著前面人的大腿，數著那褲子上有多少小方格，就覺得身體一輕，被人抱了起來，視野也重新變得開闊。

他轉過頭，對抱著他的封琛嘻嘻一笑。封琛看也沒看他，只騰出隻手，將他頭扭轉回去。

林少將再次接過話題，冷冷的聲音在整個地下空間響起：「從現在開始，所有人早晚都要測體溫，如果一旦有人發燒，必須立即進入醫療站隔離觀察。」

「對，在隔離觀察期間，如果退燒後體溫超過 3 天不反彈，就可以暫時解除隔離回到蜂巢。」醫療官補充道。

有人突然大聲喊道：「住在我隔壁的人已經發燒好多天了。」

隨著他話音落下，其他人也紛紛開口：「今天我去打飯的時候，聽到身後排隊的人在說，他家女婿也在發燒。」

「住在 C 巢 D 區 54 號的那家人，他家小兒子在發燒。」

「操！我小兒子前幾天就去醫療點檢查過了，還留在那裡住了幾天才回來，醫生說就是感冒，你他媽瞎嗶嗶什麼？」

「……我又不知道，提高警惕總沒錯吧。」

事關蜂巢內會出現喪屍的大事，所有人開始絞盡腦汁回想身邊有沒有發燒的人，互相警覺地打量。

不過開始廣播便說過，有感冒症狀的留在房間內，由醫療兵前去檢查，所以現在被舉報出來的人，都留在各自房間，並沒有在廣場。

但也有企圖隱瞞的，被其他人指認出來後，哭哭啼啼地抱著家裡人不鬆手。周圍的人便會齊心協力，將發燒那人推到士兵面前，再由士兵押解著去往醫療點。

「我女兒是普通感冒，就是著了涼，再過兩、三天就好了。她不去醫療點，我把她關在房間裡，鎖著門不出來總行吧？」

一道尖銳刺耳的女聲吸引了顏布布的注意，他順著聲音看去，看見了開始在升降機裡遇著的那名大嬸。

大嬸頭髮蓬亂，衣扣也崩掉了兩顆，但她顧不上那麼多，只緊緊抱著懷裡的一名年輕女孩，用腳去踹周圍的人，用牙去咬那些伸過來的手，狀若瘋狂一般。

女孩將臉埋在她肩上，嚇得一直在發抖，嘴裡也不斷尖叫著：「媽媽，我不去、我不去！」

周圍的人紛紛指責：「不管是感冒還是什麼，送去醫療點隔離 3 天就行了。沒聽醫療官講嗎？如果退燒後超過 3 天不再發燒，就可以回到蜂巢。」

大嬸摟著女兒不管不顧地喊叫：「都滾，離我女兒遠點，她才不是那個病，滾開，都不准碰她。去了醫療點的有幾個回來了的？西聯軍根本就不是給他們看病，而是把他們關在那裡再偷偷殺死。」

「別亂說喔，我媽前幾天感冒，在醫療點住了幾天就回來了，還開了幾天感冒藥。妳女兒是不是喪⋯⋯變異者，去住住不就知道了？」

如果是其他病也就算了，但喪屍病變事關重大，牽涉到蜂巢裡所有人的性命，有幾人便開始擼衣袖，要將那大嬸和她女兒強行分開。

一時間，大嬸的怒罵和旁人的大聲指責混在一起，讓整個場面都很混亂。

「滾，都滾，誰敢再伸手，我就⋯⋯」大嬸原本還在喊叫，一句話卻戛然而止，斷在了嘴裡。

而那些正在想辦法去制住她的人，趁機上前反扭住她胳膊，急聲催促旁邊的人：「快快快，把她女兒帶走。」

封琛抱著顏布布一直看著這邊，當他看見那大嬸突然放棄反抗，目光呆呆地站著時，心裡突然一個咯噔，出聲喊道：「別碰她們，快離她

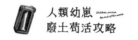

們遠一點。」

　　他的聲音被淹沒在一團嘈雜裡，就算有人聽見了也沒當回事，繼續去拉那名伏在大嬸肩頭的年輕女孩。

　　女孩兒已經沒有尖叫了，她隨著那股拖拽的力往後退了兩步，低著頭，一條手臂垂在身側，被長長的黑髮擋住了臉。

　　「大姐啊，妳安靜些，妳女兒只是帶去隔離 3 天而已⋯⋯」幾人將大嬸扯住，其中一人還在勸說，視線落到她肩膀上時，突然頓住了口。

　　只見大嬸右肩和脖子相連的地方多出一個洞，正往外汩汩淌著鮮血，那一片銀白色衣料已經被浸得鮮紅。

　　「我、我沒有打她啊，我沒有動手啊⋯⋯」那人一時沒有反應過來，茫然地喃喃著。

　　封琛再次喊道：「離她們遠點，不要靠近她們！」

　　話音剛落，那名原本垂著頭一動不動的女孩兒，突然就轉身撲向扯住她胳膊的人。她撲出的瞬間，頭髮從兩旁散開，露出已經遍布青紫血管的臉，還有沾染著鮮血的嘴。

　　她速度是那麼迅速，根本沒給人躲閃的時間，那人剛想鬆手離開，就已經被迎面撲來的女孩兒掐住肩頭，同時一口咬上了他的臉。

　　這一切都發生在短短幾秒時間內，隨著慘叫聲響起，周圍的人才後知後覺地開始往外奔逃。

　　而那名一直呆愣著的大嬸，喉嚨裡咕咕作響，發出被痰液堵塞的聲音，臉上也漸漸浮起了一片青紫。

　　「快跑啊，喪、喪屍啊！」

　　有人發出震耳的驚恐尖叫，原本只在這一團的騷亂像是洪水般迅速蔓延開，整個廣場的人都開始奔跑。

　　人在遇到危險時，會下意識逃向自己覺得最安全的地方，那就是家，所以整個廣場的人都湧向蜂巢，如同潮水拍浪，洶湧往前。

　　有人被人潮攜裹著往前，雙腳都沒有觸到地面。有人已經踉蹌著摔

在地上，頓時便有無數雙腳從背上踏過去，瞬間就沒有了生息。

而那名大嬸和她的女兒，正抓著從身邊經過的人，撲上去瘋狂四處撕咬。

場中央的方臺上，醫療官面色慘白地對林少將說：「完了，少將，被感染者的變異速度急劇加快，已經不需要潛伏期了。」

封琛抱著顏布布，身不由己地跟著人群往前奔，努力平衡著身體，好使自己不至於摔倒。

在這種情況下只能跟著跑，既不能停留也不能摔倒，不然那便等同死亡。最大可能並不是被變異者咬死，而是摔倒後便被踩踏，再也爬不起來。

顏布布被這種場景嚇住了，但他看見了地上被踩死的人，所以雖然驚恐，卻也能在有人撞向封琛時，奮力一掌拍在那人眼睛上。

他的力氣並不大，但哪怕是成年人被這樣一巴掌招呼上眼睛，也很是疼痛，何況混亂中也看不清到底發生了什麼，只當這裡也有喪屍，便眨著眼流著淚往旁邊閃避。

可人還是太多了，恐慌和求生欲使著這些人不管不顧地往蜂巢衝，封琛接連被撞了幾次，腳下又絆了塊石頭，踉蹌幾步後撲向了地面。

他沒法控制自己不摔倒，只能在這瞬間調整姿勢，用半跪而不是平趴的姿勢摔下去。他雙膝重重磕在地上，立即便抬起上半身，再半弓背，將顏布布護在懷中。

「啊嗚嘣嘎啊達烏西亞！啊嗚嘣嘎啊達烏西亞……」顏布布一邊大聲喊叫，一邊在地上撿了塊比饅頭還要大的石頭，雙手緊緊捧住。

有人的腳撞在封琛背上，被絆得從他頭頂飛了出去，封琛現在顧不上去管別人怎麼樣，只知道如果他趴下，一定會和顏布布一起被人踩踏至死。

身後的人不斷撞上來，後背傳來陣陣劇痛，封琛抱著顏布布努力站起身，一邊隨著人流奔跑，一邊左右打量。

他清楚現在不能去蜂巢大門，那裡容不下這麼多人通行，只會更加擁堵，唯一的辦法便是找個地方先躲起來。

他看見左邊幾十公尺處停著一架大型挖土機，便奮力往那裡衝去，因為要橫穿過奔跑的人群，他只得微弓起身體，用肩背頂住衝擊。

他能清楚感覺到自己身體的力量增強了不少，一路和他相撞的人，總是會被撞得橫飛出去，而他雖然抱著個顏布布，腳步卻依然穩健。

但他沒注意到剛撞開的那名男人，滿頭滿臉都是鮮血，一塊頭皮撕落掛在臉側，露出大片頭骨。而男人卻似感覺不到疼痛，站在原地沒動，臉上神情怪異，喉嚨裡發出嘀嘀的聲音。

他瞳孔的黑色像是墨汁般迅速蔓延，迅速覆蓋整個眼球，臉上也浮起蛛網似的毛細血管，接著便嘶吼一聲，張大嘴對著封琛撲來。

封琛的注意力放在前方，沒有察覺到側後方男人的接近。但趴在他肩上的顏布布卻看見了，嚇得啊了一聲。在男人將那張可怖的臉湊近封琛後腦時，雙手舉起石塊，對著那張臉狠狠砸去。

同時嘴裡尖叫著：「啊嗚嘣嘎啊達烏西亞！」

顏布布雖然力氣不大，但石頭確是實實在在的，這一下砸過去，將那男人的頭砸得往後仰了下。

若是普通人被砸這麼一下，再怎麼也會疼痛難忍，但男人只稍微後仰，便又對著封琛撲來。

不過在顏布布砸出石塊時，封琛就發現了不對勁，側頭往後瞥了眼。在那男人撲上來的瞬間，抱著顏布布往右邊閃開半步，同時抬腿踢向他的胸膛。

他現在的瞬間力量已經超過很多成年人，但那男人被踢中後，也只踉蹌著往後退了幾步，站穩後就繼續往上撲。

封琛將顏布布放在地上，伸手掏出匕首，卻聽到不遠處傳來一聲清脆的槍響。

那男人腳步陡然頓住，就那麼雙目怒睜地瞪著封琛，慢慢撲在了地

上。後腦赫然多出一個彈孔，往外汩汩滲著紫黑色的血。

不遠處，林少將手裡持槍，帶著群士兵進入了人群。

人群依舊在尖叫、慘嚎、奔跑，場面一片混亂，猶如修羅地獄，情況正在向著完全不可控的方向發展。

封琛又抱起顏布布，不管不顧地向著挖土機衝去，一路和七、八個人對撞，這才奔到了那輛大型挖土機背後。

他一邊喘息，一邊從挖土機的後窗往前看。只見那名還在瘋狂撕咬人的女孩正怒凸著眼睛緩緩倒下，額頭也多了個彈孔，黑血從鼻翼兩側淌落。

林少將手裡舉著槍，槍口冒著一縷白煙，他頭頂盤旋著一隻通體漆黑的兀鷲，正展翅衝著人群鳴叫。

他對身旁士兵說了短短幾個字，封琛雖然一片吵雜聲中聽不見，但看清楚了口型。

「把被咬過的人全殺了。」

士兵們開始開槍，不光是那位大嬸，還有那些被她倆咬傷，現在也正撲向其他人撕咬的人，通通一併射殺。

其中一人嘶吼著撲向最近的士兵，胸膛都被打成篩子了也無所畏懼，直到被一顆子彈穿透太陽穴才倒下。

處理完變異者，地上已經橫七豎八多了幾十具屍體，林少將舉槍對著頭頂射擊，士兵也舉起機關槍朝天噴射，連綿不絕的槍聲夾帶著回音，震徹整個地下空間。

封琛耳膜被震得生疼，耳朵上卻覆蓋上了一雙柔軟的小手。

顏布布兩手按住他的耳朵，嘴巴開合著在大聲念咒語，只是他一個字也聽不見。

封琛將顏布布的腦袋按進懷中，讓他左耳緊貼著自己胸口，再單手嚴嚴實實地摀住他右耳。

兩人就這樣半蹲在挖土機後面，互相摀著耳朵。

　　奔跑中的人終於停了下來，慌亂地蹲下身，有些和顏布布兩人一樣捂住耳朵，有些人卻下意識兩手舉過頭頂，做出投降的動作。

　　槍聲平息後，四周也安靜下來，林少將一臉煞氣地爆出一聲大喝：「所有人分區站好，立即測量體溫，測一個，回蜂巢一個。」

　　被擊殺的變異者一共只有幾十名，但被踩踏身亡的卻有三百多人。特別是三座蜂巢的大門口，因為都爭先恐後往裡擠，當人群撤開後，門口重重疊疊地倒滿了人。

　　所有人這才漸漸回過神，有些一屁股坐在地上，像是被抽走了三魂七魄般呆呆出神。有些呼喊著親人的名字，在人群裡尋找，再抱頭痛哭。那些被踩踏而死的屍體旁邊，他們的家人已經哭得快要昏厥。

　　士兵們開始清理屍體，裝進黑色的裹屍袋裡直接抬走。

　　死者家屬便追在後面，嘶喊著：「再讓我看一眼，再看一眼……」

　　擴音器裡傳出負責分派任務的士兵聲音：「A蜂巢的人去最右邊，按照樓層和分區站位，B蜂巢的站中間，C蜂巢的去左邊。各自分區的小隊長，負責測量體溫，體溫正常的回蜂巢，如果有異常的，立即報給西聯軍……」

　　封琛還靠在挖土機後面，將臉埋在顏布布髮頂。

　　也不知道因為什麼，或許是對未來生活的惶惑，或許是剛才受到的刺激，或許是這段時間繃得太緊，眼淚突然就從眼眶裡流了出來。

　　他摟著顏布布，肩背微微顫動，手臂越箍越緊，似乎想從那柔軟的小身體裡汲取到一些安慰和勇氣。

　　顏布布感覺到了什麼，想抬頭去看他的臉，卻又被箍得動不了，只能安安靜靜地任由他抱著，將唯一能動的右手摸索到他身後，輕輕拍著他的後背。

　　顏布布的力道很輕，與其說是在拍，不如說是在撫，但封琛身體還是顫了下，像是被碰疼了似的。

　　顏布布的手在空中頓住，然後小心翼翼地落在他背上，沒有再拍。

半晌後，封琛平靜下來，他鬆開顏布布，除了眼角還泛著一抹微紅，已經看不出曾流過淚的痕跡。

「走吧，我們排隊測體溫去。」他啞聲道。

封琛要去牽顏布布，顏布布卻沒有將手遞給他，而是突然去撩他 T 恤下襬。封琛一個沒留神，衣服下半截被撩起，露出滿布青紫的後背。

「幹麼？」封琛飛快拍開顏布布的手，放下衣襬，轉頭時看見顏布布愣愣地盯著他，臉上神情既驚訝又難過。

封琛怔了下，放緩語氣道：「不要緊的。走吧，他們都在排隊了，我們也過去。」

在廣場右邊找到給 A 巢 C 區劃分的位置，這裡已經排成了兩路長列，吳優和兩名助手正在忙著測量體溫。

顏布布挨著封琛排隊，眼睛四下打量，看見那名穿著白大褂的眼鏡醫療官，正在 B 巢那裡忙碌著。

「哥哥，我離開一會兒，馬上就回來。」還不待封琛回答，顏布布就鬆開他的手，鑽過人群，向 B 巢區一溜跑去。

眼鏡醫療官接過旁邊人遞上來的資料表，看完後吩咐了幾句，又去另一邊查看測溫狀況。來來回回幾趟後，他察覺到身旁始終跟了名小男孩，但也並沒有在意。

一個不留神，他手上的資料表掉了幾張，連忙彎腰去撿，那名小男孩也蹲在旁邊，幫著一起撿。

「小孩兒，你家長呢？這裡太多人了，不要到處亂跑。」醫療官看著這個長相漂亮的小男孩兒，推了推鼻梁上的眼鏡。

顏布布將資料表遞給他後，並沒有做聲，只默默看著他，目光裡帶著幾分忐忑。

醫療官瞧他這神情，聲音放低了些：「你是找我有什麼事嗎？」

顏布布終於開口，聲音有些小，但醫療官還是聽清了：「……我叫樊仁晶，哥哥剛才被人撞了，背上有烏團，我們是有藥的，但是那藥在

房間裡，現在沒法回去拿……」

他口裡所說的藥，就是那兩瓶一直放在房間裡的維生素 C 和健胃消食片。

醫療官明白過來，立即喊住旁邊經過的一名士兵，「等等，你身上有外傷藥嗎？活血化瘀的，給這個小孩兒，等會你去醫療點，我再給你一瓶。」

顏布布接過士兵遞來的一個玻璃小藥瓶，感激地給他和醫療官分別道謝。

「去吧去吧，找你哥哥去。」醫療官摸了摸他的頭。

顏布布飛快地跑回 A 巢 C 區，看見封琛正四處張望，連忙鑽過人群，扯了扯他衣角，「我在這兒呢。」

封琛都打算去找人了，見到衝過來的顏布布，便厲聲斥道：「亂跑什麼！沒看見這裡到處都是人？萬一又有人變異，像剛才那樣亂起來你怎麼辦？」

顏布布也不惱，只取出身後的手，舉起小藥瓶遞到他面前，「看，我給你找的藥。」

封琛看也不看那藥瓶一眼，板著臉轉回身，顏布布將瓶子放進背帶褲胸兜，去牽封琛的手，也被他甩開。

顏布布又去牽，還伸出食指在他掌心撓了撓。封琛這次便沒有再甩開他，只將他的手給反握住。

顏布布跟著隊伍往前移動，聽到左側有人在哭。他轉頭看去，看見小胖子就排在左邊佇列裡，被他爸爸抱著，正在大聲嚎哭。

因為距離很近，燈光光線也好，顏布布能看到他喉嚨上壁垂吊的小舌，隨著哭嚎聲在震顫。也看到他那兩排牙閃閃發光，但那排下牙卻有一個不算小的黑洞。

顏布布正要移開視線又停住。

——等等，黑洞？

待確定那黑洞是掉了牙後，顏布布眼睛放出灼灼光芒，歡喜得差點笑出來。

小胖子哭著看向這邊，對上了顏布布的視線。

顏布布朝他揮揮手，喜不自勝地做了個誇張的嘴形：嘿，豁牙。

小胖子倒吸口氣，生生咽住了哭聲，閉上嘴埋進他爸爸懷裡，只無聲而痛苦地嗚咽。

他爸爸有些無奈地說：「不就是在鐵架上碰掉了兩顆牙嗎？沒事的，別哭了。」

封琛察覺到顏布布的動作，往那邊看了眼，問道：「怎麼了？」

顏布布眉飛色舞地笑道：「沒什麼，嘻嘻，沒什麼。」

接近兩萬人進行體溫檢測，不是件輕鬆的事，直到半夜 3 點，也才檢測了一半，如果要全部檢測完的話，應該會到早上。

廣場上的人雖然多，卻都沉默無聲，氣氛沉重凝肅。顏布布睏倦不堪地排在隊伍裡，閉著眼睛靠在封琛身上，靠著靠著身體便慢慢下滑，坐在他腳背上睡著了。

隊伍往前移動時，封琛動了動腳，「顏布布，動一下。」

顏布布腦袋靠著他小腿，眼皮都沒顫一下，睡得半張著嘴。

「豬一樣。」封琛低聲嘟囔了句，卻也沒叫醒他，只抓住他肩膀拎起來些，將腳挪前幾步後再放下人，讓他坐在腳背上繼續睡。

排到隊伍前列，吳優看了封琛一眼，又探頭去看坐在他腳上睡覺的顏布布，關切地問：「剛才沒事吧？」

「沒事。」封琛回道。

封琛開始測量體溫，在測溫棒湊到額頭前的瞬間，他心裡還是有些緊張，直到看見螢幕上綠色的數字：36℃，這才放下心來，伸手要去搖

醒顏布布。

吳優趕緊阻止：「別把他弄醒了，我過來測就行。」

他拿著測溫器繞到桌前，測完顏布布的體溫後，笑咪咪地看著酣睡中的小孩兒，「你看他，睡得多香。」

封琛也低頭看著顏布布，將他頰邊的一抹灰輕輕抹掉，再和吳優道別，抱起他往蜂巢大樓走去。

回到房間後，封琛也懶得再洗澡，倒了些熱水洗了臉和腳，又給顏布布擦了臉，扒掉他身上的髒衣服，將人塞進了絨毯裡。

他拿起髒衣服準備丟進盆，卻從顏布布的背帶褲裡掉出個小瓶，骨碌碌滾到牆角。他想起那是顏布布給他找的藥，便過去撿了起來。

這瓶身雖然光溜溜的沒有說明，但一揭開蓋子，聞到那熟悉的味道，他就知道這是軍用的外傷藥。

他看了那乳白色的藥膏片刻，這才走到床邊，脫下上衣，挖出一小坨藥膏，反手塗在後背上。

清涼的藥膏接觸到皮膚，痠痛感立竿見影地消退了不少。

封琛塗好藥，再穿上乾淨衣服，啪嗒關掉燈，輕手輕腳地在顏布布身邊躺下。

安靜中，不知哪個房間有人在哭，悲慟的哭聲從門縫鑽進來，像一條細長的繩，將人心臟一圈圈纏緊，勒出了苦澀的汁水。

封琛閉眼平躺著，胸口悶脹得難受，直到聽到身旁顏布布的呼嚕聲，那揮之不去的窒息感才被驅散了些。

他伸出手，摸到顏布布的手，並輕輕握在掌心，在那斷續的哭聲中漸漸睡了過去。

接下來的日子，整個蜂巢的氣氛開始變得壓抑，飯堂裡的聊天談論

不再，人們都沉默地排隊吃飯，再沉默地離開。

就如同林少將說的那樣，每人的信用點都只剩下了 100，可就算這樣，也沒有人報名去溫控種植園，似乎都在等待、在觀望，在看別人會怎麼辦。

封琛和顏布布每天只打一頓午餐，還不能吃完，要留一半當晚餐，勉強湊合著把那天對付過去。

封琛知道這樣不是個辦法，就算兩人每天只吃一頓，一個月也要花費 150 點，何況還要交 20 點的房租。但他只要給顏布布表露自己想要去替軍隊做工的想法，顏布布就驚恐地抱著他，不准他走。

從地震以來，顏布布就特別黏人，從沒有和封琛分離過 1 小時以上。哪怕封琛是去洗澡，他也會等在簾子外，似乎只有和封琛形影不離地在一起，他才會有安全感。

今天打了午飯，封琛如同平常那樣拖過小櫃子當桌子，兩人就並排坐在床上吃。

揭開飯盒蓋，裡面只有半盒米飯，還有一勺頓頓都能看見的清炒豆芽和豆腐。

黃豆便於囤積，豆芽、豆腐是黃豆製品，所以這段時間的菜全是這個。那米飯著實少得可憐，但就算只有一小團，也還得省下一半留著晚上吃。

顏布布往嘴裡餵了一勺飯後，見封琛只看著飯盒沒有動，便也停下了餵飯的動作。他咬著勺子略一思索，便將自己的飯盒遞了過去，說：「哥哥你幫我吃吧，我吃不完。」

封琛轉頭，視線落在飯盒上，又順著那隻手慢慢往上，看著面前的顏布布。雖然顏布布從來不說餓，總說吃得很飽，但才過去了一週，那肚皮上的肉就明顯地消退下去，臉龐也變得尖尖的，襯得臉上那對眼睛更大。

「你幫我吃吧，我好像吃不下。」

　　顏布布嘴裡這樣說著，卻嚥了口口水。

　　封琛沒有去管那只飯盒，只沉聲道：「顏布布，我還是想報名去地面做工。」

　　「不行！你不要去！」顏布布陡然變臉。

　　封琛說：「這工作沒有那麼危險，不然還能活下那麼多軍人嗎？」

　　「不行、不行，除非你把我也帶上。」顏布布放下飯盒，著急地去摟封琛的腰。

　　封琛掰開他纏在腰間的手，「那不可能，出去的人必須穿隔溫服，吳叔說的你也聽見了，軍隊不讓 10 歲都沒滿的人去地面。」

　　「那你也不去，哥哥，你別去。」顏布布立即又摟了上去，那模樣看著像是要哭了。

　　封琛問：「如果我不去的話，我們吃什麼？」

　　「我不吃，我把我的都讓給你。」

　　「那你不會餓死嗎？」

　　「我不怕餓死。」

　　封琛：「……喔。」

【第七章】

顏布布，
我很害怕連你也沒了

顏布布有些不可置信，又有些驚喜，原來哥哥會怕，
就像他怕失去哥哥一樣，哥哥也會怕失去他。
封琛難得的脆弱又讓顏布布同時生起一種複雜的情緒，
他不知道那種情緒叫做心疼，只覺得鼻子又開始發酸，眼睛也開始發脹。
兩人在花灑下靜靜擁抱著，所有的驚恐和悲傷都消融在這個擁抱裡，
再被水流沖走，消失不見。

　　第二天中午，兩人在飯堂打飯時，櫥窗口突然吵了起來。一名壯漢指著自己的飯盒，朝著打飯大媽怒氣沖沖地叫嚷：「以前一個饅頭有我拳頭大，現在都縮水了一半，是不是存心要把我們餓死？」

　　大媽也很委屈：「我還想把饅頭做得臉盆那麼大，問題是有那麼多的麵粉嗎？」

　　周圍的人也不再沉默，紛紛跳出來指責。

　　「活不下去了，真的活不下去了，本來就只有 100 點，結果飯菜越來越少，這不是想把人餓死嗎？」

　　「還不如在地震裡死了，一了百了，總比現在生生餓死的強。」

　　「我們全家都只吃一頓，小孩餓得嗷嗷叫。」

　　「吵什麼？亂糟糟的吵什麼？」吳優從門口大步進來，指著這些人的鼻子訓道：「現在這種情況，存糧越來越少，能有口飯吃都算不錯了，你們聲音一個比一個大，有本事去種植園把糧食種出來啊？其他區都有主動申請的人了，就我們區拖後腿，一個申請的都沒有。」

　　砰一聲巨響，剛才那名壯漢踢翻了一條凳子，「去就去，老子反正單身一個，就算死在外面，也比在這裡挨餓強。」

　　吳優原本還沉著臉，一聽這話，飛快地從背後取出一本冊子，再拔掉水筆蓋，「你叫什麼名字？」

　　他這副早已準備好的模樣，搞得那壯漢一愣，沉默片刻後才道：「……劉思銘。」

　　「後面是哪兩個字？」

　　「思想的思，銘記的銘。」

　　「劉——思——銘——」吳優登記完，本子往腰後一插，「走吧，劉思銘，和我一起去軍部，再過 10 分鐘，今天去往種植園的車就要出發了，你剛好趕上。」

　　劉思銘就這樣莫名其妙地跟著吳優出了飯堂，其他人也不打飯了，都湧到走廊上，看著他的背影。

封琛默默地打完飯，牽著顏布布回了房，等他午睡後，又悄悄地離開了房間。

「你也要去地面做工？那太危險了，不行不行。」吳優坐在方桌前，放下手裡的飯盒，將頭搖得像撥浪鼓，「我的確是在動員大家去地面做工，但也是動員那些身強力壯的成年人。你才多大啊，怎麼能去那麼危險的地方呢？」

封琛站在他面前，語氣誠懇地道：「吳叔，我身體素質很好，不比那些成年人差。」

「那也不行。」吳優嘆了口氣，「我知道你和晶晶不容易，但這安置點裡也有適合你幹的活兒。比如去撿溧石，三顆就是 5 點，只是那個需要運氣，不保證每天都能撿到，可能好幾天也見不到一顆。但再怎麼樣也比去地面強，一個月好歹能掙那麼幾十點，勉強混個半飽。如果你想幹的話，我去給溧石礦的負責人講講，將你塞進去。」

封琛當然知道撿溧石輕鬆得多，但也知道就算每個月再多出幾十點，他和顏布布依舊要挨餓，便搖頭拒絕：「我還是去地面做工吧。」

吳優抬頭注視著他，「秦深，你知道吳叔並不是個好人，現在這情況也容不下好人，但我是真的想你和晶晶能過得輕鬆一點。」

「謝謝吳叔，我知道您的好意，心領了。」

兩人僵持一陣，吳優見封琛目光平靜，卻帶著不容更改的堅持，於是便嘆了口氣，道：「行吧，我給你記上名單，不過你要是反悔了，隨時找我取消都可以。」

「謝謝吳叔。」

顏布布一個午覺睡醒，看見封琛就坐在床邊，用小鉗子擰那塊鐵片。他不知道封琛在搗鼓什麼，但不妨礙他就安靜地躺在旁邊，並看得

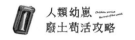

津津有味。

封琛將最大那塊鐵片往上合攏，形成一個橢圓形的空心鐵球，再給鐵球裝上撐好的鐵絲後，那鐵球便有了雛形，如同圓球上長出了四條細細的手腳。

「比努努，啊！這是比努努！這是比努努嗎？」顏布布眼睛越瞪越大，突然從床上跳起來，不可思議地大聲叫道。

封琛手下不停，又用膠水在鐵球上黏上了幾顆小鐵珠。一個有了眉眼和嘴的比努努，就活靈活現地出現在他掌心。

「真的是比努努啊！啊！！！」顏布布摀住嘴，在床上飛快地踏著小碎步。

「別跳，床也跟著動來動去的我都沒法繼續往下做。」

待顏布布在床邊坐下後，封琛拿砂紙將比努努身上打磨了兩遍，擦掉那些斑駁鐵銹，直到它全身發出柔潤的光，才遞到顏布布面前。

顏布布屏住呼吸，伸出一隻手指輕輕觸碰了下比努努，明明是鐵製的，卻小心得像怕將它碰壞了似的。然後再兩手捧著，慢慢捧到眼前，目不轉睛地看。

「喜歡嗎？」封琛看得出他很喜歡，卻也問道。

顏布布拚命點頭，對著比努努傻笑。

封琛問：「和你在交易大廳見到的那個比努努玩偶比呢？」

當時那個玩偶比努努要 40 信用點，他沒給顏布布買，顏布布就在大廳裡耍賴嚎啕。

「那個比努努太醜了。」顏布布在手中那圓圓的鐵腦袋上親了口，由衷地讚歎：「這個比努努是最好看的比努努，沒有任何一個比努努能比得上。」

封琛看上去很滿意他這個答案，開始收拾剩下的鐵片和工具，將一切整理好後，坐在了顏布布身旁。

顏布布正摸著比努努，一副快樂得不知道該如何是好的模樣，當

封琛在身旁坐下時，他把頭靠了上去，在封琛肩上蹭了蹭，「哥哥你真好，我好喜歡你，我一輩子都要伺候……」

「打住！」封琛用一根指頭將他的腦袋推遠，「好好坐著，我現在有話跟你說。」

「喔，你說吧。」顏布布喜滋滋地坐好，側頭看著封琛。

封琛像是有些不願意和他對視，避開了他的目光，只盯著他懷裡的比努努，「煩人精，我明天就去安置點外幹活了。你別害怕，就算我沒在，你也不會是一個人，還有比努努陪著你。」

顏布布聽到這話，臉上的笑容立即收了起來，「不要，你不要去外面幹活。」

封琛說：「你知道的，我要是不去幹活，我們就會挨餓。」

顏布布飛快地道：「那就把我餓死，我不怕。」

「可就算把你餓死我也吃不飽，你餓死後兩天，我也餓死了。」封琛平靜地看著他，「你不怕餓死，但是我很怕。」

「可是……可是……」

顏布布眼睛裡全是緊張，已經有淚花在打轉。

封琛指了下他懷中的比努努，「我已經給吳叔說過了，你有事就可以去找他。何況白天我不在的時候，還有它陪著你。」

顏布布看看懷裡的比努努，又看看他，慢慢地將比努努放到床上，用手指推遠了些。

像是擔心還不夠遠，他趴在床上伸長手臂繼續推，嘴裡哽咽著：「我不要比努努陪著我，我不喜歡它，一點都不喜歡，不喜歡……」

他將比努努推到床邊，正想推下地，又轉頭瞧了封琛一眼。

封琛沒有說話，只緊抿著唇，神情冷肅地看著他。

顏布布保持趴著的姿勢，和封琛對視了片刻，心裡終究還是畏懼，一邊流著淚，一邊伸長手指摳著比努努，一點一點又勾了回來。

封琛將兩張信用點卡都放在他面前，「我早餐和午餐都會跟著隊伍

一起吃，你將這信用點卡收好，現在不用再省著了，早上和中午都要去吃飯，吃飽點，晚餐就等我回來一起吃。」

顏布布沒有去拿信用點卡，只一動不動地將臉埋在床上，封琛便起身拿來那個天天超市的布袋，將信用點卡放了進去。

「我把卡放在你包裡了，打飯的時候自己拿。」

到了晚餐時間，封琛去打了滿滿兩飯盒飯菜回來，擱在小櫃子上。

顏布布一直保持著趴伏的姿勢，連位置都沒有移動過分毫，封琛便在床邊坐下，伸手推了推他。

「顏布布，吃飯了。」

顏布布不動，封琛抓住他後衣領將人拎了起來。顏布布便似沒有骨頭似的，雙臂和頭都沉沉垂著，渾身上下都寫著悲痛和哀莫大於心死。

封琛將他拎到床邊坐下，指著小櫃子上的飯盒，「快點吃飯，等會飯菜就涼了。」

顏布布看也不看那飯盒一眼，默不吭聲，等封琛一鬆手，他就軟軟地往床上倒。

「你是不是想挨打？」看到他這副樣子，封琛火氣也上來了，「從地震過後你就沒有挨過打，是不是也要我去找一根樹條？」

封琛以前見過顏布布耍賴，阿梅便飛快回屋，再出來時手上就多了一根樹條。

顏布布倒也識相，總是會立即收聲，從地上飛快爬起來，有時候還一臉鎮定地說：「我覺得可以不用打了，我已經好了，沒事了。」

「打吧，打死我算了……」沒想到顏布布這次卻不怕威脅，哽咽的聲音響起：「你也別去找樹條了，這裡面找不到，但是開水房有掃帚，你可以用掃帚把手打我。」

封琛煩躁地說：「我又不是把你扔了，就是去做工掙信用點，而且每天都要回來的。安置點這麼安全，你還可以去逛交易大廳，要是看到特別喜歡的，允許你自己買，只要總數不超過 20 信用點就行。」

顏布布說：「要是你回來後，發現我被那些變得很可怕的人給咬死了呢？」

「現在每天都在測體溫，只要不對勁的就會帶走，不會再有那種變異者了。」

「萬一呢？」顏布布不死心地道：「你不在我身邊，我不是被咬死，就是要被踩死。」

封琛冷笑一聲：「你都不怕餓死，也不怕被打死，反正都是個死，和咬死踩死又有什麼區別？」

「可是……可是我不想你去……」顏布布嗚咽著。

「快點！起來吃飯！我是肯定要去做工的，你自己選擇在我做工之前，要不要白白挨上一頓打。」

到了這一刻，顏布布心裡總算清楚，他已經盡力了，但的確沒有辦法了。哥哥無論如何都要去做工，他只能一個人留在安置點。

雖然不情不願，卻也必須接受，於是顏布布慢吞吞地爬起身坐好，抬起袖子去擦臉上的淚。

「噁心死了，別把鼻涕蹭到袖子上。」封琛遞過來一小段衛生紙。

顏布布接過衛生紙，胡亂在臉上擦，嘴裡抽抽搭搭道：「鼻涕還沒哭出來的，可能快了，現在只有、只有眼淚。」

待他擦完淚，封琛將飯盒往他面前推了推，他便端起來，開始用勺子往嘴裡送飯。

只是每送兩口，就要哀怨地抽一口氣，再出會兒神。

「哥哥……你不去好不……」

噹啷一聲，封琛將勺子摔在飯盒裡，他頓時又不敢做聲了。

到了晚上睡覺時，顏布布難得地沒有沾枕便睡著，而是依偎著封琛小聲說話。

顏布布：「我知道你捨不得我，如果太想我的話，就在地上找個小洞，對著那裡說，我就能聽見。」

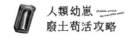
封琛閉著眼嗯了一聲。

顏布布：「你只在大門口啊，不要走遠，你記得那隻老虎吧？萬一牠還在那地方等著我們呢？還有那些拿槍追我們的人。」

「嗯，睡吧。」

安靜了片刻，顏布布又道：「外面很熱的，你提一桶冷水吧，就像我們以前那樣，過會兒就把水澆到身上。」

「不用，出去後會穿隔溫服，不會熱的，睡吧。」

「好，睡覺睡覺。」

顏布布調整了個舒服的睡覺姿勢，躺了片刻後突然又開口：「你最好是選大一點的洞說話，太小了我怕聽不到，如果……」

「睡覺！」

封琛忍無可忍地打斷他：「再說話就自己去床底下睡。」

顏布布張了張嘴，終於將那些還沒出口的叮囑都嚥了下去，閉上眼開始睡覺。

狹小的房間內安靜下來，片刻後，兩人的呼吸聲變得平靜而規律，都進入了沉睡中。

封琛在早上 6 點便起了床。他沒有叫醒顏布布，給他蓋好踢掉的絨毯，去水房洗漱後又打了壺開水，給顏布布的飯盒裡鎮上涼開水，這才輕手輕腳地出了房間，乘上了升降機。

升降機上已經站了七、八個人，但都是身高體壯的大漢。他們並不認為封琛和他們一樣是去做工的，直到出了蜂巢，封琛也和他們一起走向軍部那棟低層樓房時，這才露出了詫異的神情，頻頻轉頭去看他。

「你多大了？有沒有滿 15 歲？」有人忍不住問道。

封琛沉默半瞬，回道：「滿了。」

「那你面相看著還挺顯小，你家怎麼不派個大人去做工？居然讓你這樣的半大娃去。」

封琛這次沒有做聲，其他人也反應過來，不再開口問他，只是目光裡多多少少都帶上了同情。

雖然大家都在喊著不去做工，去就是送死，但也有那膽大且不想挨餓的人。等封琛到達軍部樓前時，那裡已經等著了一百來號人。

集合登記後，封琛換上了發放給他的隔熱服，這一百多人便像是要登陸太空的太空人般，一身臃腫地走向了出入安置點的主升降機。

封琛排在了第二批，踏上升降機後，帶隊士兵按下鍵，喧噹一聲重響，齒輪轉動，升降機爬升向了地面。

「雖然穿著隔熱服，但還是能感受到高熱，可能第一次不是太習慣，多幾次就好了。到了地面不要亂跑，一定要跟著隊伍，免得發生危險。履帶車會將你們送去種植園，早餐和午餐都在園內吃，到了下午6點，又會派車將你們接回來。」

士兵的聲音隔著隔溫服頭盔傳進耳裡，微微有些失真，封琛背靠著升降機鐵欄，摸了摸腰後。

那裡不光帶著一瓶水，還有那把他從不離身的匕首。

隨著升降機爬升，鐵欄外已經看不見蜂巢大樓，而是緊貼的黑色石壁，帶著濃濃的壓迫感。

封琛雖然感覺不到溫度變化，但看到腕錶上顯示的溫度數字在開始跳動。28℃、29℃、30℃……

升降機到達地面，停下，封琛跟在其他人身後走下平臺，踏上那條通往大門的通道。當到達用特殊材質做成的厚重大門口時，腕錶顯示這裡的溫度已經到了50℃。

士兵按下手中的控制器，密不透光的大門向著兩方緩緩開啟。

第一縷強烈的白光透過門縫灑進來時，封琛在那瞬間什麼也看不見了，眼前只剩下一片白茫茫，還有無數小黑點在視網膜上跳動。

帶隊士兵對著身後的一行人叮囑：「雖然隔熱服已經降低了光線強度，但也不要抬頭看天，不要直視太陽，以免對眼睛造成不可逆的傷害。」

隨著大門徹底開啟，封琛覺得自己像是懸在了火山口，雖然沒有直接浸入岩漿，但依舊能感覺到那灼人的熱浪正翻騰著，持續不斷地湧來。他等眼睛適應了光線後，再次去看腕錶，上面是一個令人驚心動魄的數字：68℃。

所有人都是久未到過地面，走出通道後的第一反應，便是站在遠處打量四周，封琛也不例外。

剛剛地震後那段時間，雖然四處是殘垣斷壁，但依舊能見到植物，但如今放眼望去，極目之處沒有一星半點的綠色。

隔溫服的空氣篩檢程式，也不能將異味徹底過濾，呼吸到鼻中的空氣，依舊帶著濃重的腐臭味。

昔日繁華的海雲城，已經變成了一座荒城，生機不再，只剩死寂。

「……我操他媽的。」

封琛聽到身旁的人在低聲咒罵，那聲音聽上去像是馬上就要哭出來似的。

「走吧，該出發了。」士兵雖然每天都能見到這幅場景，聲音也依舊帶上了低落。

履帶車車隊就等在一旁，所有人按照順序魚貫上車。每四人上一輛車，再加上兩名跟車的士兵和司機，一共七個人。

車隊啟動，向著溫控種植園的方向出發，所經路線要橫穿整個城市。封琛坐在車窗邊，一直看著外面，以海雲塔為中心，從地形和距離上辨認著那些廢墟，在心裡默默回想它們曾經的模樣。

當經過費圖河畔時，那條長年不斷的河水已經乾涸，河床上全是乾裂斑駁的縫隙。

路上偶爾也會遇到身著隔溫服的士兵，十幾個人一群，有些正在朝

那些廢墟噴灑消毒藥劑，有些則端著槍，警惕地打量四周。

「以前不是用飛機在消毒嗎？」坐在封琛身旁的是名高個子男人，應該也是第一次出來，有些緊張，又有些好奇地問車內的跟車士兵。

那士兵回道：「飛機不能飛了，長期高溫情況下，很多儀器已經失靈，一些零組件的密封條也融化了，現在消毒全是依靠人力。還是希望多一點人參與吧，等到氣溫降下來後，我們就可以回到地面了。」

「可要是氣溫一直降不下來呢？」高個子男人忐忑地問。

「現在大地震剛過去，又是夏天，出現極端氣溫也是正常的，再過上半年，等到了冬天，氣溫肯定能降下來。」旁邊有人篤定地道。

遠處突然傳來一聲重響，像是有什麼爆炸了，車內人都循聲看去，看見城市深處騰起一團巨大的蘑菇狀黑雲。

緊接著又是一陣激烈的槍聲。

「沒事，那裡肯定是又發現變異種了。」士兵用司空見慣的語氣給車裡人說道。

大家剛才還在憂傷面目全非的海雲城，此時才在槍聲裡反應過來，他們目前更應該擔心的是會不會遇到變異種。

在廣場看過的影像出現在腦中，車內頓時安靜下來，沒人再說話。履帶車在眾人的沉默和轟隆的炮火聲中，翻過一座座廢墟。

砰！又是一聲爆炸聲。

但這次聲音卻沒在遠方，而是就在前面街道拐角，車窗玻璃被震得發顫，車頂被飛濺的泥石砸得啪啪作響。整個車隊都停了下來，跟車士兵摘下背上的槍，咔嚓一聲子彈上膛。

「你們坐在車裡別動，我下去看看，車門先別關。」跟車士兵包括司機都跳下了車，和其他車上下來的士兵一起去前面查看情況。

封琛從車窗看著前方，聽到身旁的高個子男人在小聲念叨：「沒事的沒事的沒事的，不慌不慌不慌，肯定沒事的……」

噠噠噠！

激烈的槍聲響起，從拐角處衝過來幾名穿著隔熱服的士兵。他們也看見了車隊，一邊朝著身後開槍，一邊跌跌撞撞地往這邊跑。

跟車士兵也趕緊迎了上去，「快點，快點，跑快點。」

「怎麼回事？到底發生了什麼事？」高個子男人再也按捺不住，擠到封琛身前，將臉貼在車窗上，既緊張又焦躁地問：「他們到底在跑什麼？在對著什麼開槍？」

坐在封琛對面的人伸手扯他，「你先坐好，等著……」

「啊！那是什麼東西？是狗嗎？不對，不是狗。狼？也不是，是變異種！變異種！」

高個子男人突然嘶聲大叫，聲音都在發顫，充滿了恐懼。

封琛也一直看著那裡，看見從拐角處衝出來三隻體型碩大的狗。可若說那是狗也不恰當，因為牠們雖然有著狗的體型，身上卻覆蓋著一層黑色的鱗片，嘴邊也伸出兩根獠牙，尖而銳利。

看得出牠們以前是狗，但現在已經是三隻變異的怪物。

密集的槍聲中，三隻「狗」在街道上左右橫穿，將那些斷壁磚石作為遮擋，以Z字型向著士兵接近。牠們動作異常敏捷，也知道互相配合，甚至會突然竄出去一隻吸引火力，好讓其他兩隻再前進一段路。

「快快，快上車。」上前迎接的跟車士兵不斷開槍，接住奔來的那隊士兵後，一起向著履帶車的方向後退。

那三隻「狗」已經具備了一定的智商，知道不能放人上車，突然就加快速度，飛一般朝著這邊衝來。

「快！快一點，上車後關好車門。」

封琛他們這輛車的跟車士兵應該是領隊，他處在最後的位置，一邊對著變異種繼續開槍，一邊大聲命令其他人上車。

其他士兵也不拖延，就近上了離自己最近的車，哐噹闔上車門。

領隊見所有人都上了車，立即朝著距離他最近，也就是封琛所在的這輛車飛奔。而其他車的車窗也迅速打開，從裡面伸出槍管，對著變異

種開槍。

那三隻變異種卻在此時躍上了街邊房頂，從那些斷壁殘垣上抄近路追趕。牠們速度太快，身形太敏捷，子彈不斷擊落在牠們身後，濺起一片碎石塵土。

領隊雖然拚了命地跑，但那變異種的速度快得驚人，轉瞬就已經到了他身後數十公尺遠，眼看就要追上了。

「關車門，關上車門。」坐在封琛旁邊的高個子男人卻在這時嘶聲大叫：「變異種衝過來了，快關車門！」

其他車上的槍聲更加密集，子彈不停射向三隻變異種。有兩隻已經被迫停下腳步，藏在一處磚牆後躲避彈雨。但最前方的那隻卻已高高躍起，猙獰的獠牙在空中便對準了領隊的後背。

此時領隊士兵距離大開的車門還有十幾公尺。

封琛身旁的高個子男人突然伸手要去關車門，其他人不知道是嚇傻了還是因為也懼怕變異種，只眼睜睜看著，誰都沒有出聲。

就在他手指快要搭上車門時，手腕突然被什麼東西敲了下，雖然力道不算大，但剛好敲在穴位上，他整條手臂頓時麻了，頓時無力地垂落下去。

封琛用匕首柄敲掉高個子男人的手後，飛快地竄到車門旁，等著領隊縱身撲進車內的瞬間，才用力去關車門。

那隻變異種同時從空中撲下，正好撞在車門上，砰一聲悶響後，沉重的履帶車車身都被撞得左右搖晃。

而車門也沒能順利闔上，從縫隙處伸進來一隻爪子，剛好卡在那裡。這爪子生著長而彎曲的指甲，被一層堅硬的鱗片包裹著。

封琛高舉匕首，用盡全力扎下，刀尖碰撞上鱗片後砰一聲崩斷，但刀身依舊刺透鱗片，捅進了爪子裡。

「嗷！」

車門外的變異種發出似狼似狗的嚎叫，卻也飛快地抽回爪子，封琛

趁機一用勁，將車門闔上。

從敲掉高個子男人手到關好車門，這一切只發生在短短幾秒內。

密集的槍聲再次響起，甚至連車門都被打得火花四濺，好在這是防彈車，子彈對車身並沒造成損傷，只留下了一個個小凹坑。

變異種智商挺高，知道已經失去了機會，也不再戀戰。牠鑽過車底，和那兩隻衝上來掩護的變異種一起，飛一般奔向了廢墟深處。

領隊士兵這才坐起身，卻沒有劫後餘生的慌張，像是司空見慣了般。他喘著粗氣看向封琛，笑道：「小子，好身手。」

封琛已經將斷刃的匕首收好，「沒什麼，只是關了下車門而已。」

「那變異種的鱗片可是很堅固的，哪怕是個身強體壯的成年人，也未必能將那鱗片刺穿，你竟然可以一刀捅傷牠的爪子。」

領隊士兵覺得有些不可思議，但又覺得應該是運氣，那一刀剛好刺入鱗片間的縫隙也說不一定。畢竟面前這只是個身形稍顯單薄的少年，絕對不可能如此輕易地刺傷變異種。

司機士兵剛才隨便鑽進了一輛車，現在才匆忙跑回來，啟動車輛，繼續駛向種植園的方向。

領隊士兵對封琛挺感激，便一反剛才的沉默，給他講解種植園的情況。「其實你的工作很簡單，種植園裡也很安全，就路上可能會驚險一些。但不是次次都能像剛才那樣遇到變異種，也不是所有變異種都那麼凶殘，有些還是不攻擊人的。」

「既然路上這麼危險，為什麼不讓人就住在種植園裡，非要每天這樣來來去去呢？」高個子男人開口問道。

他剛才被嚇得不輕，現在臉色都有些蒼白，說話也帶著顫音。

領隊士兵沒有回答，只陰沉著臉斜瞟了他一眼，顯然剛才在被變異種追時，看見了他想伸手關門。

司機士兵卻不知道這些，一邊開車一邊回道：「晚上可比白天危險多了，因為溫度降低，變異種都出來四處活動。要是種植園晚上也安全

的話，當初為什麼要將安置點建造在地下？」

　　封琛聽著他的話，想起自己也曾經問過父親這個問題，為什麼要將安置點建造在地下，就在地表不行嗎？

　　當時父親的回答是，專家建議既然要建造安置點，那麼就越穩妥越好，考慮到地面也許會遇到的輻射問題，還是建到地下更好。

　　封琛當時並不以為然，現在卻覺得將安置點建在地下真是太明智了，雖然地面沒有輻射，但卻防住了和輻射同樣可怕的變異種。

　　車隊一路往城南行去，封琛視野裡突然出現一片綠色。那是一棟尚未完全垮塌的別墅，整個被綠色藤蔓纏裹住，樓身上還點綴著數朵殷紅的花。

　　滿目都是廢墟昏黃的色調，突然看見這樣生機勃勃的綠藤，封琛沒覺得好看，只覺得極其詭異，但車內其他幾人卻沒這樣的感覺，指著車窗外激動地大喊：「看啊，還有薔薇，看。」

　　領隊士兵噴了一聲：「別激動了，在這樣惡劣的環境下，還能活著的植物，除了少部分的確能抵抗高溫，剩下的大部分都是變異種。」

　　「什、什麼？這也是變異種？」

　　領隊士兵：「你說呢？你見過普通薔薇在沒水的高溫環境下，還能長這麼好？」

　　車內人都安靜下來，怔怔看著那片綠藤。此時有風吹過，那些花兒在綠葉間微微搖晃，似乎都能聞到花瓣上沁人的清香。

　　「……這也是變異種嗎？」有人依舊不可置信地喃喃道。

　　話音剛落，一隻兔子從兩車之間的空隙竄去了街對面。

　　那看上去就是隻普通野兔，膽小無害，可當牠停步回頭，對著車隊齜牙時，那兩排白牙竟然如鋼鋸一般。任誰都看得出來，若是被牠咬上一口，連皮帶骨都能撕扯下來。

　　野兔轉身往廢墟裡奔去，經過那棟別墅時，一條附在牆上的藤蔓閃電般射出。野兔都來不及掙扎，便被捲住拖入了綠葉深處。

履帶車繼續前行，封琛還好，畢竟他在研究所都見識過這些變異植物的威力，其他幾人明顯還不能適應，臉色都慘白一片。

「那晚林少將在廣場上講話時，你們也見過士兵和這些變異種搏鬥的影像，難道還這麼吃驚嗎？」司機士兵哈哈笑了兩聲。

有人失魂落魄地道：「看影像是一回事，真正遇到是另一回事，這是不一樣的……」

「是啊，只有身在這裡，才能真正體會到變異種的可怕。」另一人感嘆。

再行進了半個小時後，車隊到了溫控種植園。

種植園就是一片廣袤的土地，被巨大的人工穹頂籠罩其中。製造穹頂的材料很普通，但塗了層銀白色特殊塗料，便能隔阻些許外界氣溫，可以種植耐高溫的玉米大豆。

車隊在大門口停下，領隊士兵笑著拍拍手，「好了，全都下車。」

先到的那一批已經在門口等著，等封琛他們這四十來人也下車後，一起往大門裡走去。

「嗨，等等。」身後響起領隊士兵的聲音。

封琛幾人轉過身後，看見領隊士兵指了下那名高個子男人，「你不用進去了。」

高個子男人左右看看，驚愕地問：「為什麼我不用進去？」

領隊士兵說：「今天種植園的人已經夠了，但是我們清理變異種的隊伍還差一個人，你今天就跟著我們去清理變異種。」

「什、什麼？我去清理變異種？」高個子男人提高了音量：「我為什麼要去清理變異種？何況憑什麼是我，他們為什麼不去？」

領隊士兵對其他人揮揮手，「你們快跟上隊伍進種植園。」接著便轉向高個子男人，沉著臉道：「給你安排什麼工作就是什麼，不需要問那麼多。」

「我不去，我不清理變異種，我要進種植園工作，我抗議！」高個

子男人憤憤然叫道。

領隊士兵聳聳肩，「行吧，那你自己進去吧，我們走了。」說完便上了履帶車，大聲命令道：「出發。」

高個子察覺到一絲不妙，回頭看去時，看見種植園的大門正好合上，嚴密得連門縫都看不見一條。

種植園的外壁就像是單面玻璃，只有裡面能看到外面。封琛跟在人群裡，看那高個子男人砸了會兒門，又在大聲咒罵，最終還是追向了行駛中的車隊。

種植園外面看著還行，但裡面卻是完全不同的兩種畫風。

大片田地還沒有翻土，散落著一些粗陋的鐵質工具，諸如鐵鍬和鋤頭，還有裝著雜草的竹編大兜。

封琛周圍的人開始小聲嘀咕。

「林少將不是說有種植機械，咱們只需要操作嗎？」

「有啊，看到那些鋤頭和鐵鍬了嗎？那不就是只需要你親手操作的種植機械？」

「……這不是糊弄人嗎？」

「糊弄就糊弄吧，現在你不擔心回去時遇到變異種，居然還在關心這個。」

士兵將他們帶到一塊空地上，輕輕咳嗽了一聲：「是這樣的，雖然我們不缺電力，但機械工具卻需要柴油和汽油。現在是非常時刻，柴油汽油奇缺，所以只能採取比較原生態的耕種方式。不過再過幾天就好了，應該可以從某個農業機構挖出來一些使用電力的機械……」

「……還在糊弄，難怪每天都需要幾百個人來種地，媽的居然用鋤頭，我還是在博物館裡看見過這種東西。」挨著封琛的人輕聲抱怨。

士兵最後揮了下手，「好吧，自己去找稱手的工具，今天將這塊地給翻出來。」

顏布布醒來時，發現封琛沒在屋內，便一骨碌翻起來，想去水房找人。直到往頭上套 T 恤時，他才想起封琛已經離開安置點，穿衣服的動作也就慢慢停了下來。

　　他就那麼讓 T 恤包著頭，垂頭喪氣地坐了老半天，這才穿好衣褲鞋襪，拿上洗漱用具去水房。

　　水房裡很安靜，只有一個人在洗衣服，顏布布將自己收拾乾淨後回到房間，拿上飯盒去飯堂打早飯。

　　飯堂裡一個人也沒有，正在打掃衛生的廚房大媽看見顏布布，驚訝地問：「娃娃，現在才 10 點啊，這麼早就來打午飯了？還要再過兩個小時吧。」

　　顏布布沒好意思說自己是來打早飯的，便又默默地離開了飯堂。

　　他回到房間挎上布袋，再抱起封琛給他做的那個比努努，鎖好房門，出了蜂巢大樓。

　　穿過廣場，他來到出入安置點的升降機旁，在附近找了塊大石頭坐下。不遠處就有幾臺機器在嗡嗡運作，他抱著比努努看挖土機挖土，只要旁邊的升降機啟動，就騰地站起身，目不轉睛地盯著它升空，再保持仰望的姿勢，等著升降機重新降回地面。

　　升降機裡走出來的人都穿著隔熱服，他將透明頭套下的臉一張張看過去，直到沒有找著他等待的人，才失望地重新坐回石頭上，繼續看挖土機挖土。

　　到了中午，顏布布回飯堂吃了飯，再次來到升降機旁。

　　這次他沒有坐在石頭上等待，在升降機旁猶豫片刻後，終於踏了上去，按住了向上行的按鈕。

　　哐哐幾聲齒輪響，升降機向上攀升。微微搖晃中，顏布布緊緊抱著比努努，從鐵欄縫隙裡看著外面。

當蜂巢大樓從視野裡消失時，他感覺到身遭空氣熱了起來，像是突然進了熱氣騰騰的澡堂，連眼珠子都有些不適應地發脹。

升降機在終點停下，顏布布走進了通道。他準備就在這裡等著，那樣封琛只要一進安置點大門，就能在第一時間看到他。

但通道裡實在是太熱了，就這麼短短時間，他全身都被汗水濕透，像是從水裡撈出來似的。他覺得受不了，便又乘坐升降機回去，拿了盆和裝著涼開水的飯盒，重新出門。

他在蜂巢底層的水房打了半盆冷水，顫巍巍地端上升降機，一起上了地表通道。

越是靠近大門便越熱，所以他找了個距離最遠，卻又能看到大門的地方，脫掉鞋，踩進盛著涼水的盆裡，再坐了下去。

顏布布就這樣盯著大門，不時端起旁邊的飯盒喝一口涼開水，或者用手撩起一捧水澆到身上。

他覺得這樣就舒服了，同時也為自己的聰明感到竊喜。唯一不好的就是半個小時後，盆裡的水就熱得和周圍空氣一樣，所以必須再回一趟蜂巢換水。

夕陽西下，卻依舊酷熱不減，十幾輛履帶車穿行過荒無人煙的城市，停在了地下安置點入口。

車門打開，跳下來一群身著隔熱服的人，個個看上去都很疲憊。只是他們走向入口大門的腳步飛快，帶著一股就要重返人間的急切。封琛走在人群後面，只垂眸看著腳下，在大門緩緩開啟時也沒有抬頭。

進了通道，有人突然發出驚呼：「怎麼前面有個……有個小孩？那是小孩吧？怎麼會出現在這裡？他媽的別是變異種？」

「你他媽是不是被變異種嚇傻了？這就是人，是個真小孩。」

封琛雖然沒怎麼聽他們的對話，但小孩兩個字還是落入耳中，讓他心頭一跳。他猛地抬頭往前看去，然後就頓住了腳步。

顏布布剛往頭上澆了一捧水，就覺得眼前陡然明亮，白花花一片刺得他睜不開眼。他瞇起眼睛看向大門方向，卻只聽到說話聲，其他什麼也看不清。

他正努力眨巴著眼睛，就覺得身體一輕，伴著嘩啦水聲，自己已被抓住後背拎在空中。

「哥哥！」雖然眼睛被刺激得看不見，但他已經知道抓著自己的是誰，欣喜地大喊一聲。

然後他就聽到了封琛的大喝：「快關大門。」

哐噹一聲，大門合上，刺目的光線消失，還沒來得及湧入的熱浪也被擋在了外面。

顏布布已經可以辨認出面前模糊的人影，也聽見封琛的啞聲詢問：「誰讓你到這兒來的？」

這句話像是一個字一個字從他齒縫裡迸出來的，帶著快要壓制不住的怒氣。顏布布心頭一凜，那見著封琛後蓬勃燃起的喜悅之火，也一點一點地被撲滅。

「沒有誰讓我來的，我自己來的。」他小聲回道。

他依舊被封琛拎在空中，手腳和腦袋都沒精打采地懸著，身上一滴滴往下淌著水。封琛就那麼一手拎著他，一手撿起地上的盆和飯盒，大步走向升降機。

身邊經過的人都笑著對封琛說：「看他還挺有辦法，知道端水上來降溫，只是盆子小了點，換個大的還能躺著。」

「我們家只有小盆子，沒有大盆子。」顏布布抬起頭對那人說。

封琛進了升降機才將他放下，開始摘頭盔，脫身上的隔熱服。儘管他穿了隔熱服，全身依舊被汗水浸透，整個人看上去和顏布布一樣，也像剛從水裡撈出來似的。

　　顏布布視線內已經恢復清晰，但見封琛臉色非常難看，便只試探地去牽他手，眼睛則密切觀察著他的反應。

　　結果他剛握上封琛的手指，整隻手就被無情地甩掉，還撞在了旁邊的鐵欄上。

　　顏布布手被撞痛了也不敢吭聲，只垂頭喪氣地摸著手背。

　　出了升降機，封琛大步往蜂巢走，顏布布一路小跑跟著，又進了樓層升降機，到達 65 層後，穿過走廊回房間。

　　「小帥哥，今天怎麼板著個臉，是誰惹你不高興了？」濃妝豔抹的年輕女郎靠在門廊上，笑嘻嘻地問封琛。

　　封琛頭也不側地繼續往前，顏布布跟在他身後，邊跑邊對那女郎小聲道：「是我、是我。」

　　「是你啊，小小帥哥，哈哈哈。」女郎開心大笑。

　　到了 C68，封琛打開房門，顏布布直接就要往床底鑽，卻被封琛抬腳擋住。

　　「出去。」封琛冷冷地說。

　　顏布布直起身，愣愣地看著他，不明白這個出去是什麼意思。

　　封琛又道：「你別跟著我了，就在門口等著，我去把你的東西收拾好，然後找吳管理另外租個房，你自己就住過去。你的信用點卡也帶走，每個月我再分給你一部分信用點，夠你吃喝，只是以後別再和我住在一起了。」

　　顏布布猶如雷劈般站在原地，臉色逐漸變白，就連嘴唇都失去了血色。卻又疑心自己是不是聽錯了，就呆呆看著封琛。

　　封琛卻沒有看他，從床上俐落地翻進屋，打開櫃子，將顏布布的換洗衣服取出來，再拿上他毛巾漱口杯和牙刷，一股腦放進空盆裡。

　　顏布布渾身僵硬，只有眼珠子在跟著封琛的動作轉。在看見封琛將他的衣服都放進盆裡時，全身開始顫抖，抖得像是站都站不穩。

　　封琛正在清點顏布布的襪子，就聽門口突然傳來一聲尖叫，尖銳得

像是要刺穿耳膜：「不要——」

封琛手下一頓，慢慢轉向門口，顏布布的眼淚已經湧了出來，又對著他大叫道：「不要把我的東西取出來！放著，放回去！」

封琛一直憋著那口氣，現在騰地站起身，伸出手指著顏布布，厲聲道：「我昨晚說了很多次，讓你就待在蜂巢等我，可你偏偏不聽話。你知道通道口有多少度嗎？40多度快50度。你再在那裡待下去，就會中暑、休克，如果沒人發現，你就會死在那裡。」

封琛眼底也泛著紅，伸出的手指都在發抖，他大步走向門口，翻過床，將裝滿東西的盆遞給顏布布，「拿著，找吳管理去，讓他給你再租個房間。」

顏布布從沒看見過這樣的封琛，明白他這是當真的，心頭頓時被巨大的恐懼籠罩，牙齒格格打著戰。

他將雙手背在身後緊握著，指甲都深陷在掌心裡，迭聲尖叫著：「我不拿！我不拿！我不拿！你是要扔掉我嗎？」

「對，我就是要扔掉你。」

封琛將盆放在地上，轉身就往屋內走，顏布布猛地衝上前，從後面緊摟著他的腰，嘶聲嚎啕：「哥哥，求你不要扔掉我！我錯了，我改，不要扔掉我！我錯了，你打我一頓吧，我不該不聽話……」

他哭得那麼傷心，張嘴喘氣閉著眼睛，額頭上滲著冷汗，兩條胳膊緊緊摟住封琛的腰，力氣竟然是前所未有的大。

封琛沉默地站著，胸脯卻在急促起伏，顏布布繼續聲嘶力竭地哭喊：「我只有你了，哥哥，我只有你了，求求你不要扔掉我。啊嗚唧嘎啊達烏西亞……啊嗚唧嘎啊達烏西亞……」

聽到動靜，旁邊的屋子裡走出來些人，好奇地看著這邊，有些還端著碗，邊吃邊看。

封琛依舊一動沒動，顏布布就拿起他右手往自己臉上拍，「打我，你打我，我不聽話，你打我……」

他下手用了全力，封琛掌心拍在他臉上，發出清脆的響聲，白嫩的臉上瞬間就浮出紅印。

顏布布還要繼續拍第二下，封琛立即將手用力抽了出來，低聲道：「夠了。」

「不夠、不夠，我去水房給你拿掃帚，那個打起來方便。」顏布布就要往水房跑，被封琛一把抓住了胳膊，「別去。」

「讓我去吧，你打我，打我就消氣了。」

封琛抿了抿唇，鬆開他的胳膊，彎腰端起地上的盆子，一言不發地轉身進了屋。

「……你打我……」顏布布聲音小了下來，哭聲也收住，愣愣地看看盆子，又看看封琛。

「喂，小孩兒，去呀，快進屋，你看你哥哥沒有關門。」一旁看熱鬧的人用筷子指著門。

顏布布抽噎著看向那人，「沒關門就能進去嗎？」

「傻孩子，這就是讓你進去才給你留著門的，快進去。」

「喔。」

顏布布站到門口，蹲下身，做出個要鑽床底的動作，眼睛則從床沿上看著封琛。

封琛側對著他，將盆裡的東西往櫃子裡放，並沒有出聲阻止。顏布布這下放心了，飛快地鑽過床底，再一步步蹭到封琛身後。

顏布布看他沒有把盆裡所有東西都放回去，而是留下了洗漱用品和一套衣服，心裡又開始七上八下，緊張地道：「還沒有全部放回去，要不讓我來吧。」

因為剛大哭過一場，他聲音沙啞，封琛放下盆子起身，拿起捲紙筒扯了一段，蓋在他鼻子上，「自己把鼻涕擤了。」

顏布布一邊擤鼻涕，一邊不放心地去看那盆子。封琛便道：「我們先去洗澡，洗完澡剛好去飯堂吃飯。」

「好好好，洗澡。」顏布布一顆心終於墜地。

封琛端來涼開水讓他喝，又去櫃子裡翻出自己的衣物，再次端上盆，「走吧。」

「走。」

去往澡堂的路上，顏布布小心翼翼地去牽封琛的手。先是碰了碰封琛手指，見他沒有反對，這才放心地握了上去。

澡堂裡人挺多，只有一個空隔間，封琛這次沒有讓顏布布一個人洗，而是和他一起進了隔間。

「我們是一起洗嗎？」顏布布仰起頭問他。

封琛將盆子放在木櫃裡，「嗯。」

「好啊。」顏布布看上去很高興。

顏布布飛快地脫了個精光，封琛卻做不到他那樣，還是給自己留下了一條內褲。

兩人站在花灑下，封琛擠了一團沐浴露擦在顏布布背上，輕緩地揉出泡沫。

澡堂內熱水氤氳，有個隔間內的人在哼著歌，封琛突然感覺到手下的身體會時不時顫抖一下，便慢慢停下了動作。

他俯下頭去看顏布布的臉，見他閉著眼睛咬著唇，明明沒有淋水，但臉上卻遍布水痕，正順著臉龐往下淌。

封琛靜靜地看著他，心臟像是被根細針扎了下，有著綿密的酸楚和刺痛。直到顏布布一聲沒有忍住的哽咽溢出喉嚨，他才低聲問：「剛才洗頭的時候蟄著眼睛了？」

「嗯，蟄著眼睛了。」顏布布大口大口抽著氣。

封琛沉默地揩掉他臉上的一行淚痕，說了聲：「對不起。」

「是我，是我應該、應該說對、對不起，我做了錯事。」顏布布慢慢轉身，環住封琛的腰，將臉埋在他小腹上，淚水和花灑的水融在了一起，「你可以罵我、打我，但是，但是你不要、不要再說扔掉我，好不

好？哥哥。」

封琛的心又被那根針刺了下，刺痛中伴隨著懊惱和後悔，他俯下身，將額頭抵在顏布布濕漉漉的捲髮裡，啞著嗓子說：「我不會再說那些話了，不會了。」

「那你，說話要算數。」

「嗯，算數。」

顏布布哭得肩背都在抖，卻忽然聽到頭上傳來一聲低低的呢喃：「……對不起，我是太害怕了……」

那聲音輕得讓他懷疑自己聽錯了，便抬頭去看封琛。

封琛用手固定住他的腦袋不讓動，他沒法抬頭，卻又聽到了一聲：「顏布布，我很害怕……」

這次顏布布聽得很清楚，封琛的確是在說他很害怕。

在顏布布心裡，封琛是無所不能，無所畏懼的。雖然他不知道封琛在怕什麼，卻也拍了拍他的後腰，「別怕。」

封琛卻又跟著說了句，聲音裡帶著微顫的暗啞：「顏布布，我很害怕連你也沒了……」

顏布布一下怔愣住，輕拍封琛後腰的那隻手也頓在了空中。

他有些不可置信，又有些驚喜，像是被天上掉下來的一塊餡餅，不，一個比努努砸中那麼驚喜。

原來哥哥會怕，就像他怕失去哥哥一樣，哥哥也會怕失去他。

封琛難得的脆弱又讓顏布布同時生起一種複雜的情緒，他不知道那種情緒叫做心疼，只覺得鼻子又開始發酸，眼睛也開始發脹。

「別怕，我不會沒了的，我又不是肥皂泡泡。」顏布布繼續輕拍著封琛的後腰。

兩人在花灑下靜靜擁抱著，所有的驚恐和悲傷都消融在這個擁抱裡，再被水流沖走，消失不見。

直到顏布布發出幾聲吞嚥的咕嚕聲，封琛才將他從懷裡推開。

「你在喝水？」

「我臉貼在你肚子上的，你肚子在往下流水，會流到我嘴巴裡。你不是在害怕嗎？我又不想推開你……」

封琛：「呃……」

洗完澡，顏布布穿好衣服，正要往澡堂外走，封琛卻把他喊住：「過來。」

顏布布走過去，封琛用手指按了按他的左臉側，「這裡疼不疼。」

「不疼。」

那裡的皮膚很白嫩，手指按下去有個小窩，也看不出什麼異常，確實應該不疼。

「就算不疼也要擦藥。」

封琛卻掏出顏布布從醫療官那裡要來的外傷藥，挖出一點抹在他臉上。顏布布剛才扯著他的手打了下臉，並不是太重，但封琛覺得掌心始終留著一團火辣辣的感覺。直到給顏布布擦上了藥，那種讓他不舒服的感覺才消退。

封琛將髒衣服也順便洗淨晾好，再帶著顏布布去飯堂吃飯。

回到房內後，便掏出他那把已經斷刃的匕首，拿在燈下仔細查看。

「這刀怎麼斷啦？」顏布布驚訝地問。

封琛不想說那些變異種的事，便道：「今天沒注意，一下捅在石頭上了。」

「哎呀，那還能黏好嗎？」

這把匕首一直陪著他們，多虧有了它，才能對付老虎、對付研究所裡的怪樹還有猴子，才能平安地坐在這裡，顏布布覺得無比惋惜。

「沒辦法，黏不上了。」封琛說。

顏布布用手指輕輕碰了碰刀面，「那怎麼辦呢？」

封琛仔細查看斷口，說：「等會兒去樓底找塊石頭，把斷口那裡磨薄點，雖然不好用，卻也能湊合一下。」

顏布布視線從匕首落到封琛掌心，突然頓住了。

「這是什麼？」他指著封琛手掌問。

封琛說：「水泡。」

「水泡？」

「我今天第一次用鋤頭種地，還有些生疏，在鋤頭把上磨出來的水泡。」封琛解釋道。

顏布布捧起他的手，皺著眉看那幾顆水泡，問道：「長這個的話痛不痛？」

封琛說：「沒有感覺。」

顏布布就在那水泡上按了下，封琛輕輕嘶了一聲。

「明明痛！你還說沒有感覺！」顏布布噘起嘴對著他掌心吹氣，問道：「可以吃藥嗎？我上次找的那兩瓶藥還剩很多，我去給你拿兩顆來吃了。」

封琛：「……不用，一晚上就消了。」

「不苦的，就像你上次喝藥那樣，頭一昂，咕嘟一聲就下去了。」

說話間，顏布布已經飛快地下了床，翻出櫃子裡的兩瓶藥，又端上裝著涼開水的飯盒，到了封琛面前。

封琛視線在兩瓶藥和顏布布滿含期待的臉上來回移動，最後從健胃消食片和維生素 C 裡做出了選擇，倒出一顆維生素 C 說：「我只吃一顆就行了。」

等他吃完藥，兩人帶上那把斷刃匕首去了廣場，就近在大門口找了塊石頭，蹲在地上開始磨刀。

喀嚓喀嚓的單調磨刀聲中，顏布布從隨身布袋裡拿出比努努，一邊看封琛磨刀，一邊玩著比努努。

斷口處漸漸變薄，封琛視野裡卻突然出現了一雙穿著軍靴的腳。

軍靴皮質很好，一塵不染，在蜂巢大樓透出來的燈光下，呈現出柔韌的光澤。

他慢慢抬起頭，對上了林少將居高臨下俯視著他的眼睛。

那雙眼狹長冰涼，瞳仁是一種無機質的淺褐色，封琛心頭一凜，下意識用匕首擋在身前，做出了個防禦的姿態，但緊接著就反應過來，立即放下了匕首。

他瞥了眼旁邊的顏布布，看見他就如同之前每次看到林少將那樣，已經又石化成了一座雕塑。

林少將應該是進蜂巢查看的，身後還帶著幾名士兵，他看向封琛的手，問道：「秦深是吧？在磨匕首？」

封琛嗯了一聲。

林少將笑笑，說：「拿給我看看。」

封琛遲疑了下，站起身，將匕首遞給了他。

林少將拿起匕首翻看了下，說：「ATRK，手柄鑲嵌楠木增加凹凸，鋒芒內斂，具有完美華貴的外形。雖然性能不算頂級，但好在重量輕，刀刃只有 5 英寸，適合初學者使用，陸勒軍工廠前年生產過一批，後面停產。」

林少將看向封琛，目光帶上了一絲玩味，「哪兒來的？」

「在廢墟裡撿的。」封琛神情和聲音都很平靜。

「撿的，嗯。」林少將點點頭，接著問道：「聽說你今天救下了我們一名士兵？」

他話題轉得太快，封琛略一錯愕後反應過來，這說的是他刺了變異種一刀讓領隊士兵上車的事，也就沒有做聲，算是默認了。

「不錯。」林少將將匕首丟還給他，又看向旁邊依然呆著的顏布布，「小孩兒，你好像很怕我。」

顏布布打了個突，像是突然回過神，他迎上林少將的視線，神情緊

張地道：「怕……不怕，還有可能是有些怕……其實不怕的。」

林少將問：「那到底怕不怕？馬上回答。」

「怕。」顏布布脫口而出。

「哎呀，可惜了。」林少將有些遺憾地搖搖頭，「我從來不吃怕我的小孩。」

──什麼？吃，吃小孩？還吃小孩？

顏布布猛然倒抽了一口涼氣。

林少將從褲兜裡摸出顆糖遞過來，顏布布驚恐地看著他不敢接，林少將又說：「聽話的小孩我也不吃。」

顏布布便飛快地接過了糖果。

他們對話時，封琛飛快地打量了下四周，沒有看到那隻兀鷲。那兀鷲總會帶給他無形的壓力，現在沒看見，倒是讓他暗暗鬆了口氣。

「秦深，如果有什麼困難，可以現在給我說。」林少將突然轉向了封琛。

封琛收回四處打量的目光，正想說沒有什麼困難，但心頭一動，還是忍不住問道：「林少將，可以向您打聽一下外面的情況嗎？」

「你今天已經去過地面，難道還不清楚外面的情況？」

封琛說：「我指的不是海雲城，是其他城市。」

林少將略一沉吟：「現在能聯繫到的只有七個大城，情況和我們差不多，有些城市比我們還要糟糕，特別是同為海濱城市的阿莫爾城，因為地勢較低，地震後還遭遇了海嘯，現在整個城市仍處於失聯狀態。而接近沙漠地帶的克刻城，大量缺少淡水，還被龍捲風襲擊，情況不是太好。」

封琛追問：「那麼宏城呢？」

「宏城……宏城的話……」林少將沒有往下說，瞇了瞇眼，落在封琛身上的視線變得更加犀利，「你為什麼會打聽宏城？」

封琛心頭一凜，嘴裡卻流暢地道：「我姨媽一家住在宏城，如果宏

城的情況還不錯，等到以後能去地面了，交通也恢復了的話，我就可以帶著弟弟去宏城投奔她。」

「姨媽一家，是這樣的嗎？」林少將不置可否地笑了一聲，笑意卻沒到達眼底，「宏城雖然不大，但那是除了中心城外的另一個政治中心，地震發生前，東聯軍正在宏城召開會議，很多高官都去了那裡。」

封琛內心驚駭，但好在從小受訓，知道在突發狀況下如何控制臉部表情，所以沒有顯露出什麼情緒，只不在意地嗯了一聲。

顏布布聽不明白他們究竟在說什麼，但聽得明白封琛在撒謊。他雖然知道撒謊不對，但那是對別人和自己來說。

——哥哥不一樣，他撒謊肯定是對的。

「走吧，跟我一起去巡查。」林少將也沒說宏城的情況，突然伸手拍拍封琛的肩，「你們兩個小孩陪我走一會兒。」

封琛沒法推卻，只能硬著頭皮牽起顏布布，跟在了林少將身後。

他沉默地走著，在心中懊惱自己還是太著急了，忘記了面前這名軍官是何等的敏銳和多疑。林少將現在突然要他一同去巡查，必定是對他已經起了一些疑心。

幾人進了升降機，跟著的士兵低聲詢問：「少將，去看哪一層？」

「隨便吧，就 25 層。」

升降機上行，沒有一個人說話，安靜中只聽見機械滑動聲。

封琛正在猜測接下來的發展，就聽到了林少將的聲音：「小孩兒，你是叫樊仁晶？」

「嗯。」顏布布點頭。

林少將又問：「你喜歡以前住的別墅，還是喜歡現在的蜂巢？」

封琛腦中頓時嗡了一聲。

林少將這句問話就是個陷阱，顏布布修改後的身分晶片資料顯示，他就是個住在普通居民區的小孩，所以他不管回答喜歡別墅還是喜歡蜂巢，都已經著了林少將的套。

這種問話就連大人有時候都反應不過來，更別說顏布布這樣的小孩。封琛想出聲提醒，可剛剛張嘴，林少將犀利的目光就看了過來。同時他肩上浮出團烏黑的影子，飛快凝結成了一隻兀鷲的實體。

兀鷲淺褐色的鳥瞳和林少將眼眸極其相似，就連微微歪頭看著他的神情都如出一轍，帶著冰冷的審視和探詢。

封琛知道此時不能開口，便不動聲色地捏了捏顏布布那隻被他握在掌心的手。

顏布布盯著林少將沒有做聲，林少將又看向他，問道：「怎麼樣？喜歡別墅還是蜂巢？」

顏布布突然避開他視線，轉向封琛，將那顆糖遞了過去，「哥哥，幫我剝。」

封琛接過糖果開始剝糖紙，窸窸窣窣的聲響中，升降機已到了25層，鐵欄哐噹打開，一陣打鬥怒罵的聲音傳了過來。

走廊上有一群年輕人正在鬥毆，你來我往滾打成一團。有人被一腳踹中胸口，踉蹌著後退數步，正好摔倒在升降機前，匕首也掉落在地。

林少將跨出升降機，冷聲命令：「把這些打架的全部抓起來。」

「是。」

「別動，全部去旁邊抱頭蹲下。」幾名士兵衝了出去，將還在打鬥的幾人胳膊一扭，壓在地上。

「哎喲我操你媽，誰啊，誰他媽要你們多管閒事的。」

「啊，是西聯軍，是，林、林少將。」

「別掰我手，疼，疼疼……」

年輕人們安靜下來，只有一個打紅了眼的，儘管被士兵按住，也堅持不懈地努力掙扎，最後被士兵一個手法卸掉了肩關節，頓時動彈不得，只發出哎喲哎喲的哀嚎。

「聚眾持械鬥毆，將他們帶去軍部看押。」林少將吩咐完那幾名士兵，又對著封琛說：「別管他們，我們走。」

被這群打架的人一攪合，林少將沒有再追問顏布布那個問題，只順著通道大步往前走，封琛和顏布布便跟在他身後。

林少將肩頭上停著那隻兀鷲，面朝後盯著他倆，不時用尖喙啄啄自己羽毛，但目光始終落在兩人身上。

封琛只能裝作不知道被牠監視著，一臉平靜地往前，顏布布幾次想和他說悄悄話，他都捏了捏顏布布的手，再若無其事地轉開頭。

林少將腳步不緊不慢，不時看一眼旁邊那些房間。

在走了一半後，突然語氣隨意地開口：「秦深，你們是住在 65 層的吧？那一層好像還挺不錯，等這層檢查完後，就去你們那層，順便看看你們兩人住的房間。」

封琛聽到這話後臉色微變，腳步也跟著一滯，但察覺到那隻兀鷲正盯著他時，又立即恢復了本來神情。

只是在腦中迅速轉起念頭。林少將明顯是想去搜查他的房間，而且不給他回屋的機會。一旦進入那狹小的房間，那個藏在床底下的密碼盒就會無所遁形，被他發現。

封琛心裡焦灼，卻不敢在面上顯露半分，只是握著顏布布的手在下意識用勁，惹得顏布布不時轉頭看他一眼。

林少將倒是不急不緩，偶爾還停步問下其他人。

「這是你家私搭的電線？存在極大的安全隱患，馬上拆掉。」

「是，馬上拆、馬上拆。」

「你們的區的管理員是誰？」

「是陳深，陳管理。」

圍著橢圓形的蜂巢走了半圈，再往前走就是回升降機的方向，封琛知道不能再耽擱了，必須得想個辦法出來。

「你不用跟著我一直走，自己去玩吧。」封琛突然停下腳步，對顏布布開口道。

前方的林少將也停步，轉身看向兩人。

顏布布有些茫然，卻也沒有做聲，封琛便從他布袋裡取出比努努，舉在他面前晃了晃，說：「把小蜂巢帶走，不用跟著我們。」

「小蜂巢？」林少將問道。

封琛看向林少將，「這是他給這個玩偶取的名字，叫做小蜂巢。」

林少將笑了聲，說：「名字還挺有意思，是你自己做的嗎？」

「嗯，就在下面撿了張不要的鐵片，隨便做出來的。」

「給我看看。」

封琛走前幾步，將比努努遞給了林少將。他接過比努努在手裡掂了掂重量，發現是個空心鐵皮，便又還給了封琛，「手藝不錯。」

說完又瞥了眼顏布布挎著的布袋。

顏布布的布袋現在就是一張乾癟的布料皮，顯然裡面只裝了這個鐵皮玩偶。

封琛轉身，將比努努放到顏布布手裡，那隻兀鷲也無聲無息地飛到旁邊鐵欄上，注視著他和顏布布。

「去吧，我們還要走好久，你帶著小蜂巢自己去玩。」封琛的眼神和聲音都很平靜。

他知道兀鷲一直在觀察著他和顏布布，也就清楚這期間他和顏布布之間沒有任何交流。顏布布只是個 6 歲的孩子，如果沒有人明確指點的話，他什麼也不會明白，所以林少將應該會同意放他離開。

果然林少將沒有出聲阻止，顏布布接過比努努抱著，也沒有說話，只看著封琛慢慢後退。

退出幾步後，便轉身順著回頭路跑走了。

林少將繼續巡查，封琛跟在他身後，心頭七上八下。

顏布布每次出門進門都是鑽床底，也經常會對著黏在床底的密碼盒打招呼，稱它為小蜂巢。也不知道剛才那句暗示性的話語，他到底聽懂了沒有。

這一層很快就巡查完，又回到了升降機口，那幾名押解鬥毆年輕人

的士兵也回來了，一行人重新乘坐升降機去了 65 層。

看著右上方的按鍵數字一層層跳動，封琛的心跳也跟著加快，讓他懷疑那跳動聲會不會讓站在身旁的士兵聽見。

升降機已經停在了 65 層，林少將問：「你的房間是幾號？」

「C68。」

喀喀、喀喀。

幾雙堅硬的皮靴底敲擊著廊道地面，一路上的人在看見林少將後，有些膽小的趕緊縮回了房間，有些則主動上前，殷勤地打招呼。

林少將也只對他們微微點頭，腳步不停地往前走，很快就到了 C68 門口。

事到臨頭，封琛知道拖延也沒有用，反而容易出紕漏，所以看似從容地掏出房卡，打開房門，並讓開了身。

如果密碼盒被發現，那拿走就拿走吧。現下這種狀況，密碼盒沒有他和顏布布的安全重要，實在守不住也沒有辦法。而且林少將總不能因為發現他是封在平的兒子，就將他和顏布布兩人趕出安置點。

【第八章】

哥哥，
你今天有些不一樣

◆───────◆

時間一點一點流逝，兩人都躺著沒有動。

整座蜂巢像是死一般的安靜，空氣都凝結成了固體。顏布布想問封琛喝不喝水，剛抬頭，就被兩條手臂箍住。慢慢地，越箍越緊。

顏布布被勒得有些喘不過氣，卻也沒有做聲，他聽到封琛哽咽著低語了一聲：「顏布布，沒人來接我們了，再也沒人來接我們了……」

林少將站在門口，視線在擋住門的單人床上停留稍許，又移到唯一的那張小櫃上，對身後的士兵點了下頭。

士兵會意，立即有兩人跨過床進入屋內，開始四下翻找。那隻兀鷲也撲搧著翅膀飛進去，在屋內旋轉一圈後，停在了櫃子上。

林少將就站在門口，右手指輕輕叩擊著褲側，封琛側身立在他身旁，視線只能看到床頭那一塊。

嘎——

單人鐵床被拖動，發出刺耳的聲響。

封琛知道他們正在檢查床，心跳得快從嗓子眼蹦出去，飛快地往裡瞥了眼，看見有士兵已經鑽到了床底下。

「林少將。」士兵的聲音響起。

林少將停下了叩擊褲腿的動作，「怎麼了？」

封琛這瞬間也屏住了呼吸，垂在身側的雙手緊握成拳，指關節都捏得泛著白。

雖然他已經做好了密碼盒被發現的心理準備，但這一刻來臨時，還是讓他非常緊張。

「檢查完畢，什麼都沒發現。」士兵站起身回道。

林少將沉默了一瞬：「嗯，那把東西歸回原位，出來吧。」

「是。」

林少將轉身朝向封琛，「秦深，這個房子太小了，我讓管理員給你換個大點的房間。」

封琛神情還是一如開始那般平靜，「謝謝林少將，不用換了，這個房間挺好，我和晶晶也住習慣了的。」

林少將也沒再說什麼，抬手看了下腕錶，帶著士兵轉身大步往升降機走去。兀鷲從屋內飛了出來，如同之前那樣停在他肩上，只是沒有再看著封琛，而是看向旁邊其他的房間。

等到一行人遠去，封琛才進了屋，有些脫力地坐在床上。待到緩過

那一陣後，才俯下身往床底看。

原本掛著密碼盒的地方已經空空如也，密碼盒已經不在了。

一陣細碎的腳步走到房門口，停頓了稍許，像是有人貼在門上在悄悄聽。接著房門喀噠一聲，被人用房卡打開。

封琛轉頭看，看見門縫處湊上來一隻圓溜溜的大眼睛。那眼睛停在封琛身上，對著他眨了眨，濃密的睫毛跟著顫動。接著房門便被推開，一個小身影鑽了進來，飛快地爬過床底，坐在封琛旁邊。

「剛才我看見林少將他們在這兒，就沒有過來。」顏布布說完，從挎包裡掏出那個銀白色的密碼盒。

封琛接過密碼盒放在床上，轉頭對上顏布布瞪得大大的眼睛，突然就笑了聲，抬手揉搓他的腦袋。

顏布布去按封琛的手，封琛乾脆將他腦袋摟到懷裡開始揉，將那一頭捲兒揉得亂糟糟的。

顏布布開始反抗，嘴裡嗷嗷叫著，像隻小動物似地在封琛懷裡拱，還伸手去撓他胳肢窩。

不想卻反被封琛制住了手腳，按在床上開始撓癢癢。

「哈哈哈哈……我錯了……哈哈哈哈……我錯了……」顏布布笑得像是要斷氣，掙扎得活似一隻撲騰的蝦，鞋和襪子都蹬掉。

兩人就這樣打鬧了好半天才停下，顏布布平躺著喘氣，封琛側歪著去看他的嘴，「把嘴再張大點，我看看你的牙。」

「啊——」顏布布把嘴張到最大。

封琛仔細瞧他牙齦，說：「已經冒出小芽兒了，記得一定不要用舌頭去頂，要是長歪了，現在可沒有牙醫給你矯正。」

「嗯，我沒頂了。」

「那就行。」

安靜一瞬後，顏布布突然不滿地道：「你不要提醒我啊，我都忘記了用舌頭頂牙齒的事了，你這樣一說，我又想去頂。」

封琛：「那行，以後不提醒你，但是別讓我發現你在頂牙，不然就要收拾你。」

「唔，好吧。」

封琛也平躺下去，感嘆道：「想不到你還真聽懂了我的話，知道把密碼盒轉移了地方。」

顏布布得意道：「你把比努努說成小蜂巢，我當然知道了。但是你還是做得有點不好，要是換成王思源和劉皓軒，他們肯定不知道你想說什麼。」

封琛知道王思源和劉皓軒肯定是他同學，但還是側頭看向他，「那我該怎麼做才算好？」

「要這樣。」顏布布開始扭嘴巴吐舌頭，眼睛往旁邊瞥，像是個面癱病人似的，「如果這樣的話，王思源和劉皓軒他們也會明白的。」

顏布布收斂好表情，「反正小朋友讓我出教室玩，他只要一這樣，我就知道是讓我給老師請假上廁所的意思。」

封琛又揉了一把他的腦袋，這才翻身下床，將密碼盒再次貼在床底老位置。

「你還放在這兒嗎？」顏布布趴在床上，垂下腦袋看床底。

封琛刺啦刺啦地貼著封條，「嗯，林少將暫時打消了對我們的懷疑，以後這屋子裡很安全。」

「哈，那很好啊。」

「對，我們就安心住在這兒，等著父親派人來我們。」

封琛說完這句話便頓住，想起剛才只擔心密碼盒的問題，最終還是沒有從林少將那裡打聽到宏城的情況。

顏布布卻在床上歡天喜地地左右翻滾，「好啊，先生太太來接我們，太太一定會做好吃的小蛋糕給我吃。」說完又開始學封太太，「顏布布，今天這塊蛋糕好吃嗎？是我新找來的配方……」

封琛將密碼盒重新貼好，剛鑽出床底，就聽見了敲門聲。他想不出

誰會來敲他的門，卻還是問了聲：「誰？」

趴在床上的顏布布抬起頭，也問道：「誰？」

「秦深，林少將讓我轉告你話。」門外的人聲音聽上去很陌生，但顯然是名西聯軍。

封琛心跳驟然加快，立即翻過床開了門。

門口站著名士兵，一板一眼地道：「林少將說剛才忘記了回答你關於宏城的問題，所以讓我來告訴你。」

封琛突然覺得嗓子有些發乾，他吞嚥了下才艱難地道：「你說，我聽著。」

「宏城處在幾座大山腳下，城市面積不大，地震時引發了山崩和土石流，整座城在短短數分鐘內都被掩埋。但林少將讓你別太擔心，他會繼續和宏城聯繫，肯定會有倖存者……」

剩下的話封琛便聽不見了，只能看到士兵的嘴巴在張合。

他身邊像是被豎起了一道無形的屏障，遮罩掉外界的一切聲音。他腦中也一片空茫，像是一臺古舊的電視機，沒有任何信號圖像，只閃爍著無意義的雪花點。

但他卻機械地對那士兵說：「謝謝，我知道了。」並等他轉身離開後關上門。如同一條死去的魚，雖然大腦高級活動已經停止，但分布在全身的神經中樞，依舊會讓它彈動掙扎。

封琛一動不動地靠著門，目光直視著前方。

顏布布跪在床上挪過去，驚慌地捧起他的臉，一遍遍大聲喊哥哥，將自己遍布淚痕的臉貼上去，想讓他冰冷的皮膚能溫熱一點……

「哥哥、哥哥……」

顏布布摟著封琛往床邊帶，想讓他坐下，封琛卻似是沒了力氣，一下就倒在了床上，眼睛依舊直直地看著天花板，身體卻像是畏寒般地發抖。顏布布脫掉他鞋子，將他兩條腿都搬上床，扯過絨毯將他裹住，再隔著絨毯緊緊抱著他。

良久後，封琛的顫抖才漸漸平息，顏布布淚眼模糊地去看他，發現他已經閉上了眼睛，兩串淚水從眼角溢出，滑進了鬢髮裡。

顏布布抬手擦去封琛眼角的淚水，定定注視他片刻後，也躺了下去，將臉貼在他胸膛上，像小貓一樣蜷縮在他懷裡。

時間一點一點流逝，兩人都沒有動，也不知過了多久，只知道早就響過睡覺的鈴。整座蜂巢像是死一般的安靜，空氣都凝結成了固體。

顏布布想問封琛喝不喝水，剛抬頭，就被兩條手臂箍住。

慢慢地，越箍越緊。

顏布布被勒得有些喘不過氣，卻也沒有做聲，他聽到封琛哽咽著低語了一聲：「顏布布，沒人來接我們了，再也沒人來接我們了……」

這個夜晚被悲傷抻得很長很長，分外難捱。到了第二天，封琛情緒依舊低迷，也沒有跟著軍隊去地面做工，只呆呆地躺在床上。

顏布布一大早就去打了早飯回來，封琛卻沒有吃。顏布布也沒有心情吃飯，便躺在他旁邊，舉著比努努配音，想逗封琛開心一些。

「比努努，你應該叫我什麼？」

「叫哥哥呀。」

「那你喜歡哥哥嗎？」

「喜歡，超級喜歡，我最喜歡哥哥……」

「顏布布。」封琛突然出聲，嗓子像是被砂紙磨過一般粗糙。

顏布布立即支起身體，「我在。」

封琛喊了顏布布後卻沒有繼續說話，依舊沉默地盯著天花板。僅僅一個晚上，他眼下就帶上了一層烏青色，嘴角也冒出了幾顆燎泡。

顏布布也不催促，耐心等著。

片刻後，封琛低聲問道：「阿梅去世那兩天，你是怎麼讓自己不難過的？」

顏布布想了想，說：「難過啊，我一直都難過的。」

封琛轉頭看向他，傷心道：「我總覺得你第二天就恢復了，想讓你

教教我。」

顏布布看著他乾裂起殼的嘴唇，骨碌翻下床，端來盛著涼開水的飯盒，「你先喝水，我給你說。」

封琛坐起身，接過水喝了幾口，顏布布又放回去，端來另一個飯盒，裡面裝著三個已經半溫的饅頭。

「我現在不想吃，你說吧。」封琛道。

顏布布將飯盒放在床頭，自己坐在床邊，鄭重地看著封琛，「其實我只要想到媽媽，這裡就悶悶的很不舒服。」

他指了指自己的心口位置。

「可是媽媽去了天上，和爸爸在一起，我知道他們一定在看著我。如果我開心，他們就開心，我難過，他們比我更難過。」

顏布布湊近了封琛一些，壓低聲音道：「我會想媽媽，只是不讓她看見我在想，我會偷偷的，在夜裡她看不見我的時候，藏在毯子裡想。那樣媽媽就不會知道我在哭了。」

封琛垂著頭不做聲，顏布布拿起一個饅頭遞到他嘴邊，「先生和太太一定也正看著你，快吃吧。」

封琛抬手緩緩推開饅頭，啞著嗓子道：「他們看不到的，我們這屋子連窗戶都沒有。」

顏布布將饅頭放到他手裡，然後飛快地鑽過床底，將房門打開，「這下好了。」

封琛說：「我們現在住在地下，你打開門他們也看不見的。」

「能的，能看到的。」顏布布又鑽了回來，湊在封琛面前，急切地說：「他們能看到的。」

他將手按在封琛心口，像是說悄悄話一般地道：「我們想他們的時候，這裡會有不一樣的感覺，對吧？」

封琛感覺到胸口一陣陣的悶脹，便輕不可見地點了下頭。

「其實他們知道的，這裡感覺和平常不一樣的時候，就是他們從這

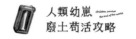

兒在看著我們。」

封琛低頭看著顏布布，顏布布堅定地對他點點頭，漆黑眼眸映著門外蜂巢從不熄滅的燈火，亮光閃爍，像是灑入了一把星光。

片刻後，封琛眼眶發紅地移開視線，定定瞧著旁邊牆壁，一隻手卻覆上了顏布布的手，一起按住了自己的心口。

兩人就維持著這個姿勢一動不動，直到顏布布端起飯盒，再次遞到封琛面前。

他也沒說什麼，只靜靜地等著，像是一種無聲的懇求。

封琛終於拿起一個饅頭，狠狠咬了一口。

淚水從他臉龐成串地滑落，流到了嘴裡。他嘗到了饅頭的甜香和淚水的腥鹹，卻依然大口大口嚼著，用力得脖子上都鼓起了青筋。

「慢點、慢點，別噎著了。」顏布布輕輕拍著他後背，又下了床，將另外一只裝著水的飯盒端來，「慢慢吃，喝點水。」

「你吃了嗎？」封琛擦了下眼睛，邊嚼邊問。

顏布布搖頭道：「沒有，我在等你。」

封琛道：「那你也快吃，我們一起吃。」

「嗯，一起吃。」

封琛是讓顏布布拿飯盒裡的另一個饅頭，卻沒想到顏布布應聲後，就低頭在他拿著的饅頭上咬了一口。

然後仰起頭對他笑，「該你吃了。」

封琛眼底還有一層水光，卻也笑了起來。他就著顏布布剛咬掉的位置又咬了一大口，一邊嚼著一邊將饅頭遞到了顏布布嘴邊。

「等等……我這口……這口還沒吞下去……」

兩人就這樣你一口我一口，不一會兒就分食完了三個饅頭。

接下來的日子，因為初批去地面做工的人每天都安全返回，所以那些一直在觀望的人也開始蠢蠢欲動，找管理員報名的越來越多。

現在每天去地表的都有幾百人，不光種植，也跟著軍隊去廢墟上消毒，或者掩埋處理那些暴露在外的屍體。

因為這些工作都是輪換的，所以封琛在好不容易熟練掌握使用鋤頭這門技巧後，又開始做起了運屍工。

不過好在只需要運屍 3 天，又會輪到去消毒。

那些處於表面層的屍體都已經風乾，像是黑色的樹根，被動物啃咬得殘缺不全。現在也沒有那麼多裹屍袋，都是兩人配合，直接抬手抬腳，扔到旁邊的貨車上，再拉去城邊用挖土機挖好的大坑裡埋上。

封琛第一次抬屍體時，那具屍體已經辨不出形狀，四肢都被啃咬掉，只看得出穿著短袖襯衫和黑色長褲，生前應該是某個公司的職員。

他站在一旁下不了手，和他搭檔的人等得不耐煩，讓他要不回去算了，他這才咬著牙去抬屍體的腳。

不過有了第一次，後面也就變得沒有那麼艱難了，他一次次抬起各種屍體扔上貨車。完整的屍體並不多，基本上不是斷手斷腳，就是沒了腦袋，還有些被動物啃噬得只剩一架骨。

但真正難的不是搬運乾屍，而是去搬運一些密閉空間裡還沒成為乾屍，處於高度腐敗中的屍體。

就算被隔溫服過濾了空氣，依舊能聞到屍體熏人欲嘔的惡臭，搬運時的那種觸感也讓他畢生難忘。

手指先是陷入某種半流質裡，有著些微的凝滯，然後直接穿透按上骨頭。屍體被抬起來後，有棕黑色的塊狀物大塊大塊往下掉，露出裡面已變為黃黑色的骨。

將那具屍體扔到貨車上後，封琛的手指止不住地抖，他反覆搓捏幾根指頭，可那種陷入半流質中的感覺怎麼也揮之不去。

和封琛搭檔的人應該也不好過，因為他和沉默的封琛相反，嘴裡

不停地說話，似乎這樣才能發洩情緒：「這種裙子好看，今年那些年輕姑娘最愛穿，雖然我比較喜歡淺黃色的，這條是淡綠色，不過也還可以……這應該是個老頭，我爸生前就愛穿這種汗衫，說是透氣吸汗，價格還便宜……」

封琛一直沒有停下，直到扒開一塊磚石，看見下方一具蜷縮著的屍體後，突然頓住了動作。

搭檔也湊了過來，他並沒發現封琛的異常，有些粗暴地扯著那具屍體往外拖，「我一個人就行了，你去找其他的。這是個小孩，還是小男孩，這種深藍色的牛仔背帶褲，小男孩最喜歡穿，還有 T 恤上的圖案，是現在小孩最喜歡的那個什麼，叫什麼努努來著……」

「放下他。」封琛突然啞著嗓子道。

「啊？」

「你放下，讓我來。」封琛的語氣有些不大好。

搭檔一愣，卻也放下了屍體，嘟囔著往其他地方走去，「莫名其妙，少年人的叛逆期……」

封琛彎下腰，將壓在那屍體上的磚石拿走，再將他小心地翻了面，橫抱起來。

小孩身長和顏布布差不多，應該也只有幾歲，頭髮微捲，面容已經看不清。封琛將他托在臂彎，只覺得手上的重量壓得他的心都跟著沉甸甸的。

他在廢墟裡找了件成人外套，將小孩的腦袋裹住，這才放在貨車上一個不被其他屍體壓住的角落。

下午回到地下安置點，封琛靠在升降機鐵欄上，當視野裡不再是深黑岩石而是蜂巢大樓時，他立即轉頭往右下方看。

那裡有一塊大石，顏布布每天都會坐在那兒，抱著比努努等他。今天也不例外，石頭上依舊有個小小的人，正仰頭盯著這架升降機。

每天下工後，隔熱服要脫了還給軍部，經過消毒處理，第二天重新

領取。其他人都是下了升降機後才脫隔熱服，但封琛會在剛進入大門通道時就脫掉，讓其他人帶去軍部。

因為只要升降機一停下，顏布布就會撲上來，他怕隔熱服太髒。

又是一架升降機嘎吱嘎吱地滑下，顏布布站起了身，一瞬不瞬地盯著瞧。剛才已經到了兩架升降機，不過裡面都沒有封琛，不知道這一架裡有沒有。

升降機還在半空，他便看見鐵欄後那道熟悉的身影，也正透過鐵欄縫隙看著他。

欣喜瞬間鼓脹了整個胸腔，顏布布站起身不停揮手，跳著腳尖聲叫哥哥。

鐵欄裡的人也對著他揮了揮手。

升降機哐噹一聲停下，鐵欄打開，顏布布立即衝了上去，逆著往外的人流往裡鑽。

「秦深，你弟弟又來接你了。」旁邊的人笑道，然後就看到這個沉默寡言的俊美少年，竟然也露出了難得一見的淺淡笑容。

封琛走出人群，顏布布便一頭扎進他懷裡，雙手摟住了他的腰。

但今天封琛沒有如同往常般只摸摸顏布布的頭，接著就牽著他往蜂巢走，而是把他抱了起來，臉就埋在他肩頭上。

顏布布被他熱烘烘的氣息弄得脖子有些癢，扭著身體笑了起來。

「別動。」封琛悶悶地說。

顏布布果然就乖乖不動了，片刻後才小聲說：「哥哥，你今天有些不一樣。」

「怎麼不一樣了？」

顏布布想了想，「有些黏人。」

封琛說：「那就讓我黏一會兒。」

「好。」

封琛就這樣抱著顏布布，從他心臟的跳動，溫熱的身體，還有鼻端

淡淡的洗髮水味，辨別出和下午那個放上貨車的小孩子完全不一樣，這才將人放下，牽著他往蜂巢走去。

封琛問：「早上吃的什麼？」

顏布布掰著手指頭，「吃了兩個饅頭和一碗粥。」

封琛：「中午呢？都有些什麼菜？」

顏布布繼續數：「有豆腐，還有豆芽。哎，對了，有個豆芽長得好好笑喔，哈哈哈哈哈……哈哈哈哈……」

封琛：「……嗯。」

顏布布笑完了才說：「那個豆芽的芽瓣上有三個黑點點，像眼睛和嘴，我留下來了沒有吃，等著給你看，快看。」

封琛看過去，看見他的動作後頓了下，「……嗯，是有些好笑，但是以後不要把食物裝在衣兜裡了。」

顏布布：「知道了。」

細細碎碎的說笑聲不斷，大多是顏布布說，封琛安靜且認真地聽。地下安置點的探照燈光撒下來，將手把手的兩個影子拉得很長。

接下來的日子，封琛輪完運屍和消毒的工作，該去種植園上工了。

這天剛進入種植園大門，他習慣性地看了眼腕錶，以為會看到跟之前一樣的 43℃，卻發現上面顯示的氣溫數字竟然沒有下降，還是和外面差不多的 68℃。

他有些疑惑地按了下腕錶按鍵，想將資料清除重新開機，因為種植園裡經過降溫，雖然還是很熱，但不可能有這麼高的氣溫。

有人已經開始解隔溫服，一名士兵突然喝道：「別脫隔溫服，這裡好像不對勁。」

此言一出，所有人都定住了，惶惶然地開始打量四周。

「看啊，牆頭上有個洞。」有人指著右上方驚呼。

封琛跟著抬起頭，看見棚頂和牆壁相連處，竟然有一塊沒了，熾熱的日光從那裡透了進來，照在地上一塊突然多出來的石頭上。

而那洞口明顯被擴大過，洞口邊緣還有動物爪尖撕扯出的痕跡。

「這是怎麼回事？為什麼右邊會破了個大洞？」

「糟糕，會不會是軍隊昨天下午在附近清理變異種，炸彈爆炸的時候，石塊把那裡給砸破了？」

「應該是，那時候剛收工，爆炸的時候正在關大門，我好像聽到園內砰了一聲。」

幾名士兵轉頭往園區裡衝，其他人反應過來，也不再管那個洞，趕緊跟著跑。地裡種著馬鈴薯和玉米，馬鈴薯這幾天就要成熟了，玉米也長出了一個個小嫩椿，那是整個地下安置點賴以生存的口糧，可千萬不能出問題。

穿過長長的通道到達地邊時，跑在最前方的士兵突然剎住了腳，怔怔地看著前方。後面的人來不及剎步，將他撞得趔趄著差點摔倒，待到看清眼前情景後，也都呆愣住了。

封琛站在後面，看到那片玉米地已是一片狼藉，像是遭遇過一場龍捲風似的，玉米杆斷的斷，倒的倒。再看另一邊的馬鈴薯田，綠葉連株被拔了起來，滿地都是被啃咬得殘缺不全的馬鈴薯。

「他媽的，這是誰幹的？是誰幹的？是哪個狗雜種幹的？」有人發出了嘶聲怒吼。

一名士兵看著地裡那些凌亂的腳印，目眥欲裂地恨聲道：「還用問嗎？那個洞，昨晚有什麼動物從洞裡進來了。」

「怎麼辦？要是這批馬鈴薯接不上，無法收成，安置點就要斷糧了，怎麼辦……」

看著所有希望成了泡影，周圍有人蹲在了地上，用手摀住臉嗚嗚地哭，有人在指天指地憤怒咒罵，士兵們雖然沒吭聲，卻也有些人已紅了

眼眶。

封琛分開人群走到玉米地裡，蹲下身看那些腳印。他想起之前在集訓地時，周圍山上曾經有野豬出沒，留在泥地上的腳印就和這一樣。

一頭野豬一晚上就可以摧毀一大片玉米地，看這地上的腳印，昨晚來這兒的還不止一隻，是足足有好幾十隻的野豬群。

這批玉米顯然沒法挽救了，他走向另一邊的馬鈴薯田，翻揀那些被拔到地上的馬鈴薯。

每株馬鈴薯葉下都結了堆還沒有雞蛋大的馬鈴薯，很多都被咬掉了一半。但看那些牙印，不是野豬，而是鼠科一類的小型齧齒類動物。看規模怕是有上千隻，和野豬一起進了種植園，又在天亮前離開。

但他發現也不是所有馬鈴薯都被毀了，一株馬鈴薯密密麻麻擠在一塊，起碼有一半還是完整的。

封琛的動作引起一名士兵的注意，他用手背蹭了下眼睛，也去地裡撿起了一株馬鈴薯，把外面一層撥開看裡面。

「別他媽嚎了，這裡有些馬鈴薯還有救，餓不死你們。」士兵轉頭一聲大喝。

站在地邊吵鬧的人突然收聲，像是被集體掐住了脖子，都愣愣地看向他。

士兵抖了抖手上的馬鈴薯，「每一株裡完好的馬鈴薯起碼還剩了一半，反正差不多也該收成了，把那些沒有碰傷的全部摘下來，啃咬過的就扔掉。」他又指著遠方道：「雖然那些玉米沒了，但馬鈴薯還能保下來一半，只要人餓不死，明天就接著種。」

剛才大家都被這突如其來的狀況給搞慌了，現在仔細一看，果然馬鈴薯沒有盡數毀掉，頓時心裡又安了些。

就像士兵說的那樣，就算吃不飽，但起碼也餓不死人。

士兵大聲吼道：「都快去揀馬鈴薯，記得啊，啃咬過的就扔掉，別捨不得，萬一人吃了以後，惹上什麼該死的病毒就麻煩了。」

「知道，明白。」

因為這些馬鈴薯都要在今天白天收完，履帶車不停來回於安置點和種植園之間，先是拉來技工將棚頂的洞補好，又拉來足足有四、五百人一起收馬鈴薯。

沒有足夠的隔熱服，一些身體素質好的就沒穿，但他們還是一個個面色潮紅，不停喝水，汗水將全身都濕透了。

封琛在撿馬鈴薯時，聽到身旁兩名士兵在小聲交談。

「應該是老鼠吧？或者田鼠？但是也太多了吧，這他媽得有幾千隻才行啊，海雲城平常有這麼多老鼠嗎？」

「應該是地震後才大量繁殖的，估計也是變異種了吧，還知道天亮前跑走。」

「這些該死的變異種，殺都殺不光。」

這次種植園被破壞，雖然也搶救出來部分馬鈴薯，但終究數量不多，地下安置點的糧食庫存日漸緊張起來。

飯堂裡的饅頭以前有成人的拳頭大，現在已經縮減了一半，並還有繼續變小的趨勢，且一頓飯的價格從 5 個信用點漲到了 8 個信用點。

以前那些曾揚言只靠基本信用點過活的人，紛紛找管理報名，想做工的人多了，位置又開始不夠。種植園還好，進去的人不用穿隔熱服，只是在路上煎熬一點，人去多點也可以。但在外面的人必須穿隔熱服，每天能出去的人數便有了限制。

好在封琛屬於第一批出去做工的人，軍隊對這批人比較照顧，提高了他們的基礎信用點。而且別人要過上兩天才能輪到一次做工機會，他們卻是天天都有活兒幹，不用太為信用點發愁。

封琛今天是在種植園幹活兒，種植園又新種下了一批玉米，剛剛冒出芽兒。

當他回到地下安置點走出升降機時，顏布布如同往常般迎了上來，先是抱著他親昵會兒，再去石頭上端來裝著涼開水的飯盒。

　　封琛喝著水，看著面前笑嘻嘻的顏布布，發現他前段時間因為吃不飽而瘦下去的肉還沒有長回來。臉頰處鼓鼓的兩團沒了，下巴依舊尖尖的，讓眼睛看上去更大。

　　封琛捏著他的下巴左右打量，緊蹙起了眉頭。

　　「今天吃的什麼？」封琛問。

　　顏布布每天都會被問，掰著手指頭說：「我早上吃了兩個饅頭和一碗粥，中午吃了一顆馬鈴薯，半根玉米，還有半碗米飯。」

　　「那吃飽了嗎？」封琛覺得聽上去分量還算夠。

　　顏布布點頭，「吃飽了。」

　　封琛牽起他的手，「走吧，去飯堂打晚飯去。」

　　飯堂裡已經排滿了人，每個人照例在打完飯後開始抱怨，饅頭太小，這個馬鈴薯也沒有別人的大，昨晚還有炒豆芽，今晚連個菜都沒有。封琛拿著他和顏布布的信用點，排到後，便一人要了兩個饅頭，還有兩個馬鈴薯。

　　他先刷了卡，顏布布刷卡時，他側頭看了眼顯示幕上的餘額，發現卡裡還剩下 750 點。

　　封琛愣了愣。

　　他這段時間的早餐和午餐都是跟著軍隊吃，所以卡裡信用點只給自己留了 200 點，能吃晚飯就行。其他信用點都轉進了顏布布卡裡，那張卡應該是 750 點。

　　顏布布說他今天吃了兩頓，一頓 8 點，那麼餘額便應該減少 16 點。可他卡上的點數怎麼一點都沒少？

　　顏布布剛端著飯盒走出隊伍，就被封琛扯到了一旁。

　　「我問你，你今天吃飯了嗎？」封琛問道。

　　顏布布眼睛盯著飯盒裡的饅頭，嚥了口口水後才說：「吃了呀，早餐吃了兩個饅頭和一碗粥，午餐……」

　　「你在撒謊。」封琛冷冷打斷他。

「啊……啊……我……」顏布布小聲囁嚅了幾句，見封琛臉色越來越難看，終於閉上了嘴，垂頭喪氣地站著。

「你今天都餓著肚子？」封琛神情和語氣都很嚴厲。

顏布布悄悄抬頭瞟了他一眼，趕緊又垂下了頭。

「我昨天才給你轉了信用點，你今天就給我餓著肚子，是什麼意思？挑食？嫌馬鈴薯不好吃？」

顏布布慌忙搖頭，「不是的、不是的，馬鈴薯好吃，又軟又香，我很喜歡吃。」

封琛瞧他神情不似作偽，而且說到馬鈴薯好吃時，還很明顯地嚥了口口水，略微思忖後，壓下了心頭怒火，緩聲問道：「你是怕信用點不夠嗎？」

顏布布這次沒有點頭也沒有搖頭，只有些不安地用手指捏著褲腿，但封琛已經明白了。

他看了眼顏布布的飯盒，伸手接過來，轉身走向打飯窗口，「阿姨，再給我加一份。」

「不用打了，我夠吃了，我夠的。」顏布布聽到他還要加飯，連忙跑上去，踮起腳尖去搶飯盒。

封琛看也不看他，一隻手將飯盒舉得高高的，「阿姨，我刷卡了。」同時另一隻手抓住顏布布的手腕，攔在了身分識別器上。

嗶一聲後，通過身分識別，封琛接著刷顏布布的那張信用點卡，再購買了一份飯。

封琛將裝得滿滿的飯盒遞到顏布布手裡，也不知道是生氣還是什麼，頭也不回地往房間走。

顏布布抱住飯盒，急急忙忙追了上去。

「你在生氣嗎？」顏布布惶惶然地問。

封琛沒有回答，只抿著唇大步往前。

不知是誰在通道裡放了一只竹簍，顏布布沒有看見，腳下一絆。正

要摔倒時，封琛一把托住了他，將那個快要飛出去的飯盒也穩穩接住。

「哥哥我錯了，我不該對你撒謊的。」顏布布還沒站穩，就一把抓住了封琛的胳膊。

封琛看了眼自己被抓得緊緊的胳膊，又看了眼顏布布，見他滿臉都是驚慌，先是一怔，接著便想到了什麼，臉色開始好轉。

「我沒有生你的氣，別怕。」他一點點掰開顏布布的手指，看見那原本像花生米的手指也變得纖瘦，手背上的幾個小窩已經快看不見了。

「別怕。」他將顏布布的手反握在掌心，「我只是不想你忍著餓不吃飯。」

顏布布鬆了口氣，「喔，沒事的，白天我會喝很多水，肚子都漲得不得了。」

封琛牽著他回房間坐下，將飯盒蓋揭開推到他面前，「別省著信用點，今天一頓飯要 8 點，也許明天就要 10 點，後天 15 點，省著反而是浪費，可惜了。」

顏布布咬了一口饅頭，看了眼封琛，猶猶豫豫地道：「可是我不想你太辛苦了。」

封琛恍然，問道：「所以你覺得自己少吃一點，我就不用出去幹活兒了嗎？」

「是的，那些和你一起幹活的叔叔說，外面又熱又累還很危險，我不想你太難受。」顏布布說。

封琛用纖長的手指剝著馬鈴薯皮，嘴裡淡淡道：「我並不覺得幹活兒難受，我們集訓的時候比這個辛苦多了。我幹活兒就是為了讓我們吃飽，結果我忙了一天，你什麼都沒吃，讓我覺得我是白幹活兒了，這點才是最讓我難受的。」

「是這樣的嗎？」顏布布微張著嘴。

「你覺得呢？所以我剛才並不是生你的氣，而是難受。」

「那、那對不起啊，我不該不吃飯，還讓你難受的。」顏布布吶吶

266

地道。

封琛將剝好的馬鈴薯放到他飯盒裡，「要我不難受的話，你就要吃飽，不要管信用點的事情，那個交給我就行了。」

「好。」顏布布這次爽快地答應，咬了一口馬鈴薯，瞇起眼對封琛笑，「馬鈴薯好好吃喔，我可以一口氣吃十個。」

封琛低笑了一聲，「你有本事吃十個讓我看看？」

顏布布嗷嗚一聲，將手裡的大半個馬鈴薯全部塞進嘴，結果嘴被撐滿，連嚼都沒辦法嚼，就那麼張著嘴，眼巴巴地看著封琛。

「吃慢點，怎麼沒有一點分寸呢？」封琛皺著眉頭摳碎他嘴裡的馬鈴薯，又嫌棄地扯了一段衛生紙擦手指。

吃完飯，兩人去了水房，封琛在水龍頭下熟練地沖洗著飯盒，顏布布盯著他的手，突然說道：「哥哥，我知道你馬上過生日了。」

「啊……好像是的。」

封琛站直腰，發現自己都忘記了快過生日這碼事，但現在這種情況，能活下去就好，生日什麼的就變得很微不足道。

顏布布沒頭沒腦地說了這句後，沒有接著往下說，封琛也就將這事繼續拋在腦後。

「你就在這兒等我，我把飯盒放回去，收拾東西來洗澡。」

「嗯……不，我要和你一起。」

「就幾分鐘時間而已。」

「幾分鐘也要一起。」

「……隨便你。」

第二天，封琛去做工後，顏布布也早早起了床。

洗漱乾淨，去飯堂吃了早飯，他挎上裝著比努努的布袋，離開房間

去找了吳優。

「你要做工啊？」吳優喝著碗裡的稀粥，上下打量著顏布布，「晶晶，你想做什麼工？」

「我可以去種植園種玉米，也可以跟著那些士兵叔叔去打變異種，如果搬死人的話，我應該也可以……吧。」顏布布經常在飯堂裡聽人聊天，所以也知道做工都是做些什麼。

吳優笑了起來，「你還沒有鋤頭高，種什麼玉米？打變異種就算了，別反倒送上去給人家添了頓好菜。」

「那，那搬死人呢？」

吳優擱下碗，「晶晶，你哥天天都在做工，掙的信用點應該夠你們兩人吃喝，你就別去搬死人了。先不說你能不能搬得動，就說隔熱服也沒有適合你的型號啊。」

「這樣啊……」顏布布有些失落地低下了頭。

吳優見他這樣子，思忖著道：「不過你要是想做工掙信用點，也不是沒有辦法。」

顏布布倏地抬起臉，眼睛亮晶晶地看著他。

「過來讓我捏下臉。」吳優說。

顏布布乖乖靠了過去，讓吳優在臉蛋上捏了兩下，「瘦了。」

「這樣吧，你去做挑選淙石的活。下面就是淙石礦，那些身體不好或是年紀大的，就在礦石裡找淙石，找到三顆就可以換 5 個信用點。昨天有些小孩兒也在找了，要不你也跟著去吧。」

蜂巢外，廣場最右的山壁上有處隧洞，一條鐵軌延伸進隧洞深處。每過上個把小時，就有一輛滿載的小礦車從隧洞裡滑出來，裝著滿滿一車淙石礦。

這些礦石都很大，必須先由壓石機壓成指頭大小的碎塊，再用竹篩一點點篩掉礦石，找到裡面藏著的淙石。

地下安置點的電力能源全靠淙石，幾十顆指節大的淙石經過處理

後，便能供應蜂巢乃至種植園一整日的電量。

這種溧石礦在合眾國分布較多，但要從礦石裡找到溧石也不是那麼容易的事。沒有地震前可以使用機械自動分揀，可地震後就只能靠人的雙眼了。

顏布布也拿了個竹篩，用小鏟子鏟一堆碎礦在裡面，學著那些大人篩一遍，過掉碎粉，再翻檢碎渣尋找溧石。

溧石和碎礦的區別不大明顯，都是深黑色，只是碎礦沒有光澤度，溧石則趨向晶體狀，篩動時會隱隱約約折射出亮光，所以仔細點的話還是能區分出來的。

顏布布認真地篩了一上午，依舊毫無收穫，一張臉倒是花得看不清模樣。等到吃過午飯，他也沒有回房間休息，直接又下到礦場，繼續篩溧礦。

他鏟了一竹篩溧礦後，將比努努放在對面的石頭上坐著，「比努努，我上午沒有找到溧石，現在你就坐這兒給我加油，讓我找到一塊好不好？」

不知道是比努努帶來的好運還是什麼，他很快就在晃動的礦渣裡看見了碎光。

他連忙在那處翻找，終於找到了一顆看上去不大一樣的石頭，對著探照燈舉起來時，可以看到石面上隱約流動的碎光。

「哈！」他驚喜地笑出聲，舉著那塊石頭跑向另一邊，找著負責收石的人，「叔叔，看，這是溧石嗎？」

負責人拿起石頭看了下，「是的，就是溧石，小孩兒很厲害啊。」

顏布布笑起來，汙黑的臉上只看得見白牙，就連那白牙上也有個缺，「還好，只是有一點點厲害。」

負責人將溧石收好，翻開冊子，在今日工作人員名單裡找到樊仁晶，在他名字後面打了個勾。

「看，一個勾就是一顆溧石，等今天結束以後，你找到多少顆，就

269

給你的信用點卡裡打多少顆的信用點。」

「謝謝叔叔。」顏布布眼睛發亮地盯著那個勾，直到負責人收起冊子，才戀戀不捨地移開了目光。

顏布布又回去篩碎礦，這下他信心十足充滿幹勁，動作又加快了許多，不久後便又找到了兩顆溧石。

「嘿，豁……那兔子。」旁邊傳來一道很不客氣的小孩聲音，顏布布不用轉頭也知道是那小胖子。只是他有點搞不清楚小胖子口裡的兔子是誰，便低頭看著竹篩，沒有理他。

「喂，叫你呢，為什麼裝死不理人？」聲音越來越近，停在了顏布布的竹篩旁。

顏布布並不想理他，就背轉身繼續忙自己的，那小胖子卻沒離開，就站在他身後不停挑釁。

「你看上去髒死了。」

「你怎麼這麼髒？好噁心。」

「我聞到你身上的臭味了，好臭好臭，你是不是從來不洗澡？」

小胖子見顏布布始終不搭腔，有些失去了興味，快快地正要轉身離開時，看見了石頭上的鐵皮玩偶。

顏布布剛將竹篩裡的碎礦倒掉，就聽到身後小胖子的聲音：「這是什麼東西？咦……這是比努努？哈，我撿到了一個比努努。」

顏布布倏地轉身，看見小胖子正拿著他的比努努，立即大聲道：「那是我的比努努。」

小胖子將鐵皮玩偶往懷裡一摟，蠻橫道：「上次你搶我麵包的帳還沒和你算清，現在又來搶比努努。這個比努努是在我地上撿的，那就是我的了。」

「是我把比努努放在那兒陪我的。」顏布布扔掉竹篩，疾步上前就要去奪比努努，被小胖子扭腰躲掉。

「丟在地上的就是不要的，誰撿到就是誰的。」

　　顏布布伸長手去摳比努努，「這不是丟掉不要的，是哥哥給我做的，不信的話你看它左耳朵，後面還有顆痣。」

　　封琛做比努努時，那塊鐵皮上有米粒那麼大的一點凹陷，剛好在比努努的耳朵後面，顏布布就說那是它長出來的一顆痣。

　　「沒有沒有，你胡說。」小胖子不去看玩偶耳朵，抱著就急急往蜂巢走。

　　顏布布怎麼能讓他抱走比努努？衝到小胖子身前便伸手去奪。

　　小胖子一手抱玩偶，一手狠狠推了把顏布布，「走開，別擋我。」

　　顏布布身形比小胖子小上一圈，頓時被推了個趔趄。等到站穩身體後，他見小胖子想離開，便又使出了自己的拿手招式，助跑幾步，對著小胖子的後背一頭撞去。

　　小胖子被撞得差點摔倒，玩偶也掉到了地上，顏布布趕緊上前撿，小胖子的手也伸了上去，兩人同時抓住比努努，都拽著不鬆開。

　　怒氣騰騰的視線在空中激出火花，也不知道是誰先動的手，下一刻，兩小孩就在礦石堆旁翻滾扭打起來。

　　顏布布在體型和重量上吃了虧，被小胖子全面碾壓，比努努也被奪走。但他只要有了機會就會撲上去，所以小胖子就算拿到比努努也走不掉。小胖子一次次將顏布布摔在地上，可他爬起來繼續撲，鍥而不捨地一次次去奪比努努。

　　他從頭到尾沒吭過一聲，哪怕有幾次被摔得很疼，眼睛裡閃動著水光，卻也緊抿著唇，將那些水光忍了回去。

　　小胖子始終走不掉，心裡也很惱怒，便去掰顏布布手指，抓住他頭髮往後扯。

　　顏布布則完全不顧身上的疼痛，也顧不上去還手，只一門心思搶比努努。

　　「哎，你們在幹什麼？」負責人終於發現了這邊的動靜，走過來後看見兩名小孩在打架。

顏布布一天都在認真幹活兒，明明一個豆丁大的小孩，做事比那些大人都要認真，負責人對他著實有些憐愛，便指著小胖子一聲怒吼：「你幹什麼？跑到這兒來打擾我們礦場的員工？」

小胖子還是怕這些大人的，轉頭便要跑，但顏布布緊抓著他胳膊不放，還轉頭給負責人告狀：「他想搶我的比努努！」

「還給你，我才不稀罕這個破爛東西。」

比努努被小胖子扔在礦堆上，蹦跳著往前滾，顏布布連忙鬆開他胳膊去撿，他便一溜煙跑掉了。

這是鐵皮做的玩偶，就算被摔得咚咚作響也沒有壞，但是嵌在頭頂的右耳沒見了，原本是耳朵的地方只剩下一條縫。

「怎麼了？東西摔壞了？」負責人問。

顏布布用髒兮兮的手摸摸那條縫，眼淚就有些忍不住，但還是搖搖頭說：「沒事的，耳朵掉了，我找找就行。」

「行，那你慢慢找。」那邊有人要上交溧石，負責人匆匆說了句後便離開了。

比努努的鐵皮顏色和礦石差不多，都是深黑色，耳朵本來就小，像是一片薄薄的樹葉，也不知道掉在了哪個石縫裡。

顏布布爬上礦石堆，四處找著比努努的耳朵，好在這裡亮了幾盞燈，光線很足，不用湊近也看得很清楚。最後終於在兩塊礦石之間的縫隙裡，發現了那片薄薄圓圓的耳朵。

「哈！」顏布布將耳朵小心翼翼地取出來，看了又看，再插回比努努頭頂的縫裡。

他直起身，擦了把額頭上的汗，這才發現溧石礦四周的人都已經走得一乾二淨，只剩下他自己。

糟糕！顏布布突然想起來，哥哥要回來了，但自己還沒去接他。

　　回到安置點的封琛，依舊站在升降機最邊上，在視野內出現蜂巢大樓的瞬間，便看向下方那塊大石。也眼尖地發現，今天石頭上沒有如以往那般坐著人。

　　升降機停下，封琛第一個走了出去，站在大石邊上環顧四周，接著便看到右前方跑來一個小小的身影。

　　顏布布一口氣衝到封琛面前，氣喘吁吁地露出笑容，熱切道：「哥，哥哥……」

　　封琛看見他的模樣，皺起了眉頭。

　　顏布布頭髮蓬亂，滿臉都是黑灰，那件淺黃色的 T 恤已經髒得不成樣子，連胸口處的圖案都已經看不出來。

　　「你幹什麼去了？怎麼搞得全身這麼髒？」封琛疑惑地問。

　　就在顏布布要開口時，他又打斷道：「不准給我撒謊。」

　　「我沒打算撒謊呀。」顏布布老實地說：「我也有工作了。」

　　「你也有工作了？」

　　顏布布大力點頭，「嗯，我在那邊揀溧石，今天一共揀了三顆，掙了 5 個信用點。」

　　他伸出手，竭力讓巴掌張得更開，「看，5 點，我掙了 5 點。」

　　顏布布滿心喜悅，等著封琛露出同樣欣喜的神情，但封琛卻依舊眉頭緊鎖，將他舉著的手拿過去仔細端看，問道：「手怎麼受傷了？揀溧石弄傷的？」

　　「啊，我揀溧石很小心的，沒有受傷啊。」顏布布也湊過來看自己手，看見那髒汙的食指頭上果然有一道傷口。

　　傷口不大，所以他並沒有什麼感覺，但是見著自己手那麼髒，還被愛乾淨的哥哥握著，既有些受寵若驚，也有些忐忑。

　　「我手好髒喔，你別握著。」

　　封琛卻沒有鬆手，「你別動來動去的。」

　　顏布布便沒有動，任由封琛將他的頭髮撥弄來撥弄去，又碰了下耳

朵，「和誰打架的？耳朵上明明是抓傷，不要給我說是石頭碰到的。」

「打架啊……」顏布布的目光變得閃爍起來，不敢看封琛，吞吞吐吐地道：「打架啊，這個打架啊……」

他在幼稚園也和小朋友打過架，雖然都是別人來招惹他，但只要媽媽知道了，總會將他訓斥一頓。

「布布，你要聽話點，你看看哪家傭人的孩子有你這麼好命？吃穿不比少爺差，先生和太太也喜歡你，還送你去幼稚園念書，每天有車接送。咱們要懂得珍惜，不要在幼稚園裡和別的小朋友打架，要是傳到太太先生耳朵裡，會讓他們不高興的，知道嗎？如果別人招惹你，就去告訴老師，讓老師收拾他們，你自己別動手。」

有了阿梅的這些耳提面命，顏布布知道和小朋友打架是不對的。雖然是小胖子來招惹他，搶他比努努，還推他，但他怕哥哥知道後會不高興，所以有些不敢說出來。

「說吧，和誰打架了？」封琛問。

按照他的想法，顏布布在那些外人面前，從來都不是個能吃虧的性子，如果今天是被人欺負了，肯定會第一時間找他告狀。看這一聲不吭的架式，也許是他先動的手，只是沒能打得過。

但封琛卻不知道，顏布布的確不會吃虧，哪怕是被礁石這樣的人追殺，都會用手指砰砰還上兩槍，究其原因，那是因為礁石不是小朋友。

顏布布可以打一切，但他知道不能和小朋友打，打了媽媽會不高興，說他會惹得太太先生也不高興的。

雖然太太先生沒在，哥哥在也是一樣的。

現在封琛的神情很嚴肅，顏布布雖然不想承認，但也不敢隱瞞，便將事情原原本本地講了出來。

「……明明我是把比努努放在那兒陪我，他非說撿到的就是他的，我去搶回來，但是他不讓……」

當顏布布講到自己和小胖子爭奪那只比努努時，封琛的臉色變得很

難看，嚇得他幾次都差點講不下去，但封琛沒說停，他也只能硬著頭皮繼續說。

「……最後那個叔叔把他嚇走了，他就把比努努扔在地上，耳朵都摔掉了，我找了好久才把耳朵找著……」

顏布布講完經過，垂頭喪氣地站著，準備迎接封琛的怒火。沒想到責罵遲遲沒來，反而伸過來一隻好看的手，將他的手牽住。

「走，先回去洗澡，洗了澡吃飯。」

——這是要晚點再收拾我嗎？

顏布布懷著忐忑不安的心情洗完了澡，不再是那副髒汙模樣，又成了個膚白大眼的漂亮小男孩。

封琛將他查看了一遍，在耳朵上找到了兩處抓痕，手背和手肘上也找到了幾道擦傷，雖然都不嚴重，但怕感染，便也塗了一點藥。

顏布布一直沒有受責罵，膽子也大了起來，開始繪聲繪色地講述剛才那一幕。

「這樣，他就這樣抱著比努努，我就去奪，然後他把我推開。」他學著和小胖子爭搶的動作，「我沒有還手，也沒有念咒語，畢竟他雖然討厭，很壞，卻又不是……不是……」

顏布布實在不知道怎麼形容，想了會兒才接著道：「他是小朋友，我要是念咒語的話，他應該會死的，所以我沒念。」

封琛揭開飯盒蓋，將勺子遞給顏布布，「吃吧，吃完我教你一點防身術。」

「啊？防身術是什麼？」

封琛想了想，說：「教你怎麼和那個胖子打架，怎麼打贏他。」

「什、什麼？教我打架？」顏布布震驚得手上的勺子都差點掉落，嘴巴也張得老大，一臉的不可思議。

封琛瞥了他一眼，「你不想打贏他嗎？」

「想。」顏布布重重點頭，又遲疑地問：「可是我和小朋友打架，

275

你不會生氣嗎？」

「你被人欺負了還打不過的話，我才會生氣。」封琛說。

顏布布觀察封琛表情，確定他說的是真的後，激動得簡直要熱淚盈眶，「哥哥，你太好了，我真的太喜歡你了，我非要一輩子伺候……」

「閉嘴！再說下去我就不教你了。」

「好，我閉嘴、我閉嘴。」

片刻後。

封琛用勺子敲了敲飯盒，「閉嘴的意思是讓你別說話，不是讓你連飯也不吃了。」

「喔，知道了。」

吃過晚飯，封琛便開始教顏布布防身術。雖然顏布布年紀小，力氣也小，就算學會了防身術招式，使出來也沒有多大的效果，但對付同樣的小孩應該還是可以的。

「他如果揪住你胸膛，你就從他腋下鑽出去，用腳去絆他小腿。注意看這個動作，不要東張西望。」

封琛教了幾次後，便讓顏布布在他手裡過招。

顏布布老是學不會轉身反踢這個動作，封琛開始還能好好說，後面就耐性全無，開始大聲呵斥。

「剛說了鑽出去後再絆腿，你絆了腿後再鑽出去是什麼意思？你們力量懸殊，被他看見了你的動作，那還能成功嗎？」

「態度端正一點，不要老是去撓臉。」

「不要這樣可憐巴巴地看著我，沒用，我告訴你，沒用。」

「又錯了，我想把你腦瓜打開，看看裡面裝的究竟是什麼。」

顏布布練得很認真，奈何肢體總是有些笨拙，還是封琛見他著實太辛苦，有些不忍心，小小放了點水，終於讓他成功了一次。

「我成功了，我成功了！」顏布布額頭上還掛著汗水，卻高興得又蹦又跳。

封琛臉上也浮起一絲淡淡的笑意，「今天就這樣吧，以後繼續練，那小孩再來惹事，你就這樣對付他。」

顏布布信心滿滿，拿起剩下的半截玉米狠狠啃了一口，惡狠狠道：「他再來惹我，我就把他滿嘴牙都打光，再扯著他的耳朵叫他齙牙，哈哈哈哈……啊──」

一聲沒笑完，他張著嘴突然不動了。

「又怎麼了？」封琛問。

顏布布驚恐地盯著他，伸手指了指自己的嘴。

封琛湊近一看，輕輕嘖了一聲，「掉牙了嘛，下牙又掉了一顆。不過沒事，上牙已經快長好了。」

第二天，顏布布沒有睡懶覺，封琛起床時他便也起了，跟著去了水房洗漱。

封琛今天在種植園做工，可以在種植園蹭一頓早餐和午餐，於是顏布布和他依依惜別，看著他的身影消失在升降機後，才獨自一人去了飯堂。沒想到剛進飯堂，就看到了那個他最不想看到的人。

仇人相見分外眼紅，小胖子和顏布布排在各自隊伍裡，睜大了眼互相瞪著。

因為兩人都掉了牙，並認為自己掉的牙比對方多，所以並沒有用口型罵架，做那種殺敵八百自損一千的事。只沉默地互瞪著，讓飯堂空氣充滿濃濃的火藥味。

直到該打飯了，顏布布才移開視線，遞上去飯盒刷信用點卡。昨天揀溧石的信用點也到帳了，他看著餘額裡多出的 5 點，轉過身，背對小胖子笑得合不攏嘴。

不過當他吃完飯，來到溧石礦繼續工作時，又遇到了小胖子。

顏布布抓緊了裝著比努努的挎包，但小胖子卻沒有看他，只像模像樣地晃動手裡的竹篩，在礦石裡找溧石。

顏布布狐疑地打量了他好幾眼，終於確定他不是來找茬，而是也在這工作的。

既然大家都是打工人，顏布布也就不再管他，轉身去負責人那裡領了竹篩，挑了個離小胖子最遠，中間還隔了個礦堆的地方，開始蹲下選溧石。

雖然沒有將比努努擺在面前，但顏布布今天的運氣也很好，才過去了一個多小時，就從碎礦裡找到了一顆溧石，然後在中午吃飯前又找到了一顆。

而小胖子篩了一上午碎礦，半顆也沒有找到。

吃過午飯後繼續，顏布布全神貫注地篩溧石，下午運氣不大好，直到負責人在通知大家收工時，才在碎礦裡捕捉到一閃而過的亮光。

他驚喜地用手指撥弄那處碎礦，沒注意到小胖子正路過他身邊，在看見竹篩裡的那一星亮光時，眼睛也跟著亮了。

顏布布小心地撚起溧石，剛要起身，一隻手便從旁邊伸來，奪走了他手裡的溧石。

他驚愕地轉頭看去，看見小胖子拿著他的那顆溧石正要離開。

「又是你這個壞蛋！」顏布布怒從心頭起，大叫一聲就撲了上去。

小胖子一手高高舉起溧石，一手去推顏布布。他個頭又高又壯，顏布布搆不著他的手，也被推得無法靠近。

「這就是我剛才揀的溧石，你來搶什麼搶？」小胖子依舊像昨天那般耍無賴。

顏布布碰不到溧石，決定使用封琛昨晚教給他的防身術，也怒喝一聲：「你惹到我了，你完蛋了。」

話音剛落，他便往旁邊閃出，一下繞到小胖子身後，同時伸出腳去勾他的小腿。

顏布布經過一晚上的練習，白天也在心中默記，這一招竟然使得無比靈活。小胖子只覺得眼前身影一閃，人就消失不見，下一刻小腿上便傳來疼痛感。

顏布布勾了那條粗壯的左腿一記後，便等著小胖子摔倒，誰知他卻穩如磐石，兩條腿猶如生在地裡，別說摔倒，連半分都沒有挪動。

——咦？

——再勾。

——不行。

——我再勾。

小胖子慢慢低頭，看著那隻穿著運動鞋顯得圓圓小小的腳，咬牙切齒地道：「你居然踢我，你惹到我了，你完蛋了。」

下一刻，兩人便又扭打在一起，在地上滾來滾去，顏布布的防身術也沒有了用處。

下午6點，封琛照例在升降機裡便脫掉隔熱服，也在第一時間便透過鐵欄去看那塊大石，終於看到了那個等待的小身影。

只是隨著升降機下滑，那身影沒有如同往常般仰起頭，目光在鐵欄後尋找，而是耷拉著腦袋，全身都寫滿沮喪。

顏布布聽到了升降機停止的動靜，卻沒有抬頭也沒有動，直到視線裡出現那雙熟悉的黑色戶外鞋。

「怎麼了？」封琛的聲音響起。

顏布布慢慢抬頭看向封琛，眼睛裡全是委屈，傷心道：「對不起，我又打輸了。」

封琛頓了頓，問道：「用上我教你那招了嗎？」

「用了，可是他太沉，我絆不倒他。」顏布布的眼淚大顆大顆地滾了出來，邊哭邊比劃，「看，我就這樣去勾，但是勾不動……」

剛才打架時他沒有哭，但現在見到封琛，那股傷心就再也憋不住了，眼淚撲簌簌地掉。

封琛走上前，用手指將他因為打架而亂糟糟的頭髮輕輕捋順，問道：「他還扯你頭髮了？」

「嗯，扯了。」顏布布點頭。

「那你沒扯他的？」

「我也扯了，可是他頭髮太短，我……我抓不住。」顏布布嗚嗚哭出了聲。

顏布布今天比昨天還要狼狽，不光耳朵上多了抓痕，就連脖子上也多了幾個烏青的指印，抱著那個裝了比努努的布袋，看上去無比可憐。

封琛用手指碰了碰那幾個指印，黑眸深處燃著一團火。但見顏布布哭得傷心，便只安慰說：「沒事，輸了就輸了，今天我再教你新招式，明天絕對打得過他。」

「真，真的嗎？可是今天的招式，好像就不大行。」顏布布有些不自信。

封琛抱起他往回走，語氣沉沉地道：「真的。」

待到洗完澡，吃了晚飯，封琛說要找吳優談點事，顏布布要跟去，被他阻止了。

「我說的事是工作上的事，需要保密，你不能去聽。」

顏布布如今也是工作人了，便相當理解地道：「好，既然是談工作，那我就不去了，可你要快點回來喔。」

「嗯，很快的。」

【第九章】

顏布布，
其實不是每個人死了都能去天上，
所以能不死還是要想辦法不死的

◆━━━━━━━━◆

這天起床後，封琛去了地面做工，顏布布卻沒有像往常般去揀溧石，
而是到了交易中心。他去揀溧石就是為了明天，8 月 17 號，哥哥的生日。
他攢了這麼久的信用點，就是想買一件好的生日禮物送給封琛。

封琛出了門，卻沒有去找吳優，而是直接往升降機走，按下了 69
層的按鍵。

69 層比 65 層亂得多，小孩子們在通道裡追逐打鬧，一對夫妻在打
架，從屋子裡打到屋外，封琛經過大敞的房門時，差點被飛出的一只鞋
擲中。

他避開幾名在通道上跳舞的大爺大媽，徑直走到一間緊閉的房門
前，不輕不重地叩了房門。

「是誰？」屋裡傳出來一道粗聲粗氣的聲音。

封琛回道：「我找陳文朝的家長。」

他今天在種植園種地時就找人打聽過了，小胖子叫做陳文朝。他家
在蜂巢 C 區還比較出名，因為剛進地下安置點的那天，他母親就因為
和人爭一間寬敞的房子撕扯起來，打得不可開交，結果被西聯軍帶去了
軍部大樓關押，已經關了快一個月，據說還要半個月才會放出來。

屋內沒了聲音，也沒人來開門，封琛抬手再次敲門。在他鍥而不捨
地敲了快半分鐘後，房門終於被拉開，一名膀大腰圓的中年壯漢站在門
口，目光不善地打量著他，不耐煩地問道：「什麼事？」

「你好，我找陳文朝的家長。」封琛雖然比他矮了一個頭，神情卻
很平靜。

他目光已經越過壯漢的肩膀，看到了正在桌子旁吃飯的小胖子。

「我就是，怎麼了？」陳父回道。

封琛也不迂迴，開門見山地道：「我是樊仁晶的家長，你兒子總是
欺負我家小孩，搶他東西，還動手打人，今天在他脖子上掐出了幾個指
印，其他地方也有傷痕。」

「別聽他胡說，我才沒有欺負人，那豁牙自己和我打架打輸了
的。」陳文朝倏地蹦了起來，竄到陳父身後。

陳文朝平常就愛闖禍，告狀的家長也有，陳父從來都是倒打一耙。
他見這次找上門的封琛不過是個半大孩子，根本沒將他放在心上，聞言

便昂起下巴，居高臨下地道：「聽見了嗎？我兒子說他沒有欺負人。小孩互相打架不是很正常嗎？就是玩鬧，不用太當回事。」

陳父說完就要關門，封琛卻抬手將門抵住，「你兒子在撒謊，不然我去將溧石礦場的負責人叫來，昨天他親眼見著陳文朝在搶我家小孩的玩具，還動手打他。」

「爸，我沒有撒謊，那個比努努是掉在地上沒人要的。」陳文朝躲在陳父身後，一雙陷入胖肉裡而顯得有些小的眼睛盯著封琛。

陳父揮著手，嘴裡驅逐著封琛：「走走走，別擋在門口了，我們還要吃飯。」

封琛依舊用手抵住門，一雙眼黑沉沉的看不出什麼情緒，「陳文朝家長，你是不想承認陳文朝欺負我家小孩，對吧？」

陳父終於按捺不住脾氣，怒氣騰騰地喝道：「你他媽是從哪裡冒出來的？耳朵聾了，聽不見我兒子說的話嗎？他沒有打人，誰他媽打你家崽子你找誰去。還搶玩具？我兒子什麼玩具沒見過？想訛人也不看看訛的是誰，這是皮癢了找削吧？」

陳父一邊罵罵咧咧一邊繼續關門，但封琛卻將門抵住。陳父關了兩次沒關得上，心中略微閃過一絲疑惑後，便伸手去推人。

但那隻手還沒伸到面前，封琛已經身形一晃，穿到了陳父身後，同時伸腳勾住了陳父左腿。

他使用的正是昨晚教顏布布的那一招，但雖然招式相同，效果卻完全不一樣。陳父被他這樣勾住，腳下一晃，鐵塔似的身軀突然前傾，踉蹌幾步後沒有站穩，撲通一聲摔在通道裡。

陳父被摔得有些懵，趴在地上幾秒後才回過神。

他隨即臉脹得通紅，一個魚躍起身，對著封琛便是一拳擊來，「我打死你個狗日的小雜種。」

他這拳帶著蓬勃怒火，速度很快，力道也頗大，準備將封琛一拳擊倒。他已經想像到拳頭碰撞上對方身體時，那單薄的身體會被他砸飛出

去，再重重落在屋中央。

可意料之中的碰撞沒有到來，這拳落了空。一絲茫然剛在他心頭浮起，想要收住前衝的腳步，就覺得眼前一黑，臉上突然劇痛，同時聽到一聲皮肉相撞的悶響。

「爸！」陳文朝在看見父親被人在臉上重重打了一拳後，驚駭地叫出了聲。

陳父甩了甩有些暈眩的頭，看向站在對面的少年，有些不確定自己挨的這一拳是不是他打的。

少年身高只到他下巴，看上去雖然身姿挺拔，卻也有著未長成的單薄，他覺得自己一巴掌就可以將他搧飛。他此時就站在屋內，神情淡定，眼眸冷清，看上去像是什麼事情都沒有發生過。

「你居然敢打我爸！」陳文朝脹紅著臉，指著封琛大吼：「你居然敢動手打我爸！」

陳父終於確定動手的就是這少年，心裡又驚又怒，再次揚起拳頭，「老子現在要打死你。」

可一句話才喊出口，人還站在原地沒有衝出去，就只見對面人影閃動，砰砰兩聲響，臉上竟然又中了兩拳。

陳父這下徹底暴怒，如同一頭瘋狂的猛獸，不管不顧地對著封琛頻頻揮拳。他腦中只有一個想法，便是將這少年砸倒在地，揍得昏死過去，揍得他像一條奄奄一息的野狗。

屋子裡木櫃被撞翻，椅子被陳父用來砸人，在牆上砸了個粉碎，滿屋一片狼藉。可就算如此，他也沒有碰著封琛半片衣角。

封琛微微弓著背，兩眼緊盯著陳父，預判著他的每一個攻擊方向。他在屋內靈活閃躲，像是一隻穿梭在叢林間的跳羚，並瞅著機會出拳，每一拳都擊中陳父的臉。

沒過多久，陳父雙眼便都掛上了烏青，鼻子也淌著血，半邊臉都腫了起來。

在封琛眼裡，陳父的那些出拳毫無章法，身形也笨拙得可笑，只憑著一股蠻力，將拳頭舞得虎虎生風。

因為沒有接受過專業訓練，這拳頭看似凶猛，實則缺少速度，也缺少瞬間爆發力，就連他集訓時遇到的那些未成年對手，也比眼前這個成年壯漢要強。

嘩啦啦！砰砰砰！屋內響聲不斷，夾雜著陳父的咆哮和陳文朝驚恐的哭叫。

封琛閃躲一陣後，看準時機，對著陳父迎面一拳擊去。

他每一拳都是打臉，卻又控制好力道，不至於傷到骨頭。隨著一聲慘叫，陳父捂著鼻子，往後倒退幾步後，搖晃著跌坐在地上，眼淚和鼻血糊了一臉。

封琛站著看他，再走上去幾步，俯身揪住他的衣領。

陳父腫脹的眼睛裡總算是露出了驚恐：「你別亂來啊，別亂來。」

封琛對著他一字一句地道：「我不打你兒子，所以你要把他管好。如果管不好，以後他欺負我家小孩一次，我就這樣揍你一次。」

封琛鬆開陳父，掏出一段衛生紙擦了擦手，再大步往門口走去。

陳文朝在旁邊已經嚇得哭都哭不出來，煞白著臉不停發抖，封琛也沒看他，從他身旁徑直擦過，拉開房門走了出去。

顏布布正在屋子裡認真練著那一招，門被打開，封琛走了進來。

「哥哥，你談完工作啦？」顏布布欣喜地停手。

封琛點了點頭，又道：「別停，繼續，來和我練手。」

「好。」

顏布布衝上前，從封琛手臂下鑽到他身後，再伸出腳去勾他小腿。

「停！」封琛喊住顏布布，「動作還算標準，只是差速度和力量，我來給你做一點改動。」

「……這樣，你不要伸腳去勾別人，如果對方比你高大壯實，你不能絆倒他，反而自己會跌倒，改成用腳去踢他腿彎，看我的動作……」

　　顏布布又練習了一個晚上的防身改良術，第二天去揀溧石時，便一直警惕地盯著小胖子，已經做好了戰鬥的充分準備。裝著比努努的布袋都藏在一旁，免得打起來時礙手礙腳影響發揮。

　　但他所有的準備都落了空，小胖子今天離他遠遠的，別說來找麻煩，就連看都沒看他一眼。

　　顏布布雖然有些奇怪，但能不打架當然好了，所以也安靜地揀溧石掙信用點。如此一整天下來，他撿了四顆溧石，掙了 5 點，多那一顆也登記上了，等著明天再找兩顆，便能再領 5 點。

　　時間晃晃悠悠過去了半個月。

　　這天晚上，兩人如平常一般洗漱後上了床，關燈睡覺，顏布布也如平常般嘰嘰咕咕說個不停，封琛則平躺著閉著眼，偶爾回應一聲。

　　樓上響起一串紛亂的腳步聲，打破了蜂巢沉寂的夜，還伴隨著接二連三的慘叫。

　　顏布布察覺出異樣，停下說話，抓緊了封琛的一隻胳膊。

　　封琛也睜開眼，注視著屋內的黑暗，實則在仔細聽著。

　　呼叫救命的聲音和慘叫聲越來越清晰，樓上亂成了一團，像是一大群人正在往升降機方向奔跑。

　　封琛聽了片刻後，掀開絨毯下了床，拉開房門走了出去。

　　「哥哥。」顏布布心裡很慌，也溜下床跟著出了門。

　　這層通道裡已經站了很多人，都仰頭往樓上看，小聲議論著，不知道上面究竟發生了什麼事。

　　「打架了？Ｃ巢昨晚也打架了，打得頭破血流的，西聯軍將人都帶走了，每個參與的人都禁閉一個月。」

　　「不知道，先看看吧，西聯軍應該馬上就要來了。」

「嗷！」一聲類似野獸的嚎叫從樓上傳了下來，但又分明不是野獸，而是人類的嘶吼。

通道裡的人猶如被點了穴，齊齊收住了聲。一兩秒靜滯後，如同一滴水濺進了油鍋，所有人都炸了開來，轉身往屋子裡衝。

「喪屍啊，上面又有喪屍了！」

砰砰砰關門聲接連響起，封琛也一把抱起顏布布回了屋，迅速關門落鎖，再啪一聲開了燈。

這間屋子沒有窗戶，看不見外面情景，但可以從門縫聽到那些嘶吼和慘叫，還有驚慌的哭喊和腳步奔跑聲。

封琛靠在門上側頭聽著，顏布布雖然沒有出聲詢問，卻已想起前次廣場上那些人互相撕咬的情景，心裡生起濃濃的恐懼，站在封琛旁邊，無措地看著他。

腳步奔跑聲先是只在樓上，漸漸出現在本層樓，想來是從上面樓層逃下來的。

那些人不斷去敲沿途經過的房門，大聲哀求：「求求你讓我進去，讓我躲一下，躲一下就行。」

這個時候沒有任何人敢開門，因為不知道那種喪屍有沒有跟在後面，也不知道敲自己家房門的人有沒有被感染。

「你們跑去祕密通道啊，從祕密通道往下跑。」有人在屋內大聲出主意：「現在還敲什麼門，前面就是樓梯間。」

有七、八個人飛快地跑過通道，向著樓梯間跑去，凌亂的腳步聲劈哩啪啦經過顏布布兩人房門口。

最後一個人的腳步聲卻突然斷了，但他的喘息聲卻清晰可聞，就停在顏布布他們面前，兩人僅隔著一扇薄薄的房門。

就在封琛猶豫著要不要打開房門時，那人卻發出一種奇怪的，類似喉嚨被痰液堵住的聲音。

「嗬嗬──嗬嗬──」

封琛的手都已經握在了門把手上，又緩緩鬆開。

幾秒後，門外的動靜消失，那人沒有再發出任何聲音。

兩人屏息凝神站在門背後，只聽到彼此有些急促的呼吸，還有遠處一陣陣的尖叫聲。

顏布布一直緊張地看著封琛，正想開口詢問，封琛食指豎在嘴邊做了個噤聲的手勢，他立即閉上了嘴。

砰！下一秒，房門突然被重重撞擊，門板劇烈顫動，門鎖處發出一聲不勝重負的吱嘎聲，險些被整個撞開。

接著便一下下開始猛烈撞擊門板，並發出野獸一般的咆哮，從門縫傳入兩人耳裡。

安置點的房門不是普通木門，都是用一種叫做亞克力金屬的材料做成的。這種材料不貴，比木門堅硬，也具備防潮和隔寒隔熱的功能，很適合安裝在地下建築。

但外面撞門的人力氣大得驚人，似乎成了頭真正的野獸，撞得整扇門都有些微微往裡凹陷，門鎖處也有些變形。

封琛眼疾手快地頂住門，但門扇仍然扛不住那一次次的劇烈衝擊，他轉頭對著嚇傻了似的顏布布大喝一聲：「快進去，鑽到屋子裡。」

顏布布反應過來，手足並用地從床底下爬了進去，封琛再跟著翻過床，猛地一個前推，將本來就貼在門旁的鐵床推前去，堵在了門上。

封琛死死撐著鐵床，顏布布也跟上去一起頂著，外面的「人」更加狂躁，一邊憤怒咆哮，一邊用力撞門。他的身體彷彿已經不是血肉之軀，每次撞到門上，連牆壁似乎都在跟著一下下震顫。

「嗷嗷嗷──」

聽著外面的嚎叫，兩人一起用力撐著床，顏布布的臉脹得通紅，兩隻腳在地上輪流蹬動。

封琛知道這樣不行，門鎖已經變形了，撐不了多久。再這樣被繼續撞下去，門扇遲早都要被撞開，可他們這間房連扇窗戶都沒有，想逃出

去都沒有出路。

　　砰！砰！砰！撞門還在繼續，門已經被撞得微微往裡凹陷，不能完全閉合，露出一道半指寬的門縫。而門鎖中間也往外凸出，鎖舌眼看就扣不住，要被彈開了。

　　封琛看了眼旁邊的顏布布，咬著牙道：「……等會兒門要是開了……從床底鑽出去……往外跑……」

　　「嗨呀──」顏布布像是沒聽到他說的話，只閉著眼使勁撐床，五官都皺成了一團。

　　這時，從升降機方向突然傳來連續不斷的槍響，伴隨著擴音器裡的厲聲喊話：「所有人不准出房間、不准開門，不然就地射殺，房間外的人一律抱頭蹲下，不然也會被視作感染者進行處置！」

　　「一！二！三！」倒數三聲結束，更加密集的槍聲響起，聽聲音是在用機槍進行掃射。

　　通道上的奔跑聲驟然減少，應該是不少人都蹲下了。

　　震耳欲聾的槍聲響徹蜂巢，足足持續了好幾分鐘，那些嘶吼和慘叫逐漸消失，正在撞門的那「人」頻率慢慢減緩，終於停止。

　　「嗨呀──」顏布布還在閉著眼使勁，細小的脖子上鼓起青筋，兩條腿在地上輪流蹬動。

　　「停停，快停停。」封琛喊住了他。

　　顏布布停下，兩人都喘息著聽外面的動靜，因為擔心外面那「人」會突然又開始撞門，所以就算停下，也依舊用身體頂著床。

　　「蹲下，所有人抱頭蹲下，不准站起身，現在起身的立即擊斃！」有士兵在通道一端高聲命令。

　　連成片的機槍聲雖然消失了，但零星的單次槍聲並沒有停下，並逐漸往通道深處推進。

　　「前面那人聽見了嗎？蹲下抱頭，不准站起身，否則即刻擊斃！命令你立即蹲下抱頭！」

「嗷——」

砰！一聲槍響，剛發出的嘶吼聲又戛然而止。

封琛聽著士兵的腳步聲直接路過門口，並沒有停頓，終於可以確定撞門的那個「人」已經死了，不由長長鬆了口氣。

他轉身靠著床腳慢慢滑坐在地上，攬過一旁還在頂床的顏布布，啞聲道：「沒事了。」

兩人相擁著坐在地上，握著對方冰冷的手，誰也沒有說話，只靜靜聽著外面的動靜。

「快快快，走廊上所有人現在去升降機那裡，由人護送下去，快一點，快快快。」

奔跑聲再次響起，那些倖存者又跑過了顏布布他們房門口，有些人在邊哭邊跑，都紛紛衝向了升降機。片刻後，通道徹底安靜，封琛站起身，將床拉回原位置，伸手去開門。

門鎖已經被撞壞了，都不用去擰把手，他只稍微用勁一拉，門就開了。門開的瞬間，一具沉重的身體倒了下來，封琛反射性地一腳踢去，那身體便被踢開，橫倒在通道裡，砸得地板一聲悶響。

這應該就是開始撞他們門的人，此刻正仰面朝上躺在地上，雙目怒瞪，臉上布滿青紫色血管。他半邊耳朵可能是開始被其他感染者咬掉了，額頭正中有個槍眼，正往外滲著烏黑色的血。

封琛將那把只剩半截的匕首握在手中，躍過門往通道兩邊看。只見地上橫七豎八躺了很多屍體，一眼望去估計有上百具，而士兵們正端著槍，謹慎地從那些屍體間通過。

他們這層雖然清理乾淨了，但樓下樓上還有零星槍聲，那是士兵正在清理殘存的感染者。

「哥哥。」顏布布還站在床後面，不安地喊了一聲：「你快回來，快回來。」

「沒事，你就站在那裡別出來，我等下就進去。」封琛轉頭說道。

外面全是屍體，有些屍體已經被撕咬得面目全非，死狀極其慘烈，他不想顏布布出來後看見這一幕。

身後突然響起撲拉拉的聲音，耳邊掠過了一絲風。

封琛心頭一凜，立即就要揮動匕首轉身，卻在這時候意識到了不對，硬生生收住了動作。

一隻兀鷲從他頭畔飛過，林少將的聲音在後面響起：「秦深。」

封琛轉過身，打了聲招呼：「林少將。」

林少將手裡拎著把槍，身後跟了一隊士兵，「你們沒事吧？」

「我沒事。」

林少將走前來，看見站在屋中央的顏布布，腳步稍頓。

顏布布剛被喪屍驚嚇過，現在見著林少將反而不怕了，還抬起右手朝他揮了揮。

林少將左手扶著軍帽帽檐微微低頭，給顏布布回了個禮，接著便看到那已經變形的門鎖。

「給這間房重新換門。」他轉身對後面的士兵說。

「是。」

「門口這具屍體也馬上清理掉。」

「遵命。」

林少將繼續往前走，看也不看地往屋內拋出樣東西。那東西在空中劃出道長長的弧線，落向顏布布。顏布布下意識伸手接住，低頭去瞧，看見掌心裡多出來一小袋餅乾。

士兵行動很迅速，給封琛他們這間房門換了塊新的，門鎖也比以往更加堅固。

換門時，顏布布就站在封琛身旁看著，給封琛餵一塊餅乾，再給自己嘴裡餵一塊。

兩人重新躺上床睡覺時，已經是深夜 1 點，往常這時已經在熟睡中，但剛剛經歷了那麼一場可怕的事，註定這是個不眠之夜。

顏布布抱著封琛胳膊躺著，也沒誰提出關燈，只閉著眼，耳朵卻在聽外面的動靜。

「剛才通道裡的人全部帶去醫療點仔細檢查，皮膚有外傷的，不管是什麼原因，都隔離觀察。」

「遵命。」

「屍體運到地面去，焚燒以後再掩埋。」

「是。」

前半夜一直鬧哄哄的，搬運屍體的聲音，清潔工用水管沖洗地面的嘩嘩水聲響個不停，樓上也有幾個房間傳下來悲慟的哭聲。

封琛知道，有人哭也許並不是最慘的，那些安靜的房間並不代表沒事，可能是全家人都已經沒了。

到了下半夜時，所有忙碌的聲音終於漸漸消失，蜂巢恢復了死一樣的寂靜。

顏布布一直抱著封琛胳膊，沒有改變過姿勢，封琛本以為他已經睡著了，卻聽他突然幽幽開口：「少爺，要是我們一直不洗澡的話，那些人還會咬我們嗎？」

封琛沉默片刻後，道：「會。」

「那他們不嫌咱們臭嗎？」

「不嫌。」

「哎……」顏布布嘆了口氣。

封琛側過頭看他，低聲問：「剛才那人撞門的時候，我讓你鑽到床底下，等著門開的時候就衝出去，你沒聽見嗎？」

「聽見了的。」顏布布說。

「那你為什麼不鑽到床下去？」

顏布布又往近處挪，和封琛貼得更近，柔軟的髮絲就擦在他頸子上，接著聲音小小地說：「我不想一個人跑走。」

「可是如果你不跑走的話，咱們倆可能都要死。」封琛沒有推開

他，只繼續平靜地陳述事實。

「死就死吧。」顏布布無所謂地說。

封琛思索片刻後，有些遲疑地道：「顏布布，其實不是每個人死了都能去天上，所以能不死還是要想辦法不死的。」

顏布布倏地抬起頭看他，幾縷捲髮搭在白皙的額頭上，兩隻眼睛睜得圓圓的。

「當然，你媽媽那些人是全部去了天上的，只是如果我們死了不一定能去，因為我們還是小孩。」封琛沒有看他，眼睛只注視著天花板。

顏布布慢慢又躺了下去，片刻後才說：「反正不管去哪兒，我都要和你在一起。」

「以後遇到這樣的事，你一定要聽我的話……」

「不。」顏布布像是有些生氣地拍了下封琛胸膛，語氣也很堅決，「我不，我就要和你在一起。」

他還是第一次違抗封琛的意願，態度卻相當執拗，封琛知道現在和他說不通，也就沒有再開口。

如果真的有那麼一天，到時候再說吧。

顏布布似是想到了什麼，怔怔出了會兒神，說道：「哥哥，如果你被咬了，你咬我的時候輕點，不要咬我的臉好嗎？」

封琛閉著眼問：「那咬你哪兒？」

顏布布認真思索，遲疑道：「咬我的手指，不行不行，手指哪怕是割了條口子都疼，那……咬我的耳朵？也疼。要不，你就咬我的手指甲或者頭髮絲？」

「既然怕疼，那你乾脆還是逃吧。」封琛說。

「不逃，我要和你在一起，疼的話就忍忍，哎，算了，你就隨便咬吧。」顏布布索性放棄思考，「就咬臉吧，這裡的肉還多一點。」

封琛抬手捏了捏他的臉，「哪裡肉多，明明瘦了。」

「還行的，咬上幾口是可以的。」顏布布鼓起腮幫子，讓他戳自己

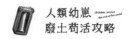

臉蛋。

封琛果然又在他臉上戳了下，低笑了聲，說：「睡吧，不會有那種事發生的，不過你要多吃點飯。」

「嗯，我這幾天吃很多了，睡吧睡吧。」

經過顏布布這樣一打岔，剛才那種壓抑得人喘不過氣的氣氛也散去，封琛這次關上了燈，兩人不一會兒就睡著了。

第二天一早，就有士兵帶著管理員挨個房間檢查，測量體溫。

當檢查到封琛他們房間時，吳優告訴他，樓上那層出事，是因為有人發燒，但那人不想被關進軍部醫療點，因為進去的人起碼一半都沒有再出來過，所以也不知用了什麼手段，讓體外溫度測試儀檢查不出來他在發燒。

雖然他蒙混過去了，但昨晚就出了事，所以現在都換成原始的水銀體溫計，由士兵親自測試體溫，不讓人有作弊的機會。

封琛和顏布布一人腋下夾了支體溫計，聽完吳優的講述後，正好測溫結束。士兵過來取體溫計時，封琛心裡還有些緊張，擔心自己會不會又在低燒。

「36.0，正常。」

還好。封琛緩緩鬆了口氣。

接下來一段時間，地下安置點的生活比較順遂，沒有再出現喪屍咬人的事情，種植園的馬鈴薯和玉米又快要成熟一批。

這次大家提高了警惕，每天離開種植園前都要仔細檢查，確定沒有

什麼問題後才離開。

封琛在地面做工時也遇到過危險，比如搬運屍體或是在廢墟上消毒時，突然遇到了變異種。好在都不是什麼厲害的變異種，有驚無險地度過了。

顏布布最近都在好好吃飯，雖然翻來覆去都是那幾樣，但他胃口好，哪怕是沒什麼味的大豆，他也一勺接一勺地吃得很香，那些瘦下去的肉便又長了回來。

他依舊每天都去揀溧石，運氣好的話，一天能掙 10 點，運氣不好，那天就什麼也沒有。但總的來說，他卡裡攢著不動的那部分信用點，在慢慢地增加。

這天起床後，封琛去了地面做工，顏布布卻沒有像往常般去揀溧石，而是到了交易中心。

物資日益匱乏，再加上不少人都去做工，交易中心比以往冷清了不少。但也還有些人守著攤位，賣著五花八門的東西。

顏布布手裡緊攥著信用點卡，順著兩邊攤位慢慢往前走，目光在那些形形色色的商品上逡巡。

他去揀溧石就是為了明天，8 月 17 號，哥哥的生日。他攢了這麼久的信用點，就是想買一件好的生日禮物送給封琛。

顏布布能記住封琛生日，是因為每年到了這個日子，媽媽阿梅就開始念叨：「布布啊，今天是 8 月 17 號，就是少爺的生日，你今天要乖乖的，不要去煩他，不要在他跟前哭鬧……」

顏布布記不住自己生日是哪一天，但他知道生日這件事，也喜歡過生日。

總會有那麼一天，從清晨中剛剛醒來，媽媽不但不怪他尿濕了床單，還笑咪咪地遞上來一碗麵。

雪白的麵條上撒著碧綠的蔥花，還蓋著香噴噴的雞蛋。

「布布，你今天過生日，吃了這碗長壽麵，健健康康長大，以後再

也不尿床了。」

　　生日是美好的一天，太太送他新衣服，給他做小蛋糕，先生還會讓副官帶他去騎馬，送給他可以嗶嗶叫的玩具槍。

　　所以這兩年的 8 月 17 號，他也會送給少爺禮物。裝了兩條蚯蚓的小瓶，幾顆在陽光下可以轉變顏色的玻璃珠，一小捧蟬蛻，他都趁少爺沒在房間裡的時候，偷偷放到他床頭櫃上去。

　　就是不知道哥哥當時喜不喜歡那些禮物。

　　想來應該還是喜歡的。

　　顏布布一邊走，一邊在心裡揣測封琛的喜好。

　　——半舊玩偶，不行。

　　——一盒子夾心餅乾，哥哥會吃餅乾，但也不是特別喜歡，不行。

　　——咦，衣服？不行不行，哥哥對穿的不感興趣。

　　——哎，這裡連蚯蚓都挖不到，想找個合心意的生日禮物，真的好難啊。

　　那些攤主看見顏布布，只當他是來逛熱鬧的小孩，也沒人搭理。顏布布將那些零散的攤位逛完，看得眼花繚亂，卻始終沒選到一樣稱心如意的生日禮物。

　　一名 40 出頭的中年男人正在看手機，雖然現在手機沒有信號，但交易大廳裡什麼都能賣，也就有人賣下載好的影片資源，所以用手機來看看電影還是可以的。

　　他抬眼看見了顏布布，見他不似看著玩兒，倒像是真的想買東西，反正閒著也是閒著，便擱下手機問道：「小孩兒，是想買點什麼呢？」

　　顏布布站定在他攤位前，「不知道喔。」

　　「想買吃的？」

　　「不知道喔。」

　　「那是想買玩的？」

　　顏布布撓了撓臉，「……也不知道喔。」

攤主也就對顏布布失去了興趣，拿起手機繼續看電影，顏布布卻開始打量他攤位上的東西。

洗髮液、牙刷、玻璃菸灰缸、衛生紙、燈泡、瓶裝豆腐乳……

這些東西顏布布都不需要，他正要離開時，卻突然在兩瓶洗髮液中間，看見了一把刀鞘。

他從小就長在封家，這種東西見過不少，何況封琛隨身也帶著一把，所以只潦草一眼，便認出來那是把匕首。

「叔叔，我想看看那個。」顏布布對著攤主指了指匕首。

攤主拿起洗髮液，「這瓶？」

「不是。」

攤主換成另一瓶洗髮液，「這個？」

顏布布搖頭，「我要看那把刀。」

「嘶──」攤主吸了口氣，上下打量顏布布，好奇問道：「你還看得出這是把刀？」

顏布布奇怪地道：「我眼睛看得見啊，這是匕首。」

「行行行，你厲害，能認出這是匕首，好吧，去其他地方玩兒去。」攤主並不認為這個小孩兒會買匕首，便開始驅趕他。

顏布布腳下卻不動，「叔叔，我想看看這把匕首。」

攤主噴了聲：「小孩兒不能看。」

「為什麼？」

「反正你也不買，何況小孩兒也不能玩刀。」攤主道。

顏布布耐心解釋：「我不玩，我是買給哥哥做生日禮物的。」

攤主一聽這話，立即來了精神：「買給哥哥的……那可以，但是你有信用點嗎？」

「我有。」

10分鐘後，顏布布挎包裡多了一把匕首，但卡裡的信用點少了65點，正是他這段時間揀溧石掙來的總共點數。

　　他抱著自己的布袋，像是抱著什麼寶貝似的，美滋滋地回到房間，等著封琛回來。

　　封琛此時正在一處庫房前。

　　這是某慈善機構的庫房，在這次地震中只垮塌了一半，軍隊便組織人想將庫房清理出來，看有沒有可以收集的物資。雖說經過高溫，食物都全部變質，但一些生活物品還是可以用的。

　　他推著推車，從一個剛掏出的門洞進入庫房，裡面有人將棉被毛毯放進推車，放滿後再推出去，裝卸到外面的履帶車上。

　　現在天氣很熱，棉被毛毯雖然沒什麼用，但也拉了一半去地下安置點，另一半則拉去了西城區。

　　封琛知道，軍隊永遠不可能將所有雞蛋放在一個籃子裡，雖然物資會放一半去安置點，另一半卻會保存在地面的祕密物資點裡，以備不時之需。

　　推著小車去履帶車的這段路雖然不長，但坑坑窪窪全是碎石瓦礫，推車左右搖晃，不是那麼好走。

　　他剛走到履帶車旁，突然覺得光線不是那麼刺眼，瞬間暗了幾個度。雖然不能直視太陽，他也試著抬頭看了眼，驚詫地發現天上不再是一片炫目的白茫茫，竟然多出了幾團烏雲。

　　車旁其他人也發現了，跟著看向那些烏雲，發出興奮的大吼。庫房裡的人聽到動靜後也都跑出來，看著天空，激動得難以自控。

　　「看啊，看那些烏雲，這是要下雨，要降溫了。」

　　「就怕等會兒那些烏雲就散了，太陽馬上就出來。」也有人不無擔憂道。

　　「不可能，你看，烏雲越來越多，這絕對是要下雨。」

正說著，一陣風吹過，廢墟上的一條塑膠袋晃悠悠捲上了天空。

「起風了嗎？這是起風了嗎？」

「對，起風了，哈哈哈哈哈，起風了，這場雨肯定要落下來，馬上就要降溫。」

這場高溫已經持續了好幾個月，如果降一場雨，不管會不會大幅度降溫，多多少少都會緩解目前的高溫情況，說不準就能搬出地下安置點，回到地面。

哪怕曾經的家園已經面目全非，只剩下一片瓦礫，哪怕重建的過程會非常辛苦艱難，所有人也渴望著那一天早日到來。

有人高興得手舞足蹈，也有人激動得熱淚盈眶，蹲下身嚎啕大哭。

「先別高興了，快點把東西都裝上車，免得下雨就不好辦了。」

所有人立即行動，推著小車腳底帶風，個個都幹勁十足。

封琛推著車，卻沒有其他人表現得那麼開心，雖然他也想重返地面，但看著右邊天空那烏黑的雲團，心裡反而浮起一層隱約的擔憂。

他在集訓地上課時，教官曾經展示過一張圖，那是多年前某地一場洪災來臨前，有人順手拍下了當時的天空。

封琛覺得此時的天空就和那張圖一樣，鉛雲密布，雖然地面上還算平靜，但烏雲翻滾洶湧如海浪，漸漸形成漩渦狀，顯然高空中正在醞釀著一場超大風暴。

封琛頻頻轉頭看天，以至於沒注意腳下，差點被一塊石頭絆倒。

旁邊的人笑著伸手拉住他，「別太高興了，看著點路，當心把東西都摔壞了。」

倉庫裡還剩下幾百床棉被，估計還要半個小時才能搬運完，可就在這時，那細碎的風聲突然變大，廢墟上颳起了狂風。

這風說來就來，以呼嘯之勢席捲了整座海雲城，狂風從那些廢墟中穿過，發出淒厲刺耳的尖嘯聲。沙礫塵土被捲上天，擋住了層層烏雲，整個世界只有一種顏色，像是末日來臨似的昏黃一片。

封琛就算穿著隔熱服，透明面罩也被飛揚的灰塵糊滿，不得不隨時伸手去擦拭，也擦不乾淨，視野裡模糊一片。

「快點，加快進度，搬空這批棉被就回去。」

瞧著風越來越大，車旁的士兵對著人大吼，其他人也暫時沒了高興的心思，猶如忙碌的工蟻般，急急忙忙推著棉被往履帶車的位置趕。

哐噹！

封琛前面那人的推車被風颳翻，他急忙去按地上的棉被，沒想到整個人卻被突然的一股疾風給吹了起來，像只風箏般被吹出了十幾公尺，再掉落在地上。

好在離地面並沒多高，可就算這樣，他也被摔得半天爬不起來。

「哎哎哎——哎哎哎——」又一個人被風捲起，卻死死拽著鐵質推車不放，兩腳就騰在空中，拚命大聲呼喊。

眼看推車也搖搖欲墜，他身後的人騰出手去拉他，兩人卻猶如連成串的糖葫蘆，一起被捲了出去。

狂風肆虐，如果是平常還好，現在到處都是廢墟沙土，可視度急劇降低。那兩人被捲上天後，前一秒還能看清他們的位置，後一秒就看不見究竟被吹去了哪裡。

封琛緊緊抓著推車，只覺得身體越來越不受控制，整個人也快要被風吹走。那輛推車也在搖晃，弧度越來越大，眼看就要傾翻。

他在推車側翻的瞬間果斷鬆手，看著推車倏地飛進了風沙中，轉身往右邊一根電線杆靠近。

因為是逆風，在儘量減少阻力的情況下，他乾脆蹲下身，慢慢趴在地上，往著電線杆爬去。

「……找個地方……穩住……」士兵的聲音被風聲蓋住，只斷斷續續傳來兩句，現在所有人都顧不上那些推車，只就近尋找可以抓住或者避風的建築物。

封琛已經爬到電線杆處，伸手抱住鐵杆再打量四周，隱約可以看見

前後都有人影，有些蜷縮在半堵斷牆後，有些像他一樣趴在地上，抱住身旁的東西。

「啊！」一聲慘叫從某個地方響起，瞬間便消失在遠方。雖然天地間淨是黃沙，什麼都看不見，但大家都心知肚明，這是又有人被風給吹走了。

封琛知道這樣下去不行，風不會停下，而且會越來越大，他們必須要回到地下安置點去。

士兵顯然也明白這個道理，封琛聽到他在喊：「……回車上……爬過去……回車上……爬過去……」

封琛現在已經完全辨不清履帶車的方向，想去看腕錶上的指南針，但必須全力抓著那電線杆，根本沒法鬆手。

這時，從某個方向突然傳來噹噹的金屬脆響，是有人在敲履帶車的車身。

那聲音雖然細微，卻也能穿透風沙，斷續地傳進封琛耳朵裡。他慢慢鬆開電線杆，向著右前方的聲音處爬去。

空中除了沙塵，還有被風颳起的東西在飛舞，一樣巨大的物品貼著封琛額頭飛過，差點就撞上了。在兩相交錯的瞬間，他認出來那竟然是一張旋轉著的木桌。

身前傳來一聲痛楚的悶哼，視線裡出現了一雙腳，有人正趴在他前面，卻沒有再繼續往前爬。

封琛爬經那人身邊時，想推他快繼續爬，卻發現他的隔熱服面罩破成了碎塊，側躺在地上的頭顱已經變形，太陽穴上插著一片鋒利的面罩碎片。封琛飛快地收回手，加緊速度往前爬，像一條壁虎般，讓自己的身體和地面儘量貼合。一雙眼睛卻隨時注意著上空，怕有什麼東西砸落下來。

敲擊車身的聲音一直沒有停下，封琛離那輛履帶車越來越近，可就在這時，他眼尖地看見上方落下來一件重物，像是凳子之類的東西，正

正對著他頭頂。

他連忙往旁邊一滾避開了，但卻順著風勢，不可抑止地接連翻滾起來。眼見就要滾遠，他猛地拔出那斷刃匕首，將刀身盡數扎入地裡。他緊握匕首穩住身形，顧不上喘口氣，繼續往正確的方向爬行。

等到他終於看見履帶車時，也已經爬到了車身前。一排車輛都停在那兒，有人坐在緊閉的車裡敲擊著車身。

風太大，就連自重幾十噸的履帶車也在搖搖晃晃，有一輛甚至已經被吹得脫離了車隊，單獨靠在路邊的斷牆下。

「快上來！」

車門瞬間打開，封琛被人拖進了車內，又立即關上車門。他大口大口喘著氣，看清車內已經坐了滿滿一車人。

「報人數，各車都上了多少人。」

領隊士兵拿起對講機問其他車輛。

「十人。」

「十二人。」

「七人。」

「六人。」

根據彙報，他們這裡一共一百二十人，還差四十多人沒有上車。

「再等 10 分鐘，不能上車的就不管了。」士兵命令道。

「是。」

「繼續敲車身，不要停。」

叮叮噹噹的敲擊聲持續不斷地響起，又有人陸續爬到了車旁。

封琛這輛車的士兵在開門之前，先大喝一聲：「大家準備好，要開車門了。」

封琛見其他人都抱住了座椅靠背，也將頭頂的把手拉住。

車門已經無法用人力打開，在士兵喊下開門口令後，司機按下了自動開門鍵。一股狂風攜捲著黃沙衝進了車廂，封琛在那瞬間抓緊把

手，才沒有反撞上車壁。

車外的人被拉上了車，車門再次合攏，將狂風都關在了外面。只不過短短幾秒，車內的沙土又多了一層。

10分鐘內又上車了十幾人。士兵緊緊盯著腕錶，在車身被吹得開始橫移時果斷下令：「車隊啟動，回安置點！快！」

所有履帶車立即啟動，向著安置點方向艱難駛去。

安置點在逆風方向，車隊行進得極其艱難，封琛這輛車是最前面的一輛，司機將油門踩到最底，也只能如同蝸牛般緩緩前行。

雖然是可浮空履帶車，但現在這種情況下，浮空就會被整輛車掀翻吹走，只能用履帶在地面行進。

車外可視度極低，什麼都看不清，履帶車原本不擇路況，哪怕遇到石堆土包也能通行，但它終究不是裝甲坦克，昏頭昏腦地撞上一堵牆後，便只能倒退，再換個方向繼續前進。

封琛坐在車裡，跟著車輛搖搖晃晃，幾次都覺得這輛車要翻了，又奇跡般地穩住，活像是個不倒翁似的。

車內的人個個都極度緊張，繃緊了心弦，沒有一個人說話，只有領隊士兵用對講機給其他車發布著命令。

「跟上，前後車之間的車距不要超過3公尺。」

「三號車，三號車，三號車是掉隊了嗎？收到立即回答。」

車隊緩慢前行，1小時過去了，才行進了不到兩哩路。其間有幾輛車終於還是被風吹翻，好在只翻滾了幾圈就穩住，沒有造成什麼大礙，調整方向後又跟著繼續前進。

原本做好了一直在颶風中行進的準備，沒想到走到一半路途時，狂風沒有絲毫徵兆地突然停住。就像正在播放中的災難片被人按下了暫停

鍵，原本喧囂的風聲戛然而止，漫天黃沙往地上沉落。

被那陣狂風捲到天上去的物品也開始往下掉，也不知道是些什麼東西，砸得履帶車車頂砰砰作響。好在這軍用車極其堅固，被砸成這樣也沒有變形，若是普通家用車，恐怕早就不成樣子了。

等到世界徹底安靜下來，每輛履帶車的車門都被打開，大家試探地下了車。

封琛也跟在人身後下車，他雙腳剛踏入地面，就陷入了厚厚的塵土裡。只見就這麼一會兒工夫，天上落下的塵土就已經積了一尺多高，淹住了履帶裡的半排車輪。

「風停了，他媽的終於停了，剛才嚇死老子了。」

「天啊，我活了 30 年，還是第一次見到這麼大的風，以往聽都沒聽說過。」

「老子剛才差點被吹跑，好在抓住了一根鋼筋，我身旁也不知道是誰，眼看著被颳飛走了，我都沒法去拉住他。」

但是也有人並沒有劫後餘生的慶幸，封琛身旁一名中年人就面露憂色，「你們不覺得這天太暗了嗎？明明還是下午，就跟快晚上似的。」

封琛也覺得光線太暗了，他抬頭看天，只見天上的烏雲壓得更低，依舊翻滾洶湧著，活似懸在頭頂的黑色潮水。

滴答一聲，面罩上突然多了滴水漬，像一小朵濺開的花。封琛眨了眨眼，剛伸手去觸碰那水漬，耳邊的滴答聲開始此起彼伏地響起。

他低頭看身旁，那厚厚的塵土上已經出現了一個個密集的小黑點，並迅速蔓延成片。

「下雨了，下雨了！我他媽就說要下雨了。」

「這天老爺終於下雨，要降溫了，肯定要降溫了。」

所有人都在為這場來之不易的降雨高興，沖淡了差點被狂風捲走的恐慌，但短短幾句話間，雨水就驟然變大，點連成片，瓢潑似地往下傾落。

原本已經安靜的天地再次開始喧囂，但這次卻不是尖銳的風嘯，而是震耳欲聾的雨聲。

封琛看著身邊的塵土以肉眼可見的速度被雨水滲透，抬臂看了眼腕錶，待看清上面的每秒降雨量時，心裡咯噔了一下。

那數字在不斷變化：24mm／秒，26mm／秒，32mm／秒……短短片刻就已經達到了大暴雨的峰值，卻還在直線攀升之中。

領隊士兵到底出身軍營，也受過不錯的軍事培訓，頓時察覺到不妙，開始招呼周圍的人上車：「這雨大得不尋常，快快快，都回車上，別磨蹭，趕緊回到安置點去。」

封琛離車最近，轉頭就往車上走，腳邊尺高的塵土已經成了淤泥，面上的水來不及往下滲，飛快地在表層聚起一層淺淺的水潭。

「快走快走快走，別磨蹭了，後面的快走。」士兵不停催促。

隔熱服在此時也起到了雨衣的作用，雨水打在身上發出啪啪的聲響。封琛覺得自己的腳像是被淤泥吸附住，每次拔起都很艱難，但好在他距離車近，很快就爬上了車。

他抹掉隔熱服面罩上的雨水，轉頭看其他人時，看見那些距離遠的走得就不是那麼輕鬆了，每一步都越陷越深，隨著表層雨水的迅速堆積，有人竟然連腰都淹在了水中。

「快點，再走快點。」士兵語氣越來越急促。

有人在驚慌地叫喊：「我走不動了，我的腳全部陷在泥裡，拔不出來了。」

「我的腳也拔不動了，怎麼辦？水淹到我腰了。」

看著越來越多的人兩腿陷入淤泥裡，領隊士兵在這時果斷大吼：「不要再走了，在地上爬，把腳拔出來後，就像剛才起風時那樣爬。」

封琛在這時抬手看了眼腕錶：45mm／秒。

他心裡暗叫糟糕，這瞬間降雨量已經突破海雲城這些年的最高資料。他們剛才為了避風，車隊停下的位置是塊窪地，厚厚的泥漿加上不

斷上漲的雨水，外面的人如果不儘快上來，情況會非常危險。

剛才連司機都下了車，現在車內只有他一人，他在車裡翻找了一圈，揭開副駕駛座椅，從下面的置物格裡找到了一捲長繩。

封琛提著那捲長繩，從車門口探出身體，大吼一聲：「接住。」

他用力將繩捲往前拋去，長繩破開重重雨幕，在空中伸展拉長，一端落在了遠方。

看著有人撿起繩子後，他便將另一端繫在了座椅腿上。

有了長繩就好辦了，最前方的人拉著繩子上了車，再和封琛一起拽繩子，拖出那些陷在泥地裡的人。其他車上的人見到了也跟著效仿，紛紛翻出繩子往外面拋，很快就將所有人都拖上了車。

車門關閉，領隊士兵下令出發，履帶車壓過淤泥，繼續往前行。

氣溫開始降低，車內的自控空調不知什麼時候已經停下，溫度顯示在 36℃。但沒有一個人因為酷熱消失而歡欣，因為他們現在正面臨著另一個困境。

車隊駛出了窪地，在暴雨中向著安置點的方向前進，天空已經墨黑一片，暴雨傾盆而下，砸在車頂發出轟隆巨響，像是在穿行一簾巨大的瀑布。

車燈只能照出前方一、兩公尺的距離，車窗上水流滾滾而下，封琛透過車窗努力往外看，看到外面的積水就這短短時間內已經淹到了車腰，而水平面就在窗下方晃蕩著。

「路面上全是積水，已經看不見路了，怎麼辦？」因為雨聲太大，司機不得不大聲呼喊。

封琛他們這輛車是領隊車，現在既看不見路，兩邊也沒有建築物可以判斷，何況到處都是坑窪，還有地震後留下的寬大裂縫，如果繼續貿然前進的話會很危險。

領隊士兵還沒想出對策，就聽到對講機裡傳來急促的聲音：「這裡是七號車，前方的六號車一直靠左行駛，突然消失不見了。這裡是七

號車，前方的六號車一直靠左行駛，突然消失不見了，懷疑左邊有裂縫，六號車掉進去了。」

領隊士兵對著對講機呼叫：「六號車，聽到請回答。六號車，聽到請回答。」

對講機裡一片沉默。

「你們他媽的不要偏離路線，一輛車跟著一輛，緊緊咬著前面車的屁股！」領隊士兵暴怒大吼。

對講機裡突然又傳出一道嘶吼：「這裡是十二號車，我們陷到坑裡出不來，積水將車窗都淹沒了，怎麼辦？」

「我聯繫安置點，讓他們儘快派人來接我們。」

領隊士兵用內聯通訊器聯繫安置點，但耳麥裡卻只有一片雜音。

「草！裝在車頂的信號器被風颳壞了。」

和安置點失去了聯絡，領隊士兵也不知道該怎麼辦了，拿著對講機陷入了無措。現在已經降溫，車內氣溫恢復正常，但隔著隔熱服的頭罩，封琛可以看見他臉上的汗水滾滾而下。

「現在不能再待在車裡了，我們得出去，離開車。」

就在所有人都焦灼地等待領隊士兵拿主意時，一道聽上去年紀不大，但語氣卻很冷靜的聲音在車內響起。

領隊士兵看向說話的人，認出他是那名叫做秦深的半大少年。

這少年給他的印象挺深，平常不愛說話，也不愛接觸人，冷冷清清的一個人。雖然還沒成年，做事卻有著超出同齡人的沉穩，很容易便讓人疏忽掉他的年齡，在心裡不會將他當做是個孩子。

「離開車又怎麼辦？」領隊士兵狠狠捶了下旁邊車身，「外面水都那麼深了，出去了又能怎麼辦？」

封琛緊緊盯著領隊士兵，聲音卻聽不出來急躁，一如平常的冷靜：「我們必須離開車，儘快游回去。」

「游回去？」有人驚訝地大叫：「你知道這裡到安置點還有多遠

嗎？接近兩公里，還是逆流，關鍵是風大雨大天又黑，你讓我們就這樣游回去？」

封琛沒有看他，依舊盯著領隊士兵，「現在水還不深，很多建築物都露在水面，我們可以借助那些建築物作為中途休息點，一段一段地游回安置點。現在車輛不能再前進了，而我們繼續留在這裡，只會越來越危險。」

「游回去……」

領隊士兵喃喃了一句，又追問道：「人沖散了怎麼辦？」

封琛指著車廂底的長繩，「我們不是有長繩嗎？所有人都將繩子繫上，這樣就不會被沖散。」

領隊士兵覺得這個辦法可行，雖然心底還是有些猶豫，但瞧見窗外的水位不斷攀升，終於一咬牙，重重拍了下車身，「那就游回去。」

片刻後，每輛履帶車的車頂蓋都被掀開，從裡面接連鑽出來些人。他們站在快要被洪水淹沒的車頂，腰間都繫著同一條長繩，像是一根藤上結著的一串葫蘆。

暴雨傾注，車頂上的人被雨水打得快站不住腳，領隊士兵在風雨裡朝著對講機嘶喊：「所有人都打開頭頂上的燈，每輛車的領隊用對講機保持聯絡。」

封琛擰亮額頂燈，看見不遠處的雨夜裡也隱約有了星星點點的光，那是其他車頂上的人。

領隊士兵繼續道：「第一個目標，右前方五百公尺處的那棟樓，都看見了嗎？」

「雨太大，看不到。」對講機裡紛紛回應。

領隊士兵：「看不到也沒關係，我這裡有紅外線儀器可以探測到，放心往那邊游就是了。」

「是。」

領隊士兵：「我們去那棟樓集合，各車現在報告準備情況。」

「三號車人員已就位，一人不會游泳，已經穿上了救生衣。」

「八號車人員已就位，一人不會游泳，車裡沒有救生衣，但其他人可以拖著他走。」

「十號車所有人員已就位。」

「十一號車準備完畢。」

就這一會兒工夫，積水已經漫過了車頂，腳下踏著的車輛也有些晃悠，像是隨時都要飄走，領隊士兵不再猶豫，大喝一聲：「出發！」

封琛和身邊的人一起扎入水裡，暴雨傾瀉而下，他在入水的瞬間，便兩腳一蹬，讓身體浮出水面。

額頂燈穿不透茫茫雨幕，只能照見身邊的一小團，他前後左右都擠滿了撲騰的「葫蘆」，根本辨認不出誰是誰。

雨聲掩蓋住其他聲音，封琛感覺到腰上繩子被扯動，便奮力滑動四肢，和其他「葫蘆」一起努力控制方向，朝著右前方游去。

一道閃電突然劃過陰霾天空，將天地間照得雪亮，也照出這片水域上，那些浮浮沉沉的腦袋。

每個人都在用力划水，朝著同一個方向前進，隨著距離越來越近，那棟建築很快就出現在視野中，露出了大致外形輪廓。

那是一棟沒有垮塌的樓房，現在已經被淹至2樓，封琛他們這串人抓住了露在水面的2樓陽臺，翻了進去。

在這種環境下游五百公尺，和平常在泳池裡游五百公尺完全不同，每個人翻進陽臺後，都脫力地躺在地上，大口大口喘氣。

其他車的人也陸續游了過來，抓住陽臺翻進了2樓，很快整個陽臺都半坐半倒地擠滿了人。

領隊士兵拿起對講機：「各車彙報情況。」

「十一號車全體到達。」

「七號車全體到達。」

「十三號車全體到達。」

　　所有車的人都成功到達了第一個休息點，領隊士兵用探測儀探測前方，發現在四百公尺外的距離處，有第二個露在水面上的可休息點。

　　「休息 10 分鐘後繼續出發，目標在四百公尺外。」

　　雨更加大了，陽臺根本擋不住雨水，隔著薄薄的隔溫服，封琛覺得身上傳來陣陣涼意。他四肢攤平地躺在地上，突然想起了顏布布，不知道他現在在做什麼。

　　地下安置點，出入地面的升降機旁，顏布布正站在那裡，手裡抱著比努努。

　　每當降下來一架升降機，他眼睛就會亮起光，希冀的視線從那些走下升降機的人臉上一一掃過。當發現其中沒有他等待的人時，那兩簇亮光又會黯淡下去。

　　走下升降機的人全都是濕漉漉的，神情嚴肅而疲憊，顏布布始終等不到封琛，便跟在其中一人的身後追，嘴裡焦急地問：「叔叔，外面是在下雨嗎？那些去倉庫的人怎麼還沒回來？」

　　顏布布經常聽飯堂的人議論種植園，也開始惦記那些馬鈴薯，今早封琛去地面做工時，他還躺在床上，迷迷瞪瞪地讓封琛記得看下馬鈴薯長多大了。封琛當時說他今天不是去種植園，而是去倉庫，於是顏布布便記住了。

　　那人看了眼顏布布，說：「外面下大雨，正在漲洪水，倉庫的人應該晚點才會回來。」

　　「漲洪水啊……」顏布布站在了原地，臉色一點點變得煞白。

　　他知道洪水，在電視新聞裡看過，滋亞城漲洪水的情景還歷歷在目。那些來不及撤退的人就掛在樹枝上或者站在房頂，被直升機一個個帶走。

可現在外面有直升機嗎？哥哥是不是被困在洪水裡了？那他如果掛在樹枝上的話，會有直升機去帶走他嗎？

一隊士兵下了升降機，步履匆忙地往軍部大樓走去。顏布布看看升降機，又看看他們的背影，不遠不近地跟在了後面。

他想去聽聽，西聯軍會不會有直升機出去救哥哥。

軍部大樓上下都一片忙亂，有人在通道裡急急奔走，有人大聲呼喝，沒人注意到這一小隊士兵最末的顏布布，讓他就這樣跟在後面進了樓，上了2層。

2層有間房開著，裡面傳來大聲談話，他走進屋內，發現這是間套房，談話的人在隔壁套間裡。

「于上校，種植園已經被淹沒，那些糧食都來不及搶收，所幸人員都已經回來了。」

「南城的那些人呢？」

「也都回來了。」

「鴻運倉庫那邊呢？」

回答的人頓了下：「鴻運倉庫那邊的人已經失去了聯絡。」

——鴻運倉庫，是哥哥去的那個倉庫嗎？應該就是那個吧。

顏布布倉皇地站著，呼吸變得急促，手指緊緊抓住比努努。

于上校沉默片刻後道：「向林少將彙報了現在的情況嗎？」

「彙報了。」

「林少將怎麼說？」

回答的人道：「林少將說交給你處理，現在應該嚴密監控安置點大門的情況，不管外面的人有沒有回來，水位一旦超過警戒線，馬上關閉大門。」

屋內又是一陣靜默，于上校道：「我去大門口看看，你在這兒替我給其他人安排任務。」

「遵命。」

聽到有腳步聲出來，顏布布反應到自己不該站在這裡，連忙蹲在了沙發背後，只露出一隻眼睛往外看。

一名年輕軍官大步走出裡間，他年約 26、7 歲，身形修長，長相俊朗，剛走到裡間房門口，腳步就頓了頓，眼風飄向屋左側的沙發。

顏布布怕被他發現，趕緊將頭縮了回去，不敢再往外面看。

于上校只站了半秒，腳步聲繼續響起，停在了套房門口。

「叫上你們小隊，跟我去安置點大門。」

顏布布聽到他在命令其他人。

「是。」

等腳步聲離開，顏布布連忙鑽出沙發背，出了門。

于上校就走在前方十幾公尺遠，顏布布小跑著追了上去，放輕腳步跟在他身後。

于上校頭也不回地往前走，其他迎面來的人倒是看見了顏布布，但以為他是被于上校帶著的，雖然略微詫異，卻也沒有做聲，於是顏布布便暢通無阻地出了軍部大樓。

顏布布跟在于上校和士兵身後，到了主升降機附近，等他們去往地面後，便乘坐下一趟升降機跟了上去。

自從上次他在通道等封琛，結果封琛勃然大怒後，他就沒有再去過地面。現在扶著微微搖晃的鐵欄，他心裡有些忐忑，但總歸擔心封琛的念頭占了上風，將那點不安又壓了下去。

發怒就發怒吧，大不了到時候就哭鬧打滾，躺在地上不動，抱著床腿不鬆手，反正是別想將他趕走的。

胡思亂想中，升降機到頂停了下來，顏布布邁出升降機，順著通道向前走去。

這次他沒有感覺到酷熱，氣溫很正常，但聽到了大門方向傳來的嘩嘩雨聲，在通道裡幾經迴蕩後，聲音更加響亮。

大門敞開著，露出了寬闊的地下安置點入口，剛才遇見的那隊士兵

和于上校，正站在入口處往外望。

雪亮的燈光穿透厚重雨幕，顏布布走得更近些，可以看見入口下方的地面已經淹了水，昏黃一片。入口臺階被淹沒了一半，還剩下兩公尺多高的距離。

于上校用探照燈看著遠方，身旁的士兵碰了碰他，「于上校，你帶的那個小孩兒也跟上來了。」

于上校慢慢轉身，看著顏布布，溫聲道：「小捲毛，你怎麼還跟到這兒來了？」

顏布布心裡緊張，猶豫一下，聲音很小地回道：「我是樊仁晶，來這裡等哥哥。」

「什麼？」于上校只看見了他嘴唇在翕動。

顏布布鼓起勇氣，提高了音量：「我叫樊仁晶，繁複漂亮的晶石，在這裡等哥哥。」

「等哥哥，你哥哥在哪兒？」

「他在倉庫。」

于上校聽到這句話，打量顏布布的神情頓時變得複雜起來，身旁士兵低聲問：「于上校，要將他趕下去嗎？」

顏布布緊緊抿著唇，入口外的雨水颳進來，已經將他額頭上的幾縷頭髮濡濕。他就那麼安安靜靜地站在那裡，不發一言，一雙眼睛一瞬不瞬地看著于上校。

「算了，就讓他站在那兒等吧。」

于上校轉回頭，繼續注視著水面。

「是。」

此刻，露出水面的 2 樓陽臺上，一串串的人跳下了水，向著下一個

目標點游去。

　　緊挨著封琛的這個人動作很大，兩條粗壯的腿像是鯨魚尾，一路拍起漫天水花，將他的透明面罩糊得看不清。好在大家都連在一根繩上，自然有領隊的人，就算看不清也沒關係。

　　他們的下一個目標點在四百公尺外，這段距離不算遠，只要到了那兒，休息片刻後便可以直接游向八百公尺外的地下安置點入口。

　　經過第一輪的嘗試，所有人都覺得這方法可行，信心滿滿地游向探測儀上顯示的建築物。可到達那兒後，才發現那是一座教堂，露在水面的部分只有房頂的半截圓形尖錐，根本沒法落腳休息。

　　「操，沒辦法休息。」有人失望地罵道。

　　領隊士兵看著手裡的探測儀，氣喘吁吁地大喊：「只剩八百公尺，直接游向安置點入口，都加把勁兒，直接游到入口去。」

　　風雨交加，水流湍急，又是逆流，別說再游八百公尺，好多人能游到這兒就已經盡了全力。但如今也沒有別的辦法，只得一邊咒罵這鬼老天，一邊繼續划動手臂往前游。

　　封琛從頭到尾沒有吭聲，也注意保持著體力，他旁邊那人鯨魚擺尾擺了這麼久，累得像頭老牛般呼哧呼哧地大喘氣，聽說不能歇息要繼續游八百公尺，氣得自暴自棄地大聲嚷嚷，說他不游了，沉下去算了。

　　混亂中，領隊士兵又大聲說：「現在保持體力最重要，每隊除了領隊，其他人全部用仰泳姿勢，不要正對著逆水方向，用 S 型路線蹚水前進。」

　　封琛翻過身，仰躺在水面，因為隔熱面罩已經除掉，雨點打得睜不開眼，只能根據繩索的拉動判斷方向。

　　茫茫大雨中，所有人都艱難地向著安置點方向前進。

【第十章】

你放心，
我永遠不會不要你的

◆———————◆

「他一定會回來。」顏布布還在抽噎，語氣卻非常篤定：
「他知道我在等他，他一定會回來！」他轉頭看向黑茫茫的水面，用手攏到
嘴邊，嘶啞著聲音對著遠方大喊：「啊嗚嘣嘎啊達烏西亞！啊嗚嘣嘎啊達烏
西亞！」稚嫩的聲音穿透濃濃黑暗和重重雨幕，遙遙飄向遠方。

　　安置點入口處，顏布布已經站在了最前方。

　　他全身都被淋濕，不斷用手抹去臉上的雨水，雖然重重簾幕隔絕了視線，也睜大眼睛看著遠方，努力想看得更清楚。

　　雨勢絲毫不見緩和，臺階下的水繼續往上漲著，已經距離入口只有一公尺。

　　于上校沉默地和顏布布並排站著，一名士兵低聲詢問：「于上校，水越淹越高了，現在要關門嗎？」

　　于上校看了他一眼，雖然什麼也沒說，那名士兵立即縮著脖子不吭聲了。

　　「再等等吧。」于上校深吸了口氣，不知道是說給士兵，還是說給旁邊的顏布布聽。

　　封琛在水面浮浮沉沉，保持著呼吸和心跳平穩，蹬著雙腿往前。每一次沉入水裡，世界便變得無比安靜，但下一刻浮出水面時，風聲、雨聲、其他人的喊聲，加倍的喧囂便鋪天蓋地而來。

　　領隊士兵看著探測儀，高聲喊道：「都加把勁兒，還有四百公尺就到了。」

　　「明白。」

　　「哎呀，我腿抽筋了。」

　　「怕個屁，繩子把你拖著的。」

　　「你他媽往左去點好不？好幾次都踹到我頭了。」

　　眼見就要到達安置點，這些人雖然嘴裡在罵罵咧咧，但聽得出語氣裡也帶上了輕鬆。

　　封琛心裡也繃得不再那麼緊，正想翻過身划水衝刺，就聽不遠處突然傳來一聲呼喊：「救命……」

他轉頭往那方向看去，卻什麼也看不見，接著又是一聲呼救：「救命……」

其他人也聽見了，紛紛出聲詢問：「怎麼了？我好像聽到有人在喊救命。」

「我也聽見了，是哪一隊？是哪輛車上的人？說話！」

右邊有人驚恐地高聲道：「好像是五號車上的人，他們剛才一直在我們身邊游，幾個人突然不見了。我看到有人冒了下頭，喊了聲救命，就又沉了下去。」

「快快快，到水裡去找找。」

離五號車那隊最近的是四號車上的幾人，個個水性都不錯，立即便一個猛子扎下了水。

其他離得較遠的隊伍都暫時沒動，只仰躺在水面，焦灼卻安靜地等待著。

1分鐘後，水面上浮出來幾個腦袋，大口大口喘著氣：「沒，沒見了，水底太黑，也看不了太遠，找不著。」

領隊士兵知道目前這種情況下不能多停留，而且大家體力消耗都很大，再找下去還會拖累其他人，略一思索便果斷命令：「先不找了，繼續往前游。」

所有人又朝著安置點的方向游，沒有人再說話，都沉默且安靜，粗重的喘息被淹沒在浩浩風雨裡。

水溫冰涼，封琛的體溫也在急速下降，他仰躺在水面，一邊調整呼吸，一邊在心裡思忖。

大家都是用繩子繫在一起的，就算其中某個人游不動了，或者繩子被什麼東西掛住，也不會全部都沉下水，總有停留在水面大聲呼救的時間。但五號車上的人一起溺水，只呼救了短短兩聲，連救援的機會都沒有，明顯不合常理。

莫非……莫非這水下有其他東西？

　　封琛想到這兒，心中一凜，側頭看向水面。額頂燈將面前一團水域照亮，但水質昏黃，根本看不清水下的情況。

　　他正要收回視線，卻看見左邊十來公尺處出現一道破開的水流，有什麼東西正向他飛速游來。

　　那東西速度飛快，轉瞬間，他的左腳就被什麼東西給牢牢鉗制住，下一秒，人就被拖進了水中。

　　封琛被拖著在水底急速穿行，腦中有著片刻的空白，直到嗆了幾口水才反應過來，屏住呼吸抬頭看前方。

　　水浪翻湧，身前急速游動的黑影擺動著尾鰭，看上去是條半人大的魚，正將他的左腳咬在嘴裡，往漆黑的水深處游去。

　　他拽了拽左腳，那魚將他腳咬得很緊，根本掙脫不開，但腳上只有壓迫感，卻沒有疼痛，這魚的牙齒應該並不鋒利。

　　腰上也傳來一股拖拽的大力，他側頭去看，看見那串「葫蘆」也被他腰上的繩子拖下了水，一連串緊跟在他身後。

　　「咕嚕……」

　　挨著他的那人驚恐地瞪大了眼，嘴邊冒出一串泡泡。

　　封琛來不及去想這條魚要將他們拖到哪兒去，只拚命扯動左腳，想從魚嘴裡扯出來。但怎麼掙扎也沒用，便用右腳狠狠地去踹魚頭。

　　水裡本就使不上勁，何況還是這樣被拖著，封琛踹了幾下沒有掙出左腳，那憋在肺裡的一口氣也快被耗光，胸口悶悶地脹痛著。

　　他再次去看其他人，發現緊挨著他的那位已經翻了白眼，昏厥了過去，剩下幾人也不好過，拚命撲騰著手腳往上浮。

　　但那魚的力氣奇大，幾個人都對抗不了，一起被往前方拖著。

　　領隊士兵在繩子最末端，正在解自己腰上那繩疙瘩，但繫得太緊，繩結又浸透了水，怎麼也沒辦法解開。

　　槍枝和軍刀太重，下水時就已經扔了，現在他除了脖子上掛著的對講機，手裡什麼武器也沒有。

他一邊拉拽繩索，一邊去看前方，正好對上封琛轉頭的目光。

封琛對他點了點頭，沒有絲毫耽擱地從腰後拔出那把斷刃匕首，在領隊士兵驚愕的視線裡，割向了腰間繩索。

那把匕首就算斷刃，卻依舊很鋒利，繩索瞬間從中斷裂。

領隊士兵只覺得身體一輕，那股拖拽的力消失。他趕緊撥動雙腳，帶著幾人衝向水面，餘光裡卻瞥見那名叫做秦深的半大少年，被那條大魚拖向了黑暗的深水裡。

等到衝出水面，幾人貪婪地呼吸新鮮空氣，將那名已經昏死過去的人拍醒。

領隊士兵轉頭看了眼後方，視野裡只有黑茫茫一片。

他清楚那名少年已經沒法救了，便沙啞著嗓子大喊一聲：「所有人，快速游回去！」

地下安置點入口，顏布布始終盯著前方，除了偶爾抬手擦一下眼睛，其他時間就像座一動不動的雕塑。

雨水太大，順著他捲曲的額髮淌下，來不及擦去的就滑落進眼底，將他眼睛蟄得通紅。

身旁的于上校一言不發，始終看著腳下，看著那條水線一點點漲高，淹沒過一級又一級臺階。

只剩最後一級臺階時，他終於沉聲開口：「劉成。」

「在。」

「準備關上大門，開啟應急封閉模式。」

「遵命。」

一直沒動的顏布布，聽到這話後渾身一顫，倏地轉頭看向那名叫做劉成的士兵。

　　只見他走向門左側，打開牆壁上的主機殼，露出了一排按鍵。

　　「不要關門、不要關門，我哥哥還沒回來！」

　　顏布布大喊著衝了過去，摟住劉成的腿往旁邊推，「不要關門，我哥哥還沒回來！」

　　劉成沒留神，被他推得往旁挪了兩步，嘴裡呵斥道：「小孩兒一邊兒去，別在這兒礙事。」

　　「不行，你不准關門、不准關門！」顏布布繼續推他，擋在他身前，不准他靠近主機殼。

　　劉成正要將顏布布拎到一旁，就聽門口的士兵發出驚呼：「快看，看水裡好像有人。」

　　所有人都朝著水面看去，顏布布也驚喜地扭過頭，看見被探照燈照亮的光暈邊緣處，有幾個腦袋在水裡浮浮沉沉，正向著這邊游來。

　　「快，救人。」不待上校命令出口，已經有好幾名士兵撲通跳下水，向那些人飛快游去。

　　顏布布見劉成離開了主機殼，便也衝到了門口，翹首對著外面望。他一瞬不瞬地盯著遠方，兩手緊握成拳，緊張得身體都在發抖。

　　最前面的幾個人很快就被救上來，面色煞白地躺在地上，腰間都繫著繩，連說話的力氣都沒有。

　　顏布布沒有在他們中看到封琛，便繼續朝外張望，焦灼地等待著。

　　越來越多的腦袋出現在視野裡，都是幾個人一群浮在水面上，士兵們不斷跳下水，將那些已經精疲力盡的人推上岸。

　　入口通道裡很快擠滿了人，有幾個在側著頭吐水，大部分人都脫力地躺著沒動，只有少數恢復快的已經坐起身，解開了腰間的繩索。

　　顏布布一直站在門口最前方，每當士兵將水裡的人往上推，他都伸手去拉，目光在那些面孔上找尋。

　　當最後幾名濕漉漉的人被拖進來時，顏布布去瞧他們身後，水面上空空蕩蕩，已經瞧不見其他身影。

「你看見我哥哥了嗎？叔叔，你看見我哥哥了嗎？」

顏布布的眼睛裡蓄滿了一汪水，卻轉動著沒有掉落，只滿含期待地看著眼前的人。

「你哥哥是誰？」其中一名身著士兵服的人，抹了把臉上的水，沙啞著嗓音問顏布布。

顏布布：「我哥哥是秦深。」

士兵抹水的動作一頓，喘著氣看向面前的小孩，卻沒有做聲。

「叔叔，你認識我哥哥對吧？他在哪兒？是不是還在後面？」顏布布湊到他面前連聲追問。

士兵有些倉促地移開視線，聲音不大自然：「……嗯，應該還在後面吧……」

顏布布聞言鬆了口氣，又重新看向水面，于上校卻已經明白一切，輕咳一聲後，低聲吩咐身旁的劉成：「可以關門了。」

「是。」

顏布布換了個角度，這樣可以看得更遠。調整姿勢時，視線餘光瞥到那名關門的士兵又走向了牆邊主機殼，心頭頓時警鈴大作，死死地盯著他動作。

劉成拉開主機殼蓋，手指剛剛搭上那枚紅色按鍵，一道小小的人影便衝了過來，像顆炮彈般一頭撞在他身上。

猝不及防之下，他竟被撞退了好幾步。

顏布布伸開兩臂，用後背擋住主機殼，一邊警惕地看著眾人，一邊嘶聲尖叫：「不准你們關門！不准關門！再等等，再等一下，我哥哥還沒回來啊！」

因為缺氧，封琛肺部脹得像是要裂開，耳朵裡也出現嗡嗡的雜音。

他不知道這條魚要將自己拖去哪裡，只知道得儘快將腳從牠嘴裡掙脫，浮到水面上去。

他握著匕首，想曲起身體去刺那條魚，但前進的速度太快，身邊水流太急，壓迫得他連曲身這個動作都難以辦到。

沒有雨幕的遮擋，額頂燈在水中反而照得更遠，他可以看到那條龐大的魚身，正奮力擺動魚尾游向前，也能看到就在前面不到一百公尺的地方，那塊水域的顏色明顯變深，像是一條黑色的長帶。

糟糕！封琛明白，那裡定然是一條地震時形成的裂縫。

眼下情景容不下他思索對策，大魚已經如同箭矢般衝向裂縫，拖著他向下，扎向了裂縫深處。

這裡的水溫驟然降低，封琛瞬間被冰涼包圍，也讓他混亂的大腦稍微清醒了點。

——不行、不行，得趕緊掙脫，不能往下沉，得趕緊想辦法。

好在大魚已經緩下速度，不再是那般橫衝直撞，而是勻速向下游。封琛狠狠咬了自己一口，直到嘴裡嘗到了腥鹹的鐵腥味，再猛地蜷起身體往前，伸長左手，手指摳住了魚頭上的眼睛。

固定住身體，他便揚起右手，匕首對著大魚狠狠刺下。

他這下用盡全力，整個刀身都沒入了魚背。接著再拔出，刺下，拔出，刺下……

鮮血噴湧而出，將身邊的水流都染紅，大魚吃痛地搖晃著身體，卻依舊不鬆嘴，拖著封琛往裂縫的更深處游，像是知道他就快要被溺斃。

封琛的確也快不行了，因為缺氧，他腦子一片空茫，眼前是閃爍扭曲的畫面，耳邊是鼓噪的水聲，血液奔湧得如同澎湃的潮汐，劇烈地衝擊著血管。

但他僅憑一絲殘存的清醒，一次次機械地舉起手臂，再一次次刺向大魚。

大魚的動作減緩，停下了繼續往下游，魚尾抽搐幾下後，嘴也慢慢

鬆開，毫無生氣地向著裂縫深處沉落。

封琛的腳終於脫離鉗制，但他意識也開始渙散，手足無力地飄在水中，雙眼半睜地看著上方。

一些畫面猶如走馬燈似地在他腦中閃過，父親的叮囑，母親的溫柔眼眸，還有顏布布揚起糊滿泥巴的臉，在陽光下瞇著眼睛，對他舉起一條掙扎不休的蚯蚓，「少爺，送給你……」

——顏布布……

「哥哥、哥哥、哥哥……」

顏布布的聲音不斷進入他耳裡，時而嬌憨、時而委屈，卻都帶著濃濃的依賴。封琛越來越遲鈍的腦中，突然閃過一個念頭——自己死了，顏布布一個人該怎麼活下去……

這個念頭猶如一道白光劈中了他，讓他瞬間又恢復了一些神志，儘管身體已經沒有了力氣，那搭在水中的手指也輕輕動了動。

矇矓視線中，他彷彿看到面前出現了一個巨大的黑影，矯健有力的身姿，琥珀一樣的澄黃色眼睛，長長的鬃毛在水中柔軟地飄散。

正是那隻他見過一次後，就再也沒出現過的黑獅。

黑獅在靜謐幽深的水中舒展著身體，再鑽到封琛身下，四爪一蹬，托著半昏迷的他穩穩衝向水面。

破開水面的瞬間，安靜的世界恢復喧囂，狂風巨浪迎頭撲來，打在封琛臉上，讓他陡然睜大了眼睛。

每顆肺泡都貪婪地張開，吸取著帶著鐵腥味的新鮮空氣。他趴在黑獅背上，撕心裂肺地咳嗽，吐水，又大口大口吸著氣，喉嚨裡發出類似風箱抽動的呼哧聲。

黑獅和他心意相通，不待他下令，便掉頭迎著風雨，向著地下安置點的方向游去。

安置點入口已經被淹到了最後幾級臺階，但顏布布卻死守著那個有著關門按鍵的主機殼，不准任何人靠近。

他猶如一頭發狂的小獸，赤紅著眼，舉著塊不知道從那兒撿到的石頭，擺出副拚命的架式，尖聲哭叫著，誰要靠近就對著誰撕咬。

「我哥哥還沒回來，不准關門，不准關門！不准關門！再等等、再等等，他馬上就要回來了！」

他到底只是個 6 歲的小孩兒，哪怕是拚命，其他人也可以將他拎走。但誰都聽出了他聲音裡的絕望，都看到了他眼底的痛苦和哀求。

這場地震，沒有人能夠獨善其身，都經歷過失去親人的錐心之痛。面前的小孩兒只是想救下他唯一的親人，聽著他那撕心裂肺的叫喊，就算是鐵打的心腸也軟化了幾分。

有人想起了自己的遭遇，紅著眼睛轉過頭拭淚，也有人很想立即關門，卻也不好自己上前扯走顏布布，於是都沉默著面面相覷。

那名本和封琛綁在一起的領隊士兵，心下更是惻然。畢竟若不是封琛割掉那根繩索，他們這隊人都回不來。

終於有人忍不住要上來拉走顏布布，嘴裡呵斥道：「你哥哥已經回不來了，你就不想想咱們安置點的其他人？為了你哥哥，就不顧別人的性命？」

「再等一下下！再等一下下！他馬上就會回來！」

顏布布一邊哭嚎一邊揮舞著石頭不讓他靠近，汗水和著眼淚從臉龐不停滾落，死死護住身後的主機殼。

那人猛地上前，捏住顏布布的手腕，只一用勁，顏布布手上的石頭就鬆脫手掉落下去，再拎起他胳膊往旁邊提，嘴裡吩咐其他人：「快，快去關門。」

看見有人走向主機殼，顏布布拚命掙扎，像一條被拋在岸上快要瀕死的魚，一下下撲騰著身體。他的嗓子已經啞了，卻依舊在叫喊：「別關門！再等等……」

「你這小孩再瞎胡鬧，就把你扔出去。」抓住顏布布的人凶狠地出口威脅。

顏布布掙脫不開抓著自己的手，眼睜睜地瞧著主機殼旁的人在辨認那些按鍵，只絕望地嘶聲喊道：「那就把我也扔出去吧！把我也扔出去吧！讓我出去吧，我去找他……」

和封琛一輛車的那名領隊士兵，起身走到于上校身旁，喉頭微微發緊地道：「于上校，還沒回來那個，也是個孩子……」

拎著顏布布的人繼續怒喝：「你這小孩考慮過別人嗎？我們地下安置點這麼多人，難道就為了你哥哥……」

「等等，先別關門。」一片喧鬧中，沉默不語的于上校突然出聲。

所有人的目光都齊齊轉向了于上校，就連準備關門的人，手指也停在了按鍵上。

于上校看向拎著顏布布的人，「你對他說這些有什麼意義？我們可以衡量孰輕孰重，但小孩的心裡只裝得下他哥哥。和他哥哥相比，別說地下安置點，全世界對他來說又算得了什麼？」

「那……」身旁的士兵突然搞不懂他這句話的意思，吶吶地問道。

「將後面那些水泥袋搬來，再疊上半公尺。」于上校大聲喝令。

「是。」

士兵們飛快向後跑，去搬運堆放在通道裡的水泥袋，再一袋袋堆在入口臺階上，將已經漫過地面的洪水擋住。那些原本還站著沒動的人也反應過來，跟著衝過去幫忙，將水泥袋往門口扛。

站在主機殼旁的人左右看看，果斷離開主機殼，加入了搬運水泥袋的隊伍，還抓住顏布布的人卻沒放手，嘴裡抱怨道：「你們這是在幹麼呢？還要不要命了？」

顏布布見到眼前這一切，停下了哭喊。他怔怔地呆了片刻，發現他們在做什麼後，灰暗的眼睛重新亮起了光彩。

趁著身後的人沒留神，他倏地從那人手裡掙脫，也衝到後面去搬水

泥袋。可他用盡全身力氣也搬不動，就去幫別人抬一包水泥袋的角。

「小捲毛，你過來。」于上校站在門口喊顏布布。

顏布布知道這個人管著關門的事，用袖子一抹臉上的淚水，立刻跑了過去。

于上校側身讓過一名往地上扔水泥袋的士兵，沉聲對顏布布道：「再給你一點時間，如果水快要淹過這些水泥袋，你哥哥還沒回來，那時候不管怎麼樣都要關門。」

「他一定會回來。」顏布布還在抽噎，語氣卻非常篤定：「他知道我在等他，他一定會回來！」

他轉頭看向黑茫茫的水面，用手攏到嘴邊，嘶啞著聲音對著遠方大喊：「啊嗚嘣嘎啊達烏西亞！啊嗚嘣嘎啊達烏西亞！」

稚嫩的聲音穿透濃濃黑暗和重重雨幕，遙遙飄向遠方。

就在這時，一名士兵突然手指著前面，震驚地大叫：「你們看，那是什麼？」

周圍的人都循聲望去，只見探照燈能照到的地方，有什麼東西正向著這邊破水而來。

「看上去像是個人，但是人能露在水面嗎？速度還那麼快？」有人喃喃地道。

「對啊，別是什麼變異種吧？」

所有人都緊張起來，士兵們紛紛摸出腰間的槍，對準了那在水面上快速移動的物體。

顏布布停下呼喊，一眨不眨地盯著那兒，嘴唇抿得緊緊的，呼吸似乎都已經停住。在那物體越來越靠近，終於可以辨清大概形貌時，他渾身一震，眼睛閃出熠熠光彩，剎那間亮得如同天上的繁星。

「那是我哥哥！看見了嗎？那是我哥哥！」

他手指前方，淚如泉湧，既驕傲又激動地高聲哭喊：「他回來了！我知道他一定會回來的！那是我哥哥！我就知道他一定會回來！」

　　封琛騎在黑獅身上，像把利刃般破開重重雨幕，黑獅在水中依舊矯健，猶如游魚般乘風破浪，飛快地衝向安置點入口。

　　安置點燈火敞亮，是這漆黑雨夜裡唯一的光明，封琛卻只看到了一排水泥袋後那個小小的身影，正不斷跳起來，對他揮舞著手臂。

　　封琛抹了把臉上的雨水，也抬起右臂揮了揮。

　　距離越來越近，封琛知道別人看不見他騎著的黑獅，但就這樣衝到他們面前，也許會引起別人懷疑。何況他能看到林少將的兀鷲、阿戴的蛇，說不準也有人能看見他的黑獅。

　　想到這兒，他心念一動，黑獅果然就從身下消失，他也跟著墜入水裡，划動雙臂向安置點游去。

　　入口處跳下幾名士兵，游到封琛身旁，再托著他的雙臂返回。

　　暴雨如注，大門口的那排水泥袋已經被淹了一半，水平面已經高過安置點半公尺高，士兵們將封琛推到水泥袋外，裡面的人再七手八腳將他拖了進去。

　　「關門！」

　　于上校一聲令下，那兩扇厚重的亞力克金屬大門轟然關閉，合攏得嚴絲密縫，將所有的風雨都隔阻在了外面。

　　「哥哥。」顏布布一頭撲到封琛懷裡，緊緊摟住他的腰，哽咽道：「你為什麼現在才回來，為什麼現在才回來……」

　　封琛感覺到他的身體在發抖，一顆心頓時又酸又軟，便抬手摸了下他濕漉漉的頭髮，啞著嗓子道：「對不起。」

　　顏布布猛地退後半步，伸出手在他身上打了兩下，又嚎啕大哭著：「你太讓我生氣了，我很生氣。」

　　「對不起。」

　　「這次我，我真的不想原諒你，不想……嗚嗚……」

　　「對不起……」

　　顏布布又重新撲到封琛懷裡，「你以後不要再這樣了……」

「好的，不會再這樣了，我保證。」

此時，旁邊有人忍不住問：「你剛才是怎麼游回來的？簡直就是在水上飄。」

「是啊，你是不是騎了什麼東西？」另外的人也好奇。

那名開始和封琛繫在一條繩上的領隊士兵也拍了拍他的肩，感嘆道：「小子，有本事，我看見那條大魚拖著你往深水去，還以為你很難回來了。」

封琛就著這話接下去：「那條魚把我拖走後，我和牠在水裡搏鬥了一陣子，牠被打服了，我就騎著牠回來了。」

領隊士兵：「……啊？」

其他人震驚地問：「大魚？什麼大魚？」

「足足有鯊魚那麼大，但不是鯊魚，看樣子倒像是一條大鯰魚。」

封琛看向說話的人，正是那名一直挨著他，兩腿拍水拍得像條鯨魚的人，此時正眉飛色舞地對其他人比劃，「這麼大一條魚，先是五號車上的人正在水裡游著，突然就沒了，接著我們就被拖下了水。哎呀那叫一個凶險，我都以為我死定了……」

顏布布側頭聽著，這才知道封琛原來差點被大魚拖走，不由抽了口冷氣，伸手將他胳膊捏了兩下，似乎在確定他是不是真的。

封琛察覺到他的不安，便拍了拍他的肩，低聲道：「沒事，我好好地回來了。」

于上校在一旁沉默地聽著，只不動聲色地打量著封琛，在更多的人圍上去時，他一聲喝令打斷了那些七嘴八舌的詢問。

「所有人離開門口，回蜂巢。」

士兵們立即小跑去了升降機，其他人也收住話頭跟了上去。

封琛牽著顏布布走在最後，顏布布卻停住腳，對他伸出雙手，撒嬌道：「抱。」

封琛依言蹲下身，將顏布布抱起了起來。

顏布布便摟住封琛的脖子，依戀地將臉埋在他頸窩裡。

旁邊有人看著他倆，突然感嘆道：「你知道嗎？剛才是你弟弟死擋著大門不讓別人關，要不是他，你就回不來了。」

封琛怔了下，目光掃過那排水泥袋，沉默了一下，聲音很輕地回了句：「我知道。」

兩人渾身都濕淋淋的，回到蜂巢後便先去洗了個熱水澡。

熱氣氤氳的隔間裡，顏布布頂著滿頭泡沫閉著眼，嘴裡哼著歌，嗓子還帶著些啞。

封琛認真搓揉著他的腦袋，又將他拉到熱水下沖。

「別睜眼，別用手去搓眼睛。」封琛撥開顏布布的手。

顏布布一邊啐水一邊慘叫：「水流進我嘴巴裡了。」

「你別唱歌，把嘴閉上不就行了？」封琛斥道。

待到顏布布閉上嘴，封琛又問道：「剛才哭了多久？聲音都變成這樣了。」

「好像也沒哭多久，就是……咕嚕……」

「我知道了，你別說話了。」

沖完頭，封琛又擠了一團沐浴露，開始給顏布布洗澡，顏布布用手指玩著泡泡，突然開口喊了聲哥哥。

「嗯。」封琛用帕子搓著顏布布的背，嘴裡應了聲。

顏布布喃喃地說：「如果你今天回不來，大門要關了，我也會出去找你的。」

封琛手下一頓，「你去哪兒找我？」

顏布布將那團泡泡放在兩手心倒來倒去，「不知道去哪兒找，反正要出去。」

　　封琛聲音嚴厲起來：「淹不死你。」

　　「你不也沒淹死嗎？還有大魚送你回來。」顏布布小聲嘟囔。

　　封琛將他胳膊用力一扯，顏布布踉蹌一步後開始大叫：「水沖到我眼睛了。」

　　封琛抬手關掉噴頭，動作有些粗暴地將顏布布轉了個面，讓他朝向自己。

　　「顏布布我告訴你，以後再遇到這樣的事，你必須要聽那些軍官的話，不准單獨一個人找我、不准離開地下安置點。還記得上次你一個人去通道口的事嗎？我不會容忍那樣的事情發生第二次。」

　　封琛的表情和語氣都很嚴厲，帶著燃燒的蓬勃怒氣，顏布布沒有反應過來，微微張著嘴，全身濕漉漉地站在那裡，茫然地看著他。

　　「聽清楚了嗎？如果再遇到今天這種事，你要出安置點去找我，那你離我遠點，我不會再讓你跟著我。」封琛一字一句地重申。

　　顏布布這次終於明白了，他小小的胸脯開始起伏，嘴裡呼呼喘著粗氣，兩隻拳頭緊攥在身側，眼底閃過一抹受傷。

　　「不跟就不跟，你不想要我，我還不想要你。」

　　他突然扯著脖子大喊，聲音在澡堂裡迴蕩：「不要我算了，老說不要我，我也不想要你。」

　　封琛聽到他沙啞的聲音，又是氣又有些心疼：「好好說話，別那麼大聲，我聽得見。」

　　「你說過不會再說趕走我的話了，你那次就說過永遠不會再趕我走，你撒謊！你撒謊！你是撒謊精，你是說話不算話的萬咕嚕，我現在就走。」顏布布聲音小了些，說完這通話之後也沒有離開，只轉身背朝著封琛。他梗著細小的脖子，看似倔強，但緊繃的脊背卻暴露了此刻的脆弱和緊張。

　　封琛看著他頭頂的髮旋，神情漸漸變得複雜起來。他張嘴想說什麼，終究還是沒能說出口，只拿起帕子去搓顏布布背，被他一扭身躲

開。

封琛再伸手去搓，顏布布再躲。

「還耍脾氣了。」封琛噴了聲，左手抓住顏布布胳膊固定住，右手去搓他背。

顏布布動作很小地扭了下，沒有甩開他的手，就站著沒動了。

封琛認真搓著他的背，片刻後突然低聲道：「我錯了，我答應過你不再說那些話，結果出爾反爾，是我的錯。」

「哼！」顏布布冷笑，帶著濃重的鼻音。

「還學會冷笑了？從哪兒學的？」

「你那兒。」顏布布語氣硬邦邦的。

封琛嘆了口氣，討饒道：「你別生氣了，我是說話不算話的壞咕嚕，是撒謊精。」

顏布布：「萬咕嚕。」

「什麼？」

「不是壞咕嚕，是萬咕嚕。」

「嗯，我是說話不算話的萬咕嚕，是撒謊精，是我的不對。」

「你剛才凶我。」

封琛說：「那你不也衝著我大吼大叫了？我們扯平了，好不好？」

顏布布沒有做聲，封琛放低了聲音：「我知道你今天嚇到了，我不該凶你。」

顏布布沒有做聲，從封琛這個角度，可以看到隔間壁瓷磚上的倒影。上面映出的顏布布慢慢抿起了唇，臉上露出了一絲笑。

原本封琛說這些話還有些難以啟齒，但看見瓷磚上那張笑臉後，也就沒有什麼心理負擔了。

他俯下身，在顏布布耳邊小聲道：「你別不要我好不好？如果你不要我，我會非常難過的。」

顏布布的倒影笑容更深，嘴巴都笑得合不攏，一雙眼睛瞇了起來。

　　封琛伸手撐開噴頭，讓熱水重新嘩嘩淌出，再將顏布布拉到噴頭下，一邊沖他身上的泡沫，一邊認真解釋：「我剛才是一時著急說錯了話，今晚那種情況，我本來是可以回來的，但是回來後卻發現你去找我了，你說我該怎麼辦？只得又出去找你。如果那樣的話，我們現在還能站在這兒嗎？」

　　封琛語氣柔和地和他解釋，顏布布心頭剛才的那點委屈，立即就被掃得一乾二淨。

　　「我知道了，我以後會聽話，就在安置點等著你，絕對不衝出去。」他小聲說道。

　　「嗯。」封琛沉默幾秒後，說：「其實我今天也被嚇到了……不過還好……」

　　顏布布將臉上的水抹掉，仰頭看著封琛。

　　封琛沒再說什麼，關掉噴頭，用毛巾將顏布布全身擦乾，再給他換上乾淨衣服，推出了隔間。

　　「你就在外面等我，我很快就洗完出來。」

　　兩人如果一起洗澡，他要等顏布布出了隔間後，才會將自己身上脫光開始洗澡。

　　封琛正仰頭沖著水，就聽站在外面的顏布布突然說：「你放心，我永遠不會不要你的。」

　　封琛怔了下，伸手抹去臉上的水，嗯了一聲。

　　兩人洗完澡便去吃飯，因為已經過了吃飯時間，飯堂裡沒有什麼人，大師傅讓他們進了廚房裡面坐著吃，自己則坐在旁邊，一邊看他們吃飯一邊感嘆：「吃吧吃吧，多吃點，這大水淹城，接下來的日子，肯定要勒緊褲腰帶嘍。」

晚上睡覺時，顏布布緊緊摟著封琛胳膊，不停地小聲絮絮，問那條大魚是什麼樣子，他是怎麼能騎著回來的。

也許是在水中待的時間太長，也許是體力消耗太大，封琛有些提不起精神，只閉著眼睛敷衍兩句。

最後假裝睡著了，才讓顏布布閉上了嘴。

顏布布將臉蛋在封琛肩頭蹭了蹭，在他懷中尋了個舒適的位置，很快便鼻息均勻，沉入了夢鄉。

迷迷糊糊中，封琛又來了那片熟悉的雪原，看到了那個佇立在風雪中的大繭。

繭身已經裂開，碎片脫落在四周，黑獅不出意外地蜷縮在繭裡，緊緊抱著爪子，將龐大的身體蜷縮成一團。

封琛按捺住心跳，小心翼翼地揭開最頂上的碎片，和黑獅半睜半闔的眼睛對上。

不用任何交流，他也能感應到黑獅的所有狀況，知道黑獅正在努力突破，在進行徹底成長的最後一步。

也許就是今晚，也許明天，黑獅便會掙脫所有束縛，破繭而出。

顏布布夢見自己抱了個火爐，燒得他全身都在發燙，半夢半醒地翻了個身，想離火爐遠點，卻撲通一聲摔下了床。

床不是太高，卻也將他摔痛了，就躺著沒有動，閉著眼睛抽搭了兩下，喊了聲哥哥。

沒有得到封琛的回應，他在地上躺了會兒後，也只得哼哼唧唧地爬

起來，揉揉被摔疼的胳膊肘，坐到了床邊。

封琛的半邊身體就挨著他後背，相接觸的那塊皮膚很熱，就像他剛才夢見的火爐。

「哥哥，你怎麼了？」

他推了推封琛，觸手一片滾燙。

封琛躺著一動不動，顏布布在黑暗中摸到他的額頭，不用將自己額頭貼上去，也能感覺到他在發燒。

顏布布的瞌睡瞬間飛走，這下徹底清醒了。

他很清楚發燒在蜂巢意味著什麼，士兵們天天測量體溫，有人稍微不對勁，就會關進醫療點那棟光禿禿的樓。有人過幾天便能出來，但更多的人是關進去後就再也沒有見過。

顏布布去開了燈，房間內變得明亮。他看見封琛緊閉著眼躺在床上，臉頰一片潮紅，嘴唇乾裂得起了殼。

「你生病了嗎？你在發燒。」蜂巢很安靜，顏布布怕聲音被別人聽見，湊到封琛耳邊低聲問。

封琛沒有任何反應，已經陷入了沉沉昏睡，顏布布又盯著他看了片刻，飛快地滑下床，去櫃子裡翻出了那兩瓶藥。

「大長條一顆，大黃一顆……不，大黃兩顆。」

數好藥，他跑回床邊，努力撐起封琛的上半身，讓他半靠在床頭，再端來水和藥，掰開他的嘴，將藥片塞了進去。

「喝點水，喝點水把藥沖到肚子裡。」

飯盒裡的涼開水順著封琛嘴角往下淌，顏布布用帕子耐心地擦乾水漬，再繼續餵，「你要聽話，把水吞下去，會帶著藥片一起下去的，乖啊，喝了藥就不發燒了。」

封琛無意識吞嚥，將藥片吞了下去，顏布布這才扶他繼續平躺著，自己就坐在他身旁。

時間一分一秒地過去，顏布布不時去摸封琛額頭，只覺得他像是一

塊放進爐子裡的炭，不但沒有退燒，反而已經快燃燒起火苗來。

「吃了藥都沒有用，怎麼辦……」顏布布無措地喃喃，目光在屋內逡巡，落在牆角的盆子上。

安置點實行宵禁，晚上 11 點後所有人都必須回房，現在已經是半夜了，整幢蜂巢大樓都靜悄悄的，只有從上而下的探照燈不停晃動，照亮那些陰暗的角落。

當那團慘白刺眼的光束從 65 層移開後，其中一扇房門被拉開，一個小小的人影閃了出來。

顏布布端著盆，急急忙忙走向水房。

他準備去打一盆冷水回來，給封琛擦擦身體冰一下，沒准早上士兵來查體溫時，就查不出來他在發燒。

通道的燈很暗，顏布布匆匆經過那些緊閉的房門，偶爾還能聽到從屋裡傳出來的鼾聲。

到了水房，他擰動水龍頭，突然噴出來的水柱打在盆底，那動靜嚇得他渾身一抖。趕緊又將龍頭擰小，只讓一小股水緩緩淌下來。

端整盆水太吃力，也怕動靜太大，他只端了半盆水，小心翼翼地出了水房。

「前面的是誰？停下。」一束手電筒光從後面照來，伴著一道不輕不重的喝聲。

顏布布當即嚇得渾身一抖，水盆都差點脫手，再僵硬地轉過身體，對上了兩名士兵驚訝的臉。

「你這小孩兒半夜三更的在外面幹什麼？你家大人呢？」

顏布布像是嚇傻了般，一聲不吭地盯著他們，直到士兵再次追問，才哼哼哧哧憋出句話：「我、我、我好像尿床了。」

「什麼？」

這個理由一出口，顏布布剩下的話就通順多了：「我尿床了，想打點水回去擦擦床。」

兩名士兵對視一眼，聲音緩和下來：「就算尿床也不能出屋子，是背著大人偷偷出來的嗎？」

顏布布點了下頭。

「快回去，別在外面晃悠，以前蜂巢到了夜裡沒人管，就經常出事打架，現在 11 點以後就不准出屋門了，知道嗎？」

顏布布沒有做聲。

「快點回屋，下不為例。」

顏布布趕緊端著半盆水往前走，回了自己房間。

封琛依舊在昏睡中，有些煩躁地緊擰著眉頭，胸脯急促起伏，臉上是不正常的紅。顏布布摸了摸他的額頭，體溫還是那麼高，不由擔心人會真的著火般燒起來了，便將他衣服撩起來，開始用冷水帕子擦身體。

冷帕子擦過封琛皮膚，讓他的高熱褪去了那麼一點點。顏布布大受鼓舞，動手將他剝了個精光，從頭到腳細細地擦了一遍。

封琛呼吸平穩了些，似乎沒有那麼煩躁了，顏布布氣喘吁吁地停下手，看著他昏睡中的臉龐。

片刻後，他慢慢俯下身，側著臉貼在封琛的胸膛上。

「哥哥，我會藏著你，不讓他們把你帶走關起來，我怕永遠也見不著你了……我們就在這屋子裡不出去，你要是變成那種想咬人的怪物，那就咬我吧。」

一行淚水從顏布布眼角滑下，落在封琛光裸的胸膛上，在凹陷處匯聚成小小的一汪。

顏布布依舊側躺著，只用手指將那一小攤水漬抹去。片刻後，用低得難以聽清的聲音繼續道：「到時候你咬我的手指甲和頭髮絲好不好？咬其他地方的話太疼了……」

顏布布就那麼貼著封琛躺著，直到感覺臉下的皮膚又在升溫，這才爬起來，繼續去擰冷帕子給他擦身體。

那半盆水漸漸就不再冰涼，顏布布只得又去打水。好在他注意了巡

邏的士兵，後半夜打了好幾次水也沒有被人發現。

顏布布就這樣反覆給封琛擦著身體，確保他皮膚摸起來不再燙手。

也不知過了多久，一些開門關門聲陸續響起，有人一邊刷牙一邊往水房走，通道裡又放起了熟悉的健身音樂，那些老頭、老太太開始跳舞，逐漸變得熱鬧。

顏布布眨了眨紅腫的眼，疲憊地直起身。他知道這些聲音代表著已經是白天，大家都已經起床，也代表著再過一會兒，士兵就會挨個房間測量體溫。

封琛自始至終都沒睜開過眼，一直處於昏睡中，顏布布抓緊時間繼續給他擦身降溫，耳朵卻豎得高高的，注意聽著外面的動靜。

很快的，一陣皮靴聲響起，伴隨著吳優的大聲呼喊：「所有人回屋了，快快快，軍部例行測量體溫，快點回房間，若是清點人數時你不在，嘿，那就按體溫異常處理，直接帶去軍部。」

通道裡響起紛亂的腳步聲，還有大人在招呼自家的小孩兒，那些抓緊時間洗漱完畢的人，又紛紛回到了房間。

周圍安靜下來，皮靴聲進入某間房後停下，片刻後再響起，慢慢往這邊移動。

顏布布又擰了一把冷帕子，將封琛的臉再擦了一遍，確定他那處皮膚只有溫熱後，才將帕子丟在了水盆裡，開始給他穿衣服。

給昏睡的人穿衣服是件很艱難的事，封琛完全不配合，手腳死沉死沉的，顏布布費了很大的勁才給他套上，T恤還前後穿反了。

等到將褲子也穿好，幾道皮靴聲已經停在了房間門口，吳優的大嗓門也隨之響起：「晶晶、晶晶啊，還在睡覺嗎？快起床讓這些叔叔給你們兄弟倆測下體溫。」

顏布布飛快地滑下床，將水盆推到了床下，這才鑽過床底，將房門拉開了一條縫。

門外站著幾名士兵，吳優手拿冊子，看著門內縫隙裡露出來的一雙

眼睛，「晶晶，把門打開啊。」

顏布布的視線從那幾名士兵身上掃過，又轉頭看了眼依舊在昏睡的封琛，慢慢拉開了房門。

一名士兵上前，將體溫計夾到顏布布腋下，手指觸到他的衣服，發現竟然是濕的，有些訝異地看了他一眼。

吳優則探進去上半身，看著床上閉著眼的封琛，關切道：「秦深還在睡覺？」

顏布布盯著他不說話，吳優了然地嘆了口氣，轉頭對士兵說：「這屋子裡就住了兩個孩子，都在這兒呢。那個大的昨天差點關在安置點大門外了，拚命游回來的。應該是太累了，現在睡著還沒醒。」

士兵也知道這事，便湊到床邊俯下身，揭開封琛身上的絨毯，直接將體溫計塞到他腋下。

當他手指觸碰到封琛皮膚時，顏布布屏住了呼吸，緊張得心臟都快要蹦出來，目光死死地鎖住士兵那幾根手指。

因為他剛給封琛降過溫，皮膚不但不熱，還帶著一種濕潤的微涼。士兵並沒在意，將體溫計塞在他腋下後，便退出屋子，在門口站著。

等待中，吳優隨意地同顏布布說話，但顏布布只愣愣站著，一副魂不守舍的模樣，他便當小孩兒還沒睡醒，也就沒有再說什麼。

「時間到了，可以了。」

士兵的聲音剛出口，顏布布就嚇得一抖，倏地看向他。

士兵向他伸出手，動了動手指，「體溫計給我。」

「喔。」顏布布摸出體溫計遞給了他，士兵看了上面的數字，對著旁邊記錄的人念道：「36.5℃。」

接著他又探身，取出了封琛腋下的那根體溫計。

士兵將體溫計舉在眼前，小小的一根水銀柱，被蜂巢長年不熄的燈光照得透亮。顏布布看著他的動作，兩隻垂在褲側的手攥得死緊，指甲都掐進了掌心裡。

「咦？」士兵看著中間的那道黑線，有些詫異地咦了一聲。

顏布布被這聲搞得差點跳起來，死死咬著唇才忍住。

「41℃，高燒。」士兵看向床上的封琛，「但是他身體碰著時卻沒有發燒啊。」

另一名士兵目光在陳設簡單的屋內逡巡，視線落到床邊時，看到了露出的水盆一角，便用胳膊肘碰了碰身旁的人，示意他看。

顏布布看到了他們的動作，臉色頓時變得煞白，竄出去擋在床邊，語無倫次地道：「他沒有發燒，你不信摸他，摸摸他。」又轉身在昏睡的封琛額頭上摸了下，倏地縮回手，「哎喲，好冰喔，冷手。」

他眼睛裡全是驚慌，嘴唇也失去了血色，明明看上去就要哭出聲，卻依舊對士兵們擠出一個難看的笑，「是吧，他沒有發燒，就是睡著了，昨天太累了嘛。」

門口所有人都看穿了這個小孩拙劣的演技，士兵們沉著臉沒有做聲，吳優則上前一步拉住顏布布，低聲說：「走，晶晶，吳叔帶你去我那兒，還給你留了好多糖……」

「我不吃糖，不吃。」顏布布掙脫出來，「我就在這兒等哥哥睡醒，還要和他一起去吃早飯，他過會兒就要醒了，很快的。」

士兵們交換了一個眼神，其中一個上前，托著顏布布腋下將他往外抱，另外兩名則上前去，要將封琛從床上抬起來。

「不，別，別帶他走，他沒有發燒，我一直用冷水給他擦身體，你們摸啊，他是涼涼的，沒有發燒，體溫計是壞的……」

顏布布被士兵禁錮著手腳，只能語無倫次地不停解釋。

他實在是不明白，明明給封琛擦了一晚上的身體，摸起來不燙手，為什麼體溫計還是能測出來他在發燒？

封琛很快就被抬了出來，顏布布看到他腦袋沉沉地垂著，雙手也耷拉在身側，一邊掙扎一邊哀求：「你們把他留下吧，我們就待在屋子裡不出去，好不好？把我們鎖在房子裡，不要把他帶走……」

　　吳優額頭上都是汗，著急地哄著顏布布：「晶晶啊，你要懂事，上次在廣場上你也見過了喪屍咬人，就是因為發燒後躲著藏著不去醫療點，還混在人群裡才出事的。何況秦深他昨天在水裡泡了那麼久，應該就是著了涼，去醫療點裡住兩天就好了。」

　　顏布布將這通話聽進去了，慢慢停下了掙扎，卻也嚥著淚水對吳優說：「吳叔叔，那要不、要不我也一起去吧，我陪著哥哥，我不想他一個人……」

　　「發生什麼事了？」一道低沉冷肅的聲音響起，所有人都轉過身，看見林少將從另一頭大步走來，身後還跟著于上校。

　　「林少將，于上校。」抱著顏布布的士兵連忙解釋：「林少將，今早檢測出來有人發燒，但是他弟弟不讓我們帶走人，還說要跟去一起關起來。」

　　林少將的目光掃過被人抬著的封琛，又落在顏布布身上。

　　「先把他放下來。」

　　顏布布被放下了地，急急忙忙就跑到封琛身旁，攬住了他的頭。

　　林少將走到旁邊，用手背去碰封琛額頭，皺起了眉。

　　「41℃，這小孩兒一直在給他物理降溫，體表現在感覺不出來。」士兵在旁邊小聲道。

　　封琛依舊閉著眼，呼吸急促，眉頭緊鎖著。林少將伸手撥開他眼皮看了看，又抬眼看向于上校，露出詢問的神情。

　　于上校微不可查地對他點了下頭。

　　林少將眼底閃過一絲驚訝，低頭打量著封琛，片刻後才開口道：「做得不錯，還知道物理降溫，不然高燒這一整晚，人會出事的。」

　　顏布布原本一直攬著封琛，將臉埋在他肩頭上，聽到這話後，慢慢抬起頭，迎上林少將的視線。

　　林少將垂眸看著顏布布，冷聲問道：「你想要和他關一塊兒？」

　　顏布布很怕他，但此刻卻也沒有避開目光，只點了下頭，小聲問：

「那能不能把我們關在一起啊？」

「不能。」林少將斬釘截鐵地回答。

顏布布眼底的光亮一點點黯淡下去，頭也慢慢垂下。

于上校走前兩步，彎腰俯身在他耳邊輕聲說：「你哥哥不能這樣燒下去，要帶去醫療點診治。你放心，他沒事，如果判斷沒錯的話，他一、兩天後就能回來。」

顏布布倏地抬起頭，不敢置信地問：「真的嗎？你說的是真的嗎？他一、兩天後就能回來？」

于上校挑了下眉，緩聲道：「小捲毛，如果不相信我的話，你可以問林少將。」

顏布布又看向林少將。

林少將面無表情地點了下頭。

顏布布急切地追問：「那你保、保證？」

林少將居高臨下地看著他，「我吃小孩，但是從來不騙小孩。」

「咳咳。」于上校用手抵唇，低頭輕咳了兩聲。

顏布布瞳孔驟縮，屏住呼吸，將那原本想伸出來和林少將勾下小指的手，又慢慢收了回去，背在身後。

幾人帶著封琛離開時，顏布布沒有再阻攔，只不過衝回房間抓起布袋也跟了上去。

一直跟到升降機處，林少將不准他繼續跟時，他才期期艾艾地問：「我可以將生日禮物送給哥哥嗎？今天是他的生日，我給他買的禮物還沒送給他。」

林少將沒有做聲，于上校說：「那你送給他吧。」

顏布布便從布袋裡掏出那把匕首，走到封琛身旁。

「這是我送給你的生日禮物，賣給我的叔叔說，他用這小刀殺過龍，打敗過天神，還幫比努努打過黑暗巫。」

所有人都忍不住瞥了一眼那匕首，又快速移開視線。

「這個禮物很好，你一定會喜歡。」顏布布將匕首放進封琛褲兜，「你要快點好起來，一定要好起來。」

封琛被一名士兵揹在背上，頭手都軟軟地垂著，像是聽見了顏布布的話，乾裂起殼的嘴唇翕動了下，睫毛也輕微地顫了顫。

「于上校，病人能將武器帶進醫療點嗎？」一名士兵悄聲詢問于上校：「規定是什麼都不允許帶進去，這還是把刀子……」

于上校瞟了一眼在等升降機的林少將，也壓低聲音道：「讓他帶著吧，小孩兒的心意，何況病人燒成這樣，帶個匕首也不會造成安全隱患，平常切個水果什麼的也方便。」

士兵：「……好。」

士兵退後一步，旁邊的士兵壓低聲音問他：「病房裡還有水果嗎？整個安置點我都沒看見過有水果。」

「別問，于上校說能切水果那就是有。」

林少將在一旁面無表情地等著升降機，像是什麼都沒聽見。

等升降機離開後，顏布布垂著頭，慢慢往回走，吳優摸了下他腦袋，「走吧，吳叔帶你去吃飯。」

顏布布心事重重地坐在飯堂桌前，用勺子壓著飯盒裡的馬鈴薯，將那三個馬鈴薯全壓得稀爛，還沒往嘴裡送。

吳優從懷裡掏出個玻璃罐頭瓶，擰開蓋子，夾起兩塊大頭鹹菜放進他飯盒，「快吃，馬鈴薯涼了就不好吃了。」

「林少將說我哥哥一、兩天就會回來。」顏布布像是在給吳優說，又像是在自言自語，邊說邊點頭。

吳優附和：「那肯定的，秦深只是生病發燒，那小子面相生得就好，絕對不會有事。你就安心等他兩天，睡醒一睜眼，哎，他就回來

了，好好站在你面前。」

「不是兩天，是一、兩天。」顏布布糾正，重音落在一字上面。

「對，一、兩天。」

顏布布也開心起來，舀了一勺馬鈴薯泥，就著鹹菜餵進嘴，吃得腮幫子鼓鼓的。

吳優笑咪咪地看著他，又夾了兩塊鹹菜在他碗裡，「這是我以前自己做的鹹菜，我兒子從小胃口就不好，但這鹹菜拌蛋炒飯，他可以吃上兩碗。」

顏布布嘎吱嘎吱嚼著鹹菜，「那您兒子呢？我怎麼從來沒見過。」

吳優臉上的笑容消失，看著顏布布的目光帶上了幾分恍惚，「他已經沒了。」

「啊？」顏布布停下了咀嚼，「沒了？」

是他理解的那個沒了嗎？去了天上那個沒了？

「地震時他在幼稚園，等我趕去時，整座幼稚園都成了一堆廢墟。」吳優說這話的時候，眼睛裡閃過了一絲水光。

片刻的沉默後，顏布布輕聲說：「他現在正在天上，那裡有很多玩具和好吃的，還有最新的動畫片可以看。我媽媽爸爸也在那兒，會帶著他一起玩的。」

吳優將眼裡的那點水光眨掉，「是啊，他正在天上，比咱們過得要好，不用頓頓吃馬鈴薯。」

「嗯，天上可好玩兒了，比咱們過得要好。」顏布布笑起來，眼睛彎成了月牙兒。

吳優看著他的神情更加柔和，「快吃，馬鈴薯都已經涼了。」

顏布布邊吃邊問：「吳叔，外面好大的雨啊，會把大門沖垮，把蜂巢給淹了嗎？」

吳優：「不會，入口處的門是用特殊材料做成的，炸藥都炸不開，別說一點洪水了。」

「萬一呢？萬一從其他地方進來了呢？」

「沒有萬一，我們地下城密不透風，連隻蒼蠅都飛不進來，洪水也肯定進不來。」

顏布布目光落到牆上的空氣置換器上，伸出手指著那兒問：「可那不就是通到外面的嗎？蒼蠅可以飛進來吧。」

水房裡有幾個巨大的空氣置換器，時刻不停地嗡嗡運行著。他最開始看見時有些害怕，總覺得那些旋轉的扇葉後面，在那片幽深的黑暗裡，藏著一些未知的怪物。

直到封琛告訴他那片黑暗裡只有輸送空氣的管道，一直通往地面，裡面也不會藏著怪物，他才漸漸沒有覺得害怕。

吳優說：「那個你也放心，雖然管道是通往地面，但露在地表的部分是非常安全的。平常西聯軍每天都要檢查，就算現在出不去，那機房在洪水裡再泡上 20 年，也不會有什麼問題。」

顏布布似懂非懂地點頭，表示自己明白了。

吃完早飯，吳優問他要不要跟自己一塊兒，顏布布拒絕了，說要去醫療點等哥哥。

吳優拿他沒辦法，只得道：「去吧，那你就乖乖待在醫療點，別到處亂跑。」

醫療點和軍部樓房遙遙相對，也有不少士兵駐守在外面。唯一不同的就是醫療點不光有士兵，還有不少穿著醫師白袍的人在進進出出。

顏布布抱著比努努，假裝不在意地閒逛到底層大廳門口，再試探著一步步往裡蹭，偷偷去瞟旁邊值崗的士兵。

士兵看他一眼後便轉開了視線，顏布布這才放心地進了大廳。

他有些侷促地坐在大廳長椅上，兩隻腳併攏垂在空中，膝蓋上擱著

比努努。大廳裡不時有醫生和士兵來來去去，並沒有人注意到他，他就這樣坐在那兒，一坐就是一上午。

到了中午吃飯時間，他便去蜂巢飯堂吃飯，吃完後再回來。

他一直安靜地坐在大廳長椅上，只是每當樓梯上響起腳步聲，都會看過去，直到沒有看見自己等待的人，這才移開視線，抱著比努努繼續等待。

一個小孩兒在大廳坐了一整天，不吵不鬧也不亂逛，到底還是引起了一些人的好奇。有護士忍不住詢問時，他便細聲細氣地回道：「我哥哥生病了，一、兩天就會好，我在這兒等著接他。」

夜晚來臨，雖然蜂巢的白天和晚上並沒有日月交替，但工作人員還是明顯減少。大廳裡歸於安靜，白得晃眼的燈光照亮了那條長椅，也讓那個小小的身影顯得愈加孤單。

門口的士兵換了一輪崗，下崗的士兵走過來催他：「小孩兒，你在這兒也坐了一天了，再過一個小時就是 11 點，11 點後不能再待在外面，回去吧。」

「喔。」

顏布布不能繼續待在這裡，只能出了醫療點，慢吞吞地穿過廣場，回到了蜂巢。

他第一次自己一個人端著盆去洗澡，因為不夠高，盆子不能放在木櫃裡，便只能放在隔間外。等他洗完澡穿衣服時，發現盆裡的乾淨衣服已經被簾子下灑出去的水花給潑濕了。

好在也不算太濕，穿一會兒便會乾。他默默地穿好衣服，將換下來的髒衣服放進盆，端到洗衣臺上去洗。

水房和醫療站大廳一樣，也是空無一人。他給盆裡加水，加洗衣粉，在自己腦門上拍了下，「啟動。」

然後挽起袖子，將右臂伸進盆，往左攪拌幾圈，再往右攪拌幾圈，嘴裡發出嗡嗡的聲音。

嗡了一會兒後，他又拍了下腦門，「暫停。」

水房內安靜下來，顏布布垂著頭呆呆站著，片刻後吸了下鼻子，將眼睛在肩頭上蹭了蹭，再重新拍腦門，「啟動。」

然後再次攪拌盆裡的衣服。

將洗好的衣服搭在空氣置換器外的鐵絲上，顏布布端著盆回了房，剛剛在床上躺下，便聽到外面傳來宵禁鈴聲，已經是晚上 11 點了。

他沒有關燈，一個人會害怕，便扯過封琛平常蓋的那條絨毯，將自己裹得嚴嚴實實的。

被這熟悉的味道包圍著，他心裡沒有那麼不安，終於閉上眼睛睡了過去。

地面，大雨還沒有停，整個海雲城已經成了一片汪洋，偶有沒有垮塌的建築露出個房頂，像是座小小的孤島。只有高聳入雲的海雲塔，依舊佇立在水面之上。

幾道光束刺破濃稠的雨夜，響亮的馬達聲由遠及近，幾艘快艇在水面上疾馳，停在了海雲塔旁邊。

其中一艘快艇上，一人手拿地形探測儀，看著顯示幕上顯出的水下建築輪廓，對站在船頭的人說：「礎執事，機房就在這裡。」

船頭的人抬起機械臂，將嘴邊的雪茄扔在水裡，拉嚴身上的潛水服，背上氧氣瓶，用大拇指做了個向下的動作，就一個後仰倒入水裡。

緊跟在他身側的阿戴和其他幾艘船上的打手，也紛紛做好準備，陸續躍入水中。

水下是一棟圓弧頂的建築，像是一個大型蒙古包，通身找不到一扇門，也找不到半個窗戶。

建築表面看上去很普通，但若是湊近了瞧，會發現其材質很特別，

像是某種金屬，卻又不符合已知金屬裡的任何一種。

身著潛水服的礎石圍著建築游了一圈，最後停在某個位置，拍了拍面前的那塊金屬壁，示意身後的人過來。

那人懷裡還抱著一臺圓盤狀的儀器，他將儀器貼在金屬壁上，儀器便開始閃爍起紅光。

片刻後，紅光消失，不知哪裡傳來輕微的一聲喀噠。面前的金屬壁緩緩開啟，露出了一方空間，而水流也瞬間往裡灌入。

礎石興奮地雙手一擊，率先游了進去，其他人也緊跟上，二十來人很快就全部游了進去，再關上了金屬壁上的門。

建築裡只有一條通道，燈光大亮，明明灌入的水已經將通道淹沒了尺餘高，但水面卻在迅速降低。那是建築裡的排水系統開始工作，將積水給抽掉了。

「這他媽的，明明經過了一場地震，牆壁上居然連絲裂縫都找不著。要不是礎執事你去搞來這個開門的玩意兒，就算用上十噸炸藥，也把這機房牆壁炸不穿啊。」一名手下用手指敲著旁邊的牆壁，嘴裡嘖嘖嘆道。

礎石順著通道大步往前走，嘴裡回道：「這是東聯軍研究出來的一種新型軍用合成金屬，造價昂貴。當初他們出技術，西聯軍出錢，打造了這樣一座機房，專門用來給地下安置點置換空氣。我在東聯軍待過幾年，知道他們會使用哪種安全門鎖，這不，果然讓老子猜中了。」

「礎執事真是料事如神啊。」手下恭維道。

礎石冷笑一聲：「倒也算不上，主要是他們建造時只注重防地震防水什麼的，沒想過竟然還要防人。」

「哈哈哈哈哈。」手下們都笑了起來。

通道盡頭又是一扇緊閉的門，這次倒是花了些工夫才將那門打開，眾人一起走了進去。

這就是機房內部，幾座大型機器正在運作，發出轟隆隆的聲響。牆

邊有幾根很粗的管道，一頭深入地下，一頭連在了機器上。機器的另一端也有管道，同樣也埋入了地下面。

礎石指著兩邊管道，「左邊這些管道從地下通往海雲塔頂端，右邊的管道通往地下安置點，兩端空氣再經過這些機器進行置換。」

打手們聽得似懂非懂，卻也頻頻點頭，「原來是這樣。」

礎石用食指對著前方勾了勾，一名手下上前，將幾個吸附型炸彈貼在一條通往地下安置點的管道上。

所有人退出機房，站在通道裡，手下按動控制器，機房內發出劇烈的爆炸聲。

屋內煙塵慢慢散盡，那條管道已經被強力炸藥給炸開，露出了一個幽深的斷口。

手下們匯聚到斷口旁，探著頭往下望。其中一人問道：「礎執事，接下來怎麼辦？」

礎石抬手看了下腕錶，上面的時間顯示現在是 11 點 30 分，說：「接下來就是等。」

「等？」

「再等上 10 分鐘。」

深夜的地下安置點寂靜無聲，只有探照燈照過空曠的廣場。

一道鬼鬼祟祟的人影蹲在地上，揭開地上的鐵欄蓋，露出下方的排水管。

那人穿著黑色夾克，從身後背包裡取出一顆炸彈放進去，再將鐵欄蓋合上。

這一排全是排水管，他彎著腰前行，每隔段距離，就放一顆炸彈。蜂巢四周乃至廣場四角都是這種排水系統，也不知道他已經放了多少。

將背包裡的最後一顆炸彈也放進去後，他抬腕看了下手錶，又躲過那些探照燈，向 B 蜂巢大樓跑去，然後閃身進入了大樓底層的水房。

地面的機房裡，礎石站在那根被炸斷的通氣管道旁，一直抬腕看著手錶。當指針走到某一個位置時，他倏地低下頭，湊近管道斷口作側耳傾聽狀。

嗡──當管道深處傳來連綿不絕的震盪聲後，礎石陰沉的臉上露出了一抹笑。

「準備行動。」

「是。」

所有人都從自己的防水背包裡取出黑色夾克和長褲，穿在潛水服外面，再罩上只露出眼睛和嘴的頭套。

兩名手下取出可以控制滑行速度的滑降器，拍在通氣管道內壁上吸附住，扯出安全繩繫在腰間，縱身從通氣管斷口躍了下去。

滑降器吸附在管道內壁上勻速下滑，那兩名手下的身影，也逐漸消失在管道深處。

人接二連三地都順著管道下滑，有人推了下前面站著不動的人，「何三，上啊。」

「你先去，我馬上來。」

何三退到後面，看著一名手下在剩下的所有管道上貼好炸彈，又轉身往機房外走去。

何三跟在手下身後，看見他走向了機房大門。

「你做什麼？」

何三一聲大喝，衝上去將那手下按在牆上，同時冰冷的槍管抵上了他的太陽穴。

「別，別，何三，礎執事，礎執事你看何三。」

手下側著臉大聲喊叫。

何三沒有鬆開他，只轉頭對礎石說：「執事，我看見他偷偷摸摸過

來，肯定是想開機房門⋯⋯」

礎石轉身走來，臉上卻沒有半分意外的神情，何三的聲音越來越小，越來越不確定。

「放開他。」礎石淡淡地說。

「執事⋯⋯」

「放開他！讓他開門！」礎石一聲大喝。

何三愣怔住，不可置信地道：「執事，如果炸掉所有通氣管，再開門的話，洪水會順著管道淹進地下安置點的。」

「那又怎樣？」礎石那雙冰冷的眼中開始閃動亢奮的光芒，「你以為我這樣大費周折是為了什麼？就為了那個兔崽子手裡的密碼盒？」

礎石拍了拍何三的臉，「何三，你跟了我這麼久，也進化成了哨兵，還不知道我想要的是什麼樣的世界嗎？安置點裡只有一群微不足道的螞蟻，白白消耗著資源。讓那些螞蟻都消失，世界只留下我們這類人不好嗎？」

「執事⋯⋯」何三的臉色有些發白，卻還是鼓足勇氣道：「可是我們的任務只是拿密碼盒，不是要殺光安置點的人⋯⋯」

啪！一聲響亮的耳光，何三半張臉瞬間紅腫，一縷血絲從唇角溢了出來。

「這是神諭，是卡珊多拉神做出的選擇，神讓我們進化為高等人種，其他普通人也就沒有存在的理由。」

礎石的聲音含著陰森寒氣，他腿邊空地上突然浮現出一隻灰狼，猙獰地齜著長牙，用同樣陰森的眼睛盯著何三。

「是，我錯了，請礎執事責罰。」何三不敢伸手捂臉，那名手下也被嚇住了，只呆呆地站在門旁。

「責罰不用了，等會兒好好表現。」礎石轉頭往機房內走去，頭也不回地命令那名手下：「你繼續執行你的任務。」

「是。」手下應聲。

何三用手背擦去嘴角的血痕，追在礎石和阿戴的身後，躍入通氣管斷口。

那名留下的手下按動手裡的控制器，在連聲爆炸聲響過後，他拉嚴潛水服，戴上氧氣面罩，伸手打開了機房外大門。

開門的瞬間，洪水便湧了進來，飛快灌滿整間機房……

（未完待續）

i 小說 057

人類幼崽廢土苟活攻略1

國家圖書館出版品預行編目（CIP）資料

人類幼崽廢土苟活攻略 / 禿子小貳著. -- 初版. --
臺北市 : 愛呦文創有限公司, 2024.03-
　冊；　公分. -- (i小說 ; 57-)
ISBN 978-626-97498-9-8(第1冊 : 平裝)

857.7　　　　　　　　　112021702

ao 愛呦文創

作　　　者	禿子小貳	
封 面 繪 圖	透明（Tomei）	
Q 圖 繪 圖	60	
責 任 編 輯	高章敏	
特 約 編 輯	劉怡如	
文 字 校 對	劉綺文	
版　　　權	Yuvia Hsiang	
行 銷 企 劃	羅婷婷	

發 行 人　　高章敏
出　　版　　愛呦文創有限公司
地　　址　　10691台北市忠孝東路四段59號10-2樓
電　　話　　（886）2-25287229
郵 電 信 箱　iyao.service@gmail.com
愛呦粉絲團　https://www.facebook.com/iyao.book

總 經 銷　　聯合發行股份有限公司
電　　話　　（886）2-29178022
地　　址　　231新北市新店區寶橋路235巷6弄6號2樓

美 術 設 計　廖婉禎
內 頁 排 版　陳佩君
印　　刷　　沐春行銷創意有限公司
初 版 一 刷　2024年3月
定　　價　　360元
I S B N　　978-626-97498-9-8